U0651917

邓智仁

著

锦衣行

秉刀
夜游

CTS

湖南文艺出版社

博集天卷
CS-BOOKY

马伯庸◎文

序言

　　大明是一个具有现代性的朝代。

　　不是说它的科技堪比现代，而是说在这个时期，市民意识已悄然觉醒，市井文化以及衍生出来的审美与情趣，已经很接近现代人的观感和认知，所以我们在阅读《水浒传》《西游记》《金瓶梅》等作品时，会有一种微妙的熟悉感。时代的性格，能够透过字里行间与读者发生共鸣。

　　正因为如此，对现代创作者来说，大明是一个非常好的背景舞台。在这个舞台之上，我们既可以植入现代元素使其改头换面，同时也能保有古典中国的韵味，两者兼而互济，并不显得违和。比如本文中的"暗卫"，其组织架构是一个典型的现代杀手集团，但把它搁在明代，读者不会觉得突兀，因为明代本来就特务盛行，有锦衣卫，有东、西、内厂，多一个"暗卫"，实属平常。

　　类似这样的移植融合有很多：无论是与倭寇的军火交易，还是围绕鞑靼王位的惊心动魄，以及结尾处女主不求富贵只求一人的价值观取向，都带有强烈的时代痕迹。它本质上是一个现代故事，却又与历史几无斧凿地融为一处，无从分割。这么浑然天成的历史载体，舍大明取谁啊。

　　用古老的背景讲一个有时代感的故事，我觉得这是历史类传奇小说的正确处理方式。俗话说，"跋不宜短，序不可长"，就此打住，接下来，就交给读者自行判断欣赏吧。

目录

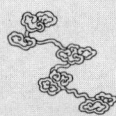

楔 子

苏樱永远都忘不了那双眼睛，一双清澈乌黑却惊惧万分的眼睛，以及其中深刻的仇恨。她看着床下躲着的那个瑟瑟发抖的弱小身躯，双手环抱着膝盖，脑袋深埋在颤抖的双臂中间，透过缝隙向外窥视。

那双乌黑的眸子好像穿透了她的身体，她听见一声巨大的嗡鸣声，周围嘈杂的声音和屠杀的场景都被隔绝了，只觉得自己被抽离出当下的时空。

霎时间，她回到了全家遭遇厄运的那个夜晚，外面也是如今晚一样惨绝人寰的屠杀，喊叫哭泣震耳欲聋。母亲慌张地将她和弟弟藏在床榻的后面，一再嘱咐他们无论如何都不能出来之后，带着恐惧和绝望奔了出去。还未到门口，母亲便倒在地上，苏樱只在飘动的床幔与桌子的缝隙中看到了一道寒冷的刀光，一个身穿黑衣的冷面杀手，还有一串飞溅到白色窗纸上的鲜血。这时身边的幼弟"哇"地哭了出来。

她慌乱中伸手去捂幼弟的嘴巴，弟弟那双乌黑的眼睛里透出极度的恐惧，与此时床下这个抖作一团的男孩一模一样。

这目光像闪电一样击中了她，苏樱感到浑身上下血液逆转，手脚僵住动弹不得。

脑际的嗡鸣带着尖锐得仿佛能震伤耳膜的尾音消失，苏樱忍着头痛快速地巡视这间屋子，确定没有第三个人后，上前一把抓住男孩的胳膊将他从床下揪出顺势夹在腋下。男孩很小、很轻，身体弱小又柔软，散发着孩童特有的气味，像极了弟弟。见窗外没有可疑之人，苏樱脚下一用力，便蹬上窗台，纵身跳到紧邻的屋子顶上。她屏住呼吸，疾走于檐上，脚尖点着瓦片发出轻如雨滴的"嗒嗒"声。

到了城南一间民居房顶时，苏樱停住脚步看了一眼男孩，乌黑的眸子依旧是惊魂未定。苏樱用手比了一个"嘘声"的动作，小男孩机灵地抿着嘴使劲点了点头。

苏樱锐利的目光疾速扫过民居的每一个角落，确定没有任何动静后，跳落到院子当中。

四下里一片漆黑，月色惨淡黑云压顶。苏樱看角落里有一间柴房，便快步走到破旧的木门前，轻轻推门进去，把男孩放在角落的柴堆上，轻声说："你暂且在此躲避一会儿，千万不要出去，我稍晚些来找你。千万不要出声！"说完，她用杂草和干柴将男孩掩盖起来，转身出了柴房，再次飞身上了房檐，疾速飞奔回刚才离开的那座府邸。这一来一回约莫有半炷香的时间。

苏樱从房顶跳落至天井当院，此时偌大的府邸已经变成一片火海，院子廊子里、大门内外都站满了身穿褐衣皂靴的暗卫，纷纷擦拭尚在滴血的兵刃。

经历血洗的府邸各处横七竖八地躺着尸体，有的已经随着屋子的大火燃烧起来，空气中混杂着燃烧尸体的焦糊味和血腥气，火舌仿佛在风中号叫。

苏樱微微皱了下眉头，四下打量，见无人觉察她刚刚曾离开过，心里稍稍踏实了些。她站定于天井中央，看着通天的火光，冷冷地喝令道："撤！"

院中的暗卫纷纷离开了这座燃烧着的府邸。

就在几个时辰之前，这里还是一片欢海，正月十五元宵节，府邸上下都沉浸于喜乐之中，觥筹交错，好不繁华……

第一章 大闹焕彩阁

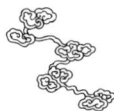

一

"今晚的行动我和你一起，我做后备支援。"陆拾站在卫所后院的廊子底下，抱着肩膀对苏樱说。

"哦？看来今日的任务很紧要啊，不然也不至于劳动陆千户出马啊。"苏樱眉梢挑起，嘴角隐约带着笑意，看了看陆拾。

陆拾一笑，棱角分明的脸英武潇洒，说："你带六名百户，丑时，紫玉苑，按计划行事。"

"好，等待已久了。"苏樱起身，抬头看了看天，又垂下眼睛对陆拾说，"马上要中秋节了，我不喜欢过节'行事'。"

"为何？是因为人多眼杂吗？"

苏樱没说话，半晌搪塞说："其实，倒不是怕人多，只是满街张灯结彩，甚是缭乱。"

陆拾拍了拍她的肩膀，两人一同向寝宅的方向走去。

入夜后的京城贯穿东西的主干道车水马龙，各种商铺都亮起灯笼，与店铺五颜六色的幌子呼应着，把天幕都映成绛色。街上人头攒动，小商贩推着小车、挑着担子沿途叫卖。饭馆、茶楼不时传出弹唱的声音。

而城南和城北都已进入了梦乡，普通百姓家早已大门紧闭鲜有灯光，与这热闹繁华共享一片天空却仿若两个世界。

更加繁华的是东市，这里聚集着几家名扬天下的戏楼和青楼，王公贵族、外来商贾常出没于此，即便是在丑时也繁华异常、灯火通明。这儿是名副其实的不夜城，不论白昼还是黑夜一贯灯火辉煌纸醉金迷。

焕彩阁作为京城最有名的青楼就坐落在东市正中央，三层天井式楼阁上挂满各色大小不一的灯笼，在远处看来绚丽无比，故名焕彩阁。此地绝非等闲之辈能出入的，来客非富即贵，七八名壮汉在门口把守，内场也尽是穿着黑衣的保镖在巡逻。几名中年女子穿着鲜亮浓妆艳抹，正在门口招呼着穿绸裹缎、前来寻乐的客人。

二楼三面皆是包厢，每间包厢里都有一套铺着暗红色丝绒的桌椅。东侧第三个包厢里，陆拾身着墨绿色绸缎直衣乔装成富家公子模样独自喝着茶，神情冷峻，一双深潭般的眼睛沉在弓形的眉骨下仔细留意着四周的一切动静。

"快看！快看！"

"嚯！这就要开始了！"

"听说今天的舞姬特别美……"

舞台灯光忽地变暗，只留地面上几盏小灯微弱的光亮。内场一阵嘈杂过后，众人将目光齐刷刷投向舞台。

只见一条藤蔓从三楼的顶端垂挂至一楼舞台，十几盏橘色的小灯笼也慢慢下落，接着，一名身着鹅黄色轻纱的女子沿着藤条盘旋下落，裙摆飞舞丝带飘扬，好似从天而降的仙女，翩翩降落人间，如入幻境。

"哗——"

"哇——"

观者惊叹声此起彼伏，有人惊得出了神，目瞪口呆。

黄衣女子轻轻落地，身上一串串银饰发出清脆的撞击声，"叮叮咚咚"引得观者不舍得眨眼。这女子戴着黄色的头纱和面纱，细腰纤臂妩媚扭动，想必是波斯舞蹈。

陆拾看那女子高耸的鼻梁和锐利的眼神，便知是苏樱。陆拾也着实吃了一惊，这些年从未见过苏樱着裙装，更未曾见过她打扮得如此娇俏美丽，不禁在心中赞叹："轻罗小扇白兰花，纤腰玉带舞天纱。疑是仙女下凡来，回眸一笑胜星华。"

平日里那个穿着像男子一样的冷酷女孩，此时竟美若仙子，舞着异域舞蹈。这些年苏樱真是训练有素，果不愧为"天字卫"的头号杀手。只是对于正值妙龄的女孩来说，当下这身份像是她身上蒙着的一层让人怜惜叹惋的阴云。

陆拾打量着周边的环境，他注意到二楼舞台正对面的包厢里，几个异国打扮的人正在吃酒，中间靠左的一个年轻男子衣着甚为华丽，浓眉大眼，鹰钩鼻，几乎不怎么讲话。旁边一个身材魁梧微胖的中年大汉，言谈的样子夸张，身上戴着各式珠宝，一边吃酒一边目不转睛地看着舞台，十分兴奋。周围的人都唯唯诺诺，看起来是附和他的样子。

其他包厢里都没有异常，看客都为苏樱的身姿倾倒，停下交谈寒暄、推杯换盏。大厅里的人也都直着眼看舞台，不时发出一两下口哨声。

二

舞毕，苏樱以一个娇俏的姿势收尾随后站定，谢幕时向二楼正中的包厢看了一眼，旋即微微额首低垂眼帘悄然离场……

这一眼可迷倒了包厢里的中年大汉，眼看着舞台上灯笼再次熄灭，黄色衣裙的美仙娘和其他伴舞的女子都已退场，大汉的魂却收不回来了。发现舞者不再登台，他颓然地靠在椅子上，把酒杯往桌子上一蹾，大声喊道："金二娘，你给我过来！"

大汉带着异域口音的吼声刚传到走廊，不远处一个穿着艳丽的中年女人迈着小碎步一溜烟地跑了过来。金二娘虽年逾四十，身形却依旧苗条，称得上是风韵犹存。她一边小跑一边拉着长声地喊着："来啦——来——啦——"到了门口，打开门伸手一挑帘子，钻进了包厢。

此时的大汉脸上带着几分不悦，见她进来便说："今天的舞蹈，不怎么样啊。"

听他这么说，金二娘赶紧上前打圆场，娇嗲道："哟，勃利大爷，您这是哪儿的话啊，我们这儿可是京城最美的舞娘，舞的是京城最美的舞！勃利大爷您若不满意啊，跟我说，我让她们改！！！"说着，金二娘往这大汉身上靠去，手还轻轻拍打他的肩膀。

大汉脸色一变，道："你给我这波斯人看波斯舞，我当然会不满意，不过那姑娘跳得倒也算有鼻子有眼了。"说完，瞥了金二娘一眼，脸上带着坏笑。

金二娘手帕一挥："哎哟哟，您瞧，看来我们真是卖弄了！本来是想着勃利大爷和索亚斯少爷大驾光临焕彩阁，一心想让各位爷觉得宾至如归，特意安排了这舞蹈，以后您再来京城，到我们这儿就是回家了不是？"她挥起帕子，拍了拍勃利的胳膊："大爷您也别生气，这些姑娘可是苦苦练了二十几天呢，跳得不好，也请大爷多海涵。"说完发出一阵清脆的笑声，回荡在整个包厢里。

听她这么一说，勃利嘴角一撇，抬起手指着舞台方向说："那黄衣女子还不错，让她过来喝杯酒，就说我们索亚斯少爷想见见她，教教她怎么跳波斯舞。"

勃利抬眼看了看一旁的年轻男子，那男子没说话只挑了挑眉毛。

金二娘明白勃利本就想要结识刚才跳舞的姑娘，却面露难色，说："哎哟，勃利大爷，这姑娘恐不胜酒力呀，我……我这就去给您问问，给您问问……"说完，小跑似的出了包厢，身后飘着浓浓的脂粉味。

勃利高兴地喝着酒，时不时往门口看两眼。

不一会儿，金二娘又踩着小碎步跑了回来，一进屋就先笑了起来："勃利大爷，您瞧，今天真不巧，跳舞的黄姑娘今天不舒服，怕是不能陪您吃酒了……不然我陪您……"

没等她说完，勃利挥起大手，"啪"地拍在了桌子上，酒杯、茶杯、盘子都跟着一震，吓得金二娘慌忙用手抱住头，带着哭腔说："啊——勃利大爷，您息怒，息怒啊……我们家姑娘……"

"不舒服是吧！不舒服我今天就把你们焕彩阁……"折了面子的勃利头发都要竖起来。

"我再去请，再去请！"金二娘很识相地抱着头跑了出去。迈出门，她用手拍着自己的胸脯，说："吓死老娘了，呼——"长出了口气，抬手抚了抚头发上的发饰，生怕惊惧袭扰了自己的美艳。

这一幕，被西侧包厢里的陆拾通过半开的窗户看得清清楚楚，他不动声色地啜了一口茶，不时向楼下看两眼。

大约一盏茶的工夫，二楼正面的包厢门帘被轻轻掀起，先是金二娘摇曳着身子轻踱进来，她用手将门帘撑起，娇嗲地说："哎呀呀，看看谁来啦——"声音妩媚得像甜腻的桂花糖。

包厢里的人循声望去，只见一个穿着鹅黄色纱衣的女子走了进来，身上的银饰发出"叮叮咚咚"的声响，这女子头戴头纱，面纱蒙面，只露出一双大而黑亮的眼睛夺人魂魄。

近处看来，身着黄纱舞裙的苏樱更是明媚灵动，更带几分神秘。在场的异国男人的鼻息都有些粗重，中间坐着的年轻男子将脸扬了起来，眼睛上下仔细打量着苏樱，旁边的中年大汉勃利如同神游天外似的目不转睛地看着苏樱，嘴巴张着却说不出话来。

半晌，一直沉默的年轻男子索亚斯开口道："姑娘辛苦了，快请坐。"说完微微欠身，抬起右手做了个"请"的姿势。

勃利这才回过神来，用手抹了抹下巴上干涩的胡楂，立即连声说："对对对，快坐下。"说着伸手抓了张凳子放在他和索亚斯的中间，拍了拍。

苏樱转身对金二娘说："二娘，女儿自己在这儿便好，您且去忙吧。"

"这……这怎么行？"金二娘有些担心，低声对苏樱嘀咕。

"没事的，去吧。"苏樱声音轻柔自若。

金二娘只得转身离去，走到门口时，又回头望了望。苏樱见状，轻轻摆手，让她安心。金二娘这才出了门。

苏樱转身走到桌前，水灵的眼睛转了转，看了看四周，抬起纤纤玉手，以袖掩面，轻轻咳了两声，道："小女子今日在几位大爷面前卖弄了，还请大爷恕罪。"说着弯下腰翩翩行礼。

"哈哈哈哈——"勃利大笑起来，无法掩饰心里的愉悦，说，"没想到大明的京城竟有如此曼妙的女子，能舞得我们波斯舞蹈，真是难得！哈哈哈哈——"

苏樱见包厢里人有些杂，便说："索亚斯少爷、勃利大人，小女子最近偶染喉疾，实在抱歉，这屋里的人若一多，我便有些透不过气……甚至有时会发咳嗽气喘……"说着她便轻咳了起来，身上的银饰也跟着一阵乱响。

这一咳惹得勃利怜惜之心骤起，他怎见得美人如此娇弱的样子，赶紧转身把手四下一挥喊道："出去！出去！出去！……"把身边的七八个随从全都轰了出去。

这几人好不容易一睹舞姬芳姿，真容还没见就要被赶出去，心里虽不情愿，也只能遵命，出去把守在门口。

见随从们都出去了，勃利又一阵痴笑，招了招手说："姑娘，好点了吗？过来，过来！"

苏樱点了点头，往前走了几步到勃利和索亚斯中间。

"这面纱……"勃利说着便伸手抓住了苏樱面纱的一角，意欲将其扯掉。

苏樱见他如此张狂无礼，心中一团怒火撞到胸口，以迅雷不及掩耳之势钳住他抓面纱的手，腕上用力将其手关节折返。

　　勃利完全没有反应过来，一心想要扯掉面前这个女子的面纱，怎想手被瞬间钳住。只听"嘎巴"一声关节已然脱臼，勃利刚要张开嘴呻吟，就被苏樱捂住了。他更没想到的是面前这个看似弱不禁风的舞女，手上竟有千斤的力气控制他。勃利的嘴被捂得严实，用尽全身力气只发出了"嗯——"的一声。

　　苏樱见他要挣扎，左右手一起用力将他的头猛地一转，一声清脆的断裂声后勃利的腿抽动了两下，跌在椅子上，便成了具尸体，不再动弹。

　　结果了勃利，苏樱舒了一口气，侧目看到左边的索亚斯依然坐在座位上，嘴角微翘，眼神中带有几分欣赏。

　　就在此刻，守在门口的一个随从听到了些异样的声响，撩起帘子往里看，见勃利胖硕的身躯歪在椅子上有些古怪，便进了包厢，又看见索亚斯一脸惊恐，忽觉气氛不对。

　　苏樱见索亚斯神情忽变，就知是有人进来了，旋即听见身后有脚步声，随之而来一阵气流。苏樱赶紧转身，擒住来者的快手，抬腿一脚正中来人的肋骨。

　　挨了苏樱一脚的随从重重倒地，捂住肋骨龇牙咧嘴。

　　苏樱飞身踏上桌子，正要纵身跳出窗外之时，另一个随从循声进了包厢，手里拿着一把长刀，冲上前挥向苏樱。怎知刀停在半空，这人就如泄了气的皮球一般倒地不起，刀当啷一声落地。

　　苏樱回头一看这人胸口中镖，镖身窄长，便知是陆拾的镖，她向东侧的包厢望了一眼，此时陆拾已起身准备离开。苏樱脚下用力，从包厢半开的窗子跳出落在舞台中央。

　　楼上楼下一片哗然，客人们对二楼包厢发生的事浑然不知，以为是这位美若天仙的舞娘从天而降返场表演。欢笑声、呼唤声、口哨声混在一起，焕彩阁瞬间沸腾如一片欢海。苏樱弯下腰翩翩行礼，趁乱转身去了后台。

　　二楼正中包厢外面的几个波斯随从见势不对都拥入房间，看到歪在椅子上的勃利已然身亡，地上两人一死一伤，正要追问索亚斯的时候，门外忽然又蹿进来六名穿黑衣的暗卫打晕了他们。

六名暗卫解决了波斯随从后，快速闭紧包厢的窗子。这时正值苏樱跳落舞台的一瞬间，所有人注视着黄衣舞娘，哪里会注意二楼包厢里的事，欢呼声更是掩盖了一切死亡的声音……

暗卫们干净利索地办完事，在黎明前将包厢里的尸体清理干净，护送索亚斯到了冯保的东郊别居。

三

翌日午后，苏樱和陆拾到卫所正厅拜见统领陈六一。

"这次任务做得干净漂亮。"陈六一坐在卫所正厅中央的椅子上，笑容满面地看着坐在一旁的苏樱和陆拾。

"樱儿这次表现极好。"陆拾微笑着转头看向苏樱。

苏樱略显羞涩，说："哪里，多亏师兄掩护，才没出什么乱子。"

陈六一笑道："都好。"说完，话锋一转："月末将有一批新选上来的后生报到，这次樱儿做教头，须得好好培养这些新卫。拾儿后天早上带十名百户，送索亚斯回波斯！"

陆拾一怔，看向苏樱。

陈六一看二人满脸疑惑，笑说："噢，索亚斯乃波斯王子，其父是波斯国王阿格硫斯，现身染重病。勃利是索亚斯的叔父，手握兵权，阿格硫斯担心勃利在自己百年之后篡夺王位，便早早差人与我大明通信，请皇上助其子索亚斯顺利继承王位。波斯国王在三个月前便派勃利陪同索亚斯王子来大明求娶汝嫣郡主，借和亲之名调虎离山将其除之。"

苏樱和陆拾纷纷点头，此刻才知事情的缘由。苏樱心里想：难怪芸娘近来逼我苦练波斯舞蹈……

"原来如此，西域夹在大明与波斯之间，与波斯交好西域方能安稳。"陆拾若有所思地点点头。

"呵呵，你们这次着实立了一功。好了，先回去稍作歇息吧。"陈六一高兴得笑皱了眼角。

苏樱和陆拾站起身来向陈六一行礼告辞，离开了正厅。

走到后院的时候，陆拾忽然从袖筒里取出一个金黄的月饼递给苏樱："喏，给你的。"

苏樱接过那个精致的月饼，放在鼻尖嗅着那甜美的味道。

"昨晚在东市口买的。"陆拾笑着看苏樱，只觉她样子很是可爱。

自从苏樱进暗卫，这些年再没吃过月饼，也从不节庆。此刻她手捧着这个金黄油亮的月饼，觉得陌生又悲凉。她抬头看向陆拾，一眨深潭般的眼睛，立即将脸转向一边。

苏樱努力驱散心绪，此时的悲伤和哀愁只会让人脆弱，过往的事无数次向她证明，只有冷漠之人才能强悍、无畏。

陆拾见苏樱眉生愁云，赶紧伸手拍了拍她的肩膀说："今年有多少名新人到卫所？"

"十四名。"苏樱低下头答道。

"我后日离京，这一走，要半年后才相见了。"

"师兄，你多保重。"

陆拾没说话，看着苏樱的侧脸，不禁想起她三年前经历的那场炼狱般的训练。

于陈六一，少年时二人在暗卫一同成长磨砺，苏樱一直唤他"师兄"。

见苏樱这番反应，陆拾嘴角微微一动，沉声道："帮你捋捋头发……"说着，伸出手将苏樱鬓角的碎发轻轻搭在她耳后，又拍拍苏樱肩膀。

苏樱呼了一口气点点头，这才放松了身子。她转过身，朝走廊的尽头走去，到大门前，陆拾转动了一下嵌在墙壁上的铜环，在齿轮转动的声音中大门缓缓开启，两人迈步出了门，身后的铸铁大门又自行关闭。门口植物繁茂藤蔓密布，遮蔽着这道沉重的铁门。

两人走到院子的廊边坐了下来，不约而同地抬头，看着这座院子上方的天空，已被晚霞染成橘色。陆拾喃喃地说："又到黄昏了。"

"是啊，师兄最喜欢看晚霞了，你看，西边的云瑰如火舞，可惜咱们在卫所里只能看见四方的天。"苏樱说着仰起头看了看四周的廊檐。

"我喜欢晚霞，多是因为黄昏时分内心最安稳，即便不能远眺，只与你在此并肩而坐已是美事。"陆拾看了看苏樱，嘴角微微挑起。

"只是这安稳和晚霞一样，稍纵即逝。"苏樱的神情随天色黯淡下来。

二

廊前一男子疾步走来："陆副卫督、苏百户，统领请二位到正厅，有事相商。"说着右手顺势做了个"请"的姿势。

苏樱和陆拾听闻对视片刻，立即起身往前院走去。

穿过破旧的长廊，便是卫所的前院。这里与后院迥然不同，院子两旁的长廊上红漆的柱子光亮如新，廊檐下缀着竹帘，微风吹着竹帘轻轻摇摆，雅致得很。院子里的青石板地面洗扫得干干净净，正厅门口一棵参天古树巍然而立。

苏樱和陆拾相继穿过院子走进正厅，一人背对门站在正厅中央，陆拾上前躬身行礼，道："统领，召属下何事？"

那人慢慢回过身来，年纪约莫四十岁出头，头发束起却也看得出发质黑硬略弯曲，剑眉虎眼，皮肤粗糙微黑，肩膀厚实，体形相当魁梧，面相却很和蔼。未开口，眼睛先弯了起来，嘴角微微上扬。此人正是暗卫的统领陈六一，也是苏樱和陆拾的师父。

见二人走到跟前，陈六一微笑着说道："来了，快坐。"声音粗犷且亲睦，说着指了指旁边的椅子，示意两人落座。"还有一个月，便是司里年度的晋位选拔了。"他喝了口茶，缓缓说道，"樱儿，地字卫的甲等我看非你莫属。拾儿更无须多言，现兵车都督和镇抚使均有一名出缺，升镇抚使应是不在话下。你们的功夫和兵刃最近无须多练，樱儿要加强机关术，拾儿就再花些时间在暗器上吧。"陈六一声音温和，可语气绝对不容置疑。他眼睛很小，却熠熠放光目光慑人。

苏樱和陆拾对望片刻，一道点头称是。

暗卫中的生存法则便是竞争，这一个月必定难熬。

陈六一端起桌上的茶碗，轻轻啜了一口，又弯着眼睛，亲切地说："樱儿，听孙伯说你最近整日把自己关在操练室里练刀法，凡事过犹不及，张弛有度才对。今晚去巳号机关室找擎宇吧。"

听陈六一这么说，苏樱立即起身，道："是，义父。"说完转身便往外走，准备去操练室。

"记得先吃饭。"陈六一摇了摇头，脸上带着笑嗔怪道，"这孩子……"

一旁的陆拾见此情形也赶紧起身，道："统领，那属下也去了。"

"好。"陈六一微微点头，看着二人的背影喝茶，样子若有所思。这些年陈六一着力培养陆拾与苏樱，他二人也不曾让陈六一失望过。

三

阴冷的地下演武所走廊尽头，坐在巳号机关室门口的擎宇见苏樱来了，缩着脖子歪着脑袋，坐在小桌子后面头也不抬，自顾自地嗑着瓜子。这厮一向是个邋遢鬼，粗布衣早已看不出原本的颜色，一缕如干草般的头发搭在脑门上，凌乱得很。

"我要练习机关术。"苏樱从袖袋里取出六钱碎银丢在桌子上。

擎宇抬起头，看了看，起身走到机关室门口，掏出一串钥匙，嘟囔着："都不让人歇一会儿，真是的……"

苏樱也没理他，别看擎宇这副懒散的样子，但研究机关在暗卫当属首屈一指，因而操练室只有他这间是收费的。

擎宇打开机关室的铁门，走进总闸房忙活了一阵儿，把头探了出来："师姐，所有机关都已经打开了，一会儿闸门一开，你就可以进去了。这里可不比卯号、辰号，我这儿可复杂得多，凡启动的机关都可能要人性命。"语毕认真地冲苏樱眨了眨眼。

苏樱深深地吸了口气。

其实几乎暗卫的所有人都知道，苏樱资质过人，无论是功夫、暗器、记忆力都超乎常人，所以年纪轻轻就成为出色的杀手。可她唯一的弱项就是机关术，似乎总有难以逾越的障碍。

擎宇歪着头看着站在闸口的苏樱，扬起下巴对她说："别勉强，不行就喊我。"

苏樱看见闸门缓缓开启，前面一条笔直的通道，墙面也十分平整，看不出任何玄机。布靴的底十分柔软，能最大限度地感受脚下细微的变化，苏樱集中精神试探着迈进走廊。她提着气息，脚步尽可能地轻而稳健。走到第三块方砖之时，只觉得脚下发出"咯噔"一声，身后的门瞬间合拢，随之而来的是一阵风声，细如蚊吟。苏樱立即低下头，一道微风划过头顶，"嗖"地飞过一根针，扎在了前方的墙壁上。

苏樱不敢轻举妄动，仔细观察周围环境，发觉第二盏灯下的砖有一角微微凹陷。心知此处定有玄机，她用力向前跳起，准备伸手探那处机关。

正在伸手将要扣住机关之时，却不承想另一个机关启动了。两把十字镖旋转着射向苏樱肋骨处！她果断地一提气，缩紧腹部，同时，抓住机关的右手在空中用力一拉，只听见"吱嘎嘎"一阵机械运转的声音，走廊右侧的暗门启动了。那两把十字镖在苏樱腹部下方穿过，几乎擦着衣襟而过，险些碰到身体。

进入刚刚开启的暗门，房间四下漆黑，只有远处一个金灿灿的高台，四周数支细细的雕花蜡烛将高台映得华丽夺目。高台上方一枚铜牌，上面隶书阴刻一个"巳"字，正是演武所的通关令牌。显然若能拿到令牌，就可顺利通过此关。

令牌近在眼前，苏樱却不敢轻举妄动，这华丽夺目的金台充满诱惑也必定机关重重。苏樱巡视四周，脚下轻轻地挪动步子，集中精力寻找机关。

突然，暗室里出现一缕金色烟雾，苏樱对面的墙壁忽然转动，她下意识地抽出袖中的夜游，一道冷白的光划过暗室。墙壁背面是一面一人高的铜镜，夜游的刀光从镜子里反射回来，甚是刺眼。

她不敢懈怠，定睛观看四周情况。谁知当她看到铜镜中的自己时，身上的汗毛都竖了起来——镜中的黑衣人冷酷的容面，手上闪着寒光的刀……与那杀害母亲的黑衣杀手竟一模一样！

那道白光闪过，母亲倒地不起，一股鲜血喷溅到窗户上……这画面突然浮现脑海，苏樱觉得头一阵剧痛，眼前天旋地转，手脚酸软。她咬住牙用尽力气纵身一跃，挥起刀劈向铜镜。

夜游吹毛利刃，锋利无比，苏樱用了全身的力气，只见铜镜由中间裂开，暗室里发出巨大的响声，墙壁也随之一震。铜镜带着裂痕，像是一个鬼面判官一般站在苏樱对面，一声撕心裂肺的叫喊中，手中的"夜游"跌落在地，苏樱抱住头号啕大哭，痛苦地倒在地上抽搐。

四

被一双大手用力抱住肩膀的苏樱微微睁开眼睛，看到是陆拾温柔的目光，内心仿若崩塌一般。

陆拾蹲在地上，胳膊绕着苏樱的肩膀，用力揽住她，轻轻地说："没事了，没事了……"

其实，陆拾一直不放心苏樱只身前来练习机关术，他深知苏樱不擅长机关术，尤其是巳号机关室会运用曼陀罗香，很容易让人出现幻觉，苏樱在香料作用下回忆起内心最痛苦的记忆。

所以，他跟着过来，见苏樱进了密室，自己则随擎宇在外面观看情况。看到苏樱在铜镜前发愣，他已经觉得大事不妙。陆拾赶紧让擎宇把埋伏机关解除，自己从侧门进入暗室。可他没想到苏樱在曼陀罗香的作用下会反应如此剧烈。

"樱儿，别怕！樱儿，你冷静点。"陆拾一边安抚着苏樱，一边紧紧抱住她颤抖的肩膀。他想起苏樱刚来暗卫的时候，像只从暖巢中掉落的小鸟一样孱弱胆怯……

苏樱眼泪流满双颊，无助地看着陆拾，抽噎的喉咙里沉沉地发出声音说："师兄……"

陆拾疼惜地抹了抹她脸上的泪，点点头，安慰道："樱儿，别怕……"

休息半晌后，陆拾搀着脸色煞白的苏樱从暗室里走出来，苏樱好像丢了魂魄一样，没有一丝力气。门外等候他们的擎宇也一脸焦急，他没想到平素里桀骜绝俗、冷若冰霜的苏樱竟然在机关室里大哭。他上前手脚慌乱地扶住苏樱的胳膊，关切地问道："师姐，你没事吧？"

苏樱疲惫地摇摇头，嘴唇惨白，面无血色。

"没事，让她回去休息一下吧。"陆拾替苏樱回答道。

正在两人要离开之际，擎宇挠了挠头，尴尬地张开嘴，而后又闭上，一副欲言又止的样子。

陆拾看到他这副样子便问："何事？"

"刚才你进入暗室后，芸娘来过，我想……要不了多久，她就会召师姐……"

陆拾皱了皱眉，道："既然都看到了，也没办法。"说完搀着苏樱往外面走去。剩下擎宇傻傻地站在原地，望着他们二人的背影，挠了挠生满杂草般头发的后脑勺。

第三章

心魔

一

　　芸娘的居所在卫所的西南角，小院偏僻幽静，淡淡香气总是轻柔缭绕令人忘却心中忧愁。这般清新舒畅的所在，却比机关术的暗室更让人发怵。

　　芸娘是暗卫的副统领，地位仅次于陈六一，专司暗卫成员的心志，管理他们的意志。

　　说来也奇，出了这院子的人都是一副脱胎换骨的样子，可见芸娘实不能小觑。

　　挑战巳号机关密室失败后的第二日午后，苏樱被芸娘的助手蓝瑜唤至西南小院。一进门，苏樱闻到一阵淡淡的百解忘忧香的味道。西侧的屋子中央，芸娘身着淡青色的长衫席地而坐，乌黑的长发随意披散在肩头。地上铺着浅草色包宋锦边的席子，矮几上的汝窑葵口盘中放着一只茶壶，茶壶的一边是一只定窑的执壶和两只小杯。窗前淡绿色的轻纱帘将光线变得柔和。

看到苏樱进来了，芸娘转过头对着她莞尔一笑，朱红的唇好像一颗樱桃。她轻轻放下茶杯道："快来，这边坐。"说完轻轻地抬起左手，示意苏樱坐下。

苏樱不敢怠慢，脱下靴子，踏进西屋，也席地而坐。

"别太拘谨，先吃杯茶。"芸娘轻轻地将茶杯斟满。

"谢芸娘。"苏樱拿起茶杯。

芸娘一笑，缓缓说道："你昨天去机关术暗室，我看到了。"芸娘开门见山。

"呃……让您失望了，属下会勤加练习。"苏樱微微低了低头，有些窘态。

"我觉得呀，这机关术不该难倒你。"她抬起一只手，温柔地说，"吃茶，凉掉就不好了。"芸娘微微一笑，挑起弯弯的细眉，接着说，"倒是这心魔……终究是要除的。"芸娘轻声细语，苏樱却觉得脊背发凉。

"哪里有什么心魔。"苏樱有些尴尬。

"樱儿，从你八岁来到这里，我一直看着你长大，和芸娘就不要虚言了。"芸娘伸出右手，纤细的手指轻柔滑过苏樱的左脸，苏樱只觉得每根汗毛都战栗不止，端起小小的翠玉茶杯一饮而尽，没再多言，芸娘的语气也不容她分辩。

这杯茶喝下后，她反倒觉得嘴唇有些干，头忽然有些晕，紧接着是一阵天旋地转，身边的声音似是在梦中一般空灵，眼前的芸娘越来越模糊，自己仿佛置身于另外一个世界，旋即身体被吸入一个黑暗的空间……

再清醒的时候，苏樱已经趴在一间密室里的一张板床上，身上捆着绳索，板床只是勉强支撑着她的四肢，房间四面不是墙壁而是白色的幕布，白光刺得苏樱双眼胀痛。

芸娘从幕帐的缝隙进来，手持一支蜡烛，轻轻走到苏樱面前弯下腰伸出右手抚摸了一下苏樱的侧脸，道："樱儿，只要你气息均匀，这蜡烛不灭，便可以出去了。"说着，她将蜡烛摆在苏樱脸下，转身离去。

见她要走，苏樱的火气冲上了脑子，方才自己被芸娘的茶迷倒，又被五花大绑关在这样一个房间里，怎么挣扎都无法挣脱。她越想越气，大声喊道："放开我！放我出去！"这一喊，面前的蜡烛一下子被她的气息吹灭了。

芸娘见她气急败坏，摇了摇头，嗔怪道："樱儿，你越是这样，越出不去的。我会在外面等你。逃避终究不是办法。"说着，她又将苏樱面前的蜡烛点燃。"我这是在帮你。"说完，头也不回地走了出去。

二

芸娘消失在视线中，苏樱无奈地试图屏住呼吸。半炷香的时间过去，脸上、身上全是汗，衣服早已被汗水浸透，身上的绳索仿佛勒进了肉里。

正在她来回挣扎之际，忽然看到一面幕布后出现一个男子高大的身影，这影子手里握着一把刀，忽然一挥，一串鲜血打在白色幕布上面。

苏樱见到这场景，像是崩溃了一般"啊——"地大叫起来。她想要挣脱绳子却无能为力，疯了似的摇着头翻滚痛哭……就在此时，一阵呼喊声越来越近，她睁开眼慌张地四下观看，看见另一面幕布后面，一个小男孩的身影奔跑而过……苏樱歇斯底里地尖叫："不要——不要——啊——"随即昏厥过去……

再睁开眼，芸娘已经蹲在她的面前，手里端着一碗水，四周的幕布好像换了新的一样洁白无瑕。苏樱听见芸娘在说话："樱儿，一切幻象皆由心生，你若自乱心志，就永远都不会成功。"说着又点燃了一支蜡烛，放在了苏樱面前，道："一炷香时间，蜡烛不灭，我就放你出去。"说完又飘然而去。

这次，幕布外面是橘红色的光亮，是火！火光抖动，映得周围红彤彤的，风声大作，火烧木梁断裂，紧接着是一个五六岁孩子的啼哭声……苏樱听见孩童的哭声，咬着嘴唇簌簌流泪，此时仿佛有把刀子在剜自己的心脏，面前的蜡烛再次熄灭……

过了大约半个时辰，幕布外面恢复了平静，芸娘走到苏樱面前。她躺在板床上，没有半点气力，芸娘蹲了下来，掏出帕子为她擦了擦脸颊上混着汗水和眼泪的水珠，道："你究竟在害怕什么？逃避难道就真的能过得去吗？记住，只有无所畏惧之人，才能成为一名出色的暗卫。"见苏樱没什么反应，芸娘轻叹了一下，继续轻声细语地说："哪个暗卫不是如此……哼……"芸娘苦笑着点燃一支蜡烛，站起身来，一边向外走一边冷淡地说："一炷香。"

双眼布满血丝的苏樱看着芸娘的背影，像荒野上饥饿的孤狼一样，假如此刻可以挣脱绳索，想必她做的第一件事就是杀掉面前这个女人。

八岁之后，苏樱就开始了与仇恨为伴的岁月，她忘不掉母亲临终前的模样，更加忘不掉自己和年幼的弟弟在那一刻像是从巢里掉出来的雏鸟一样无助地战栗。

那些身着黑衣的杀手挥舞着的刀剑闪着熠熠寒光，在弟弟的哭喊和挣扎中，一把尖刀从他的心口穿过……那穿在刀上的小身体软塌下来，再没了哭声……宅子最终陷入火海，惨叫混杂着火焰燃烧的声音，成为苏樱对家最后的记忆。

再清醒的时候，她已经被陈六一带到卫所的寝宅里。此后苏樱经历了锦衣卫魔鬼式的训练和一次又一次的选拔，在这段艰难的时光中，她唯一的信念就是有朝一日可以为爹娘、弟弟以及全家四十七口人报仇雪恨。

想到这些，苏樱深潭般的眸子涌出苦涩的泪水。

幕布又一次出现杂乱的影子……

苏樱竭力让自己充耳不闻四周的动静，闭上眼睛尝试轻缓地呼吸。不久气息平静下来，眼前竟出现母亲的笑脸，给她和弟弟讲着盘古开天地的故事，清风吹进旧宅的屋子，床边纱幔微微飘荡……

苏樱眼角还在泪泊中，眉头渐渐舒展开，笑着在幻境里凝望母亲。

过了一会儿，芸娘走过来，把蜡烛拾起熄灭，轻柔地对苏樱说："樱儿，你过关了。"并蹲下将苏樱身上的绳索解开。

苏樱起身，把绳子拽了拽，用力丢在一旁，冷冷地看向芸娘。

芸娘笑了一下说："走吧，歇好了去挑战巳号机关室，再试试。"说完径自离去。

再看到阳光时，苏樱仿佛像八岁那年一样死里逃生，她扶着廊下的柱子走到了院门口，又扶着大门吃力地迈了出去。

刚出大门，就见到陆拾神色焦急地在外面等她。见到苏樱，陆拾连忙上前扶住了她。

"还好吗？"陆拾疼惜地问，"我这就带你回去休息，唉……"

可苏樱却从牙关里微弱地咬出几个字："师兄，我要去机关室……"

他看着苏樱说："今天不行了，我刚去过了，本来是打算帮你预定的，结果擎宇说今天机关检修，两日之后才能去练习。"陆拾坚实的手臂扶着苏樱的肩膀，臂弯中瘦弱的身体还在颤抖，叫陆拾不由得心痛。

三

苏樱离开芸娘的院子没多久，陈六一便到了，迈步进正厅时房檐下竹帘的两角缀着的小铜铃发出清脆的响声，芸娘在里头轻柔地咳了一声。

"辛苦你了。"陈六一应着。

给陈六一面前的杯子斟上茶，芸娘道："那丫头，执拗得很。"伸出纤纤玉手请陈六一落座。

陈六一笑着喝了口茶，摇了摇头。

"也正因为她这股拗劲儿，才能如此出类拔萃。假以时日，定会如你亲手打造的那把夜游一样。"芸娘朱唇一挑，看来是说中了陈六一的心思。

四

八月的京中天气渐渐凉爽怡人，夕阳西下时云霞分外绚丽。这时节恰好中秋将至，京城好不热闹。

卫所的后院依然如旧，廊柱斑驳，灰色墙壁上爬满了暗红的爬山虎。

陆拾坐在廊下，仰头望着瑰丽的晚霞。外面街上熙攘的人群和街市的喧闹仿佛被卫所大门隔开，卫所也像是这世界上无人知晓的存在。

"发呆呢？陆抚台。"苏樱忽然站在陆拾身后。

陆拾早觉出她的脚步，苦笑着摇了摇头，反问道："好像有一阵子没见到你了，忙什么呢？"

苏樱坐在了陆拾的旁边，眨了眨眼睛说："擎宇这小子，近日改造了巳号机关室，非要我先去试一试。我去了之后发现也不过尔尔，一炷香就破了。"她抿着嘴，摇了摇头："这个擎宇，真该花些心思在研究机关上，少成日地赌钱……"

听她说得如此轻松，陆拾一笑，道："呵呵——自从三年前你第一次大破巳号机关室之后，就再没有什么机关能难倒你了。"

苏樱低下了头，认真地用牛皮条将刀柄又缠了缠，又抬头对陆拾笑笑。

这三年里，苏樱已晋升为千户"天字卫"，除了执行各类任务，还负责训练新人。陆拾亦晋升为暗卫的卫督，同时也是锦衣卫的镇抚使。

第四章 久别重逢

一

秋日清晨，卫所的后院可以看到湛蓝的天上飘着几朵白云，清风拂过苏樱白皙的脸颊，撩动几丝鬓边的碎发。

刚到辰时，经过重重筛选新入暗卫的年轻小伙子们，已经穿戴整齐自觉在后院列好队伍等待受训，苏樱正是这班新卫的教头。

点名之时，一个名字忽然跃入眼帘，苏樱迟疑片刻道："谭少卿。"

"在！"一声响亮的回应。

苏樱循声望去，心里为之一惊。在人群中她看到一个高个子的男孩站得笔直，约莫十五六岁的年纪，身形瘦长。他也正睁着大眼睛看着苏樱，那双乌黑的眼睛在晨光里清澈锐利。苏樱忽觉脊背一阵热流逆转至掌心。

苏樱皱起眉头，目光聚焦在男孩身上，而那男孩竟也丝毫不躲闪。

忍着心中杂乱无章的思绪，苏樱继续点名，并安排好训练内容。待新卫散开训练后，苏樱回想起六年前那个元宵节的夜晚，自己刚升为"地字卫"时。

苏樱作为那次任务的首领，带领的二十名百户在子时潜入了位于城东的谭府。当晚谭府歌舞升平，全家上下都沉浸在欢乐中，众人醉意正浓，全然不知一场浩劫近在眼前。

她清晰地记得二十名杀手跳进谭府，顷刻间血光四溅，男女老幼皆赴黄泉。当她走到后院的一间卧房外时，谭思慌慌张张地从屋里跑了出来，大喊一声："你们不是要杀我吗？来吧！"说完，挺起胸膛直接扑在了自己的剑锋上，倒地的瞬间与苏樱四目相对似有话要讲，却来不及说出口就一命呜呼。

那眼神令苏樱疑惑不解，她抽出插在谭思胸口的剑，转身推开房门，发现床下有一个男孩瑟瑟发抖。她俯下身定睛一看，一双黑色的眸子顿时射穿了苏樱的身体——这孩子如同自己年幼的弟弟，自己家遭遇变故的那晚，母亲倒地时也如谭思一样与幼子诀别……

这双眸子叫苏樱心头一沉，突然响起一声蝉鸣将她惊醒，她深吸一口气，神情不安又惶惑。

二

训练第七天的黄昏时分，苏樱召集所有新卫在后院集合，安排夜间训练。谭少卿被安排训练射箭和弩，由苏樱亲自指导。

晚膳后，苏樱走进卫所后院的操练场。火把将宽敞干净的操练场照得格外明亮。长方形的场地一端有四个圆形的草编靶子架在木桩上。

不一会儿，操练场的铁门"吱呀"作响，一个高高瘦瘦的年轻人走了进来。苏樱扭头看了看他，那年轻人见到苏樱，躬身行礼，道："苏千户，我来了。"

苏樱怒视着他。"谭！少！卿！"这三个字几乎是从牙缝里挤出来一般，"你，为何回京？"

"姐姐，你还认得我，是吗？我入卫所第一天，你就认出我了，是吗？"谭少卿欣喜又兴奋，乌黑的眼睛几乎涌出泪来。

可苏樱皱着眉头，气愤地说："回答我！为什么回京城！"

谭少卿见状，收了刚才的兴奋，一字一顿地回答："报！仇！"

"你难道忘记送走你那天我的忠告了吗？做个普通人，务农也好，做小商小贩也罢……一定要努力忘掉仇恨和往事，可你……"苏樱感到一阵心痛，说，"你可知，这暗卫是与外界隔绝的牢笼，进来不易，脱离便是不可能！我当初救你出来又送你离开这是非地，可如今你又回到这摊污水里来！"苏樱深邃的眼眸里闪着凄凉的微光。

"那又怎样？"谭少卿皱起眉头，"那我谭家上下三十二条人命，难道就随着那场大火烟消云散了吗？我一家老小被残忍地屠杀，而刑部却称是下人疏忽使得灶房起火，将整个府邸付之一炬！就这样三十二个活生生的人死得不明不白……我亲眼看见父亲死在仇人的刀剑之下……"说着，谭少卿握紧拳头青筋暴起。

"即使不甘心，也不该又往这火坑里跳啊！你可知这暗卫……"

"我没有别的办法，这么多年，我寻遍各种方法，发现只有这儿才是最接近朝廷的地方，进入暗卫就有机会报仇！"谭少卿没等苏樱话毕，便目光灼灼地反问，"你既然说这里是火坑，为何守在这火坑里这么多年？"

"少卿，你我不同，我别无选择。家变后我就被带到这里！而你现在是自投罗网！"苏樱感到惋惜，"你！唉……"

"姐姐，你知道吗？当年你虽给了我盘缠送我离京，可多年来我颠沛流离，四处流浪孤立无援，唯一能支撑我活下来的力量就是复仇！"谭少卿说着往前走了一步，他不由得伸手想去握苏樱的胳膊，最终却将一双手停在半空中。

苏樱听了他这番话，心里无限酸楚，想到自己这么多年来，在暗卫里经历的地狱式训练和重重选拔，如今已成了杀人如麻的恶魔。如果当初弟弟没有死，自己和弟弟逃了出去，是不是也会像谭少卿一样过着颠沛流离的生活？她抬头看着谭少卿的脸，比起小时候棱角分明了许多，个子已经高出自己一头。

苏樱心里涌动着说不出的苦楚，第一次看到谭少卿的时候就恍惚以为他是自己的弟弟，甚至在她的记忆当中把他们混为同一个人。她伸手握住停在半空的谭少卿的手，问："那以后，你想怎么办？"

谭少卿想了想，坚定地说："努力成为暗卫的头号杀手，这样我就有机会在暗中查清当年全家被杀的原因。"

苏樱长叹一声："唉……好吧。"她也无可奈何："只是，你需得勤加练习，方能保护好自己！"

谭少卿听苏樱这么说，用力握紧苏樱的手。今日终于能与苏樱相认，自己终于再不是那个流浪的孤儿。

当年北城门外一别，苏樱以为再也见不到这孩子了，她让他带足盘缠走得越远越好，今后隐姓埋名做个普通人，更想他忘却身世与仇恨。可如今这男孩再次站在自己面前，苏樱虽不愿他成为一名杀手，可现下已然如此。苏樱暗想，自己定要尽力保护他。当年她没能保护自己的弟弟，如今至少能保得身边这个男孩。

谭少卿与苏樱之间的命运交叠，于谭少卿，苏樱既是救命恩人，又是他这些年来的精神支撑，除仇恨外，他似乎再找不到可以与苏樱相提并论的心事，而苏樱在谭府遭遇惨剧当晚为何会及时出现将他救下，亦是疑云重重。

第五章
行刺南使

一

谭少卿进暗卫足足训练了半年，从初训、复训中脱颖而出，如今已经从总旗升至试百户。他身体灵活、协调，行事专注，记忆力强，在一众新人里表现得出类拔萃，统领陈六一对他也十分欣赏。因为长相俊美，更是深受芸娘的喜爱，芸娘总说他的皮肤适合易容。当然，这当中少不了苏樱对他的加倍操练。

清明前后京城时常下起绵绵细雨，刚要抽出的柳芽紧抱嫩叶，湿润绵软的春风带着清凛的寒气。

三月初十这天清晨，天色阴冷令人有些烦闷，外面来了位风尘仆仆的高个男子，骑着一匹青色梅花马，身后跟着十名骑马的随从。

一行人到了卫所侧门，打头的男子拉紧缰绳利落地跳下马，见到门口守卫的小白，二话没说把缰绳一扔，快步走进卫所。身后的小白上前一把接住了飞到面前的缰绳，一个趔趄差点摔倒，站稳之后手持缰绳，惊讶地说："陆……陆卫督，您回来啦——！"脸上露出激动的神情。

听到小白的话，陆拾并没有回头，其他随行的百户也纷纷下马，将马匹拴好进了卫所。这时辰陈六一应是在饮茶，陆拾来不及换下衣裳，就穿过侧门去往正厅。到了门口，陆拾停下了脚步在门外站定，又上下拍了拍身上的浮尘，才迈步进了正厅。

卫所正厅大门敞开着，虽然天气略有阴霾，厅里依旧亮堂，陈六一坐在正中的椅子上正在斟茶。见陆拾进来，稍微有些吃惊。

陆拾迈进正厅，低头拱手向陈六一行礼："统领，徒儿回来了。索亚斯王子已平安送回波斯，事情均已办妥。"

陈六一放下茶壶，未开口眉眼先笑起来，说："好，好徒儿，快来，坐下！"他伸手指了指下首的椅子。

陆拾抬起头，坐在了左侧一排椅子紧挨着陈六一的位置，毕恭毕敬地说："师父，还没来得及更衣，徒儿失礼，请您见谅。"

"哪里的话。"陈六一满脸笑容，让孙伯给陆拾斟了杯茶，道："一路上辛苦了，冯大人那边上月已接到波斯来的飞鸽传书，此事办得甚好，皇上和几位大人都很满意。只是……你仿佛比预计的提前了几日回来啊？"

"是，师父，我同十名百户在回京途中，到了山东境内，便听百姓中流传着一首儿歌，故快马加鞭赶回京城向您禀报。"

"哦？"陈六一眉毛一挑，示意陆拾继续讲。

"大概是'小儿纵玄黄，阉者司晨鸣。风云将变幻，贤者阴开明。玄武嗜青龙，紫微照金陵'。这首儿歌字字皆有造反之意，词语又绝非孩童自编，一定是有人故意编撰。"说到这儿，陆拾目光炯炯，道，"师父，这件事非同小可，金陵乃南靖王的封地，儿歌句句均有所指。"

陈六一听完，端着茶杯若有所思地点点头，徐徐地说："嗯——为师知道了，你远道而归，一定累了，先去休息吧，我派人查一查此事。"

陆拾正要起身行礼准备离开。

"对了，拾儿。"陈六一忽然叫住陆拾，说，"听说你父亲最近回到了京郊的宅子，你们父子已有两年没见了吧？"

陆拾一脸惊讶，怔了片刻，赶紧说："噢——好！谢师父"声音中带着平时少有的激动，双手抱拳向陈六一深深鞠了个躬。

"切勿惊动旁人，记得速去速回。"陈六一挥了挥手。

等陆拾离开正厅，陈六一起身走到偏厅。

偏厅红木雕花镂空的隔断上吊着一排折鹤兰，兰花的枝叶繁茂，一节节地缀在空中。厅内一张长条书案，整齐地摆放着文房四宝，书案一角一盆两尺高的五针松盆景散发出丝缕清香。

他取出一张宣纸，拿起毛笔蘸了蘸墨，在纸上写下几行小字。搁笔后陈六一皱着眉头仔细审读，又用刀将写了字的纸裁下，走到窗边推开窗户。

陈六一站在窗前，抬头看了看天，片刻，一只白鸽飞到窗外，盘旋了两圈，落在窗台上，发出了"咕咕"的声音。

陈六一向前探身，一只手伸出去将白鸽握住，轻轻抱在胸前，这鸽子一看便知是陈六一所驯养，完全熟悉陈六一的习惯。

陈六一将手中的纸条对折后卷成细小的纸卷，从书案下方的抽屉找出一只细小的竹筒，小心地将纸条塞入竹筒。那竹筒被系在白鸽的脚上，陈六一捧起白鸽到窗口，两手用力将其向空中一抛。鸽子"扑啦啦"地飞上了天空，盘旋了两圈便飞入云中不见踪影，陈六一安心地将窗户关上。

回到正厅，陈六一坐在椅子上，将茶杯斟上茶水，刚要将茶递到嘴边，又将茶杯放回方几上，喊了一声："孙伯。"

从门外快步进来一位年逾花甲的老叟，身穿一袭浅灰色直衫，外套着一件黑色搭护，虽然头发已经花白，但行动矫健精神矍铄，一双眼炯炯有神。他走到陈六一面前，微微低头，道："统领，何事？"

"今日命厨房加菜，给拾儿接风庆贺。明日午后，叫刚受完训的谭少卿来见我。"陈六一果断地说。

"是，统领。"孙伯应了一声，转身就要出去。

"且慢。"陈六一又叫住了他，说，"明日下午，再叫猎狗来见我。"

"明白。"孙伯回答。

陈六一这才端起茶杯继续吃茶。

离开卫所正厅后，陆拾穿过回廊往寝宅方向走，院子石板的缝隙中生出薄薄一层苔藓，绿得清新娇弱，陆拾想起离开京城时还是去年中秋，现下已经到了清明。

陆拾想到了刚刚陈六一允准自己去看父亲，心里五味杂陈。

二

第二天午后，难得天气放晴，云朵仿佛在湛蓝的天上蒙着一层细细的白纱。

谭少卿第一次踏进卫所的正院，以往他和其他新人都在东院和后院活动，今天中午跑腿的小白不知为何前来找他，嬉皮笑脸地告诉他，孙伯差他来传信儿，午后去正院正厅见陈统领。谭少卿一脸茫然，小白却挤眉弄眼，显然是有好事。

谭少卿心里却有些忐忑，沿着回廊从东侧门进了正院，推开门看到的景象令人甚是诧异。

雕饰精美的廊柱，廊檐下悬挂着细密的竹帘，阳光透过竹帘的缝隙显得格外柔和，快走到正厅时，谭少卿站在门口向院里张望，看到两棵参天古树的树枝向四周舒展，泛着新绿。

他没想到此院会这样闲逸雅致还有几分书卷气，他们平时常住的区域整日是与寒冷的兵器做伴，与这正院相比真真是两个世界。

谭少卿思量片刻，抬手叩门。

"进来。"只听见屋里有人回应，声如洪钟，浑厚敦实。

谭少卿小心翼翼地打开门，映入眼帘的是厅内两排花梨桌椅，整齐地排列在两侧，阳光透过开启的门打在桌椅上发出油润的光泽，抬头望去，一幅匾额悬挂于正中墙上，上写"虚怀若谷"，下面一组简练舒展的苏制桌椅坐落于正前方，庄重气派，桌上摆着一组官窑的青花茶器，正对门的椅子上端坐一人，身材魁梧，剑眉虎眼。

陈六一先开了口："你可是谭少卿？"声音浑厚亲和。

谭少卿低头拱手行礼，"是，统领。"

"呵呵呵——进来坐。"陈六一指了指旁边下垂首的椅子。

虽然谭少卿是头一次见到陈六一，可陈六一并非第一次见他。陈六一对于每一个新进的暗卫都了如指掌。他发现谭少卿资质过人，无论体能、应变能力还是分析能力样样出色。尤其谭少卿坚忍的毅力，像极了苏樱。

谭少卿毕恭毕敬地走进正厅，坐在陈六一前面的椅子上，抬头看看四周，心里有些不解了。他本以为卫所的房间都不加任何装饰，没想到这里竟如此有"人味"。

"这半年来，都习惯了吧？"

"回统领，一切都已习惯。"谭少卿赶紧回答。

"功夫可有进益？"

"是，属下这半年比过去三年学到的东西都多，见识了许多闻所未闻的技能，收获颇丰。"

"好……"陈六一看着他，笑着点头。

谭少卿抿着嘴吸了口气。

"今日，你便可实践这半年来所学的本事。"

谭少卿睁大眼睛看向陈六一……

领命后，谭少卿踏入东院，发觉身后有人盯梢，无奈人多眼杂，不便四处查看。他若无其事地进了自己的寝室，开始收拾行装。此行去的涿州驿离京城很近，无须换洗衣裳，只把孙伯给他的散碎银两带上即可。

他一边收拾行囊，一边透过门窗往外观察，只见一人身穿鸦青色裋褐在对面院墙下的石阶上站着，不时向寝宅瞄两眼。

把收拾好的包袱放在床头，谭少卿走出寝宅去找小白，走出房门的时候，他仔细看了一下对面墙根下的人，心中嗤笑：原来是比他早入暗卫一年的乔七。

乔七眼气谭少卿已不是新鲜事，尤其是谭少卿在训练中表现突出受到教头称赞的时候，乔七更是不忿，平日里预定地下操练室也总是相争。

谭少卿将他视若无物不予理会，这样一来獐头鼠目的乔七就愈加生气。

今天看到谭少卿被叫去了正院，过了好一阵才回来，乔七想，谭少卿是去见了统领。很多新人进入暗卫两三年都不见得可以见到统领。看见谭少卿回来之后便进寝舍收拾东西，他断定谭少卿一定是接了统领给他的任务，越发忌恨。

想想自己受训已有一年半，平时的任务尽是监视、跟踪、护送……一些不起眼的任务。乔七当即决定一路盯着谭少卿。

谭少卿本来打算去找小白安排马匹，他思量片刻，若无其事地往后院西侧的兵器库走去。

兵器库是卫所的重地，要手持暗卫令牌或锦衣卫镇抚使以上官职令牌才能进入。

兵器库里收纳着各种兵器、暗器。与平日里训练所用的兵器不同，这里的兵器制造精良、工艺出众，一般除了那些有自己贴身兵器的人，其余都是在领命后到兵器室取应手的兵器。

后院西侧一所不起眼的房子就是兵器库，房子由厚重的毛石堆砌在外，内部则是打磨精细的玄武岩，内外之间夹有夯土，大门由厚重的铸铁制成。谭少卿走到门口，拨开铁门右边的树藤，墙壁上露出一个圆形缺口，他从怀里拿出孙伯给他的令牌，合在圆形缺口处，向左拧了一下，大门缓缓开启。

门内一面灰色的影壁，在外面是看不到库内的。谭少卿已经来过这里两次，第一次是苏樱带他来选兵器，第二次是随一名千户来取暗器。这次是自己一个人来，仍然感到新奇。他进了兵器室的大门，转身向左走去，大门并没有关……

此时乔七正躲在后院门外，透过缝隙往院里窥探。见谭少卿拿出令牌开启大门，乔七心里一阵忌恨："老子来了这么久，都没自己领过令牌！"他不由自主地攥紧拳头，咬牙切齿。

恰巧这时大门敞开，乔七终于有了机会，心想："只要溜进去偷走几样兵器，谭少卿必脱不了干系，统领怎会轻易放过他。"

乔七提起气息，轻手轻脚走到兵器室门口，探头向里看，打量左右都无人，便贴着墙边直奔右边走去。

转过影壁，乔七轻轻走近兵器架，看到各色整齐排列的飞镖，还有一列是专门为陆拾备的细长扁锥形的飞镖。这些利器寒光熠熠，仿佛可以摆布人的心神……乔七不由自主地伸手去摸那些锃亮的飞镖。

他手指尖尚未碰到飞镖，就听见外面一阵机械启动的声音。乔七立即转身一个箭步跳到走廊，只觉大事不妙。果然，当他回到走廊时，大门正要合起。

这下可把乔七吓破了胆，一阵冷汗从脊背冒出，头皮阵阵发麻。他拼了命飞奔至门口，门眼看就要关闭，他赶紧抓住门边，使出全力想把门拉开。

就在这时，他看见门外谭少卿双手抱在胸前，怀抱一把长刀，正看着他……

可此时的乔七已承不住铸铁大门的千斤之力，他用最后一丝气力恶狠狠地对谭少卿说："你竟然算计我！"

谭少卿见这厮已满脸通红，觉得好笑，说："究竟是谁要算计谁？我劝你省些力气，你定是出不来的，与这门较量，必是死路一条。"说完，谭少卿耸着肩，扬了扬眉毛，脸上露出一个浅浅的酒窝。

乔七胸口已经疼痛难忍，血液涌上头部已然有些眩晕，再不跳脱，恐怕夹在门缝中的胳膊和腿都会挤断。"啊呀"一声，乔七撤回门缝中的小半个身子，被关在了兵器室里。

乔七看着铁门关闭，他颓然跌坐到地上，浑身颤抖地隔着大门嘶吼："谭少卿！你小子别得意，老子定找你报仇！"

大门外，谭少卿歪嘴笑了笑，提着刀向后院门房走去。

<h1 style="text-align:center">三</h1>

谭少卿下午找了小白从马厩领了马匹之后，便在寝舍内打坐，养精蓄锐——这次行动令他有些忐忑。

天色渐晚，众人陆续走进卫所东院的膳堂吃饭。谭少卿一踏进膳堂的大门，便看见前面坐在人群中正在吃饭的乔七，心里一惊："这厮不是被关在兵器库里了吗？"谭少卿皱了皱眉。他取了饭菜坐下来，拿起馒头正要往嘴里塞，发现左前方有双锐利的眼睛正死死盯着他看。

那双眼睛像一支冷箭扎在骨头里，谭少卿浑身上下的汗毛都竖立起来。他喝了口汤，硬把嘴里那块馒头咽了下去，端着自己的碗，起身走到前面的位子，对着苏樱坐了下来，说："苏——苏千户，怎么这样看着我？我都不敢吃饭了。"

苏樱端起面前的汤碗啜了一口，轻声说："不敢吃饭？那如何敢把人关进兵器库？"苏樱这般冷淡的语气令谭少卿一时语塞，悻悻地瘪起嘴，脸颊挤出两个酒窝。

"你可知兵器库乃卫所重地？"苏樱问。

谭少卿点点头。

"还好我今天取箭，正巧遇见被关的乔七，才将他放出来，若是被旁人知道告知了统领，还不知会怎样责罚你们！兵器库是你闹着玩的地方吗！"苏樱微拧眉头责怪谭少卿。

"是他尾随我的。"谭少卿仍想争辩。

"若不是你故意引他，他如何能进去？若不是你锁住大门，他如何会被关在里面？"苏樱觉出自己神情已不妥，再讲下去恐怕会引起注意，收起怒气劝诫道，"心胸开阔些，心思不必放在这等闲事上！"

谭少卿点点头，支支吾吾地说："那乔七……"

"放心吧，他自己也不想叫旁人知道这丢人的事，何况私闯兵器库是大罪。"苏樱把饭碗放下，叮嘱谭少卿，"今晚第一次单独行事，凡事要小心。"说完，起身离开。

谭少卿离开膳堂时瞥见乔七低着头在吃饭，脸色发青。

晚饭后谭少卿照常去训练室里练习拳法，两个时辰后回到寝宅洗漱完毕躺在床上，闭着眼，思索今晚的任务的细节。谭少卿细思，统领为何会让他来接手这次任务，却也理不清头绪，只好等到了驿站再一探究竟。

再想到今天与陈六一会面，此人虽言谈和蔼却必定非同小可……

身边同舍的其他人都已打起了鼾，外面一片寂静，远处传来一两声犬吠。

谭少卿耳朵微微抽动，"梆梆梆——"，三更已到。

起身将衣服穿好，被褥打理整齐之后，谭少卿从床下轻轻地拿出已经准备好的包袱和粗布包裹的兵器背在身后，提着气息走到门口，轻轻把门打开一条缝，侧身走了出去。

院子里的青石板被银色的月光映亮，谭少卿借着月色，快步走到后院门房，抬起手轻微地叩了两下门，里面发出了窸窸窣窣的声音，不一会儿小白从门缝里挤了出来，头发有些乱。他抬头看了谭少卿一眼，抓抓头发，一挥手向后门走去。谭少卿没说话，跟着他出了后门，两人一前一后走向马厩。

到了马厩，小白从门口的小厩里牵出早已备好的马匹，把缰绳递给谭少卿，说："给。"

"多谢。"

谭少卿拂了拂马儿的脖子，跃上马背，一抖手中的缰绳，两腿用力一夹，马儿便奔了起来。

到京城南门，守卫一见谭少卿手中的锦衣卫令牌，便开了城门。谭少卿一路马不停蹄直奔涿州驿。

大约四更天，谭少卿到了驿馆。

驿馆是个不大的套院，前院三间平房，院子里拴马、停马车，后院的两层木质小楼是客栈。谭少卿在门外下了马，看见大门口立着一个牌坊，上写"涿州驿"，门开着，房檐下悬亮着两只旧纸灯笼。他牵着马进去，门洞里的小厮正坐在板凳上打盹，谭少卿拍了拍他的肩膀，那小厮惊醒，从凳子上蹦了起来，说："大爷，投宿啊？"

谭少卿点了点头，说："周瑞在吗？"

"在，在！大爷里边请。"说着牵过谭少卿的马匹缰绳，拴在了院子里。又引谭少卿到后院客栈一楼前厅。

谭少卿环视客栈，一楼迎门处是账房柜台，旁边大厅放着四张餐桌及几把椅子，再往里有一个楼梯通往二楼。

进了正厅，小厮走到柜台前，低声说："掌柜，有人住店。"

柜台里一个中等身材的人起身，此人身着暗红色长衫，头戴黑色四方平定巾，面色和善鼻直口方。他见到谭少卿，微微一笑，道："谭百户。"

谭少卿见对方知道自己的身份，心想这人必定是孙伯安排的周瑞了，于是一抱拳："周老板。"

"令牌。"周瑞说。

谭少卿从怀中掏出令牌。

"小黑子，二楼东厢六号。"周瑞冲着小厮说了一句，又在袖筒里掏出一张纸条，迅速地塞在谭少卿手里，说："客官，请上二楼。"

谭少卿随小厮上了二楼，小厮手持一盏油灯照亮漆黑的楼梯，在前方引路。客栈呈回形，二人在走廊里转弯，到了东厢六号，小厮轻轻把门推开，走到屋里正中间的桌子前点亮油灯，对谭少卿说："客官，我先下去，有事儿随时叫我就是。"谭少卿点头，在身上摸出个铜板递给小厮，小厮笑了笑，便转身走了。

四方的屋子靠北墙有一张床，谭少卿把桌上的油灯熄灭，卸下包袱，将窗户打开一道缝查看，窗外月光下树影婆娑寂静无声。就着月光谭少卿打开方才周瑞塞给他的纸条，上写一行小字："南使东厢九号"。

看完，他提起桌上的茶壶，浇了点水在纸条上，字迹瞬间便消失。这是一种暗卫特制墨汁，见水即消。谭少卿将纸条团起来，回想今日与陈六一会面时的情形……

"今晚亥时，你乘快马从南门出京城，往涿州驿，那里是南靖王使臣进京途中的落脚之处。你们深居卫所，可能不知道外面已经传遍了南靖王谋逆之事，为彻查此事，特派你今晚潜入驿馆替换掉使臣身上的书信。"陈六一的声音平缓低沉，拿着已经准备好的一封卷成细筒的牛皮包裹的密封书信，递给谭少卿。

"呃……"谭少卿被陈六一打断。

"无须多问，你只要回答能否做到。"陈六一语气一派正义，噎得谭少卿胸口发闷。

"能！少卿一定竭尽所能。"谭少卿赶紧站起身，双手去接那封书信。

"好。记住，你是在效忠皇上，护我大明江山。"陈六一一字一顿讲完话，将书信放在谭少卿的手掌上，转身面朝香案，放缓气息交代谭少卿，"马匹、路线等细节孙伯会为你安排。"

谭少卿领命，把手里的书信揣到怀中，向陈六一告辞离开了正厅。他穿过回廊走到东侧角落的小房间门口，刚要伸手叩门，只听"吱呀"一声门开了。迎面开门的是位长者，身形清瘦，腰杆笔直，双眼炯炯有神。谭少卿低头行礼，道："孙伯，统领让我来找您。"

孙伯微微一笑，说："我知道，谭少卿吧。"

谭少卿点头。

孙伯将他请进屋里，屋子正中有一张八仙桌，两人落座，孙伯说："这儿有一幅舆图，上面画着你出城的路线以及涿州驿的位置。"说着将手中的舆图交给谭少卿，并指着舆图上的路线向谭少卿讲解，又压低声说："到了驿站，你假扮信使投宿，找一个叫周瑞的人，他会为你安排，告诉你南靖王使臣住在哪个房间，以便你行动。你去后院门房找小白，我已为你安排好马匹。这里是盘缠和一管线香，暗卫通关令牌，你收好。"孙伯拿起桌上的一个小布袋及一块白色玉石雕着"衞"字的令牌，递给谭少卿。

从怀中的口袋取出一节细细的黄色线香，谭少卿即刻沉下心，开始行动。

此时，涿州驿客栈房顶出现了一个黑影，此人身形纤巧轻如飞燕，脸上蒙着黑色的面巾，只露出一双深潭般的眼睛。此人轻轻走到房檐边，身子向下探出，脚尖倒挂在房檐上，用手指点破檐下窗子上的窗纸，从小孔往房间里面窥视。可见此人功夫了得，轻功竟这样厉害。

东厢六号房的门缓缓打开，谭少卿从门缝里侧身出来。在与小厮一道上楼的路上，他就已看清周围房间的牌号，于是他径直走向与自己房间相隔两个门的九号房门口，轻手轻脚地蹲下，拿出刚刚准备好的线香，又从怀中掏出火折子，极速抖了两下，火折子闪出红色的火星。谭少卿点燃线香，对准门缝的位置，轻轻吹了口气，烟雾顺势飘进屋里。

这种香是芸娘所制，大量混合提纯依兰花和忘忧草，可使人迅速入睡，且烟雾清淡不易察觉，所以常用于此类任务。使用者事先吸入波斯红花的花粉便可抵抗其药力。

过了一盏茶的时间，香药应该已经起了作用，谭少卿从靴子里掏出一把短刀，轻轻地插入两扇房门中间的缝隙，将门闩拨开，轻轻一推，门便开了。他侧身进屋，又反手将门关上，轻轻走到床榻前。

窗幔长垂在地，辨不清情况，谭少卿把短刀收回到靴子里，抽出背后的长刀，站在离床榻两尺远的地方，侧身用刀背挑起床幔。绛紫色的幔子被缓缓打开，里面背对他侧躺着一个人。见榻上之人纹丝不动，谭少卿确信此人已被线香迷倒，才迈步走到床前。

这便是南靖王派来京城的信使，那封至关重要的信可能就藏在这信使身上。

刚掀开被子，谭少卿一惊，顿时停住手，身上的鸡皮疙瘩冒了起来，汗也快要掉下来。他皱了皱眉头，不知该如何是好……

谁料躺在床上的竟是一名女子……而且自己已将这女子迷倒，意欲搜身寻找信件。谭少卿顿时有些犯难，他犹豫半晌，咬牙皱紧眉头，心想："既然接了令牌，就一定要做！姑娘，得罪啦！"心一横，便伸出手去……

他刚掀开被子一角，就看见枕头下面露出一段金丝绳线，在月光下隐约发亮，如此精致的物件该是装有信件的锦囊吧？谭少卿探手将金线连同一个暗金色的锦囊抽了出来，打开来看，他心里一阵兴奋，在怀里摸出事先准备好的信件，两个牛皮卷外观分毫不差，他摸出假信准备调换。

只听门"吱"一声开了……

还没等谭少卿反应，只觉耳边一道细微的风掠过，一道黑影闪在眼前。他将身体竭力往后仰，想定睛观看到底来者是何人，竟有如此厉害的轻功。他皱着眉头，仔细观看，原来是一个身形小巧、身穿黑色短打衣裤的女孩子，头上扎着两个发髻，一双伶俐的大眼睛正怒视着自己。

"淫贼，把锦囊交出来！"女子低声呵斥谭少卿，声音带着几分稚嫩。

谭少卿没说话，双眉紧锁，他想赶快将这女子制伏，以便脱身。屋子里很狭窄，于是他将刀插回背后的刀鞘。

就在此时，女子抬手从袖中抖出两支飞镖，带着风飞向谭少卿。可谭少卿却觉得这两支镖的速度有些慢，力道显然不足，原来这女子武功并不像轻功那么厉害。他向侧面一闪，镖从身边飞过，落在窗台上，其中一支正打中窗台上摆放着的花瓶。

黑衣女子还没反应过来，谭少卿已经跳到她旁边，左手扣住她的右腕，右手自其小臂从内穿过扣住她的肩部，左手上推右手轻抬，女子右边臂膀一阵酸痛，动弹不得。

谭少卿钳住黑衣女子，抬起左脚，轻轻将房门钩住关上。此时女子还在挣扎，他右手一用力，那女子疼得身体一弯，显然已经承不住谭少卿的力气。谭少卿本想将黑衣女子打晕，尽早脱身。谁知这时床榻上的女子却醒了过来，纵身跳下床榻，抽出放在床边的剑，跃至谭少卿对面，一剑刺向谭少卿喉咙。

谭少卿看着刚刚醒来的白衣女子，似远山般的眉下杏眼圆睁，一剑刺来，是要取自己的性命！他奋力倾斜身体，躲过了这一剑。他猜想许是线香的药效过了，或是刚刚花瓶碎了的声音惊动了她。

都是这黑衣女子扰乱了自己的计划！

他躲避这一剑时，手上便松了，黑衣女子见势一甩肩膀，挣了出来。白衣女子撤回剑接着回旋身躯，斜着劈向谭少卿。

谭少卿一见此招，心里咯噔一下，这是出自西域少林的韦陀剑法，这白衣女子究竟是何来历？

此时剑风已到，谭少卿只得奋力转身，抽出背后的刀，双手握住刀柄挡住，顺势一撩，女子收剑轻盈地往后一跳。谁知，耳边响起一阵风，他赶紧缩起颈子，侧头观看，原来是那黑衣女子正要偷袭自己。他忙跳到一边，虽然躲开一掌，自己却已被逼到墙角。眼见那白衣女子的剑又刺过来，谭少卿想这黑衣女子虽功夫不怎么样，却真是无孔不入。

白衣女子的剑还没到谭少卿跟前，就见房间的窗户突然开启，一个黑色身影飘入房中，身手轻如云雾，此人着一身黑衣，头面均以黑布掩住，只露出一双深潭似的眼睛。她跳到房间中央，纵身一跃，双脚一同跳起，身体斜着飞向谭少卿的方向，手中的短刀发出一道寒光，在空中与白衣女子的剑相遇，一声脆响后，白衣女子的剑被磕开。

白衣女子觉得手臂一阵酸麻，不知从哪儿跳出来的一个人竟然如此大的力气，将她的剑驳回，想来此人一定内劲了得。

黑衣人轻轻跳到谭少卿跟前，眼神和谭少卿对视，示意谭少卿速速离开。谭少卿　看此人手持的短刀就知是苏樱，于是纵身一跃，来到窗口，抬腿上了窗台，脚下用力，跳了出去。

见谭少卿跳了出去，白衣女子也纵身跳到床边，想要追过去，谁知苏樱一把抓住了她的肩膀，她用力一甩，挥起一剑刺向苏樱，苏樱转身用夜游一挡。

正在二人纠缠之际，黑衣女子钻了空子，"嗖"地如飞鸟一般飞出了窗外……

苏樱见她跳了出去，怕是也追不上了，想来她这功夫也不能将谭少卿如何，便没有追过去。心想："这白衣女子剑法了得，如果她追了出去，谭少卿定不好对付。"

正在苏樱思索的瞬间，一道剑光又刺了过来，这次直逼苏樱的心脏部位。不愧是西域的韦陀剑法。苏樱一仰腰，剑从她的面前刺了过去，苏樱没有立即起身，而是原地甩动右臂，带动上身旋转，夜游带着寒光在空中划了个半圆直奔白衣女子的左肋。

白衣女子见刀光闪过，在空中旋转了一个圈，跳到一旁。还没等她站定，苏樱却已经跳到了她身后，伸出手指在她颈后第三个关节下用力一击，点住了她的穴道，白衣女子站在原地动弹不得。正当她要开口喊叫之时，苏樱已在她的下颌骨下方的穴道上点了一下。白衣女子只觉得下颌骨一阵酸痛，自己连嘴巴都张不开了，更加出不了任何声音。

苏樱长舒了一口气，心里想："这白衣女子的功夫还真不错。"

苏樱将白衣女子拖到椅子上按住，让她坐了下来。白衣女子皱着眉头青筋暴起，只能任凭苏樱摆布。苏樱端详眼前这女子，只见她眉目秀丽俊美，不知为何会西域剑法。苏樱看了看她，转身到窗口将窗户关上，轻步走出房间，神不知鬼不觉地离开了驿站。

谭少卿从窗户跳出去到了前院，牵了拴在院子里的马。天还没有亮，月色依旧明亮，他驰马穿梭于林间，却发觉有个人影在树干之间跳跃，速度之快令他惊诧。谭少卿勒住马儿，抬头观瞧，一个小巧的女子跳至他马前，拦住他的去路，正是刚刚在屋里捣乱的那个黑衣女子。谭少卿见是她，脚下用力夹了下马肚子，马儿嘶鸣了一声飞也似的向前奔去。

本以为这下可以甩掉她了，不料，跑了一段路之后，谭少卿又发现她在周围树梢之间掠过。

"这小女子的轻功如此好！"谭少卿心里想着。

"淫贼！你给我站住！"黑衣女子在树上呵斥谭少卿，声音清脆响亮划破黑夜。

谭少卿吸了口气，抬头望向树间，见甩不掉她，怕她跟去京城耽误大事，只得无奈下马。

这小女子胆量不小，见谭少卿下了马，便纵身一跃，拉开胳膊，冲着谭少卿便是一掌。谭少卿稍一侧身就躲开了，转身到了女子身后，谭少卿抬起手掌呈刀状，用侧面直横切女子后颈处，手起掌落干脆利索。这女子挨了这下顿时瘫软在地，晕厥过去。

看着瘫倒在地的这个小巧玲珑眉眼精致的黑衣女子，谭少卿不禁摇了摇头，心想："这小女子，非要一路追过来……"看这女子面相，年纪应该不大，把她扔在荒郊野外恐怕不妥，一旦有野兽或者歹人……后果不堪设想。

谭少卿叹了口气，弯下腰从地上抱起黑衣女子，扔在马背上，黑衣女子就这么被横搭在了马上。此时月亮已经西移，谭少卿跳上马坐在黑衣女子身后，一拍马背，又继续往京城方向奔驰起来。

苏樱离开了东厢九号房间，轻轻走在涿州驿的走廊里，仔细听了听周围房间的情况。客栈房间大多空着，整家客栈格外安静。苏樱走到东厢六号房门口停住脚步，轻轻推开房门，走进去发现谭少卿在行动前就把房间收拾干净，没有遗漏任何东西。连那个用来掩人耳目的包袱也一直背在身上，苏樱稍稍安心了一点，离开了房间，将房门关紧。

她走到楼梯口，探头看了看楼下，依旧没有动静。已经是后半夜了，柜台后的周瑞也忍不住打起盹来。看来一切如初，苏樱这才放下心来，提着气息，使脚步极其轻地点在地面上，身体则如飞鸟一般迅速地飞至二楼走廊尽头的窗口，纵身一跃跳到外面。

苏樱的马"绝雾"就在客栈外的林子里等她，苏樱到了林子里站定，把拇指和食指放在嘴边打了一个长长的呼哨。

哨声刚落，就见一道白光伴着马蹄声到了苏樱跟前。

这匹马，苏樱已经训练了三年，自从她晋升为"天字卫"，这匹马就成了她的专属坐骑。马儿通体黑色，只有后足为白色，跑起来速度之快犹如一道闪电，故名"绝雾"。陆拾不在时，它是苏樱在暗卫唯一的伙伴。

苏樱握住缰绳跃上马背，绝雾便飞奔起来，只见一道白光消失在夜幕里。

到了京城还未到卯时，整个京城依旧在沉睡，春夜里的风还是有些凉，苏樱不禁打了个寒战。

她驰马到了卫所后面的马厩，路过第一排马厩时苏樱忽然觉得不对劲，谭少卿所骑的马还没有归还，他还没有回到卫所！苏樱心头一阵不安。

苏樱赶紧把自己的马带到马厩安顿好，便匆匆走向马厩大门口，焦急地四处张望。不知道是不是黑衣女子缠住了谭少卿，转念一想，那女子武功一般，根本不可能是谭少卿的对手。正在她思虑之际，只见远处传来一阵马蹄声，谭少卿策马从东面飞驰而来。

到了马厩门口，谭少卿赶紧跳下马来，正要开口说话，却看到苏樱板着脸眉头紧锁，他张开的嘴又合上了，无辜地瞪着眼睛。

苏樱心里虽然不快，但现下还不是发火的时候，说："先把马拴起来。去！"

谭少卿听出苏樱不悦，他一边拴马，一边问："姐，你怎么了？"

"你怎么这么迟才回来？"

"噢——"谭少卿这才知道苏樱为何而怒。他把马拴好，转过身说："路上被那个黑衣女子缠住了。"

"如何处置的？"

"我本想快马加鞭把她甩掉，谁知她轻功非常厉害，一路跟着我，我担心一旦被她跟到京城就麻烦了。于是打晕了她，丢到了九城兵马司门口。"谭少卿说完耸耸肩。

"没人察觉吧？"苏樱微微蹙眉。

"放心吧，姐。"谭少卿得意地一笑，"我怎会让人发现呢？"

"你还是尽早离开暗卫吧！"苏樱冷冷地说。

谭少卿惊讶又不悦，问道："姐，为什么？"

"你这次任务已经失败，又把那女子带回京城丢在兵马司门口，定是希望她获救。这般心慈手软，恐怕……"

"心软就不能做暗卫了吗？"谭少卿反驳她。

"心软……"苏樱看着谭少卿，一字一顿地说，"活！不！长！"

听苏樱这么说，谭少卿冷笑一声说："活不长？那你不是也一样心软？"

在暗卫这么多年，苏樱觉得自己的内心早已冰凉，此刻她忽然心里咯噔一下，原来自己在他眼里是个心软的人……她更加没有想到，谭少卿会拿这样的话来反驳自己，苏樱一时恍惚不知怎样应对眼前的少年。

天际渐渐划出一道亮光，犹如浓墨的天空变成了深蓝色，从东边蔓延开来，远处一声长而尖厉的鸡鸣打破寂静。苏樱眼睛看着东方，神情空洞又失落，深深地吸了口气，说："我先回去了，你找小白锁门吧。"

谭少卿见苏樱临别时凄凉的眼神，胸口一阵疼痛，好像挨了一记重拳。他才知，被他视为姐姐的苏樱竟这样脆弱，亦没料到他们的痛苦会如此紧密相连……

这些年颠沛流离的日子，谭少卿着实受了不少苦头，当年家里惨遭变故使谭少卿一夜之间成为一个孤儿，又是在那一夜，因为苏樱，他保留了最宝贵的生命。于他而言，这世上能令他继续活下去的理由只有两个：一个是复仇，另一个便是苏樱。

夹杂着惶惑和少年意气，谭少卿在此刻突然后悔自己方才脱口而出的话，他击中的不仅是苏樱内心的伤痛，也牵动了自己的软肋。在天空即将放亮时，苏樱的身影渐渐消失在视线里，谭少卿忽觉心房沉重又空洞地疼痛，他凝视苏樱离开的方向，体味着这从未产生过的感觉。

东边的云彩已经泛红，太阳马上就要升起了。谭少卿回过神走出马厩，关上门后快步走向后院门房找小白。

到了门房，小白已经起床了，坐在门口发呆，看到谭少卿急匆匆走来，便瞪着小眼睛问："马呢？"

"我今早回来时正巧苏千户在喂马，我就先把马牵回到马厩了。"谭少卿笑着对小白说，"苏千户先走了，这不，我只能来找你去锁门了。"

"噢——"小白连连点头，说，"得，你先回吧，我去看看。"说着头也不回地走了出去。

谭少卿心里想："今日必定要受罚了。"他深吸一口气转身往卫所里走去。

第六章
失利受罚

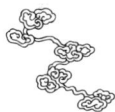

一

　　地牢终年阴暗湿寒，墙上布满水珠，空气里充满腐败的气味。一条狭长的过道两旁排满狭小而肮脏的牢房，一间挨着一间。每间牢房里都有一盏油灯，角落里铺着杂草，墙上钉着铁环、铁链……

　　苏樱一边沿着走廊往里走，一边往牢房里看，右边第二间牢房里的墙壁上挂着一个人，衣衫褴褛，双手被高高绑起悬在头顶上方，头发披散着遮住了脸，身上血迹斑斑。苏樱皱着眉头仔细瞧，见不是谭少卿，松了口气。

　　前面的一间牢房里，两个穿着灰色衣服的人正在给一个衣衫不整的瘦小男子施烙刑。苏樱路过牢房门口时，嗅到生肉被烧焦的味道，听到男子痛不欲生地号叫……苏樱抬起手掩住鼻子往前走，忽听身后一阵脚步跟过来。

　　她回头看去，两名身穿灰色短打衣裤的狱卒拖着一个年轻人进来，二十出头的样子，扭曲的脸上满是污迹和汗水，那人手被绳索捆得死死的，脚上也被上了镣子，挣扎着喊道："求你们放了我这回吧！求你们了！我再不敢了！我改我改！求你们再让我见见千户大人吧！求你们了——求求你——"

狱卒皱着眉头使劲把他往牢房里拖。

苏樱转过身来站定了，狱卒也停下脚步，抱拳道："苏千户。"

苏樱点头，仔细看了看这个被捆绑着的男子，想起此人是去年刚入暗卫的新人，自己还曾训练过他，便问："这……所为何故？"苏樱微微扬了扬下巴。

"回千户大人，这人是吴志刚，因私自跑出卫所在灯市口调戏民女被抓，陆卫督命我等将其施以宫刑再送去西北边境做苦工。"狱卒答道。

男子"扑通"一声跪在地上，鸡啄碎米一般不住磕头，说："千户大人，苏千户，求您饶了我吧，我再也不敢了！我错了！求求您……"

苏樱微微点了点头，轻声说："按陆卫督交代的做吧。"

"是！"两名狱卒拖着吴志刚进了牢房。

苏樱转回身继续往里走，走廊尽头是处罚室，一侧墙上挂满了各式各样陈旧的刑具，其实这些刑具本该在洪武年间就废除销毁，暗卫却一直保存。另一侧的房顶垂下来几条铁链，用来吊起犯人。人挂在上面，无论头朝上还是朝下，时间久了都会失去意识。处罚室中间并排放着四个十字形木桩，均挂着粗重的铸铁链，想必内功再深厚的人也是无法挣脱。

苏樱走近处罚室门口，隔着碗口粗的木栅栏往里看，谭少卿已皮开肉绽，正被铁链绑住拴在木桩上，大块头顾峰挥着皮鞭正在用刑。谭少卿胸前、胳膊上、腿上的血痕纵横交错，血沿着伤口流下。

苏樱皱着眉头，把脸侧向一边，不忍再看。

顾峰说："四十八，四十九……兄弟，快完了，坚持住……五十……"见谭少卿实在疼得不行了，他在墙角捡起一根短木棍，在自己身上蹭了两下，递到谭少卿面前，说："张嘴，咬住！"

脸已经皱成核桃的谭少卿，龇牙咧嘴地睁开眼睛，看了看面前这个大块头正一脸不忍地看着自己。他微微点了点头，刚要张嘴叼木棍时，忽然觉得胸前像被流火灼烧一般的痛，他跟顾峰说："兄弟，给我浇点水吧，这汗流进伤口，呃……"

顾峰赶紧把手里的木棍往他嘴里一塞，转身去提角落里的水桶，回过头二话没说，"哗啦——"一下从头浇到脚。

"呃啊……"谭少卿咬着木棍呻吟了一声，闭着眼睛点了点头，喉咙里发出如野兽低吟般的声音。

"还有十下，你忍住！"顾峰挥起皮鞭，嘴里依旧嘟哝着，"五十一！我给你打的都是正面，这要是打到后背，你出去连觉都甭想睡了！"说着又挥起一鞭，"五十二！"

"呃啊……"

门外的苏樱听见顾峰手下留情，心里稍有安慰。任务失败，谭少卿少不了这皮肉之苦，在暗卫里鞭刑是轻的，加之昨晚她事先找过顾峰，请他关照谭少卿，这才能让谭少卿少吃些苦头。苏樱不忍再听下去，疾速离开了地牢，往卫所前院走去。

刚一跨进前院，就看见孙伯笑着迎面走来，问："樱儿，来找统领吗？"

"义父可在？"苏樱问。

"在正厅，你去吧。"孙伯点头。

到了正厅门口，苏樱见门开着，抬起手敲了两下。屋里陈六一应道："进来。"

苏樱进门见陈六一正在西侧的书房里写字。他站在宽大的书案后面，身体挺得笔直，案上垂着一张写了一半的宣纸，房中飘着优等徽墨独有的气味，堂前高悬世宗御笔，亲书"忠勇丹诚"四字，款为"皇明嘉靖九年庚寅岁冬月"，皇印"嘉靖御笔"，钤印"广运之宝"，嘉靖年间世宗为锦衣卫所题，以遗士气。

匾额下的条案上供奉着先皇所赐的宣德炉，炉内燃着线香，烟气优柔弥散，墨香与之交叠在一起的味道沉着雅致。

见苏樱来，陈六一一笑，眼睛眯成月牙形，说："樱儿，你来得正好。"说着招了招手，示意苏樱过去。

"你看，义父这字写得如何？"陈六一用笔指了指自己桌案上的字。

苏樱探头看了看，纸上写着"韬光养晦"四个字，苍劲有力沉稳大气。苏樱微微一笑，道："义父的字含蓄却不失刚健，似有傲骨。"

陈六一歪着头像父亲看女儿一样笑着望向苏樱那双机灵的闪着光的大眼睛，他放下笔，带苏樱到正厅坐下，又命门外的小厮泡茶。

苏樱这才开口："义父，樱儿有一事与义父相商。"

"说来听听。"陈六一啜了口茶水在嘴里打了个转，一阵茶香弥漫唇齿，陈六一闭上眼睛微微点头，准备听苏樱说事。

"义父，我想……谭少卿不适合留在暗卫，他年少轻狂，做事不够沉稳，如若留在组织里，日后行动中许会拖累旁人。不如趁他还没正式编入暗卫，送他去锦衣卫……您意下……"苏樱看向陈六一。

陈六一依旧闭着眼睛，微微点头思忖片刻。

"这样不妥。"陈六一回绝道。"这几年，从锦衣卫选拔上来的新人大多资质平平，谭少卿实属出类拔萃，更难得的是连芸娘都很喜欢他。"说着，陈六一笑了笑，"虽然，比起你和陆拾还差些。"

苏樱微微蹙眉，说："他性情有些毛躁……"

"年轻人嘛，终归需要历练。"陈六一看着苏樱，"怎么？训练有问题吗？"

"噢，不，没……"苏樱赶紧回答，"我是看他心性不够沉稳……"

"那取决于你怎样训练，要因材施教才好。"陈六一说，"这个小子集耐力、毅力、思辨力于一身，绝非池中物，义父可指望你把他训练成暗卫头号杀手呢。"

"是，义父。"苏樱不好再辩驳，此事已无可回旋。

"我看这小子以后兴许会超过你……"陈六一说完，哈哈大笑起来。

苏樱赶紧点头，道："义父放心，樱儿也会勤加练习的。不过就算他有朝一日超过了我，樱儿也绝无他想。"

陈六一看出苏樱的拘谨，笑着点头说："吃茶吃茶。"

苏樱只得端起手旁的茶杯。

忽然，孙伯神色匆匆地从外面走了进来，有急事要向陈六一禀报，看见苏樱坐在旁边，请陈六一示下。

陈六一微微一笑，道："但说无妨。"

孙伯顿了一下，放低声音说："收到猎狗消息，南靖王使者已在南归路上。昨夜追击谭少卿的女子被谭少卿扔在九城兵马司门口，随后被救，猎狗探听到此女乃大同都督余逊尧之女，名叫余玲珑。"

陈六一一听，眼珠在眼眶里左右移动，喉咙里发出一声粗重的气息声，微微点头。

"统领，此女的身份非同一般，猎狗不敢轻举妄动，恐怕……"孙伯略低了低头，看着陈六一。

"嗯——"陈六一端起手边的盖碗，喝了口茶，说，"先放一放。"

孙伯得到了陈六一的回复后，点了点头，一拱手，说："好的，统领，那我先出去了。"说完转向苏樱，点头示意。

苏樱欠了欠身。待孙伯出门后，她轻轻地叹了口气。虽然她来找陈六一表面是责怪谭少卿举动轻率，可眼下看来，这小子真是惹了麻烦。

陈六一见苏樱叹气，垂下了眉毛，说："怎么，觉得自己训练出来的人不应手？"说完微微一笑。

苏樱抿着嘴摇了摇头说："义父，您这是怪我没有训好这家伙啊。"脸上露出少有的顽皮。

"哈哈哈……"陈六一见平时冷酷的苏樱竟有些孩子气，想到谭少卿没有顺利完成这次任务，苏樱一定自责，遂笑着安抚道，"你手下的人，你自己看吧，若不想留他，就找个由头让猎狗处理掉他。若送去锦衣卫嘛……"陈六一迟疑了一下，继续说："……不妥。据我观察，谭少卿是棵好苗子，资质不俗。所以，要么留下，要么处理掉……"

苏樱听见"处理掉"这三个字，耳畔嗡嗡作响，她本想保谭少卿周全，却不想陈六一如此狠辣。

听陈六一讲完，苏樱眨了眨眼睛，说："义父，或许这人我还没训练好。他出了错，也有樱儿的责任。"她显得有些难为情，接着说："那……我就听义父的，再加强对他的训练，且看他今后如何。不过，义父，如若他再做错事，就……"苏樱看着陈六一，等他的反应。

"嗯……"陈六一见苏樱的脸恢复了往常的冷酷，点了点头说："也好，就以严酷训练作为惩戒吧，其他的你看着办。日后，就算这个人在你手里消失了，义父也不会多问。怎么样？"

"是！义父。"苏樱赶紧从椅子上站起身向陈六一行了个礼，说，"樱儿还有些事，就先行告退了。"

陈六一笑呵呵地点了点头，说："好。你先回去吧。"

苏樱走在回廊上，一阵微风吹来，令头脑清醒了许多。虽然自己与陈六一亲近，却从心里畏惧这个深不可测的人，每每见到陈六一她都会不由自主地紧绷每一寸肌肉，一言一行都十分谨慎。请陈六一批准将谭少卿逐出暗卫可谓一着险棋，唯恐稍不留神就被陈六一看破心机。

穿过后院，苏樱低着头往前走，正巧与陆拾打照面。

陆拾看见苏樱便笑了，说："樱儿，有几天没见到你了。"说着抬手轻轻拍了下她的胳膊，惊讶道："刚过清明，你怎就穿得如此单薄？"

听他这么说，苏樱低头看了看自己，又摸了摸自己的胳膊，说："不冷。"

"回去多穿件衣服，我还有事。"

"嗯，好。"

陆拾临走时拍了拍苏樱的肩膀，苏樱紧张的肌肉才渐渐松弛。

二

陆拾走后，苏樱独自在后院坐下来，仰头看着天空渐渐变成暖橘色，又慢慢变暗，夜幕就要降临，她忽然站起身来，走向后院的地牢。

一跨进地牢大门，夜里地牢的寒气迎面而来。她走到门口的桌前，看到今日当班的狱司晨鹏用帽子盖住脸正打着盹。苏樱皱了皱眉，用指尖在晨鹏前面的桌子上敲了两下，发出"梆梆"两声。

晨鹏一个激灵，从梦里醒来，瞪着眼睛往前看，结结巴巴地说："苏……苏千户……"说着站了起来："您怎么来了？"

苏樱冷冰冰地说："提谭少卿到特训司，交给特训司司总陈弘。"她从怀中取出黄玉令牌，对着晨鹏出示了一下，又收了回去。

"是……是，苏千户！"晨鹏怯生生地应。

苏樱一走，晨鹏就对着走廊深处不耐烦地大喊："来人！"

不一会儿，从走廊里跑过来两名狱卒，低着头问："司总，有什么事吗？"

"去！把十三号牢房里的谭少卿放出来，送到特训司去！交给陈弘，就说是苏千户下的令。"晨鹏扭曲着脸对着这两名狱卒说，"手绑着啊，别松开。他功夫了得，小心把你俩揍一顿！"

两名狱卒连连点头。

狱卒取了钥匙赶紧转身朝走廊里走去："嘻……原来他是怕挨揍啊……嘿嘿……"

"小点儿声，嘘……"另一名狱卒也低头捂住嘴。

"他平日里那么耀武扬威，也有害怕的时候……"

"可不嘛……"

两人进到牢房，见挂在木桩上的谭少卿浑身是血，赤裸的上身血肉模糊，不禁打了个寒战。谭少卿头垂着，像是昏了过去，其中一名狱卒小声地唤谭少卿："谭百户，谭百户……"

谭少卿微微抬了抬头，眼睛睁开一条缝。顿时觉得身体一阵剧痛，胸前每一条伤口都火辣辣地疼，他咬着牙答应了一声："嗯——"

"我们放你下来，要去特训司了。"

两名狱卒赶紧掏出小钥匙，打开谭少卿脚上和手上的铁锁。疲惫不堪的谭少卿失了重心，狱卒眼疾手快一把扶住了他。

"我先扶你到一旁歇歇吧。"狱卒说。

狱卒扶着他走向一旁的草垫，把他缓缓放下。谭少卿坐在上面，双腿完全失去了知觉，肩膀像被撕开一样不能动弹，胸前的伤口纵横交织在一起，血从胸前流下染红了下装。还好顾峰手下留情，如若不然……谭少卿坐在草垫上，看着眼前这两名狱卒眼中露出的惊惧，想来自己的样子一定不堪入目。

"我等奉命……要送你去特训司。"其中一名狱卒小声说。

谭少卿闭上眼睛点点头，心想："特训司是暗卫最严酷的训练所，不过总比在牢房受罚的好。"

他缓缓伸出双臂，小声说："绑起来吧。"

狱卒面面相觑，未料谭少卿会主动要求被绑，忙说："谭百户，我们给你绑松点，走一下过场就好。"

狱卒胡乱绑了谭少卿，又把他从地上扶起向外走。正要出牢房的时候，谭少卿猛地回头望了一眼，发现自己的褂子丢在了角落里，便对狱卒说："兄弟，拜托你帮我把衣服拿上，我有点冷。"

狱卒看他嘴唇发白，面色如灰，这样赤膊出去受了风寒，兴许性命都难保，便把衣服拾起披在谭少卿身上。出了牢房，两个狱卒带着谭少卿穿过卫所后院，往特训司走去。

夜风阵阵吹过，谭少卿头脑清醒了许多，他深吸一口气，胸前又一阵疼痛。跟着狱卒走到了特训司，门口有位年轻的侍卫把守，一个狱卒走上前去，另一人站在门前扶着谭少卿。

"请问陈弘可在？"

"找我们陈司总？"门卫歪着嘴，瞥了狱卒一眼。

"是，是。陈司总。"狱卒赶紧更正。

"何事？"

"苏千户命将此人交给陈司总。"说着狱卒指了指后面的谭少卿。

门卫顺着狱卒手指的方向看过去，见是一个衣衫不整身上血肉模糊的人，皱眉头说："等会儿！"说完转身进了院，留两名狱卒和谭少卿在门口。

过了一会儿，门卫疾步走了回来，对狱卒说："交给我吧，陈大人知道此事，这是交接文书。"说完从手里拿出一张对折的纸，上面记录着交接人的名字、时间等内容。狱卒将纸小心收好揣在怀里。

另外一个狱卒带着谭少卿到了门口，低声说了一句："我们走了，你跟他进去吧。"

从地牢走来的这一段路，谭少卿觉得腿脚的血流终于通畅，身上也稍微轻松了些，他站在门口，等待面前这个侍卫的安排。年轻的侍卫没说话，上下打量了谭少卿一番，摇了摇头，走到谭少卿面前伸出手把谭少卿手上松散的绳结解开，又从腰间掏出一个长颈圆胆小瓷瓶，瓶身上有红蓝相间的彩釉。侍卫把小瓶子递给谭少卿，低声说："拿着，这是上好的金创药，陈大人吩咐，让你赶紧把伤治好。"

谭少卿接过药瓶，只看瓶子就明白这药一定格外金贵。

侍卫见他可怜，心想："还皮开肉绽的就被送来这儿……"叹了口气，带他进了特训司的院子。

特训司院里有两排整齐的房子，六间小屋子是寝宅，两大间是特殊训练室，里面摆放着习武用的器械和兵器。院门口两间房子，挨着门的一间小屋是门房，另外一间是司教和司务居住的寝宅。院子里没有一株花草树木，看起来冰冷刻板。

谭少卿进到院子里，侍卫径直带他到了一间寝舍，推开木门，侍卫把门口桌子上的油灯点燃，指着靠墙的床对谭少卿说："你就住这儿吧，这里虽然简陋，但好过牢房百倍。"

"好，明白。"谭少卿点点头，伤口痛得他龇牙咧嘴。

侍卫见他这副惨状，也咧起嘴来问："你……一定犯了啥大错吧？"

"呃……任务……没做好……"

"啧啧……行了，你快躺下休息吧！"侍卫见他脑门豆大的汗珠，嘴唇发白，弓着身子，呷嘴嘟囔了句，"啧啧，挺俊的人，被折腾成这样，来了这儿，更不知要被折腾成啥样呢……"一边嘟囔一边往外走，忽然又转回头问谭少卿："你吃饭了没？"

歪在床铺上的谭少卿已经一天水米未进，忙说："还没！"

"那你等会儿，我去灶房看看还有什么吃食。"说完便出门了。

谭少卿心想："还不算太糟，好歹今天这条命是保住了。"过了一会儿，门吱呀一声开了，侍卫手里端着碗进来。谭少卿忙欠了欠身。侍卫赶紧摆手，咧嘴说道："得得得，你别动了。"说着把手里的碗往床铺边儿上一放："就这些，你将就吃些吧。我得回去守门了，明日记得把碗还给我。明早卯时院子里出早操，别误了时辰。"说完便转身走了。

谭少卿看面前的碗里放着两个馒头半碗米粥，顾不得许多，忍着伤口的痛，端起碗囫囵吃下了这些东西……

吃过东西，谭少卿觉得体力也恢复了些。

把空碗放在一旁，他拿出刚才侍卫给他的金创药，把红色的塞子拔开，一阵香气从瓶子里迸发而出。谭少卿撩开衣服小心翼翼地将黄色药粉撒在胸前的伤口上，鲜红的皮肉发出"嗞嗞——"的响声，谭少卿只觉得钻心地痛。胸前、手臂的伤口都撒好金创药，小瓶几乎空了一半。

躺在床上，谭少卿疲惫至极却无法入睡，这两天里发生了太多难解的事。忽然，他在自己腰间一顿乱摸，摸到右边的裤腰下面有两个硬物，才稍稍放松。他伸手探入裤腰，在夹层里出翻出两个如手指大小的牛皮卷。

谭少卿谎称在执行任务时不慎将书信丢在了路上的树林里……

他把牛皮卷紧紧攥在手里，挣扎着起身挪到了门口，借着油灯的光亮仔细瞧这两个牛皮卷，在顶端均刻有一个"靖"字，都是由褐色牛皮制成，一只颜色略深，另一只颜色略浅。颜色略浅的是陈六一交给他的，颜色略深的则是从涿州驿的使臣那里找到的。

谭少卿听了听四周的动静，手指麻利地揭开了两封牛皮卷，分别取出书信，两封均为细长白色锦缎，缎子上写着密密麻麻的瘦金体小字。但这书信的内容惊得他胸口一阵闷痛，气血上翻，伤口也跟着跳痛。

第七章
惊天迷局

一

翌日清晨，天刚放亮，谭少卿仰面躺在床上突然睁开了眼睛，连忙挣扎起身。胸前昨夜还血肉模糊的伤口都已结痂，这药果然非同一般。再补药粉在伤口上，也不及昨夜那般疼。只是这胸前的血痂看起来格外吓人，想想自己真是死里逃生。

谭少卿下了地，穿上沾满血渍的衣服，眼下也无其他衣裳可换洗。院子里静悄悄，其他人还没有起床。谭少卿到院东边的水井打了冰冷刺骨的井水浇在头上。回到寝舍没多久，院子里一声锣响惊醒了特训司。

迅速洗漱后，所有人在院内整齐列队。整支队伍加上谭少卿共有十三人，列成两排，谭少卿站在最后的位置。

不一会儿，一个中年男子从门口的司长舍里走出来，身穿黑色短打衣裤，中等身材，肩膀很厚，肌肉健硕，圆脸小眼。他走到队伍前面站定，受训的暗卫笔挺而立目视前方，齐声高喊："司总好！"

中年男子面色冷淡，回应道："嗯。"说着，看了看站在最后的谭少卿，见他头脸虽干净，衣衫却沾满血迹，问道："你是谭少卿？"

谭少卿学着旁人的样子，大声回答："是，司总！"

这人是特训司司长陈弘，传言他一向训练严厉，一丝不苟，经他手的暗卫尚在人世的个个都成了一顶一的高手，其余的都死在了特训司。

陈弘见谭少卿机灵，说："操练过后去找门卫小野领一身新衣服！"

谭少卿赶紧大声答："是！谢司总！"

听完陈弘的训练安排，谭少卿额头蹿出几股冷汗，整日除去中饭时间外，训练一刻不停。陈弘并没给有伤在身的谭少卿另作安排，上午是基础体能加强训练，下午的三个时辰是"倒挂千金"，专门练习上肢力量。在有刻度的铁架上坠数块铅块，手抓住坠有铅块的铁丝，每次拉动都需要到达一定的高度，反复训练可以增加上肢力量。

一整天训练下来，谭少卿全身每块肌肉都紧绷酸痛。晚饭后，他回到寝舍里，发现胸前和手臂结痂的伤口尽数裂开，只好再在伤口上撒金创药，伤口沾到药粉又是一阵钻心地痛。

晚上，谭少卿在井边浣洗血衣，想着那两封书信的内容至关重要，要想办法递到苏樱手里，可自己不知要在特训司待到什么时候……思量半晌也无法，谭少卿蹲在井边叹了口气。

这时从门口进来一个人，见谭少卿在井边叹着气洗衣裳，来人冷笑了一声，指着谭少卿说："哟嗬，我当是谁呢！这不是大名鼎鼎的谭百户吗？您怎么在这儿洗上衣服了？"说着便前仰后合地笑了起来："噢噢噢——我想起来了，您前几天不是单独领了任务吗？怎么，失败了？哈哈哈哈——"他笑得越发猖狂。

真是冤家路窄，这刺耳的声音谭少卿已然熟悉了，来人正是乔七。乔七又阴阳怪气地说："谭百户，你平时不是挺神气的吗？今儿怎么好像霜打的茄子似的，蔫儿了？"

门口的小野闻声走来，听见乔七的冷嘲热讽，赶紧上前劝道："七哥，七哥，你不是来找陈大人的吗？快进屋吧，别让大人等急了。"说着往里请乔七。

乔七仍不依不饶，见有人来劝更是起劲儿。他抬起脚，踢在谭少卿洗衣的木盆上，盆里的水四处飞溅。

谭少卿把手中的衣服用力往盆里一扔，"啪"的一声，水花溅起，有几滴溅到了乔七脸上。

乔七见谭少卿瞪着自己，气急败坏地说："小子，你都混到这份儿上了还牛什么？"说着就要往前冲。

小野赶紧一步蹿上来，一把抓住乔七的肩膀，在他耳旁低声说："七哥，陈大人可就在屋里啊，你们在这儿打起来对你也不好，为着这点事儿受罚可不值得。"

乔七琢磨，在这儿打起来，恐怕真要吃不了兜着走。

小野把乔七稳住，又赶紧走到谭少卿面前，压低声音说："兄弟，你身上有罪未解，打架定会罪加一等。何况你身上还有伤……"小野弯下腰倒掉木盆里的水，将衣服和盆一起递给谭少卿，说："你先回去。"见谭少卿梗着脖子不肯走，他便推了推谭少卿的手臂说："去啊！"

谭少卿转身低着头回了寝室。

小野拽着乔七去找陈弘了。

谭少卿回到寝舍，躺在床铺上，心想："不知苏樱何时才能来特训司，这鬼地方……"

从这天起，谭少卿每天都格外留心观察，希望可以找到机会和苏樱取得联系。

乔七还是时不时地来特训司里找他的麻烦，谭少卿为大局着想不予理睬，若是真与他起了争执罪上加罪，那书信就当真无法传到苏樱手里了。可这乔七却越发过分。

二

在进特训司的第七晚，谭少卿回到寝舍疲惫不已，他坐在窗边向外看，院子里昏暗清静。忽然一个纤瘦的身影从门廊走来，转身进了司总厅内。

那人身姿轻巧，虽着男装但无疑是个女子，只见她皮肤白皙，目光深邃，这不是苏樱还会是谁！期盼了这些日子，谭少卿想即刻冲过去找苏樱，转念一想，如此莽撞实在不妥。

正在他焦虑之时，突然见乔七进了院子，不用问，这厮一定又是来找碴儿的！谭少卿心想："今天就靠你了！"他坐在窗旁"扑哧"笑了起来，脸上露出久未显现的酒窝。

谭少卿站起身先伸了个懒腰，又活动了手臂关节，身上的伤这几日已基本痊愈，顾峰还算是手下留情。舒完筋骨，谭少卿浑身上下一股暖流乱窜，他快步出了寝舍，来到院子里。

乔七像是来找人的，见谭少卿倚靠木桩盯着自己，两人目光交集，乔七恶狠狠地瞪起眼睛。

谭少卿低下头嗤笑了一声。

"笑什么！"乔七立刻上前质问。

谭少卿转过脸来，不屑地说："笑了又如何？难不成碍着你了？"

乔七又往前走了两步，吼道："我告诉你，你没资格在老子面前笑！"他横眉怒目凶神恶煞一般看着谭少卿。

谭少卿脸上带着笑，也往前走了两步，说："给小爷当老子，我怕你折寿……"

乔七怎受得住谭少卿这样激他，脸涨得通红，他脚下一用力，"噌"地一下斜着身子蹿向谭少卿，在空中伸出右臂，拳头直奔谭少卿胸口。谭少卿下身扎稳，上身向右一侧，乔七的拳头落空了，谭少卿顺势向前一掌正推在乔七伸出来的右臂上。

乔七右臂中了一掌，身体也往右前方倾斜过去，他赶紧转身站定，再次拉开架势，又冲谭少卿面门挥起一拳。

谭少卿实在无心恋战，索性迎了这一拳，抬起左手向右横切乔七挥拳的手肘处，顺势抓住他的手臂往身后一带，右掌直切乔七右肋。

这些天，谭少卿在特训司里接受了严苛的速度和力量的训练，乔七完全没想到谭少卿速度如此之快，掌力如此之大，右臂被他伏住后重心根本抽不回来，肋上挨了重重的一掌，乔七整个人失去了重心，跌坐在地上。

谭少卿见乔七跌倒，并没有收手，反而一个箭步蹿上去，将乔七压在胯下，挥起拳头左右开弓。拳头如雨点般落在乔七的脸上和头上，打得乔七嘴角淌血嗷嗷乱叫。周围人皆知最近这些时日乔七如何奚落谭少卿，今天乔七挨揍实属活该，无人愿意上前制止。

小野在门房听见院子里有人惨叫，赶紧跑了出来，看见谭少卿正冲身下的人抡着拳头，口中大喊着："住手！别打了！……"

乔七的喊叫声变成了哀号……

这时谭少卿听得一声呵斥："住手！"

是苏樱的声音！苏樱正目如利剑盯着自己，眉头微蹙，带着些许怒气。谭少卿这才停手，扬了扬眉毛，看了看胯下的乔七已经满脸开花，他呼了口气，站了起来。

苏樱冷眼看着他，又瞥了一眼躺在地上的乔七，说："你来这儿做什么？"

乔七勉强起身，鼻子还淌着血，他边擦边回道："苏千户，我来找人。"说完低下头。

"哼——找人。你日日来特训司找人？"苏樱垂着眼睛问。

乔七顿时语塞。

"谭少卿，你是不是嫌自己被罚得轻？"苏樱板着脸，眼睛瞥向谭少卿，"地牢里的鞭子没吃够吗？"

谭少卿没说话，低下头佯装委屈。

苏樱不看他们俩，目视前方，严肃地说："此二人打架斗殴，行为无状。鬼字小号关五天。"

暗卫的牢房分很多种，"小号"指的是禁闭牢房，而禁闭牢房分"鬼字"和"酆字"两种。酆字是四面石壁顶端有一个巴掌大的天窗的小号牢房，鬼字牢房则四面石壁却密不透光，冬天极寒夏天极热，里面的空间连躺着都不够。

站在一旁的陈弘见苏樱如此严厉地处罚了这两人，只是点点头，命手下人分别带乔七和谭少卿去蹲小号了。

谭少卿临走时向苏樱使了个眼色。

三

谭少卿进了鬼字号狭小的牢房，矮小的门用铁栅栏封住，只有走廊的灯光透过栅栏射进牢内。

他蜷缩着身体坐在地上，盘算着这五天该怎么度过，在特训司的五天已经很难熬了，关禁更是……谭少卿仔细琢磨着今晚发生的一幕，想到临走时与苏樱眼神交汇，不知苏樱是否意会。

"接下来只需要等待苏樱的回应了。"谭少卿闭上双眼，盘腿而坐，也好趁这禁闭的时间调整一下内力。

苏樱回到寝宅，揣摩谭少卿被带走时的眼神，她想了想，自谭少卿上次任务失败之后，二人就没再交谈。"难道是他有事要讲？"苏樱越想越觉得蹊跷，正要起身之际，后院的门开了。

陆拾推开门进了院子，一身风尘仆仆。院里的古树发了新绿，苏樱坐在树下的长凳上。陆拾笑着冲苏樱走了过来："樱儿。"

"师兄，你回来了！"苏樱见陆拾进了院子，很是意外，"我以为你要明日才能回来呢。"

"事情办得顺利，不愿在城外驿站多耽搁，就回来了。"陆拾笑了笑，棱角分明的脸上生出一缕温柔。

"见过师父了？"

"嗯，见了。"陆拾点了点头。

两个人像从前一样坐在树下，苏樱听陆拾讲这一路的见闻。这情景近年来也不常有了，苏樱与陆拾如今长大成人，却都赴了暗卫这生死场，二人不仅聚少离多，更是前路凶险，这一刻温柔宁静的时光，显得格外珍贵。

天色渐晚，陆拾一路奔波也乏了，与苏樱道晚安后便回房休息。

苏樱听外面的更敲到三声的时候，站起身来，提着气蹑手蹑脚地出了大门，疾速走向禁闭牢房。

谭少卿在牢房里盘腿打坐，完全不知时辰，现在唯一能做的就是等待。

忽然小号的门有了些响动，谭少卿爬到矮小的栅栏边，透过缝隙向外张望。

不出他所料，苏樱也正蹲在门外走廊的地上往里看。谭少卿喜出望外，冲着苏樱笑了，露出一排洁白整齐的牙。

苏樱透过栅栏看见他蜷缩在牢房里，心里一阵疼惜，低声嗔怪道："你还笑！"

"姐。"谭少卿小声音地说，"我就知道你会来。"神色中透着孩子般的稚气。

"你有什么事要对我说？"苏樱问道。

谭少卿一笑，"我有东西要交给你，今天打架也是特意要引你出来，此处不方便，我长话短说。"

"好！"苏樱赶紧点了点头。

"上次去涿州驿执行任务，统领给了我一封信，让我替换南靖王使臣身上的信件，当时我只找到了对方的信，无奈遇到那黑衣女子，回到卫所我谎称书信在途中遗失，其实这两封信都在我手上。"说着，他从腰间抠出两个牛皮卷，从栅栏缝隙塞给苏樱，"我私自看了信的内容，觉得此事关系重大，我这才想尽办法要交予你，你回去再仔细查看，自己务必小心！皮色稍浅的是统领给我的，略深的是从南靖王使臣那里搜来的。"

苏樱接过信，攥在手心，看看牢房里蜷缩着的谭少卿，说："如今你已身陷困顿，自己都落魄至此还嘱咐我……你在这里好生休养，我会安排你出去，往后不必再去特训司，切勿再惹事！"

"好，你保重，快走吧！"谭少卿连连点头。

信送了出去，谭少卿轻松了许多。

苏樱悄然离开禁闭牢房，迅速回到寝宅。进了房间里，她掏出两封信，把牛皮揭开，放下床幔，在榻上掏出火折子，吹了两下，借着火光读这两封书信。

陈六一给谭少卿的那封，在白色丝缎上用瘦金体写着一段话——

余将军：

　　当今天子懵幼，朝廷阉党当道，社稷堪忧。本王蛰伏金陵数载，观今天象突变，乃为大业之势。望余公同诛恶流，南北共驱，扶社稷归正。若此举功成，余公必为开国大将。

靖

看到此信，苏樱倒抽了一口冷气，她赶紧展开另一封书信，也是在白色丝缎上用瘦金体书写——

吾皇万岁：

　　臣长居金陵，不能常伴左右尽忠孝之责，望吾皇保重龙体勿过于操劳，太后福寿安康。近日听闻朝堂之上宦官专权，各党派暗地纷争不断，残害忠良之事屡见不鲜，臣甚惶恐。多年前宦官冯保私结暗卫统领残害浙江巡抚苏清远一家四十七口之事仍尘封于暗处。此等悬案比比皆是，还望陛下彻查。

臣弟靖

读完这两封信，苏樱熄灭火折子，战栗着将两封书信收好……

"苏清远"三字让苏樱头脑一片空白——浙江巡抚苏清远正是她死去的父亲！一家四十七口，就是苏樱的父母、幼弟、乳母、管家、家丁……苏樱不敢再想下去，她眼前突然一片漆黑近乎晕厥，内脏失重一般翻江倒海不得呼吸。

苏樱猛地回过神来，想起信中所指暗卫统领不就是陈六一——自己的义父？

一声清脆的鸡鸣将安静的夜空叫醒，天际一道红光冲破黑暗。苏樱彻夜未眠，信中所写都出自他人之口，不能作为确凿依据！但南靖王信中提及父母遇害之事与陈六一有关，自己身在暗卫定有方法调查此事！她起身把床铺整理好，将书信藏了起来。

这一夜长得好似几年的光景，一切恍如隔世。

陆拾从房间里出来，到院子里洗漱，看见苏樱站在窗边看着远方出神。她的脸色苍白，嘴唇干瘪，眼中布满血丝。

听见"哗啦啦"的水声，苏樱回过神来，走到院里跟陆拾打招呼："师兄，早。"

陆拾一边擦着脸，一边若无其事地应着："嗯，早！"回头对苏樱笑了笑。

"你起得这么早，今日可有任务？"

"嗯，不过是一些巡查的任务。你呢？"

"我也是。"

陆拾看出苏樱心不在焉，却也知道苏樱的性格一向内敛，于是并未多问。

四

过了几日，京城的天气渐渐暖和起来，卫所后院里的古树枝叶已然茂密，几乎遮蔽了整个小院。这天，苏樱晚上回到寝宅，刚推开后院的门，就见陆拾在树下的长凳上静坐着，旁边一根蜡烛的火苗在晚风里扭动。

陆拾始终没有讲话，苏樱看他面色凝重更觉得古怪，道："师兄，你为何呆坐在此处啊？"

"今日未时左右，你去哪儿了？"陆拾质问道。

苏樱垂下眼睛，说："师兄定是知道我去了何处，又何必问我？"

"你去了辑案库！是吗？"陆拾站了起来，皱着眉面对苏樱，冷峻的脸严肃至极。

"是。"苏樱垂着头答道。

"你知道的，辑案库里存着暗卫多年来的任务记档，许多是朝廷机密案件，若被统领知道，你是要受罚的！"陆拾剑眉倒立。

苏樱低下头不敢去看陆拾的眼睛，她心底里晓得陆拾这样气急败坏的原因。

见苏樱低头不语，陆拾叹了口气，他猜测此事干系不小，不然苏樱断不会无端去辑案库。

月光下苏樱的眼里闪烁着一点晶莹，陆拾语气缓和下来，脸上也没了怒气，低声说："樱儿，近日你有些异样，几番私自出入辑案库，还私下走访了几个暗卫外派的番子，到底是在查什么？为何不能……"

"师兄……"没等陆拾说完，苏樱仰起脸看着陆拾。

那双有如深潭的眸子在今晚的月光下格外忧郁，闪烁的眼神敏感又脆弱，陆拾仿佛跌进这寒冷的深潭，被咸涩的悲伤彻底包围。

"现在还不是时候，总有一天，我会把全部事情原原本本地告诉你。"说完，苏樱低下头深深吸了口气，转身朝自己的寝宅走去，独留陆拾一个人怔怔地站在树下。苏樱走到房门口，回过头来对着陆拾的背影说："只要……你还信我……"

苏樱的声音从背后传来，带着彷徨与孤独，陆拾的心被揪住了似的不能呼吸。一阵柔和的晚风吹过，却令方才揪紧的心脏变得空空荡荡，陆拾深吸了口气，又坐在了树下的长凳上，转头看见苏樱房间里的灯光闪动，映着房中一个不安的影子。

回到房间，点燃桌上的蜡烛，苏樱的手不停颤抖，一时间跌坐在榻上。

自己这些天辗转于暗卫散布在外的番子之间，打听过去几年的案件，今日又去翻看了这些年的任务记档，发现暗卫统领——自己的义父陈六一这些年来在布设一张巨大的网，暗卫的某些任务都是这张网中的某个环节。朝廷上下官员各踞其阵，党派之间互相争斗，实则是受人操控却不自知。这盘棋的棋子都想将对方击垮，却不知道自己只是一枚棋子。而棋该如何走、阵该如何布，都由陈六一来策划……

这棋局的操盘手竟是陈六一！

想到这些，苏樱不寒而栗，那么自己的父亲，莫非也是这局棋里的一枚棋子？那自己呢？她越想越害怕，虽然她一直觉得陈六一深不可测，却不承想他会有如此大的阴谋，更不敢相信他就是屠杀自己全家的刽子手！

苏樱还记得自己来到这暗卫的第一天，她睁开眼睛第一眼看到的就是陈六一温和从容的面孔。这么多年，教她、养她、疼她，都是陈六一。难道这样做只是为了让她变成一件应手的兵器吗？她不相信，她也曾在陈六一的眼中看到过疼爱的眼神，难道这一切都是假象吗！

母亲死前的一幕，又出现在眼前，那血光四溅惨绝人寰的夜晚，改变了苏樱的人生。这纠缠的宿命竟然是自己的救命恩人陈六一一手造成的。而这个如父亲一般的人，却正是自己的杀父仇人！苏樱泪如泉涌，心中的颓然和恐慌与当年如出一辙……

太阳穴一阵刺痛，苏樱头上的血流激越，她用双手捂住自己的头，一阵又一阵的剧痛让她无法继续思考。

慌乱中，她跌跌撞撞地走到桌前，倒了杯水一饮而尽。忽然看见桌上的蜡烛，她想起来四年前，芸娘把她关进幕布室中的情景，她盯着蜡烛，想起芸娘对她说过的话："只有放下心魔，才能看清事实真相。"苏樱盯着蜡烛调整呼吸，以此调整心绪。

在苏樱眼前，迷局才刚刚揭开，而苏樱此时得知的事情已然令她深感困乏……

第八章
大破杀机

一

四月里，京城的杏花、桃花争相开放，海棠一串串挂满枝头，大街小巷上行人也多了起来。卫所里除了芸娘的院子里有花，其余都是榕树、矮松、梧桐……如今也都逐渐枝叶茂密，一派欣欣向荣的景象。

这天，苏樱被人传话，说统领有请。苏樱不敢怠慢，疾步走进了卫所正院。正厅的门开着，阳光洒到地上有三尺长，陈六一背对门口，看着墙上的字画。

苏樱站在门口，觉得气氛沉重凝滞。她在门口站定，躬身行礼："义父。"

陈六一缓缓转过身来，看了看苏樱，道："来了。"语气一如往常亲睦："进来坐。"说完坐到了正面的椅子上。

苏樱赶紧迈步进了正厅，在挨着陈六一侧面的位子上坐了下来，等待陈六一的吩咐。

"今日天气甚好啊……听闻你近日常活动于城内外，很少在卫所。"

"是，义父。开春已有两月，好些事须得提前打点，所以最近奔走稍勤了一些。"苏樱看着陈六一，见他没有一丝要责备的意思，猜想他只是关心一下自己最近的状态。

陈六一听完，点了点头："如此甚好，凡事未雨绸缪。"说完好像想起了什么事似的，语气忽然转急："对了，樱儿，我有一个重要的任务要交予你去办，此事关系重大，恐怕只有你或陆拾其中一人带队，为师才能放心。拾儿昨日去了徽州，恐怕要大半月才能回京，所以，唯有你了。"说完，他从桌上拿起一张之前就准备好的薄而柔软的羊皮递给苏樱。

听他这么说，苏樱觉得此事非同小可，赶紧伸手接过那张羊皮。羊皮打开后约有半尺见方，上面是一幅舆图。

"这是西北大营周边的舆图，你仔细看一下。此次任务是潜入西北兵车营杀掉兵车都督余逊尧。"陈六一目光炯炯地看着苏樱。

苏樱一听，心里一惊，她脑子里瞬间闪过这个名字——余逊尧，难道此次行动仍然与上次调包南靖王的信使有关？

陈六一接着说："噢，此事……我只与你一人讲。"

"樱儿明白。"苏樱点头。

"兵车营兵车都督手握兵权，近日有人密报，他与南靖王勾结意图谋反，皇上知道后龙颜大怒，亲自下旨，要暗卫来解决此事。"说到这儿，陈六一深深呼了口气，"暗卫向来只听皇上安排，为保江山稳固，不会过问其他。"他的话中透着无奈，暗示苏樱不要过问太多。

"是，义父，樱儿明白。"苏樱赶紧回应，想了想，又开口，"可兵车都督身居要职，一旦遇刺身亡，恐军中会大变啊。"

"你放心，皇上自有安排。"陈六一不再多说。

苏樱便不多问，立即站起身来，行了个礼，说："义父放心，我必定完成任务。"

"好，好，你去找孙伯，他会给你安排。"陈六一想了一下，从怀中掏出一块墨色的玉牌递到苏樱面前，"还有，这是你的通关令牌。"陈六一把令牌递给苏樱，这是暗卫的高级别令牌，"不用我多说你也知道此令牌的用途了。"陈六一呵呵一笑，又体贴地嘱咐道，"凡事小心。"

苏樱伸手接过令牌，站起身来说："是，义父。多谢义父。"

领命完，苏樱离开了正厅。刚出门，就见孙伯在院子里站着。苏樱赶紧上前："孙伯，您久等了。"

孙伯一笑，眼角出现几条深深的皱纹，道："无妨。"

苏樱跟着进了他的房间，屋子里如往常干净整洁，迎门的桌子上放着一些物件，孙伯介绍："苏千户此次去兵车大营有一个新的身份，就是长安县进京的兵器锻造师刘玉山的徒弟，叫阿兰。这是给你准备的衣服、鞋子。"说着打开桌上的布包，里面放着几件暗红色、暗紫色的粗布衣服，皆为普通百姓所穿的女装。

苏樱赶紧点头。

"刘玉山此刻正在城东的霄云客栈住二楼未戌号房间，你稍晚些去跟他会合。你们快马加鞭，到西北大营后你第五日晚上行动，京城有一队人马随后也会被派去接应你，还有一队人马从蒙古回来，我会部署他们与你联络，全力配合你。你在营中要注意暗卫信号。马匹已经让小白给你备好。你回去换个装束，休息一下。郊外还有些凉，记得多穿几件衣服。"

"谢孙伯。"苏樱站起来向孙伯行了个礼，便离开了孙伯的房间。

回到居所，苏樱把东西放在榻上，盘着腿在榻上打坐，闭上眼睛思索，余逊尧与南靖王私下勾结谋反之事，最初是在谭少卿递给她的书信上看到的，那封书信本是陈六一给谭少卿的，那么说明谋反一事是捏造，为何今日又以此事让自己去刺杀余逊尧？难道是因为谭少卿任务失败，所以此时又安排自己去杀他？陈六一与兵车营并无交集，难道又是朝廷的党派纷争？可多年来，暗卫确实只听命于皇上，难道陈六一有什么难言之隐？还是陈六一受人指使？怀揣诸多疑问，苏樱忽然看见榻上放着的墨玉令牌。作为一名暗卫，既然接了令牌，就要完成任务！苏樱想：既然自己想不出来其中关窍，不如亲自去探个虚实。

天黑之后，苏樱乔装改扮，去马厩牵上绝雾，快马加鞭赶奔城东霄云客栈找刘玉山。

苏樱骑马围着客栈转了两圈，仔细观察客栈周边的环境，将大路、小路都探明，随后把马儿藏在客栈后面的一条巷子的拐角处，自己步行回到客栈正门。乔装成了锻造师学徒的苏樱，穿着青色衣裙，外面套了一件暗红色的对襟小袖褙子，头上一左一右梳两个小髻在耳朵上方，看起来清丽可人。

客栈只有一扇门开着，其他的门窗皆上了板，苏樱迈进门沿着楼梯上了楼，看着门牌号，找到了未戌号客房，她轻叩房门，房里一阵窸窸窣窣的声音，接着门内一人轻声说："庭下积水对空明。"

"水中藻荇互交横。"苏樱对着门缝轻轻回应口号。这是陈六一根据东坡词改编的接头暗号。

门"吱呀"一声，开了条缝，苏樱看见门内是一个五十多岁的男子，身形清瘦，眼窝很深，两腮塌陷，眉毛有些微微往下垂，目光如电，在黑夜中炯炯有神。苏樱立即抽出袖中的令牌，门内之人马上请苏樱进房间。

二人坐在正对门口的桌子旁。

苏樱压低声音先开了口："老伯便是刘玉山师傅吧？"这名字显然是化名。

刘玉山微微一笑，点了点头，说："你便是阿兰吧？"

刘玉山交代了这几日的行程，便径自去榻上休息。

苏樱走到屋子的窗边，打开一条缝，伸出两根手指放在嘴边对着外面打了一个呼哨，楼下的巷子里响起一阵马蹄声，一道白光闪过，绝雾扬长而去。这哨声正是苏樱给绝雾回卫所的命令。

月亮渐渐坠落天际，黎明随之向来。

苏樱和锻造师刘玉山收拾好行装在一楼吃过早饭后便离开了客栈，伙计从后院牵出刘玉山的马匹交给他。这匹年迈的土马是用来驮运货物的，刘玉山把包袱和工具放在马背上，带着苏樱上了路。

刘玉山和苏樱二人步行一上午，便到了郊外兵车军营外，路上刘玉山给苏樱讲授了许多锻造兵器的技法，以免在军营里露出马脚。

兵车大营驻扎在距离京西十三里的地方，四周守卫森严，由粗壮的木桩围着，几队侍卫手持长矛、刀剑来回巡逻，门口把守的侍卫有十几个，大营门前冷清整肃。刘玉山带着苏樱走到大营门口，没等刘玉山开口，侍卫先大声问道："来者何人？"

刘玉山赶紧一拱手，操着一口长安话说道："老朽乃西安府长安县进京专为兵车大营锻造兵器的铁匠刘玉山是也。"

"可有文书？"侍卫垂着眼问。

"有，有！"说着，刘玉山从怀里掏出一个比手掌略大些的本子，由织锦包着，甚是精致。他打开文书，恭恭敬敬递到侍卫面前。

侍卫伸手接过文书翻看，皱起眉头，与身边另一名侍卫耳语一句，那侍卫拿起文书往营中跑去。"稍等片刻。"门口的侍卫冷着脸说道。

过了大约一炷香的时间，侍卫将文书交还给他。

苏樱一直站在刘玉山后面低头牵着马。

"刘玉山是吧，刚刚你的文书我们吕同知已经看过，您请进去吧。"门口的侍卫说着，让开一条路，又命身边一个年轻的侍卫带他们进去。

苏樱跟在刘玉山身后顺利进入了兵车大营。刘玉山牵着马，苏樱提着包袱微微低着头，仔细将营帐周围的环境观察清楚。营帐整齐且结实，有四排之多。

他们被侍卫带到了第二排最里面的营帐前停了下来，侍卫说："这是我们吕同知的营帐，他在里面等你们，进去吧。"

刘玉山赶紧点头向侍卫道谢，带着苏樱进了帐。这顶营帐只有指挥同知一人居住，营帐里桌椅床榻一应俱全，地上铺着一张兽皮，副都督在矮脚桌后席地而坐。见到刘玉山和苏樱，他笑着大声说："你们来了，哈哈哈——"

刘玉山弓着腰连连点头，道："吕同知，老朽带徒弟从长安县过来，山高水长路途遥远耽搁了些时日，还望同知大人恕罪。"苏樱站在身后低着头，看起来像个没见过世面的女孩子。

"无妨，来得及。你过来看，我这儿有张图纸，是前些时候外来使者赠予我们余都督的，据说此神兵一旦造成，配合我们都督大人的兵车阵法，那可就是以一当十了。"

刘玉山眼前一亮，眨了眨深陷的眼睛，凑到桌前，在吕同知对面坐下。刘玉山仔细看过图纸后说："同知大人，此乃多发连弩，以往我们惯用单发弩。这连发弩可连发数次，说一人可敌数十人确实不虚。"

吕同知一听，眉开眼笑，抬起手"啪"地一声拍在桌上。"哈哈哈，好，好！我们的锻造师都琢磨不透这神兵，我还以为外来的使者在糊弄老子！后来有人举荐你，说长安县的锻造师见过的古代兵器多，今日看来果然不错啊！哈哈哈哈……"吕副都督一阵大笑，"好！你速去赶制一支，让我先瞧瞧！你说，要多长时间？"

刘玉山想了想，答："呃……七天吧……"话中稍带迟疑。

"七天？"吕同知一听，脸上露出些许不悦，"七天未免太久，我等不了那么长时间，四天吧！"

"大人，四天，实在是有些仓促……要备料，还要制模……"

"得得得……"吕同知则一脸的不耐烦，手一挥打断了他的话，"这神兵四日后我要交给余大人的。那些琐事都不必与我说，我自会派人协助你！四天后，你来送连弩便可，若不能如期交工……当心你的脑袋！"粗糙的脸上，肌肉抖了两下。

一直低着头躲在一旁的苏樱心想："这同知大人真是粗鲁……他口中的余大人应该就是余逊尧了。"

听闻赶制不出兵器就要掉脑袋，刘玉山双腿一软"扑通"一下跪倒在地，连连向这位同知大人磕头，嘴里连声求饶："大人饶命，大人饶命……"

苏樱见状也赶紧跪倒在地，把头压低，身体发抖，装出惊惧的样子。

"哈哈哈哈——"见刘玉山如此胆小，引得吕同知一阵大笑，手一挥，道："下去吧，下次带着神兵来见我！"说完，示意身边的侍卫带刘玉山和苏樱出去。

侍卫刚往前走了一步，吕同知又说："安排他们住在营外三里的营帐里。"

"是！"侍卫从地上拽起刘玉山和苏樱，带他们出了指挥同知的营帐。

二人被带到一个军外的营地，里面有五顶小帐篷，送他们来的侍卫说这是专门安置外人的营房。苏樱和刘玉山就在这里住了下来，从这日起，刘玉山每日赶制连弩，苏樱则画出兵车大营的内部舆图，策划着几日后的偷袭。

二

苏樱离开卫所的第四天，谭少卿就接到了任务，翌日与其他十一名暗卫一同前往城外西北十里堡与另外一支队伍会合待命，具体任务要等抵达后才部署。这次行动让谭少卿很是兴奋，出发当日他问同去的小应子："兄弟，你知不知道咱们这次去哪儿，到底是干吗啊？"

小应子眨巴着小眼睛，瘪着嘴想了想，说："具体的我也不知道，不过让咱们带长弓，定是偷袭、围剿之类的任务，你说呢？"

"哎——不错嘛……兄弟，你行啊！够机灵的！"谭少卿笑嘻嘻地看着小应子。

小应子也嘿嘿一笑，说："嗨——我就是比你早来一年而已，再过段日子，你肯定比我懂得多。"

"到那儿也就半天时间吧？"谭少卿问。

"嗯，大半天吧，晚上等安排。"小应子又问，"哎，我听说你前几日受罚了，受伤了吗？好全了没有？"

"好了好了，唉，别提了，吃了一顿鞭子……反正，以后可千万别做错事！"谭少卿的脸皱成了一团。

看他这副样子，小应子笑着挥了挥手，正打在谭少卿的胸前，谭少卿装痛捂住胸口，惹得小应子一阵紧张。

两个男孩子笑得前仰后合。

此行十二名暗卫被安排三两一伙分几路从卫所出发，最后将于酉时二刻在西北城门外会合。十几个人走同一条路，难免引人注意。谭少卿在黄昏时分到了城外的指定地点，已有几人抵达。一盏茶的工夫，十二名暗卫到齐，共同奔赴十里堡。

十里堡是城外西北十里处的一个村子，村口有家破旧的客栈，来往京城的人来此打尖休息。谭少卿等人没有去客栈休息，而是在村口的一个茶馆里歇息，茶馆也只是露天的四张桌子，几条长凳，一个老汉在土坯炉子上用大铜壶烧着水，高竿上挂着幌子。

天色已暗，带队的李玉掏出一点碎银子给老汉，老汉颤巍巍地提着茶壶给大伙儿倒水，粗陶的褐色大碗有的边都已破损。

几个人把茶水放在桌上，谁也没喝。此时天已黑透，十几个人都静静地坐在长凳上，只有马儿打着响鼻。

忽然，西边一道蓝光升上天际，留下淡淡的白烟。看到信号，带头的李玉及其他暗卫纷纷起身，驰马奔向信号发起的方向。

谭少卿等人向西行进了约十里地，就已是鲜有人烟的地方，二十四名暗卫骑在马上等候。相见后，带队互相出示了令牌，这二十四名暗卫今晚与谭少卿他们一起行动。

三十六名暗卫下马候命，李玉负责此次任务。他从怀中掏出一个锦囊，里面放着任务指令："今晚，协助苏樱苏千户偷袭兵车大营，三十六名暗卫伏于营外做接应，信号弹起，射火箭于营内，围剿逃兵。"念到这里，李玉眉头一紧。

谭少卿飞快地思考这次任务：西北兵车营里的最高首领是兵车都督余逊尧；暗卫派苏樱参与的任务一定是刺杀任务；暗卫出动人马偷袭兵车大营不可能只是杀个普通将领，那么苏樱此去刺杀的便是兵车都督余逊尧；上次信使之事也直指余都督，他本身就是暗卫处理的对象之一；如果苏樱刺杀得手，岂不是伙同陈六一等人残害忠良？

此事千头万绪，且非同小可。

他转念一想，苏樱也看过那封书信，自己能想到的事情苏樱一定能……

"想什么呢！"李玉看见谭少卿走神儿，呵斥道。

"没……没什么……"谭少卿忙收回思绪，笑了笑。

李玉瞪了他一眼，说："到了军营外三里，有一片树林，先在那里埋伏下来等信号。"说完双腿用力一夹马肚子，带头先行。

其他人策马跟在后面，黑夜里的郊外一马平川，只见几十条黑影划过，马蹄上包了麻布，掩人耳目。

约有两刻钟的时间，谭少卿一行人到了兵车大营外，李玉带着他们埋伏在大营东南边树林里，便于观察军营的情况。

谭少卿蹲在树后，思索着今晚的对策。

三

经过这些天的日夜赶工，刘玉山已照图纸制成一把连弩，无论样式、功能都符合吕副都督的要求。

吕同知看了这把连弩甚是开心，决定明日一早要将弩献给余都督。

这几日出入西北军营，苏樱已经摸清了营地的地形，以及余逊尧的营帐所在的位置和巡逻守卫情况。今晚，苏樱就要行动。

天黑后苏樱一直在帐篷里打坐，她闭上眼睛仔细琢磨晚上的行动，今天午后余都督已经到大营，明日一早副都督就要献神兵连弩给余都督。这次行动令苏樱格外紧张，甚至有些许期待，有些事她必须要当面问余逊尧。正在她闭目思索之际，就听见一声婉转悠长的哨声，由远及近。苏樱忽地睁开眼，这正是暗卫的暗号，她心中清楚，是后备人员已经埋伏在附近。她赶紧站起身来，换上一身黑色的短打夜行衣，一块黑色方巾蒙住脸，又把夜游插入袖中。

正要出门时，她看见桌上放着的连弩，她想了想，回手将连弩拿了起来，掖在后腰间。脚下轻轻点地，身体如猫儿一般轻盈，向西北大营奔去。

营外三里的树林里，传来一阵马蹄声，行家一听便知是裹了麻布的马蹄发出的声响。谭少卿等人回头观瞧，远处一个黑衣人策马而来，这人无疑也是暗卫，为何此时……

来者到了跟前，跳下马来，手里高举一只黄玉令牌。大家仔细一看，竟是暗卫里出了名的"废物"——胡光子。

这人年纪不轻，又入暗卫多年，却从来都是一副唯唯诺诺的样子，所做的也都是一些跑腿、盯梢之类下三烂的任务，他却乐在其中。

他布满胡楂的脸在黑夜里显得更加邋遢，弓着背弯着腰，手里拿着令牌，缩着脖子左看看右瞧瞧，在人群中找李玉。

突然胡光子鼠目发亮，脸上露出窃喜般的笑容，说："李百户，李百户。"嘴唇上两撇小胡子跟着抖了两下。

李玉一皱眉，说："什么事？快说！"

"我给你们送猛火油来了！"说着往身后指了指。

李玉抻长脖子一看，胡光子的马背上驮了几串小罐子，足有三四十只，罐子口上系着麻绳拴在一起，马被累得没了精神。

李玉瞪大眼睛低声问："做何用？"

"统领派我来的。"他嘻嘻一笑，又把手中的黄玉令牌展在李玉面前，八字胡往上撇了撇，"统领有命，今晚任务以猛火油作为火箭燃料，一旦军营里燃起火焰，就再掷猛火油，不得放过任何一个从营中逃出的人。凡营内出逃者，格杀勿论！"说完，胡光子垂下眼皮，收起黄玉令牌。

这厮小人得志狐假虎威的嘴脸真是令人作呕！

李玉迟疑了一下，皱着眉头没有说话。

"怎么？李百户，令牌在此，你要抗命？"胡光子眉毛一挑，"这是统领的安排。"接着看向大家说："每人一罐猛火油，分散开来，埋伏于大营周围，以便包抄西北大营。"

李玉皱着眉头，气得眉毛都竖了起来。对李玉来说，只要是上级安排，他就会严格遵守命令，可为何偏偏是这个废物来替自己下达命令？

胡光子手上拿的黄玉令牌比自己手上的赤玉令牌高一级，李玉莫敢不从。所以，无论怎样此刻只能强压怒气，让这废物得意一回！

他脸上肌肉在抽动，喘了口粗气，说："听胡百户的安排，散开！"

谭少卿觉得事有蹊跷，猛火油燃烧起来火势凶猛，且水浇愈炙，如果所有埋伏在四周的暗卫同时向营地投掷猛火油，那苏樱岂不也置身火海？胡光子还说凡出逃者格杀勿论！难道也包括苏樱吗？！

罢了！只能靠自己了！谭少卿心一横，取了猛火油，牵上马跟李玉比了个手势，就去东北边埋伏。

谭少卿翻上马背悄悄往东北方向走去，他观察了一下大营的东北部，只有一些凹凸不平的沙丘，他拉缰让马卧在沙坑里，自己找了个鼓起的沙丘在后面趴下。四周暗卫们都埋伏下来，大家虽然分散开来距离较远，可如若投掷猛火油却是最有利的。

四

苏樱只身离开自己居住的帐篷，悄悄来到大营的西南角。她这几天观察发现西北角是大营最僻静的角落，此处是存放杂物和生活物资的地方，没有人居住，也不是粮草和军需物资的所在，守卫较少，巡逻队伍每半个时辰来一次。苏樱利用这个空当，先埋伏于周围，见巡逻队离开，她迅速移到营地边上，动作疾若鹰隼，只有一道黑影闪过。

守卫的士兵都没察觉，就已被苏樱手起刀落地解决掉，颈上一道伤口还淌着血就倒下了，黑夜里只有夜游闪出冷光。苏樱纵身一跃，轻轻地跳进营内，趁人不备便到了余都督的营帐外。

都督的营帐里有灯光，帐外没有人守卫，周遭没有火把暗得很，苏樱没有轻率闯入，绕到营帐的侧面从窗口向里看。

正在这时，忽然火光四起，周围响起一阵锣声，火把燃起把周围照得通明。"糟了！中计了！"苏樱眉头紧皱，凌厉的眼睛极速看向四周，数百名士兵手持刀枪将自己层层围住，外圈还有几十个骑兵手持弓箭。苏樱咬了咬牙，今夜难免要打一场硬仗了。

层层叠叠的兵车军士将苏樱包围在都督军帐外，火把照得夜空如同白昼，抖动的火光里士兵们蓄势待发，指挥同知骑着马得意地看着苏樱，仿佛猎人狩猎到一只梅花鹿，此时只要他一声令下，便可以让这几百人擒住眼前的苏樱。猎人们总是喜欢欣赏落网的猎物惊慌失措的样子，这令他们无限满足。

苏樱直起身，自若地站定在人群中央。进了暗卫之后，面临生死已成苏樱生活的一部分，自己的手上早已沾满鲜血，作为一名杀手，苏樱见过的死人甚至比活人还多。今天也不例外，不是别人死，就是自己死。她睁大眼睛直视着吕同知，跳动的火光下她的目光显得更加凌厉寒冷。

吕同知见猎物竟然没有惊慌无状，显然有些失望，大声喝道："既然如此，亮明身份吧，何必遮遮掩掩？"

苏樱抬起手来，摘掉蒙在脸上的黑色方巾。士兵见敌手竟是女子，且肤如凝脂、鼻梁高耸、唇若丹霞，均是一震。就在此时，一道蓝色的光带着刺耳的鸣音腾空而上，拖着长尾在空中划过。苏樱在众人惊讶之际，从袖中抽出信号弹放了出去。

信号弹一起，吕同知怔住，马也惊了，苏樱却依然目不转睛地注视着他，他挥刀喊道："上！抓活的！"

前边的士兵听令向前冲，外圈的弓箭手手中的箭依然在弦上。

苏樱从袖中抽出夜游反手握紧刀柄，见士兵们向自己扑了过来，瞬间化作一团黑风一般，向前方旋转挥舞着夜游，夜游发出道道寒光。苏樱所到之处士兵们纷纷倒下，霎时间血光四溅。

外圈的士兵都惊呆了，又看见苏樱冷酷的脸上杀气逼人，个个瞪大眼睛站在原处不敢靠近。

吕同知没料到眼前并不是一只梅花鹿，竟是一头孤狼！他高坐在马背上，勒住缰绳往后退了两步，大喊了一声："放箭！"

就在此时，军营外忽然射进几支火箭落在营帐上，一时间帐篷燃烧起来，火苗乘着夜风之势四处乱窜。吕同知赶紧高喊："巡逻队，灭火！"

巡逻队还没扑灭帐篷上的火，又有十几支火箭射入营内，落在军中的物资帐篷上，射在士兵身上。猛火油着实厉害，火越烧越旺，营房都烧了起来。

士兵在火中声嘶力竭地惨叫。

吕同知涨红了脸大声呵斥："弓箭手！放箭！"回头对外圈喊："救火！其他人，救火！"

苏樱见弓箭手弯弓就要向自己射箭，赶紧提起气息，脚下用力一蹬，在空中手伸向背后抽出连弩向弓箭手射去。果然这连弩的速度比弓箭要快得多。苏樱见出现了缺口，立即跳过去杀出一条血路逃到大营边上，耳旁只听见"嗖——嗖——嗖——"的声音，箭纷纷擦过身边。

眼见苏樱已经到了军营的边上，可就在此时，只见远处飞过来一团黑物，落在苏樱面前摔得粉碎，飞溅出来的液体与射向营地的火箭交织，成了一条条火蛇。"是猛火油！"苏樱心想。她转身跳在一旁，眼前的去路已经被燃起的大火堵住了，后面追兵逼近……猛火油不断飞来，营地四周都成了一片火海，军营里已经乱作一团。

苏樱定睛观看，营外不断有箭射入，营内追兵就在眼前，自己已无退路，她心一冷，没想到军营外的暗卫连自己都不放过。苏樱手持夜游，士兵们见她眼神如荒野中的孤狼，都不敢妄自冲锋。

正在僵持之际，却见一骑人马从火海里奔腾而出，此人身穿一袭黑衣，手持长刀，左右挥舞，来到苏樱面前。

苏樱抬头一看，来者正是谭少卿，他伏在马背上，向自己伸出一只手。苏樱立即抓住谭少卿的手，那手相当有力，苏樱顺势一跃跳到马背上。谭少卿用力一拽缰绳，马儿前蹄抬得老高，掉转方向纵身一跃跳出了军营的木栅，只听得数支箭带着风声落到身后。苏樱在马上回头望去，兵车大营已成火海，火光将天空染得血红。

营外埋伏在树林里的暗卫还在向营地投射猛火油，逃出军营的士兵纷纷受伤，遭到还击的暗卫也有不少受伤。苏樱看见胡光子在树林里埋伏指挥作战，她狐疑不已，此刻已无余力思考。谭少卿带着苏樱飞速消失在夜幕中。

马大约奔驰了二十里地，在一片小树林里谭少卿勒住缰绳。谭少卿自己先跳下来，又扶苏樱下了马。

苏樱没等谭少卿开口，便先问："少卿，你为何会只身前来？发生了什么事？我刚才好像看见胡光子在埋伏的队伍里，他为何会在此处？"苏樱经历了一场恶战，此时目光仍然如同闪电。

"嘘——"谭少卿伸出食指在嘴边比了一个噤声的手势，低声回答，"姐姐，你先坐下歇息，且听我说。"他把苏樱扶到旁边一个木桩上坐下，压低声音说，"本来此次接应行动，首领是李玉，正当我们埋伏在树林里时，胡光子忽然出现，还带着黄玉令牌让我们在营地四周埋伏，见信号弹起就投掷猛火油，凡出逃军营者格杀勿论！"

苏樱听着，眉毛竖立起来，却没有说话。

"还好我埋伏的地方隐约能看到营内的情况，见有一队人奔到营边，想必就是在追杀你。还好被我猜中了，不然，真不敢想会是什么后果……"谭少卿说完低下了头。

"这件事一定有蹊跷。"苏樱忽然开口。

谭少卿抿着嘴点了点头。忽然，他一拍脑袋，说："哎呀，还有件事，差点忘了！我当时埋伏在沙丘后面的时候，看见一个黑影也埋伏在离我不远的地方，我趁其不备想过去擒住那人，谁承想她轻功还挺好，不过功夫不怎么样，我一看正是上次出现在驿站纠缠我的黑衣女子！因为情况紧急我也没空与她恋战，过了几招我就把她打晕绑在树林里了！后来就赶着去救你，忘了这事！"

"绑在哪儿了？"苏樱瞪大眼睛问。

"就离这儿不远。"

"走，带我去看看。"

五

到了绑黑衣女子的地方，谭少卿下马仔细观察了周围，才冲着苏樱点了点头，走到大树旁蹲下来，在树下鼓捣了一阵，扛着一个东西来到苏樱的马前，把那黑物往地下一放。

苏樱赶紧跳下马，弯腰看了看，是个昏迷中的女子，借着月光再仔细一瞧，确实是那日闯入驿站的女子。苏樱忽然想起这女子的身份，睁大眼睛对谭少卿说："是余玲珑！"

"啊？什么？"

"这女子，名叫余玲珑，是兵车都督余逊尧之女。"苏樱疑惑地看向谭少卿，"可她在营外埋伏是为何故？"

"余逊尧之女？余逊尧是不是你今夜刺杀的余都督？"谭少卿一头雾水。

"嗯，不过，今夜余逊尧根本不在营内。"苏樱向谭少卿使了个眼色，低声说，"此地不宜久留，换个地方再说。"

谭少卿点了点头，把这女子横搭在马背上，两人牵着马向树林深处走去。路上，苏樱问："你不回去，会不会有事？"

"应该没什么事，当时营外的情况乱得很，暗卫也有人受伤。"谭少卿边走边答。

苏樱苦笑了两声，说："困兽之斗。"她不禁摇了摇头，抬头看向天空，军营方向红光依然。经历了这场恶斗，苏樱有些疲惫，她此时的孤独就像被红光映照的黑色天空，深不见底又空洞无际。

谭少卿看见苏樱的样子，伸出手揽住她的肩膀晃了晃，冲她一抿嘴，露出暖暖的笑容。

苏樱怔了一下，黑夜里她看到谭少卿脸颊上浮现出的酒窝，感到血液忽然逆流，心脏怦怦乱跳，手心也冒出汗来。苏樱不知这是为何，过去从未有过这种感觉，她赶紧低下头掩饰。

正在此时，马背上的余玲珑忽然一阵挣扎，呻吟道："这……这是哪儿啊？放……放我下来……"她手脚都被捆着，头垂在马肚子上，根本动弹不得。

苏樱和谭少卿对视了一眼，停住脚步。谭少卿从手腕处拆下自己护腕的布条，团成团走到马前，一弯腰抓住余玲珑的下巴。余玲珑见谭少卿的脸凑到自己面前，大喊："死淫贼！你放我下来！"

谭少卿不等她多说，直接把布团塞在她嘴里，喃喃地说："消停点吧，余大小姐。"

"嗯——呃——嗯——"被塞住嘴巴的余玲珑摇头晃脑地挣扎。

谭少卿看看她，说："省点儿力气吧。"接着牵起马继续向前走。

余玲珑无奈自己被捆得结结实实，根本无法脱身，她在马背上哼哼唧唧，仿佛一条刚被捞上岸的鱼。

出了树林，前边有个小村落，看起来应该只有十几户人家。深夜里的村子一片死寂，房屋都很老旧。苏樱和谭少卿交换了一下眼神，牵着马往村口的破庙走去。

庙门的木头已经枯朽，庙里的佛龛上落了厚厚的一层灰尘，苏樱掏出火折子借着微弱的火光，确认庙里没有人，转身向外面的谭少卿招了招手。谭少卿把马拴在外面的枯树枝上，把余玲珑从马上扛下来。进到庙里在佛龛旁找了块空地，谭少卿把余玲珑扔在地上，摔得余玲珑一阵呻吟。谭少卿见她哼哼了一阵，笑着说："知道你轻功了得，这下也摔不坏你，别装了。"

余玲珑的嘴被堵着，鼓着腮帮子说不出话来，只能皱着眉头瞪大眼睛怒视谭少卿，急得用鼻子乱哼了一通。

谭少卿见她的头晃得跟拨浪鼓似的，那气急败坏的样子甚是好笑，他弯下腰，跟她的两只圆眼睛对视，伸出右手食指放在嘴边小声说："嘘——你不乱叫，就让你说话。"

余玲珑一听，赶紧挣扎着坐了起来，背靠着墙，看着谭少卿和苏樱，使劲儿点了点头。

谭少卿回头看了看苏樱，转过头来把堵住余玲珑嘴巴的布条拽了出来。

谁承想这余玲珑的嘴巴刚一被释放，她就"啊——"地一声喊了出来！谭少卿见状连忙迅速地又把手中的布条塞进了她嘴里。余玲珑的头左晃右晃，可是无奈下巴被谭少卿钳住，嘴巴又被堵了起来。她恼怒地看着谭少卿，恨得一双明眸冒出火来。

谭少卿回头看了看苏樱，双手摊开，歪歪嘴。苏樱没说话，冷着脸走上前来，低头看了看墙边的余玲珑，微微皱了下眉头。一道寒光闪过，余玲珑只觉得下巴下面，脖子上冰冰凉凉的，她转了转眼珠，不敢吭声。

"不要乱叫。"苏樱垂着眼睛对余玲珑说。

余玲珑盯着苏樱冷酷的脸，点了点头。

苏樱伸手把余玲珑嘴里的布条拽掉，夜游依然抵在她脖子上。苏樱低声问："说，你怎么会出现在兵车大营外？"

余玲珑瞪着大眼睛看着苏樱，没说话。

苏樱把手一抬，冰冷的夜游靠在余玲珑的下巴上，吓得余玲珑一闭眼。苏樱徐徐说道："余玲珑，你最好识相点。"

余玲珑睁开眼睛，充满疑惑的眼神看向苏樱，说："你怎么知道我的名字？"

苏樱一笑，道："我还知道你是余逊尧的女儿。"

余玲珑皱着眉头看着苏樱和谭少卿，说："你们，想干什么？"

"我们不会做什么，只要你乖乖回答我的问题。"苏樱顿了顿，接着问，"你今晚到底为何会出现在营外？"

余玲珑想了想脖子上还压着一把锋利的刀，连大气都没敢喘，怯生生地说："我听说……听说暗卫今晚会到兵车大营刺杀我爹爹，所以……我……我想去救我爹爹，哪怕是报个信儿也好……"

一旁站着的谭少卿听了，歪着嘴一笑，嘟哝着："就你这点功夫，你能救谁啊……"

"你！"余玲珑顿时被激怒。

"你听谁说的？"苏樱皱着眉头问。

余玲珑闭着嘴，不愿作答。

"你别挑战我的耐心，快说！"苏樱冷着脸追问。

"我师父……"余玲珑吞吞吐吐地说。

"谁是你师父？"

"秋水……"

"秋水？"苏樱疑惑地问。

余玲珑忽然觉得自己又说错话了，咂了一下嘴，心里暗暗恨自己太粗心，可事到如今，也没办法，她叹了口气，说："就是上次，在涿州驿站里，装睡引你们入局的南靖王近侍……"

听她这么一说，苏樱赶紧回头看谭少卿，谭少卿也正看向苏樱。他们眼神交汇，方知那日南靖王使者已然知晓当晚会有暗卫前来偷袭，怪不得那白衣女子明明已经被迷倒却忽然醒来，当时她只是装作被线香迷晕，那么锦囊被谭少卿偷走看来也是事先安排好的了。苏樱不禁在心里感叹：南靖王好一招将计就计啊！

谭少卿开口问余玲珑："既然那日你师父已做好局，你为何会突然出现，岂不是来搅局的？"

"我又不知道！"余玲珑一肚子委屈地说，"我只是那天夜里偶然看见有人进了师父的房间，又没有听见任何声音，怕师父吃亏，才闯进去的。她事先又没跟我说……"

"那今天你来军营的事，你师父知道吗？"谭少卿问。

"当然不知道了，她们如果知道了，肯定不让我来！可我不能置我爹爹的安危于不顾……若是我师父来了，肯定会把你抓起来的，我哪儿能落到你手里！"余玲珑嘟着嘴，瞪了谭少卿一眼。

苏樱站起身来，谭少卿摇摇头抿着嘴笑了一下，心想："这位千金大小姐，定是被家里人骄纵惯了，总把自己置于险地，一定令家人十分头痛啊。"

见面前的两个人都在笑自己，余玲珑深为恼火，喊道："喂，你们笑什么！"

在夜里，余玲珑的声音显得格外大，谭少卿怕惊动了旁人赶紧蹿过去把她的嘴捂住，拿过苏樱手里的布条再次塞到了余玲珑嘴巴里。余玲珑又是一阵气恼挣扎。

谭少卿拉着苏樱走到破庙的另外一端，坐了下来，长叹一口气，说："姐，你听到了，当初偷到两封信件是一局，今日你偷袭不成反被围攻一定也是一局。"谭少卿摇了摇头，目光灼灼地看向苏樱。

苏樱深吸了一口气，仰着头，想了想，道："今天之事，不仅仅是余逊尧设计，恐怕暗卫也在布局……"

谭少卿看着苏樱，说："姐，你的意思是，今晚偷袭兵车大营，并未得手，是因为军营里早有准备吗？"

"嗯……"苏樱点了点头，"之前我乔装成锻造学徒入营时，也许就已被人识破身份，今夜兵车军用余逊尧进营引我入局，埋伏好了就等我夜里潜入军营后当场擒住我。"

谭少卿听了之后，拳头攥得紧紧的，往自己的腿上捶了一拳，看向苏樱说："可是，你的行踪怎么会被他们掌握得如此清楚？是他们有内应吗？会是谁？"谭少卿提出一连串的问题。

"暂时我还不能确定，但暗卫这次是决意让我死在刺杀行动里……"苏樱用坚定的眼神看向谭少卿。

"姐，你可是陈六一的义女，怎会……"谭少卿问。

"唉……暗卫埋伏在营外的接应者忽然换成了胡光子，按你所说凡营内出逃者格杀勿论，也就是说包括我在内，无论我今日是否刺杀成功，都出不了军营。而且暗卫向营内投掷猛火油，猛火油燃烧力极强不怕水浇，借风势会燃烧得更旺。所以，如若不是你闯入军营，我怕是已经在营内被烧成灰了。"说完苏樱苦笑着摇了摇头。

谭少卿没有说话，他仔细地想了想今晚发生的事，确实疑点颇多。过了一会儿，他愤愤地说："可……你为暗卫、为朝廷都立过大功的啊！"谭少卿的眼里瞪出火似的。

"呵——"苏樱冷笑，"那些功绩……又有何用……我只不过是一件顺手的兵器罢了！像我这样的人，背负着满腔的仇恨，还承担着别人对我的仇恨，明天不知道会不会死在暗箭之下，又谈何情谊与贡献？我们都是见不得光的，不是吗？"苏樱的眼神里充满失落和悲伤，谭少卿不曾见过这样的苏樱。

"姐……"谭少卿心痛不已，不知能如何开解苏樱。

两个人静默了一阵，苏樱看了看谭少卿，道："趁天还没亮，你还是赶紧回卫所吧。"苏樱思考了一下，继续道："看当时的情形，其他人应该也各自被西北军牵制住了，难以一同撤离，所以你独自回去应该也没什么问题。"

"可是……姐，你呢？"谭少卿着急地问。

"我还有一些事情要办，你只当今晚没有见过我。"

"这我明白，你放心吧。"

"这姑娘交给你，你可否处理妥当？"苏樱看了看一边绑着的余玲珑。

"交给我吧，没问题！"谭少卿嗤鼻，嘴歪向一边，露出狡黠的笑。

苏樱点了点头，站起身来，说："好，那你我分头行事。"

"那我们何时才能再见？"谭少卿也站起身来，问苏樱。

"我办完事，会再与你联络的。你回到卫所要记得万事小心，切勿大意。"苏樱深邃的目光看向谭少卿，眼睛里闪过一丝忧虑。

"姐，你放心吧，我定会保重自己。你只身一人，千万保重！"谭少卿伸手抓住了苏樱的手。

苏樱从眼前这高大的少年关切的神色中感到温情，几年前的那双小手已然成了一双救她于水火的有力援手，可想人生其实是因果轮回，而命运就是所有因果轮回的过程。

谭少卿转身走到了余玲珑跟前，弯下腰，笑嘻嘻地对余玲珑说："余大小姐，今天你得吃点苦了。"余玲珑嘟着嘴看向谭少卿，赶紧拼命摇头，发髻都散落开来，狼狈不堪。谭少卿看她的样子突然心生怜惜，他心一横，抬起手，一掌劈下去，正击在余玲珑脖子一侧的大筋上。活鱼似的余玲珑一下子安静下来，头一垂，昏倒了。谭少卿轻轻地把她从地上抱起来，再次搭在马背上，转回头问苏樱："姐，你还回京城吗？"

苏樱摇了摇头，说："我暂且先不回京。"

谭少卿跟苏樱道了别，上马带余玲珑回京了。

进了京城，谭少卿直接去了九城兵马司，低声打趣道："又来到老地方了啊。"说完抿着嘴一笑，腿夹马肚子，飞快地从兵马司门前奔驰而过，到门口时谭少卿左手提起余玲珑用力一拽，又俯下身，前身贴紧马背。

"扑通"一声，九城兵马司的门前昏昏欲睡的侍卫被这声音惊醒，只见一道黑影伴着蹄声闪过，迅速消失在黑夜里了。侍卫战战兢兢打开黑布袋，见一个女孩子被堵着嘴昏迷不醒，赶紧将她抬了进去。

躲在房顶的谭少卿见侍卫将余玲珑抬进了兵马司，悄悄从房顶跳下来骑着马消失在夜幕中……

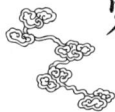

第九章 南靖王府来客

一

南靖王府坐落在金陵城玄武湖西南侧，府邸安静闲逸。王府正门前宽敞洁净，侍卫个个站得笔挺，朱红漆大门顶端悬挂着黑色的匾额，上面用行楷书写着四个鎏金大字"南靖王府"，门口两侧各立一尊石狮，显得整个府邸庄严肃穆。

辰时，一辆马车在南靖王府门前停住，随行的男子一溜小跑到门口与侍卫交谈几句，出示文牒后侍卫便迎接马车上的人入府。马车轿厢门前深蓝色的丝绒帘子挑起，车顶垂下的流苏也随着微风轻轻摆动，一名穿着朴素的侍婢麻利地从车上跳下。

只见一只玉手缓缓伸出车外，握住侍婢的手，紧接着是一袭月白色的宽袖长衣，衣裳颜色虽净素但料子上乘，未露面便已知是一名高贵优雅的女子。

侍婢搀扶着她下了车，走到门前，这女子抬头看了看门楣上的金匾，微微一笑。

门口的侍卫见马车上下来的是一位美若天仙的小姐，二十出头的年纪，头上一髻乌黑的盘发，脑后几缕青丝随风轻摆，肤若凝脂，一双蛾眉下杏眼善睐，未施粉黛却如画中仙子。

女子低下头，轻轻提起裙角，飘然进了南靖王府门，随行的人也一同跟了进去。

南靖王府外面看来庄严硬朗，院内却清雅别致，一条弯曲的长廊横跨院内的景观，院中高低错落、形态各异的石山随处可见，松林草坪、竹坞曲水交相呼应。

女子一边走一边透过廊下的珠帘向外望去，见如此美景便生流连之意放慢了脚步，随行的人也被眼前这烟水弥漫的景象吸引。

侍卫引着客人们穿过长廊，到了湖心的一个朱顶的亭子前，亭子四周垂着的纱帘随着微风轻摆，亭口站着一个身形纤瘦着青色衣裙的女子，白皙无瑕的肌肤透着淡淡红光，明眸如水，唇若丹霞，这女子正是南靖王的贴身侍卫秋水。她站在亭口柱子旁边，弯弯的柳眉微微挑着向外张望，见有侍卫带人过来，再也按捺不住，回头向亭子里看了一眼，便一溜小跑地奔了过去。

秋水快步迎来，眼角眉梢都透着喜悦，衣角随着微风翩翩飞舞，像只小燕子一般。她轻盈地穿过长廊，见到长廊上美若天仙的女子，欢快地叫了一声："长姐——"说着，便一把拉住那女子的手紧紧挽住。

看着秋水绯红的脸蛋儿，那女子眼中也透出无限怜爱，她微笑着轻声说："都这么大的女孩子了，还如此毛躁。"女子嘴角微微上扬，露出一排洁白的牙齿。

"长姐，我们已经许久未见过面啦，秋水实在太想你了。听闻你要来金陵，高兴得我几日寝食难安，现下你已经到了眼前，我怎么还能稳得住呢，自然是要跑过来抱住你了。"她抓着姐姐的手摇来摇去，侍卫和仆人们也有些惊讶，平素里处事冷静、稳重大气的秋水，竟然也有如此活泼俏皮的一面。

女子腾出手来摸了摸秋水的脸蛋儿，将了将她被风吹起的碎发，温婉一笑，道："好了，我们先去谈正事！"

秋水连忙转身吩咐侍卫带随行的人下去各自休息。侍婢将一个小巧精美的紫檀木盒交到女子手中，便退下了。女子手捧着木盒，由秋水挽着走向湖中亭。

秋水一边走一边对长姐说："王爷已经在亭中等你，现下正在吃茶。"

二

还未到亭子里，就闻到淡淡的香味，香气清新悠远，随着轻风飘散开来，让人心旷神怡。亭子里铺着整整齐齐的蒲草编织成的席子，一张红酸枝的矮脚茶几放在中间，几只绣着暗花的草色蒲团整齐地摆放在茶几前。

女子抬眼观看，茶几后面一位文质彬彬的男子坐在红酸枝禅椅上，身穿绣有草龙纹的淡蓝色大袖宽边直裰，头发用玉簪束起。纤长灵动的右手握着一把朱泥六方水平壶，左手微微提起右边的衣袖，正在斟茶。他缓缓抬起头，脸庞纤瘦，额下两缕平眉，眼神平和，姿态甚为优雅，气质温润如玉。见到秋水带了客人进来，他起身微微一笑，像春风般清新温暖。

秋水带姐姐进了亭子，便恭恭敬敬地介绍："王爷，这便是皇上派来给王爷请脉的御医，秋水的长姐素萝。"紧接着，又躬身弯腰，向素萝介绍道："长姐，这位便是王爷。"

素萝赶紧屈膝弯腰翩翩行礼："王爷万福。素萝失礼，让王爷久等，请王爷恕罪。"

南靖王一笑，抬了抬手，道："免礼。"伸手请女子坐下，又说："素萝姑娘一路上舟车劳顿，本王已备好香茗，请素萝姑娘品尝。快坐下歇息片刻吧。"

"谢王爷。"说着素萝又行一礼。三人落座。

素萝坐下观望四周，对南靖王说："王爷，您的府邸好生雅致啊。"

"哪里，哪里。来，吃茶。"南靖王笑道。

素萝端起面前的茶杯放在鼻下，清新的味道沁人心脾，她笑着称赞："好香的茶啊。"

一旁的秋水笑道："是呀，我们王爷素来喜茶，王府的茶都是上上等的。"

"莫要乱讲，素萝姑娘从皇宫来，我这里的茶哪儿比得上宫里的。"南靖王嘴角一弯笑道，语气温润。

秋水连忙点头称是，笑着低下了头。

素萝见茶几上放着一个青铜镂花的香炉，飘着一缕紫烟，又见南靖王身后一张长条桌上放着一把杉木蕉叶琴，乌黑油亮，想必南靖王平日里很喜欢抚琴。素萝问："王爷，这香炉甚是精美啊，所焚之香也甚为清新纯雅，与茶香交相呼应而不相冲，真是难得啊。"

南靖王消瘦的脸颊露出浅浅的笑纹，道："哪里，我只是平日里喜欢收集一些香料，上次去福州时，见此香与茶可共存，就带了一些回来。看来素萝姑娘对香也颇有见解啊。"

"素萝自小习医，对气味敏感些罢了。"素萝答道。

"素萝姑娘，皇上和太后可安好？"南靖王稍微向前倾了倾身子，殷切地询问。

素萝连忙点头，答："宫中一切安好，皇上和太后身体康健，请王爷放心。哦，对了，这是皇上特派素萝带给王爷的药，请王爷过目。"说着，把手里的紫檀木盒递给了南靖王。

南靖王忙接过紫檀木盒，打开一看，黄色丝缎中间摆着一根无根草。他看着木盒，思索片刻，深吸一口气，抿了抿嘴，将木盒合住，放在手边。

秋水不知何故，忙问："王爷……"

南靖王缓缓摇头，说："看来此次端午觐见之事，要搁置了，回京的计划暂且推后吧。"

秋水和素萝都没说话，静静地看着南靖王。

过了一会儿，南靖王对姐妹二人说："我从小便身患顽疾，父亲早逝，受先帝和太后照拂将我养在宫中，请御医常年照料，才保得今日之躯。"

秋水点头说："嗯，幸有先帝和太后多年来寻遍大明最好的名医，才能保王爷无虞。"

"是啊。"南靖王继续道，"皇上此番特派素萝姑娘从京城长途跋涉来到金陵，因素萝姑娘是太医身份，本王每逢春秋都会哮喘发作，派太医来诊治必不会引起旁人的猜疑。而皇上表面是赐药，实是给本王传信。"他伸手摸了摸药盒，说："这盒子里装的是无根草，意思是告诉本王暂时不要进京。皇上不会无缘无故发出此令，想来京城之中不安宁啊。"

三人陷入沉思。

秋水道："王爷，上次我进京途中，涿州驿站夜袭一事，便可知有人想对王爷不利！所以，暂时不入京也好。"

"如今京中暗流涌动，我只担心皇上和太后的安危。"南靖王微微蹙眉看向姐妹二人。

素萝思索片刻，开口道："前些时候，我听说有暗卫偷袭兵车大营欲行刺余逊尧余都督。还好早被洞悉，刺客才未得手，但兵车大营死伤了多名将士。"

"兵车大营离京城如此之近，余都督三朝老将，暗卫也敢偷袭，真是胆大妄为！"秋水很是气愤地说，"当时我也在京城，幸好余都督沉着机智，才没有让暗卫得逞。"

"看来，本王也已经招来京中掌兵宦官的忌惮。"南靖王摇了摇头，苦笑两声，转瞬间又平静地说，"本王一介书生，即便驻于金陵手上有些军权，唉……也不至于令他们如此……更何况本王向来不涉党争，虽与皇家亲近，却毕竟是外戚……"说着，他长叹一声。

"王爷，保重身体要紧啊。"秋水宽慰道。

"不打紧。"南靖王微笑着抬起头，想了想，说，"今年端午本王不使进京，秋水，你化装成侍婢，与素萝姑娘一同回京。近来发生的事都与暗卫有关，暗卫表面听命于皇上，可一直是冯保掌舵，你此番进京暗地查访一下。当年，皇上继位时，就是此人构陷我离京，不知道如今他又要耍什么花样。纵使他位高权重，本王也不能一直退让，坐以待毙。更何况，京中的皇上和太后不能被此等小人胁迫。"

"是！王爷。秋水一定竭尽所能查明真相。"秋水当即领命，其实她心里也正想去京城仔细查访一番。

素萝说道："这样也好。若社稷不稳，朝堂震动，定会危及皇上和太后。"

南靖王道："姑娘莫要担心，本王定保卫皇上和江山社稷。"

"王爷此心皇上定会明了。"素萝如水的眼睛坚定地回应南靖王。

南靖王微微点了点头，笑着抬手唤来亭外的茶童送来刚沸的水，往壶中注满。

第十章
银簪信物

一

"一别数日你去了何处？音信全无、生死未卜，你可知我有多担心？"

"我知道，师兄。所以我今日才约你出来，且容我慢慢给你讲。"

"到底是怎么回事？可有受伤？这段时间你都在何处？"

这一连串的问题从陆拾的口中如爆豆般脱出，他额头下的两条剑眉已经拧在一处，眼睛不断地上下左右打量苏樱，看看这半个月杳无音信的师妹到底有没有受委屈……

苏樱看着他，心想："好歹也是个铁铮铮的七尺男儿，平日里处变不惊，如今却这般焦躁，定是急坏了。"她了解陆拾对自己的心意，只得等他把问题说完，苏樱眉毛一垂，歪着头看着他，扑哧一笑。

"你还笑得出来！"陆拾嗔怪道。

"师兄，我今天约你来此见面，就是要把最近发生的事情全都告诉你，并且有要事与你商量。"

"嗯，我昨日下午去户部办事，出来看见马鞍上插着一支樱花镖就知道是你找我，你放了字条只叫我今日来西郊树林，猜想定有隐情。你可知，我见到那支樱花镖时有多激动？真担心那惊慌失措的表情被旁人看到！"陆拾描述着昨天的心情，一向沉着冷静的他，今天话多了起来，"上次你执行任务走了之后，接应你的暗卫回来得也不全，死伤了好几个。不过统领并未降罪，据说当时情况非常混乱，你们是遭了埋伏，任务才会失败。可一直没有你的消息，回来的那些人口中也听不出个什么……"说着，陆拾把脸转向一边，深吸一口气平复情绪，伸出双手握住苏樱的肩膀说，"我知道你一向坚强，可以后无论遇到何事、何种困难，都要先知会我，切勿独当！"陆拾此时深情又关切，苏樱感受到他手掌握在自己肩膀的温度，竟一时说不出话来。

原来自己在这世上并不孤独，过去她以为自己的每一滴血都是冷的，这世界到处都是冰冷地狱，没想到竟也有这样温暖的所在……

她想了想，抿着嘴唇眨眨眼睛，微笑着点头，说："好！"

端午时节，京郊树林里树木葱茏繁茂，午后的阳光从叶间投在二人身上。

苏樱原原本本地将偷袭西北军营的事情告诉了陆拾："那日行动失手后，我反复斟酌了所有的细节，觉得事情之所以会走到这步，恐怕与我私下里调查我家被灭门之事有关。最关键的是，恐怕是我已经发现了师父陈六一的某些机要之事。"说到这儿，苏樱叹了口气："虽然我私下查到了一些问题，却没有最终得到证实。可师父竟已经容不下我了……"

"你是说……是师父故意安排接应失利？"陆拾一时无法接受，无论如何他都不能相信苏樱遭遇困局都是陈六一授意，说："樱儿，胡光子在暗卫是出了名的草包，这次接应失败，或许是他自以为是的结果……"

"不会的。"苏樱斩钉截铁地说，"胡光子可不是表面看起来的那么简单，我怀疑多年来我们听说的'猎狗'就是他！虽然'猎狗'从未露面，但直觉告诉我这个胡光子的身份一定不只是看起来那样的简单。我曾在卫所训练时与他交过手，那时他还不像现在这般颓废，功夫和反应速度绝对不亚于师父。可能他后来因为猎狗的身份，才隐瞒了自己的实力。"苏樱眯着眼睛思索着。

"这……倒也有可能……"陆拾思索了一下，说，"按常理推断，一个草包笨蛋是绝对无法在暗卫生存的，而且这个胡光子年纪不小，这么多年一直是一副恍恍惚惚的样子，确实有可能……只是……伪装！"

"我只是没想到师父这么快就要把我除掉……"苏樱看着远方幽幽地说，脸上带着些许苦涩。

陆拾揽住她的肩膀，神色凝重。

过了一会儿，苏樱说："对了，师兄，我之所以没有及时回京城，是因为我去了一趟犀牛谷。"

"犀牛谷？是济南府北的犀牛谷吗？你去那儿做什么？"

"对，没错。我去那里是拜访一位旧识。"

"谁？"陆拾疑惑地看向苏樱。

苏樱道："就是江湖上所传的鬼谷怪医骆商铭，骆老先生。"

"骆商铭……"陆拾想了想，说，"骆老先生以精湛的医术闻名于江湖，可是近几年却山栖谷隐鲜露于世，你此番拜会，可有什么收获？"

"嗯，骆老先生不但精通医术，还是一个精通武学的世外高人，虽然他近几年隐居犀牛谷，看起来两耳不闻天下事，可毕竟他过去曾经在江湖上布下广泛的情报网，朝廷上大半官员家里都安插着他的眼线，所以，即使他隐居山林，朝廷和江湖上的事也逃不过他的耳目，更何况我找他问的也是旧事，他必定知晓。"

"旧事？难道……"

"没错，就是我家惨遭灭门一事。我前些时候私下调查，发现了一些蛛丝马迹牵连朝廷。"苏樱皱起眉头，额头上的血管清晰可见。

"确认了吗？"

苏樱摇了摇头，叹气道："我虽找到了骆老先生，鉴于过去暗卫收集情报我与他有过几面之缘，在几次三番地求见之下才肯见我，但他始终不肯开口答我。只说自己年事已高，不愿再参与朝堂上的纷争，当年之事和我近日所查牵扯了太多人和事。无论我如何央求，他都不肯松口，只告诉我'过去的事何不放下，再查下去恐前途凶险'。"

"确实……骆老先生说得不错……"陆拾点了点头，担心地看向苏樱，"你也知道师父向来心思缜密，不仅倚仗朝廷，手上还掌握着数万暗卫杀手。而你呢？人单势孤。再这样查下去，恐怕会再遇到比西北军营更加凶险十倍百倍的危机！"

"我也知道，骆老先生其实是在保我周全。他只告诉我，他的徒儿也曾向他打听过此事。"苏樱若有所思，疑惑这位骆老先生的徒弟究竟是何人，缘何会探听苏家被灭门一事。

二

日向西移，已近黄昏。苏樱抬头看了看天上已经泛起橘红色的晚霞，她对陆拾说："师兄，我们今天就聊到这儿吧，你已经出来半日，回去晚了怕是会引起旁人猜疑。"

陆拾深深吸了口气，说："好吧。我嘱咐你的事，你一定要记得。"

"知道了——"苏樱皱着鼻子，点了点头。

"我明日早起要离京，去西北，你自己在京城一定要小心，这是我叔父留下的那座旧宅的钥匙，近日就暂且住在那里吧。"陆拾从口袋里掏出一把铜钥匙递给苏樱，似乎又想起什么，将手再次伸进腰前挂着的佩囊里，取出一支银簪，说，"樱儿，这是我母亲以前佩戴的银簪，花纹很别致，她老人家十分喜爱，后来交给了我，说可以保我平安，我便一直带在身上，像是母亲一直在身边守护我。"说着拉过苏樱的手，把银簪放在她掌心，"今日就赠予你吧，我想以后的路可能会十分凶险寂寞，带着它，就像我在你身边，前途再凶险，你也不是孤身一人。"陆拾的话沉沉地落进苏樱心里。

苏樱低下头看着手里的银簪，小巧素净，簪头清晰地雕着一只小鸟嘴里衔着一枝梅花的纹样。苏樱知道陆拾整日将它带在身上定是在内心埋藏着很深的思念，如今将这支银簪交给自己，想来也带着陆拾厚重的思念。苏樱将银簪紧紧攥在手心，闭起眼睛咽下泪水。

自幼在卫所受训的苏樱同陆拾一起长大，可以说暗卫中扶持她最多的人，一位是陈六一，另一位就是陆拾。这两人前者如父，后者如兄，在苏樱悲情孤独的少女时代，两人给她的关心都可以被称作最珍贵的感情。她深知尽管自己孑然一身，却无法不承认陆拾和陈六一确如自己的亲人。

但如今，苏樱已不是从前的苏樱，陈六一也已不再如前，唯有陆拾仍然胸怀赤子之心，然而接下来陆拾的处境也是前路难测，二人心中的阴云紫黑，掩住天边彤云的色彩，残阳如血凝滞。

陆拾再三叮嘱苏樱京城里耳目众多，切勿妄动，半月之后他归来再商量对策。

马刚跑出十丈左右，陆拾勒住缰绳，回头望向苏樱。见苏樱一袭黑衣更显消瘦，独自站在树丛中望向自己，挥了挥手。他蹙紧眉头，转头策马离去。

这时泪流满面的苏樱，在淡淡的烟尘里，身姿像是这世上任一最普通的女子，送别相知的男子。苏樱的泪水和面容，也是这世上最常见的女子的悲伤。陆拾剑眉下的一双眼，却涌满这世上男子少有的百感交集……

一

入夜后，苏樱回到京城，看见闹市仍旧挂满各色的灯笼，人群熙熙攘攘，车马川流不息，繁荣似乎有一种特有的气息，其中有人的气息、食物的气息、烟尘的气息。这世界无论发生如何离奇惨痛的事，这番景象都不曾改变，街道依旧热闹，京城依旧喧嚣，难道人世间的生息就是如此不相干不紧要吗？

走过西市来到北洼巷，苏樱按照陆拾所指，巷子里第三户门朝东的那座宅子便是他的旧屋了。北洼巷处于京城西边，离城郊不远，位置偏僻，小贩聚居于此，这时巷子里安静得只能听见几声乌鸦啼。

苏樱翻墙出入，从院外看来，这户人家依旧是无人居住。院里很干净，正对面有三间瓦房，她轻轻推开门，屋里也干净整洁，可见陆拾是常来打扫的。

住进北洼巷旧屋的第三夜子时，屋子窗棂上发出"梆——梆梆——"三声，声响不大，随之是石子落地的声音。苏樱警觉地从桌前站起来，屋里没有点灯，她轻轻走到窗旁，从窗缝向外窥探，见院里站着一个纤细高挑的男子。

苏樱一看便知是谭少卿，赶紧把门打开，嘴巴噘起对着谭少卿发出"嘘——"的一声。谭少卿警觉地看向门口确定是苏樱无疑，便快步走进房间。

进了屋，苏樱点燃一支小蜡烛，放在堂屋的桌子上，让谭少卿坐下说话。谭少卿见到苏樱有些兴奋，眼睛笑得弯成月牙，四下里打量了一下这间屋子，问道："姐，这是谁家啊？"

"陆师兄叔父家，他叔父无后，前几年叔父和婶婶相继去世，就把房子留给了他。"苏樱低声说。

"那别人不知道？"谭少卿问。

"师兄说这个旧宅他不曾对旁人提起。"

"噢——"谭少卿点了点头，说，"姐，你这些日子都去哪儿了？"

"这个我一会儿慢慢讲。只是你最近没有任务吗？我这几天一直在京城里找你，又不敢离暗卫太近，等了你三天，才在今天午时见你出来。"苏樱斜着眼看谭少卿。

谭少卿挠了挠头，说："自从上次任务失败回来，就再没有过任务。今儿中午才被派去刑部监牢提一个犯人。我刚从刑部出来，就看见马鞍的兜子边上露出樱花镖的镖头，就知道是姐放进去的，我便按照里面的字条所示找到这里来了。"

苏樱点了点头，问："没人发现吧？"

谭少卿咂了咂嘴，嘴向右边一撇，挤出一个深深的酒窝，说："我出来之前，发现那个乔七又在偷偷跟踪我。"

"然后呢？"苏樱眼睛一瞪。

"你别紧张，他要是一直跟着我，我怎么能来找你呢？所以，我灵机一动，就在卫所后巷里的角落等他，结果这家伙真的跟我碰了个脸对脸。我就喊他：'喂，草包二号，你这是去哪儿啊？'他一听竟没回过神儿来，问：'什么？什么草包什么二号？'我便哈哈大笑，告诉他'草包二号'是他新晋的头衔。那家伙更是一头雾水，眼睛瞪得又大又圆，蛮横地说：'你说谁草包呢？'我赶紧说：'这可不是我说的，你可别冲我来，这绰号是胡光子起的，他前天早上吃饭时，当着全膳堂的人说的。那天有人取笑他是头号大草包，好不容易领个任务还一败涂地地回来了，可他却不以为意，笑着跟大伙儿说，咱们卫所里草包又不止他一个，草包多的是，然后随便点了几个出来，反正，除了他自己，第二个草包就是你了。'"谭少卿笑了两声，接着说，"当时就见乔七的太阳穴上青筋都跳起来了，我接着说：'你自己还不知道呢，我估计全卫所就你自己一个人不知道了！'"

"然后呢？"苏樱杏眼圆睁。

"然后，他就攥着拳头气哄哄地回卫所了。我见他一脚就把后门踢开了，一进门就喊：'胡光子，你给老子出来！'估计是回去打架了，这乔七估计是看胡光子脾气好、功夫差，才会如此气势汹汹。"说着谭少卿扑哧笑了出来。

苏樱见他得意的样子，皱着眉，重重呼了口气，斥责他说："胡闹！"

谭少卿见苏樱忽然如此生气，瞪着眼睛眼珠转了转，问："怎……怎么了？"

"那个胡光子很可能就是猎狗！你如此大胆地挑拨乔七和他，一旦他有所警觉，以后你在卫所会很危险！"苏樱皱着眉头说。

"姐，你别担心，这层我也想到了。那天胡光子确实是当着全膳堂的人说的那些话，乔七头脑简单爱挑事儿，这大家也都清楚。而且，乔七刚进院，我就跑去门房找小白去拉住他了。小白平日里最会和稀泥，估计乔七还没有找到胡光子，就被拦回来了。"

苏樱想了想，压低声音无奈地说："好吧，但愿没事。"

"姐，你放心吧，不会有事的。"

"你以后一定要懂得保护自己，切勿自作聪明，知道吗？"

"知道了，知道了。"谭少卿见苏樱平复了情绪，问，"今天找我过来，所为何事？"

苏樱看着他认真地问："你上次回去可有受罚吗？"

谭少卿头一歪，眼睛睁大说："我上次回去虽然任务失败了，却没受罚，也没关禁闭，什么事儿都没有。就是任务少了，不过也落得清闲。"

苏樱听了点点头，这下她更加确认了自己的猜想，这次任务据陆拾所说暗卫也死伤了不少人，可说败得很难堪，陈六一却没有责罚他们，说明陈六一早就做好失败的打算了……

"想什么呢？姐！"谭少卿见苏樱不说话，用手掣她胳膊。

苏樱回了神儿，接着问："那么负责指挥接应组的李玉和胡光子，也都没有受罚？"

谭少卿点了点头，说："嗯，都没有。据说此次行动我们是遭人暗算，自己也死伤惨重，暂不追究。"

苏樱苦笑了两声，心想看来自己猜得没错。她问："你回去后有没有人对你的行踪产生怀疑？统领有没有问我去哪儿了？"

"没有，我并不是最晚回去的，那时候是混战，大家都被冲散了，也没有人知道我冲进去救你，所以他们不会疑心的。至于统领嘛……"谭少卿摸着下巴想了想，说，"我觉得，他可能也不认为你遇难了，虽然你这段时间没有回卫所，大家对你的下落议论纷纷，可是我觉得统领并不认为你被抓或者死了。我估计是因为西北军那边没有抓住你或者是杀了你的消息吧。"

苏樱听了他的分析，道："你说得也有道理，且统领一向心思缜密，他心里大概早已料到。"

"还有一件事我不明白。"谭少卿歪着头，眨了眨眼睛。

"何事？"

"按理说，你偷袭西北军营，我们埋伏在营外与军营内的将士短兵相接，死伤了不少人，这事也不算小。可京城里竟无任何反应，无论是西北军营还是暗卫，皆将此事敷衍过去，好像那夜未曾发生过任何事。"

苏樱冷淡地摇了摇头，说："这种事，当然不能拿出来说，这只不过是一个棋局中不起任何作用的一次对峙，双方都只丢了个卒子而已，天亮了，夜晚发生的事都被黄沙掩埋，还有什么可拿出来说的呢？"

谭少卿苦笑着说:"看来,我们的命就是那么不值钱。真为那些死了的兄弟不值。"他的脸上闪过一丝愁绪。

就在此时,苏樱忽闻外面有响动,睁大眼睛看着谭少卿,又迅速瞟向外面,谭少卿立即领会,两人都抓住了手边的武器。

二

苏樱和谭少卿刚在桌旁站起身来,只见房门已经打开,两个黑影站在门口。

苏樱极速抽出夜游,一声细细的蜂鸣响起,一道寒光闪过,她已跳至门前。来人并未抽出兵器,苏樱站定,眉头微蹙,双眸好像利剑一般,借着微弱的月光仔细观瞧。

桌子旁的谭少卿拉开架势,也未出手。忽然,他眉毛一拧,没好气地说:"怎么又是你!阴魂不散啊?!"

"你!死淫贼!"门口的女孩立刻回了他一句。

苏樱此时也发现,原来这两个人就是前些时候放走的余玲珑和在涿州驿站交过手的秋水。她不知道这师徒二人怎会来到这里,谭少卿见余玲珑骂了自己一句,觉得好笑,说:"我怎么成了淫贼了?我欺负你啦?"说着扑哧笑了出来。

余玲珑一听,羞得脸通红,两条细细的柳眉一皱,大眼睛瞪得圆圆的,气得直跺脚:"你!你再胡说,看我把你的嘴打成烧饼!"

"好了,别生气,不要理他。"一旁的秋水轻声劝道。秋水安抚余玲珑后二人进了屋,转身把门关上了,说:"二位,深夜到访,失礼了。"

苏樱见她的样子并不是来打架的,缓缓将夜游收起,看着秋水说:"秋水姑娘,你深夜来此,想必事出有因,坐下说话吧。"她伸出手来,请秋水坐下。又回头对谭少卿说:"此时夜深人静,周围住的都是务农的人家,你们若再斗嘴,恐怕会惊扰旁人。"

谭少卿一听，赶紧噘起嘴唇点点头，坐在了苏樱身边的长凳上。

苏樱轻声拿出火折子，点燃身前的一盏灯

四人坐在旧屋的方桌前，两方对峙，谁都没有开口。

过了一会儿，苏樱先开口道："二位怎知我暂居此处？"听苏樱如此问，微弱的烛光里秋水温婉美丽，嫣然一笑说："苏千户，前些时候你曾拜访过的犀牛谷的骆老先生，便是在下的师父。"她看着苏樱的眼睛，想要看出一些不安和疑虑，却发现苏樱眼神深邃坚定，有如深潭神秘莫测。她继续说："我师父消息灵通，知道了你的落脚处也是合情合理的。噢，不过，苏千户暂居的这个地方，还真是隐蔽，我们花了不少工夫才找到。"说完，她笑着低了低头，以示敬意。

"原来秋水姑娘是骆老先生的门生啊——"苏樱的眼睛里映着灯火的微光，"难怪骆老先生告诉我，有人也在查'那件事'。"她冷静地看着秋水，左边的眉毛稍微挑了挑。

"没错，自从清明节前涿州驿交过手之后……"秋水平心静气地说。

"查我？"

"你的身世来历，我都一一查过了。可巧，我们对同一件事感兴趣，看来我们也不是非要做敌人的。或许，还可以当朋友……"秋水说着话，脸上微微一笑。

"姑娘，'朋友'二字情谊太重，苏樱受不起。而且，我并不需要朋友，这世上苏樱恐怕只拥有敌人。"苏樱冷笑了两声，"况且，姑娘是南靖王的近侍，身份何等尊贵，苏樱不敢高攀。"

"你我有共同的敌人，就有可能成为朋友。不管苏姑娘现在怎样想，秋水还是给你备了份厚礼来的。"说着话，她从怀里掏出一本册子，封皮已有些破损，内页泛黄，看得出已经有些年头了。秋水把这本册子摆到苏樱前面，说，"苏千户，不妨看一看。"

苏樱沿着秋水的手看了过去，面前的这本破旧的册子封面上写着两个字"记档"，看秋水的表情，这册子分明和自己有关。

苏樱停顿片刻，打开册子，一串文字刺入眼帘："辛丑年八月十五苏州巡抚苏清远""辛寅年三月二十三户部侍郎周菁栢""辛寅年五月初五吏部尚书吴怀印"……苏樱眉头深锁双手颤抖，周身血液疾速升温，"啪"地合上册子，闭上了眼睛。

一旁的谭少卿看见苏樱的神色，不知道册子里面写了些什么，他转过头来关切地问："姐，你没事吧？"

苏樱闭着眼睛摇了摇头，过了一会儿，缓缓睁开眼睛，深呼吸了一下，没有开口。

对面的秋水见状，露出了心痛的神情，说："苏姑娘……"她忽然对苏樱改了称呼，语气也不同了。"这是我师父在冯保的亲信李总管那里得来的，虽然李总管是太监，却在京城有外宅，还娶了几房太太，他的大太太就是我们犀牛谷的人。所以你大可放心这记档的真实。这些年来，冯保与暗卫为了党派之争造下的孽，可谓罄竹难书，这本记档也只不过是其中一本。"秋水叹了口气，继续说，"上次我去犀牛谷向师父打听党派斗争一事，师父便将此册交予我，并且告诉我这册子终会派上用场。今日我来，只为告诉苏姑娘家当年之事的真相。"秋水字字恳切。

苏樱看着秋水，笑了笑，说："骆老先生确实运筹帷幄，前些时候我去拜访他时，他对我闭口不谈朝廷党派纷争一事，只告诉了你也在查这件事。"苏樱摇了摇头，又说："姑娘在涿州驿备好的锦囊里就提到我全家灭门一案，今天又拿出这一'铁证名录'，南靖王神机妙算，布得好大一局啊……只是在下何德何能，劳得你们如此兴师动众？"

苏樱直视秋水，秋水摇了摇头，说："苏姑娘，你可知兵车大营一事，陈六一已经对你起了疑心，那日刺杀余逊尧是假，诛杀你才是真！那日余大人早已收到消息称有人将于当晚行刺，若不是暗卫故意放风给余大人，他怎会得知？而且当晚暗卫也派人火烧军营，明显是断苏姑娘的后路。苏姑娘你机智过人，不会连此局都看不清吧？"秋水眉头微蹙，看着苏樱的眼睛："你那日没有被困死在军营已属侥幸，你若再回暗卫，日后还不知道有多少凶险等着呢！你何不与我们联手，共同摧毁这个沾满鲜血、见不得光的组织？"

秋水所言句句是真，虽然种种证据都告诉她自己全家都是被冯保和陈六一操控的暗卫所杀……苏樱微微低下头，侧向一边，陷入了沉默。

"苏姑娘，暗卫里如你、如谭百户这样的孤儿一定不在少数。"秋水说着看了看谭少卿，说，"你们各个遭遇家变，失去父母亲人，甚至眼睁睁看着自己的家人被杀害。而后却被仇人带进暗卫接受残酷、严苛的训练，成为他们的杀人工具，背着血海深仇，最终成了仇人的傀儡……"秋水看着苏樱冷若冰霜的脸庞，又看了看谭少卿泛起一丝苦楚的脸，接着说，"那些仇恨的来源就是这见不得光的暗卫！表面上听命于皇上，维护江山社稷稳固。实际上呢？只是冯保巩固自己在朝中的势力，在党派纷争中排除异己的工具！"昏暗的烛光下，秋水目光灼灼，仿佛有火焰在燃烧。

一旁的余玲珑听她说完这些，也有些吃惊，她没想到面前的苏樱和谭少卿竟是这样的身世，更不敢想这世界上竟有如此不可告人的秘密，想到这些，她不禁鼻子一酸，眼泪在眼眶里直打转，内心为眼前这两人不平。

谭少卿听秋水这么说，想起自己进入暗卫的初衷便是找到杀害自己父母的仇人，捣毁这不堪的暗卫。他希望苏樱能与秋水联手，毕竟目前的情势，苏樱若有南靖王做靠山，也好对付老谋深算的陈六一以及他背后的冯保。

"苏姑娘若与我们一同保护忠良免受奸人迫害，才能保卫江山社稷稳固。"秋水虽是女子，但言语中的正气大义令人敬佩。

几个人都看向苏樱，她思虑良久，终于开口，道："苏樱知道南靖王和秋水姑娘的好意，也了解骆先生的良苦用心。苏樱在此谢过，望秋水姑娘代为转达。可是眼下我还有一些事情需要了结，请恕在下不能答应姑娘之请。"苏樱站起身，双手合于胸前，低头行礼。

秋水也忙站起身来回了一礼，说："都说暗卫的杀手冷酷无情，我看也不尽然，苏姑娘虽然看起来冷若冰霜，可心里却重情重义。你的疑虑秋水明白，只等姑娘了结过往，我们有缘再相见吧。"

余玲珑见秋水起身告辞了，也跟着站起身来行了礼。对面的谭少卿见她一直没说话就要走了，便打趣她说："今天还用不用我送你到兵马司啊？"说完忍不住抿着嘴笑了。

听他这么一说，余玲珑又气又恼，皱着鼻子说："你个淫贼！"说完忽然觉得不对，赶紧掩住嘴巴，又说了句："坏蛋！"两条柳眉竖了起来，样子甚是可爱。

秋水和苏樱忍俊不禁。苏樱斜眼看了看谭少卿说："你闭嘴。"谭少卿只得憋住笑站好。

秋水便安抚余玲珑说："好了好了，别闹了，快走吧。"

说完两人悄悄离去。

三

房间里只剩谭少卿和苏樱，两个人相对半晌无话，都陷入深思。过了半炷香的时间，谭少卿开口说道："姐，我看南靖王是有诚意的。"

苏樱也点了点头，说："你更应该佩服秋水的游说。"

"确实，这秋水的话句句都说进了我心里。"谭少卿也点头，"那你如何打算？"

"秋水确实带着诚意而来，只是我现下还有事没了结，我还需回一趟暗卫。"

听她这么一说，谭少卿瞪大眼睛看着苏樱，问："回暗卫？什么时候？若统领问你这些天身在何处，你怎么说？"

"我再在此处住下去也不是办法，既然秋水能找到这儿来，统领也必然能找到，若是牵连师兄更要出乱子。不如我早些回去，无论如何都要做个了结。"苏樱皱着眉，目光坚定地看着谭少卿。

"也罢。"谭少卿缓缓点头，说，"不过，姐，你可有把握？你再次回去，如同深入虎穴啊！"

"我知道，到时我随机应变。暗卫里的人尚且惧我三分，即便是龙潭虎穴，我也要走一遭。"苏樱笃定地说。

谭少卿虽有疑虑，却也没办法，只好点头赞同。他始终相信苏樱的判断。

"你先回去，今天出来的时间也不短了。切记，一定不要让别人知道你我私底下有往来，否则，那暗卫对你来说也如虎穴一般！"

"好吧，姐，你要保重！"谭少卿担心地看着苏樱。

苏樱点了点头，看着他说："别担心我，一定要保护好自己。"

谭少卿赶紧点头答应。

谭少卿走后，苏樱将旧屋里的东西整理一遍，恢复了原来的样子，在榻上打坐到天明。她对着镜子，看镜子里的自己精神尚可，便出了门。

第十二章 师徒夜宴

一

"苏——苏千户——你回来啦!"卫所正院门房里当值的小野从小窗户里看见苏樱回来,大惊。自从上次苏樱偷袭西北军营一事之后,"苏樱是否还活着"成了一个谜,大家私底下议论纷纷。今天看苏樱从外面进来,脸上依旧是冷若冰霜,小野心想:"应该不会是鬼魂吧?"他赶紧从门房里出来,打量了一番,怯生生地说:"苏千户,你……还好吧?"

"怎么?"苏樱面无表情,瞟了一眼小野。

"没……没什么。"

"统领在吗?"

"在!在!"

"去通报统领一声,说我回来了,求见统领。"

"是，是！"小野赶紧撒腿往正厅跑去。

苏樱也走进院子，她看了看四周，院子里依旧安静，参天的古树枝繁叶茂，将院子上方的天空遮住一半。她深吸了口气，快步走向正厅，在门口停了下来，照旧整理了一下衣服，弓腰行礼，在门外说："义父，我回来了。"

"哈哈哈——快进来，快进来！"厅里传出陈六一洪亮而喜悦的声音。

紧接着小野跑了出来，对苏樱说："苏千户，统领请您进去。"

苏樱迈步进了正厅，扑面而来兰花的香气，想来是偏厅的兰花都已经开了。

陈六一站在厅中，见苏樱进了屋，迎了上来。"好女儿，你可回来了。为父可担心坏了！"说着握住苏樱的手，拉她坐了下来，自己也坐在正位上，"樱儿，上次兵车大营任务之后，回来的几个人都说你生死未卜，可我不相信自己的女儿会这么容易死，你一定会绝处逢生，化险为夷。所以为父一直在等你回来，回家！"陈六一面色红润，说起话来声如洪钟，神采奕奕。

苏樱看着面前的陈六一除了此番热情稍有意外，语气、神情还和从前无异，苏樱内心涌起一阵复杂的情绪……

听陈六一如此热情地招呼自己，苏樱立刻毕恭毕敬地低下了头，笑了笑，说："可能是义父在冥冥之中保佑了樱儿吧。"

"哈哈哈——不说了，不说了，回来就好！回来就好……你一定累了，先回去休息吧。晚上来西厢房，为父设宴为你洗尘！"陈六一笑得眼睛都眯成一条缝，和他平日慈爱的样子别无二致。

"多谢义父！"苏樱起身，行了礼便出去了。

她穿过回廊，走向后院，身后是一片嘻嘘声。苏樱无心理会，冷着脸回了自己的寝宅。关上院门，这个小院子依旧平静，一如往常的景象。她在树下小坐，嗅着空气中熟悉的味道，苏樱心内空荡又失落，此时已不同往日，坐在这里的人已不是从前的人……

二

夜幕降临，月牙儿静悄悄地爬上树梢，苏樱从房间里出来，抬头看看天，迈步出了后院，听见内院热闹了起来，想必大伙儿都回来用膳了。

正院西厢房的灯亮着，苏樱一进门看见一张圆桌，桌子上摆着丰盛的酒菜。孙伯站在桌子旁边笑盈盈地等着苏樱，见她进了门，便说："来啦。"

苏樱赶紧行了一礼："孙伯。"

孙伯点点头，胡子微微颤动，说："快坐下，我去请统领。"伸出手，示意苏樱坐下。

孙伯出了西厢房，只听得一阵脚步声，接着是陈六一的笑声，苏樱赶紧站起身来。

陈六一见苏樱站起身来，便摆手笑着说："坐，坐，坐，今晚家宴，无须拘礼。"说完，自己松弛自在地坐在了椅子上，苏樱随后坐下来。孙伯在门外，屋子里只剩陈六一和苏樱二人。

西厢房里燃着十几支蜡烛亮堂得很，苏樱给陈六一倒酒，陈六一给苏樱捡菜，气氛温馨和谐，并无一丝局促。

苏樱看着陈六一，眼角的皱纹越发深了，鬓角的头发也已花白。当年自己刚刚来到这里时，陈六一满头乌发，雄姿英发。这些年无论容颜如何变迁，苏樱始终看不透陈六一的内心，即便今日面对面地坐着，她仍看不透。

陈六一看着对面已经长大成人的苏樱，那双如深潭般的眸子，永远透出凌厉的眼神。当初他将苏樱带回暗卫，就笃信苏樱一定能成为出色的冷血杀手。

师徒二人各揣心事，推杯换盏。陈六一对苏樱讲了许多过去的事，讲了自己从最初的训练到后来独自执行任务……

酒过三巡，陈六一显出醉态，脸颊泛红，眼神露出倦态，笑容却依旧，嘴里不停地叨念："樱儿，你回来，我开心……开心……"说完，他抬了抬眉毛，脸上流露出一丝无奈。他看着苏樱，这一眼让苏樱为之一震，他断断续续地说："如果你这次……回不来了，我……一定会是剜心之痛……"他拍了拍胸口："可我不相……不相信你会那么容易就……死……更不信……你活着……不回来！"

苏樱心想："他定是筹划过我会命毙于西北军营。"

"呵呵……"陈六一忽然冷笑了几声，摇了摇头，神情有些悲伤，说话越发慢了，他眉头蹙在一起，问苏樱，"你……知……知道我……为什么……这么说吗？"

苏樱左边的嘴角向上一挑，只是笑着摇了摇头，没有回答。

"哼……"陈六一用鼻子哼了一下，仿佛在嘲笑自己，"因为……你……太像我了！"转而又笑了两声，"都是……重情重义之人……你又怎能……不……不回来？"

话一出，苏樱好像被刺穿了一样，她怔怔地看向陈六一，她想仔细观察陈六一到底醉没醉，竟忽然说出这样的话。

"你……和我一样，身上……都背负着许多的不得已！"陈六一再饮一杯酒，头一沉，叹了口气，仿佛身上有千斤巨石压着。他忽然抓住了苏樱的手，很用力地攥了攥，看着她说："咱们都一样……为了情义，再不得已的事……都要做！"

陈六一再次将斟满的酒一饮而尽，仍然笑着嘟哝："咱们父女俩多久没这样喝过酒了……你……你回来，我开心……"说完，握着酒杯趴在了桌子上，身体颤了两下之后就不动了，鼻子里发出了粗重的气息。

苏樱坐在他对面，脸颊微红，她感觉自己鼻子里呼出的热气带着酒味，眼睛胀痛酸涩。看着眼前的陈六一，她回想方才陈六一讲的那些年轻时候执行过的任务，其中有没有一件是去杀自己的家人呢？南靖王的信件、秋水带给她的记档，每个字都在苏樱脑子里打转，当年自己亲眼看见母亲、弟弟被杀的惨状……

苏樱全身的热血都在往上撞，她愤而起身，从袖口抽出了夜游。

三

夜深人静之时，夜游出鞘发出细细的蜂鸣，一道寒光闪过。她死死地盯住面前醉倒的陈六一，这个杀了她全家上下的凶手，又是他把自己训练成杀人的兵器！此刻苏樱只想立刻手刃仇人！

她右手持刀，拉开架势想要用最大的力气刺向桌子对面的陈六一时，夜游的刀柄碰到了挂在她颈子上的小玉瓶，发出清脆的声响。这一声如寒冰炸裂一般，惊醒了激愤满溢的苏樱，她伸出左手摸了摸颈子上那个玉瓶。

那是小时候陈六一赠予她的，玉瓶小巧精美，苏樱一直戴在脖子上，陈六一告诉她里面装着救命的丹药，无论受了何种重创，都可以用此药丸治疗。

这玉瓶虽小，却是义父对自己的疼爱，过去的那些年来刀光剑影、血雨腥风，他们都相伴走过，这些记忆点滴渗入血肉，苏樱无论如何抛不掉！

想到这里，苏樱身上的血冷了下来，她觉得一阵寒冷渗入毛孔。自己的身世和血海深仇，拉扯着苏樱。闭上眼睛，一股热泪从她眼眶里迸发而出，滚烫地滑过脸颊，滴在手背上。

"罢了！"苏樱咬着牙，抽回发抖的右手，她将夜游还鞘，抹了抹眼泪，感到手指一阵麻木。

"我还你一命，只当报你养育之恩！"决定的一刻，苏樱心中像是被千斤重物压住无力反抗。

走出西厢房，苏樱的心像被掏空了似的，只剩一副躯壳跟跟跄跄地穿过这两重院子，回到了自己所居的后院，扶着墙壁进了院子。关上门，一下子跌坐在古树下的长凳旁，头深深地埋在怀里，泪如泉涌却不敢放肆哭泣。院子里回荡着嘤嘤的哭声，令闻者心碎。

一只温热的手轻轻地搭在苏樱颤动的肩膀上，她警觉地抬起头来定睛观看。原来谭少卿已经坐在她面前，她慌忙挺直了背，抬起手抹了抹脸颊。发觉自己还坐在地上，连忙尴尬地赶紧站了起来，坐在了石凳上，一时无语。

"哭吧，没事。"谭少卿看着他，有些心疼，这是他第一次见苏樱哭泣。

苏樱摇了摇头，深吸了口气，仍然难以平复抽噎。

"你们……"谭少卿拧着眉毛，试探地问苏樱。他心里却在暗暗骂自己，心想："这样刚毅的苏樱哭成这副样子……"

苏樱没回答。

谭少卿耸了耸肩，接着说："我听说统领今天为你设接风宴……"

苏樱叹了口气，看着谭少卿为难的神色，忧虑挂在这张英俊稚气的脸上，便将晚上发生的事向他讲了一遍。

得知苏樱想要趁陈六一酒醉而杀之的时候，谭少卿一惊，他看着苏樱，皱起了眉头，眼睛瞪大了一倍，低声说："还好你没动手，陈六一的功夫，可说是深不可测。今日接风宴本就是鸿门宴，可能他酒醉都是假，你若出手杀他，定入了他的局，到时候，可就不好收场了。"谭少卿摇了摇头，叹陈六一老谋深算："他一定也是要看你的反应……"

听谭少卿这么说，苏樱冷笑了两声，说："我当时是饮了太多酒，只觉得热血沸腾，被仇恨蒙住了头脑。"她摇摇头。

"如果当时动了手，你毫无防备，可他早有提防，加上他武功高深莫测，你定会吃亏。后果不堪设想……"谭少卿只觉得背上起了一层冷汗，很是后怕。

苏樱长长地叹出一口气，说："我想，若他是假醉，那么今日之后，我们再无父女情分。"

"看来他也料到你已洞悉从前的事了。"谭少卿思索着点了点头。

苏樱月下侧脸的轮廓好像镶了一条银色的边儿，眉毛微垂低着头，鬓角的头发垂下来细细几缕，风吹过，头发随着风飘飞，美丽的脸庞带着忧愁。

过了一会儿，见苏樱心情平复了许多，谭少卿顽皮地抬起胳膊用自己的小臂轻轻推了一下苏樱消瘦的肩膀。苏樱被他推得身体一摆，转过脸来瞟了他一眼。谭少卿嘻嘻一笑，说："好啦，别愁了。"他嘴角撇向一边，露出一个酒窝，道："今日之事不管怎样，也算是有了了结。以后的事，以后再说。"

"好吧。"苏樱抿着嘴点了点头，说，"你快回去吧，我没事了。"

"那我走咯——"谭少卿朝苏樱做了个鬼脸。

见他这表情，苏樱"扑哧"笑了，转瞬又收回了笑容，说："快回去吧，记得……"

还没等她说完，谭少卿便接过话说："别让旁人发现！"又撇了撇嘴巴："我知道了。"便离开了后院。

苏樱透过树枝望着头顶四方的天空，看着月亮缠绕在迷雾中间，如她此时一般，怎样也拨不开眼前的愁云，更甚的是，这愁云紧压在苏樱胸膛，令人压抑。

第十三章
险象环生

一

进入六月中旬，京城的天气渐渐炎热，由初夏走向盛夏，空气仿佛无形的壳，风停滞不前，太阳挂在头顶炙烤着大地。

卫所正院里，孙伯手里端着一个经年的紫檀木托盘，托盘边际赤黑油亮，上面放着一把紫砂茶壶和一个小巧的建窑茶碗。他站在卫所院子里停留了一下，抬头仰望，看见最近鸽子频繁地飞来，然后走进偏厅。

小巧镂空的香炉里焚着白檀香，飘出淡淡烟缕，清甜安神，陈六一正在书案前写字。孙伯将茶壶茶杯放在案几上，陈六一点点头。过了一会儿，他停笔，见孙伯在书案侧面站着，便问："那些人还中用吗？"

"中用。"孙伯点了点头，"都按照咱们的吩咐行事，没有半点疏漏。"

"好。"陈六一抬起手搓了搓下巴上的胡楂，思索了一下，道，"秋水是南靖王最得力的助手，她此番进京务必盯紧。"

"是，统领。"

"这些言官，多年来暗卫养着他们，现下需要他们发挥作用了。"陈六一的语气严肃而忧虑。

"是！言官在朝上是直接向皇上进言的，所以每句话都要经过仔细斟酌，确保万无一失。"孙伯听出陈六一的意思，赶紧说，"此番弹劾南靖王勾结外敌、意图谋反，事关重大，言官平素里一言一行就很谨慎，到了这个节骨眼儿上更不会怠慢。"

听了孙伯的话，陈六一面色稍有缓和，一阵思索过后说："还有一件事。"

"请统领吩咐。"孙伯赶紧低头准备领命。

"派苏樱去福建，向丰臣秀吉取今年的东珠回来。"说话间，陈六一的嘴角微微抽动了两下。

"这……"孙伯有些迟疑，想了想，试探地问道，"统领，恕老奴愚钝。历年丰臣将军进与统领的岁贡都是在八月十五左右，可眼下才六月中旬，到福建时是否有些早了？"他抬起花白的眉毛看陈六一，额头上挤出几道深深的抬头纹。

"不早。"陈六一讪笑着回答，"今年的岁贡有他用。"

"是，统领。"孙伯看着陈六一意味深长的笑容，领命离去。

苏樱接到孙伯传达给自己的任务时，也有些意外，按往年的规矩都是七月前往南方，她怕引起孙伯的疑心并没多问。此番回暗卫，不寻常也变得寻常了。她领了黄玉令牌后，便去马厩喂马，准备起程。

正巧谭少卿也在马厩，苏樱等小白走了之后，见四下无人，便问："你怎么在这儿？有任务？"

谭少卿走近，左手搭在围栏上，看着苏樱歪着嘴调皮地一笑，说："我猜你会来，所以特意来这儿等你。"

"去——少耍贫嘴！"苏樱瞥了他一眼，看到他调皮的样子，心里暗暗觉得好笑。

"我明晚有个任务，不过是去送个信，所以来挑一匹脚程快的马。"谭少卿看苏樱在喂绝雳就知道她一定有新任务了，关心地问："你呢？"

"明天去福建。"苏樱从草料袋子里抓了一把扔在绝雳面前的槽子里，低声说，"统领派我去丰臣秀吉那里取岁贡。"

"丰臣秀吉？"谭少卿忽然眼睛一瞪，听见这个名字他有些惶恐，接着问，"就是那个倭寇将军？"

"嘘——"苏樱赶紧伸出一根手指放在嘴边，示意他莫声张。

"是吗？"谭少卿赶紧压低了声音追问。

苏樱抿着嘴点了点头。

"他们还有勾结？"谭少卿细长的眼睛瞪成了方形的，剑眉紧蹙，咧着嘴，一副难以置信的表情。

苏樱冷淡地挑着眉毛说："是呀，好多年了。"

谭少卿倒抽了口气，说："这个陈六一……"他思索着点了点头。

苏樱只管喂着绝雳，不时伸出手抚摸绝雳的脸颊和耳朵。

"姐，你这次前去福建，还要与倭寇会面，不行，这事太危险了！"

苏樱看着绝雳正在低头吃草料，她微微摇了摇头嗤笑道："你说，近来发生的哪件事不'危险'？更何况，我现在仍然是一名暗卫，服从命令、执行任务是我的职责。"苏樱格外冷静地说。

"可是……"

苏樱转过身来，看向谭少卿，他俊俏的脸上写满了担忧，一对眼珠左右摆着，紧张得很。苏樱微微一笑，拍了拍他胳膊，发现谭少卿又高了一些，自己要仰着头跟他说话了："你不用担心我，我会照顾好自己。倘若我出了意外，你一定要设法将我的尸首找到！"

"姐！"谭少卿听她这么说更加焦虑，嗔怪道，"你瞎说些什么！"

"你要记住我跟你说的话，若我有不测，一定要将我的尸首找到，千万不要随意处置，更不要下葬！记住了吗？"苏樱一字一句地说着。

苏樱目光炯炯，不容置疑。

"你不要管我此去将发生何事，其实我自己也没有把握，你只要记住我对你说的话就好。"苏樱看着面前的这个大男孩，眉眼之间愁云密布，刚才的调皮样子荡然无存。她莞尔一笑，又说："你放心吧，像我这样手上满是鲜血、背着无数人命的人，就算是下了十八层地狱，也会被送回来的，阎王都不要我！"

"胡说！"谭少卿皱着鼻子，一点都不觉得好笑，"你可不是杀人狂魔，依我看啊，你啊……只是……"说到这儿他叹了口气，幽幽地说，"只是深藏着善良，所以当年才会救我……"谭少卿将嘴巴撇向一边。

第二天清晨，苏樱便出发了，她骑上绝雾消失在京城烟雾迷蒙的街道上。晨雾慢慢散去，家家户户升起了袅袅炊烟，整个城市才慢慢苏醒。

二

太阳刚刚露出头，天气就热了起来，卫所的大门在朝阳下显得格外油亮。大门开启，两名身穿粗布黑衣的年轻人手持长长的扫把出了门，开始打扫门前宽敞的空地。随着"唰唰"的扫地声，卫所的门前腾起一层薄薄的黄色灰尘。

只听一阵迅疾的马蹄声由远及近，两名扫地的年轻人都直起身来手搭凉棚观望着。一支队伍由远及近，马蹄将街道上的黄土卷起，一行约六七人，为首的英俊男子勒住马，马在空地上扬了扬头停了下来，男子跳下马，其他随行的人也都纷纷下马，他把自己手里的缰绳往后一甩，扔给了身后的人，说："把马给我带到马厩，好生照顾，我先去找统领。"

扫地的人还在揉眼睛时，这人已经上了台阶，没等他们看清是谁，就见今日值班守门的李云峰从门里一溜小跑地出来迎接，满面堆笑拱手招呼："陆卫督！您回来了！"

李云峰抄起一条毛巾递给陆拾。见他如此殷勤，陆拾接过毛巾说："我赶着去见统领，你也辛苦了。"说完，往院里走去。

进了院，正见孙伯在廊子下，他大步走上前，抱拳道："孙伯。"

"回来了！"孙伯见陆拾进了院，眼前一亮，笑着回应。

"是，昨夜一直赶路，今晨刚进京城。"陆拾对孙伯毕恭毕敬。

"哎哟，可惜了，樱儿前脚走，你后脚就回来了，你们师兄妹都没见上一面，早知道，让她晚点再上路！"

孙伯一脸的惋惜，陆拾脑子里的思绪飞快地转动。

苏樱刚走？去哪儿了？她没有听自己的嘱咐擅自回来了？究竟发生了什么？

陆拾完全没有头绪，他一时间愣在原地，不知道该说什么。

孙伯见陆拾一副震惊的样子，说："嘻！你瞧我这老糊涂，你还不知道樱儿回来的事呢，她回来之前，你就已经出发了，对对对。"

陆拾赶紧整理了一下情绪，眨了眨眼睛，问："孙伯，樱儿回来了？什么时候？"

孙伯想了想，说："就你走后四五天的样子吧，她便回来了。人好好的，没事儿，你放心吧！"孙伯对着陆拾一笑。

"哦，没事就好。"陆拾心里乱成一团麻。

苏樱果然是没有听自己的嘱咐，独自回到卫所了。

"孙伯，统领在吗？"

"在，在。你快去吧，我一会儿给你们送茶去。"

"谢孙伯。"陆拾转身往正厅走。他心里的疑问还有很多没解开，担心苏樱的情况，又不知道她今天早上起程去哪儿了，一时间好像有一块巨石压在胸口。可不管怎么样，都要压制自己的情绪，不能让陈六一察觉分毫。

走到正厅门口，他整理了一下衣服，无奈身上满是尘土，他轻轻叹了口气，抬手叩门。

只听见屋内传出洪亮的声音："是拾儿吗？快进来。"语气听起来很愉悦。

陆拾进了屋，见陈六一正从偏厅往正厅走，脸上容光焕发，笑着招呼他："快坐。"陆拾等陈六一落座之后，自己方才坐下，欠了欠身，道："师父，我刚刚回来，没来得及换衣服，真是失礼。"

"无妨。"陈六一笑着点了点头，说完，他哈哈一笑。正好孙伯来奉茶，陈六一端起茶杯饮了一口。

陆拾则欠了欠身，向孙伯道谢。待孙伯出了门之后，他从怀中取出一封信，信封是锦缎织成，上方有一个红色图纹别致的章，仿若狼的图腾。陆拾起身，毕恭毕敬双手奉于陈六一面前，道："师父，鞑靼贵族乞兀儿的契约书在此，请您过目。"

陈六一见此书信，眼前一亮，随之又是一阵爽朗的笑。他看着陆拾，满意地点了点头，说"派你去果然不错，我看，暗卫之中只有你能办成此事，哈哈哈——"

陆拾听他这么说，赶紧一低头，说："哪里。此事原本就是师父您牵的头，我只不过是跑腿罢了。"

"快坐下，拾儿不必谦虚，你的功劳我都看在眼里。"陈六一饱满的脸上透出红光。"啪"的一声，红色蜡封断裂，陈六一麻利地将手上这封信开启，从信封内拿出一张信纸，他展开来仔细阅读。读完信件，又将信折叠好，放在锦缎信封之内，若有所思地端起茶杯。

"乞兀儿的意思是，若我们大明肯派人暗中刺杀鞑靼王，助其登上王位，他便许每年进贡黄金万两、牛羊万头、山珍万吨予我大明。最关键的是，乞兀儿承诺若助他登上王位，必不侵扰大明北疆，可保两国边境子民生活安定无忧。"陆拾向陈六一禀报此番西北之行的主要结果，看陈六一如何处置此事。

陈六一听完陆拾所报，将茶杯放在桌上，说："此事我还要斟酌一下，事关两国，自要向朝廷禀报，后面的事，就由朝廷决定吧。不过，你此番长途跋涉，而且将此事办得妥当，理当论赏。"陈六一恢复了刚才的笑容，大声喊了孙伯进来，让孙伯带陆拾去领白银三十两的赏赐。又关切地对陆拾说："快回去休息一下吧。"

陆拾向陈六一鞠躬道谢，随后便离开了。

三

苏樱自离开京城后，一路风雨兼程。南方湿热，整日里让人透不过气，苏樱快马加鞭毫不松懈，七月初十便赶到了福建。在番子的帮助下，辗转接到了丰臣秀吉献给陈六一的岁贡——一斛东珠。

苏樱带上东珠不敢耽搁便动身回程，一路上风餐露宿，七月末已经赶到了滨州。这天苏樱见天色已晚，便在滨州城里找了家客栈住了下来。

已到盛夏，天气炎热，蝉鸣充耳，到了夜晚也不停歇，让人无法安睡。苏樱躺在床上，看着窗棂上的树叶的影子左右摇摆，思索着眼下离京城越来越近，这一路却未有任何异动，如同黎明前的天空总是格外乌谧。

忽然她听见房门吱呀一声被打开了，轻如蝉翼落地的脚步声在这个满是蝉鸣的夜晚让人几乎无法察觉。苏樱暗想："好厉害的轻功。"她早已经将刀柄握紧，躺在原处不想打草惊蛇。

一个黑影走近床前，一把长刀轻轻挑起窗幔，一道白光落下，来人手起刀落，只听"咔嚓"一声，刀落在了枕头上。苏樱从床榻上腾身而起，脚下用力跳至厅中，又回手一刀，"夜游"直奔刺客后脑。

那刺客身着一袭黑色夜行衣，有五尺之高，身形紧致灵活，见苏樱跳起，他迅速回身，挥刀挡住了苏樱的短刀。夜晚的房间里，两把刀碰在一起闪出一缕银色的亮光及一声刺耳的撞击声。与夜游相碰之后那人的刀完好无损，苏樱一惊，这人的刀竟有如此硬度，苏樱推断来者拥有这样上乘的兵刃必定武功高强。

几个回合过后，苏樱确定对方不但功夫颇深，手上还有千斤之力，想必内劲深厚，苏樱已经有些招架不住。这时对方挥臂一刀侧劈下来，苏樱奋力一搏，以闪电般的速度移至此人面前。这人一直以为苏樱会试图逃走，没想到她竟闪至自己面前，有些惊讶。就在此时，苏樱右手刺对方左肋，那人赶紧收刀躲闪，苏樱顺势用左手抓住对方蒙面方巾用力一扯，面巾落地，那人露出了真面目，苏樱也为之一惊，正是暗卫中出了名的"头号草包"胡光子。

霎时间，两人分别停手，对峙而立，苏樱盯着胡光子没有说话。

胡光子看着对面的苏樱，在月光下，她的脸镇定自若，没有任何表情。他索性抬起左手搓了搓自己的脸，歪了歪头，耸耸肩说："既然如此，便不用遮遮掩掩了。苏千户，得罪了。"说着脚下一用力，蹿起来便是一刀直刺苏樱胸口。

果然，胡光子就是"猎狗"，以苏樱的内力根本无法与他持久战。这时一道白光闪过，胡光子的刀从正面刺进苏樱左胸，胡光子掣肘，一股血从伤口中涌出。苏樱紧蹙双眉，只觉得胸口闷痛无比，鲜血从口中喷出，溅落在窗户上，苏樱顷刻间瘫软地倒在地上。

胡光子闻着满屋子的血腥味，走到躺在地上的苏樱面前，伸出手放在苏樱的脖子上，确定苏樱已经没了脉搏，便蹭了蹭自己的刀，将刀还鞘，捡起被苏樱扯掉的面巾，再次蒙在脸上，离开了房间。

正在此时，马蹄声疾，一群暗卫包围了客栈，胡光子没有暴露自己的身份，偷偷地从侧门溜走了。

前来客栈的暗卫带头的是上次偷袭军营的组长李玉，他带着十几个人，点着火把将狭小的客栈院子堵得水泄不通。见这阵仗，客栈掌柜的和伙计们惊得浑身发抖，掌柜的战战兢兢地上前询问所来之人到底为何。李玉趾高气扬地说："锦衣卫，来此公务，不用和你多解释吧？"

掌柜不敢多问，只得躲在一边。李玉带着身后几名暗卫上了楼，直奔苏樱所住的房间。见门虚掩着，李玉胆小得很，回头一瞄，一眼看到了谭少卿，他便将手一挥，"你，先进去！"

谭少卿没办法只得走上前去，从门缝往里窥探，只闻到一阵血腥气扑鼻而来。他心里一沉，推开门走了进去，在黑暗中看见窗户上、桌上、地上到处都是一摊摊的黑色。再往前面看，一具尸体倒在屋子中间的地上。他慢慢走上前去，在月光下那尸体的脸显得越发煞白，那人侧躺着，鼻梁高挺……

谭少卿看见这侧脸，头就像被雷击了似的一阵剧痛，一瞬间天旋地转，眼前一片漆黑，脚下不稳跌倒在地，他撑在地上的手沾满了鲜血，那血甚至还带着苏樱的体温……

谭少卿赶紧摸索着抱起苏樱的尸体，无奈自己眼前一片漆黑，怎么也看不清，他恼怒地拍了自己脑袋两下，又抱起苏樱的肩膀，看见她胸前的血还在汩汩地流淌着，他赶紧脱掉自己的外衣按在伤口上面。

外面等着的人见谭少卿进去没什么动静，李玉带着其他人也进了屋，他们带着的火把将屋子照得很亮，见到屋子里的场景，均是一惊。

墙上、床铺上、窗户上全是血迹，地上也是一摊摊的鲜血。谭少卿抱着苏樱的身体，脸色煞白。

在场的人纷纷唏嘘，小声议论："这不是苏千户吗？"

"怎么会这样？"

"死了吗？死了吗？"

"死了……看样子……是死了。"

"苏千户遇刺身亡？苏千户武功这么高，竟然被杀了？"

"怎么会这样……"

暗卫们窸窸窣窣地议论着苏樱教头遭遇不测的原因。

"李百户您看，少卿是不是被吓傻了？"一旁的小应子提醒李玉。

李玉这才回过神儿来，用力抓了抓头慌张地说："你！去看看。"

小应子硬着头皮，往前蹭着走到了谭少卿的旁边，他见谭少卿面色煞白，抱着苏樱，只好轻拍了拍谭少卿的肩膀，试探地说："少卿——少卿——"

谭少卿瞪着眼睛，将头转向小应子。

"少卿，你别怕。"小应子咽了口唾沫，搓了搓手，说，"你看，事已至此，咱们还是……还是把苏千户的尸体好好安置一下吧……是下葬还是带回卫所？"他转头看向李玉。

李玉本来就怕事，他哆哆嗦嗦地看向身后，又想了想，说："以往，只要在京城外死了的，都是直接就地安葬。苏……苏千户，也就照旧处理吧。"

"可苏千户是统领的义女，这么做……不妥吧？"后面一个人试探着问。

李玉又用力抓了抓头，咧着嘴吸了口气，指着身后的一个人说："你，回去报信儿，看统领怎么说。赶紧，现在就去！"

那人立刻出了客栈驰马飞奔而去。

李玉看了看大伙儿，说："把客栈里其他住店的人清走，客栈封起来，对外就说掌柜的骤得重病，不要走漏半点风声。"

"是！"其他暗卫领命。

"让掌柜的和伙计好好待在客栈，不许外出。留两个人把苏千户的尸体抬到另外一间干净的房间，好生安顿。"李玉下达着命令……

谭少卿悲痛万分，他不能任凭苏樱的尸体一直躺在冰冷的地上。他把苏樱胸前的伤口堵住，将她抱进另外一间房间里，放在床上躺平。

谭少卿守着苏樱坐在床边的地上，胸前好像也被刺了一剑，痛不欲生。

李玉带着这些暗卫们将客栈封锁后，就暂时住在这里，等报信的回来再做打算。

四

天渐渐亮了，小应子和谭少卿则守在苏樱尸体旁边，他们搭了一个简易的灵位，又找来几炷香点燃。小应子看着谭少卿的样子，不禁劝道："兄弟，你别怕。干咱们这行的，以后见死人是常有的事。习惯就好了。"

谭少卿只能点头。小应子哪知道他的心事，他视苏樱为这世上唯一的亲人，颠沛流离几经周折才又团聚，失去苏樱让他又一次体会切肤之痛……

见小应子在一旁垂着头，谭少卿悄悄地伸出右手去抓苏樱的手以做告别，苏樱的身体已经冰冷，刚见到苏樱尸体的时候还有温度，他自责如若自己能早一点赶到，也许苏樱就不会死！他越想越难过，趴在床边紧紧握住苏樱的手腕悔恨又难过。

就在这时，谭少卿忽然发现自己握着苏樱手腕的手指头感觉到了一点微弱的跳动，他激灵一下抬起头来。

旁边的小应子看他如此反常，凑了过来，说："兄弟，你别怕，别怕。"

"我没事，我没事。"谭少卿拨开小应子，缓了缓神儿，说，"兄弟，你去帮我找碗酒吧，我压压惊。"

"好。"小应子点头离开了房间。

谭少卿骤然想起来苏樱临行前嘱咐自己的话，又伸手去摸了摸苏樱脖子上的动脉，没有任何脉动，他怀疑自己刚才神情恍惚产生了错觉，可他再次握紧苏樱手腕的时候，又一次感觉到了微弱的脉息，换了另外一只手，他这次确定了，苏樱并没有死。

一定要救她！

谭少卿再次燃起了希望。

若报信的人回来说要将苏樱的尸体带回去，他就必须设法在回去的路上将苏樱的尸体偷走。谭少卿开始盘算如何才能在回京途中偷走尸体……

报信的那个暗卫回到滨州客栈，满身灰尘，满脸倦容，见到李玉后，说："统领有命，就地安葬苏千户尸体，天气炎热不必带回京中。另外，务必将苏千户的随身物品带回。"

李玉如释重负长出一口气，说："今日黄昏，滨州西郊十里，刘满、鲁应、谭少卿，你们三个去把苏千户葬了。明日一早赶回京城。"他心里嘀咕："不用运回京城，就地葬了正好，免得一路上带个死人，还不知道会生出什么事呢！这半年每每出来执行任务就会碰见自己人死了的事，也真是够晦气的，回去要去庙里拜一拜。"

黄昏时分的滨州郊外，树林里阴风阵阵，头顶上一片乌鸦，叫得让人心烦意乱。被派去埋尸的三个人找了块略宽敞的空地开始挖坑，刘满一边用铁锹掘着土，一边没好气地叨咕着："呸！晦气！真晦气！干这种挖坑埋人的事！"

小应子脾气好，安抚道："算啦……让苏千户入土为安也不是什么晦气的事。"

"你没看见李玉那张脸，好像多见不得死人似的，他自己又没干什么！"刘满还是满嘴牢骚，"呸呸！晦气！"

小应子无奈地摇了摇头，接着挖坑。

谭少卿看了看躺在一旁被席子卷着的苏樱，心里有些不安，喃喃自语："你们想想咱们活着的时候，再看人死了的时候，就这么一张席子裹身，随便找个空地埋了……"说着他甩开膀子继续掘土。

他这话被刘满听见了，撇了撇嘴，说："嗤——可不是吗，活着的时候都当上千户了，死了就这么一埋，就一辈子。干咱们这行的……真是凄凉啊！"说完又吐了两口唾沫："呸呸！晦气！"

"你也别这么说，不是还有咱们仨给她送行呢吗？"小应子开解他们俩。

"要我说啊，这坑挖得差不多就行了。赶紧一埋，走人罢了！"谭少卿故意引导他们俩，抬起头用袖子抹了抹脸上的汗，说，"这天都黑了，咱们也赶紧回去吧。这儿漫天都是乌鸦，没准就是乱葬岗子！兴许多的是尸体就在这儿随便一扔。"

"什么！"刘满一脸惊慌失措的样子，眼睛瞪得老大，被谭少卿的话吓得头转来转去东瞧瞧西望望，说，"真的！全是乌鸦，咱们快……快点埋完赶紧走！"说着使劲掘了两锹土，就往裹着苏樱的席卷那边走去，还差点被脚下的沙石绊倒。

谭少卿见他如此慌张，怕他把苏樱的身体碰坏，赶紧跑过来拦住他，一脸无奈地说："满哥，满哥，我来我来，你别碰这晦气的东西了。"

这话正中刘满下怀，他正不想碰这尸体，赶紧把手缩了回去，站到一边，说："那你来吧。"

谭少卿抬着苏樱的头上边的草席，小应子抬着脚下边的草席，两个人把苏樱的"尸体"抬进刚才挖得浅浅的坑里。谭少卿又带头往里填了两锹土，他怕苏樱窒息特意露出空隙，潦潦草草地埋了些土。这时天已经黑透了，树林里伸手不见五指，只听见乌鸦的叫声在黑夜里回荡。

谭少卿说："行了，差不多就行了，咱们走吧。"

"这行吗？要不要立个木头的碑什么的？"小应子有些不忍地问。

"立什么碑？赶紧走吧！苏千户连个家人都没有，立了碑给谁看啊，给鬼看啊？"刘满已经不耐烦了，他又吐了两口唾沫，"呸！真晦气！有个坟就不错了！赶紧走！"

谭少卿拍了拍小应子的肩膀，小应子该是暗卫里少有的好心人。

三个人骑上马飞奔回滨州城。客栈里，得知苏樱被处理妥当，李玉好像减去了重担一般，轻松了许多。他让伙计给大伙儿准备了好些酒菜。席间谭少卿也使劲儿地灌李玉，一个时辰之后，在场的人已经醉倒了一大半。谭少卿看看四周，大家都已经松懈，自己便溜了出来。

谭少卿骑上马，飞也似的再次来到了掩埋苏樱"尸体"的城外树林。

他将苏樱从土里拖了出来，把她身上的土都抖掉，摸了摸苏樱冰冷的脸颊，又赶紧握住她的手腕，确认还有微弱的脉息，他才松了口气。他立即将苏樱抱起，骑上马奔向滨州城郊。

谭少卿心想还好这里是滨州，用力一夹马肚子，飞奔到城郊的一户民宅前停了下来。他下了马，抱着苏樱，看了看面前的这座破旧的孤零零的小房子周围全是菜畦，屋里闪着微弱的灯光，他确定是这儿，便大步走了过去。

到了门口，轻轻叩门，只听见屋里一阵窸窸窣窣的声音，过了一会儿，一阵缓慢的脚步声响起，紧接着门吱吱呀呀地开了。

"陈阿伯，是我啊！"谭少卿看着门缝里那个枯瘦的老者，头发花白，满面皱纹，身着破旧的粗布衣服，在昏暗的灯光下显得很沧桑。

老者有些认不出谭少卿，他皱着眉头，屋里传来老妇的声音，问道："老头子，谁来啦？"

"是我啊，陈阿婆！"还没等陈阿伯回答，谭少卿先开了口。

只听见屋内传出一阵喜悦的笑声，未见人影先闻其声："孩子，我的好孩子，你来啦！"

"阿婆！"谭少卿赶紧应声。

阿婆慢吞吞地从屋里出来，见到谭少卿一惊，说："孩子，你都这么高了！哟，这……这是怎么回事？"她指着谭少卿抱着的苏樱，顿时失色，转头对阿伯说："老头子，这是少卿！快开门啊！"

陈阿伯这才恍然大悟，颤颤巍巍地拍了一下自己的头说："哎呀，我都没认出来，快进来，孩子。"

谭少卿这才抱着苏樱进了屋，把苏樱放在榻上，盖好被子，对老夫妇解释，这是他受了伤的师姐，暂且在这儿住上几天，他要去请大夫为师姐医治。两位老人看见榻上这躺着的姑娘脸色煞白、气息微弱。

谭少卿安顿好了苏樱之后，离开了城郊这间破旧的小屋，又骑上马回了滨州城里，神不知鬼不觉地进了客栈。

五

第二天上午，李玉命人将客栈内的苏樱的物品都打包收起，带着一行人回了京城。

一路上谭少卿绞尽脑汁地想，到底该找谁才能救苏樱。想来想去，他忽然想起了那日夜里在陆拾的旧屋与苏樱会面时的事……

世人皆知，骆老先生是鬼谷怪医，他一定能救苏樱！谭少卿想着，无论如何，拼死也要去找秋水一趟了。

可他怎么也想不出苏樱到底被谁所伤。她不是在福建被害，不能怪在倭寇身上。客栈里没有凶手的任何蛛丝马迹，而且能杀得了苏樱的人，定是武功高强之人，而陈六一每日都在京城，也不是他所为。谭少卿百思不得其解……

到了卫所，已是黄昏，李玉一跨进大门就好像变了一个人似的，哭丧着脸，紧紧地抱住苏樱的"遗物"，看起来痛苦万分，他踉踉跄跄地走进正院，去向陈六一汇报这几天所遇到的情况。

吃晚饭时，谭少卿在膳堂听见大家小声议论着："看来苏千户今年是难逃一劫，本以为西北军营一战死里逃生……"

"在哪儿遇害的？"

"不清楚，好像是福建。"

"对，陆卫督听闻苏千户的死讯，不顾统领阻拦已经连夜赶往福建了！"

谭少卿默默地吃着饭，脑子里却飞速地旋转着，他听说陆拾去了福建，有些吃惊，难道陈六一没有告诉他苏樱"死"在哪儿吗？陆拾此去，又不知会怎样……

第十四章 死而复生

一

"醒了，醒了！师父，你快来！"一个女孩头上梳着两个发髻，圆圆的脸蛋尖下颌，一双大大的眼睛闪烁着，欢叫道。

眼前人影晃动，苏樱眼睛睁开了一条缝隙，转瞬间又合上。

不知过了多久，苏樱感到有光投在脸上，她迷离地张开眼隐约看到一个长发女子，脸庞纤瘦，蛾眉娟秀，气质优雅，温润如玉。苏樱不认得这女子，也没有任何力气思考。想要挪动一下身体，却连胳膊都抬不起来，牵动着胸口一阵剧痛，她皱着眉头闭上眼睛，深深吸了口气。

忽觉手被另外一只温热的手握住，那只手柔软、顺滑，仿佛丝缎滑过，苏樱再次睁开眼，那女子微笑看着自己，白里透红的脸颊好像春天的桃花一般，她眼睛一弯，轻声说："不要用力，你只躺着就好。"声音温婉动听，宛若清泉流水一般。见苏樱眼神有些惶惑，她赶紧说："我是素萝，秋水的姐姐。你放心，这里很安全。"

苏樱觉得自己很虚弱，从未有过的虚弱，握住面前这位素萝姑娘的手，心内无比踏实，便闭上眼睛又混沌地睡去了。

一阵清香飘过，苏樱觉得身体轻盈极了，她看见一缕紫烟飘过。"好香啊——"她被这味道深深地吸引了，随着这缕紫烟往前走去，前面有扇大门，门外是一片油菜花地，绿油油的枝叶、柠黄色的小碎花一片接着一片，直到天际。她伸出手轻抚花穗，黄花娇嫩柔美，她走进花海，觉得脚下软如棉絮。她抬头望天，太阳挂在头顶洒下温和的光，碧蓝的天空上没有一丝云彩。这样美的花海，她过去从未见过。苏樱再往里走，深吸一口气，仰起头感叹："好香啊——"睁开眼，面前竟然站着一个妇人，背对着自己，穿着白色长衣，宽袖上绣着鲜红的梅花图案，头上的发髻乌黑油亮。苏樱正在迟疑，那人却转过头来，笑而不语。

"娘亲……"苏樱看见面前的人竟是自己的母亲，她只觉胸口又一次剧痛，痛得她喘不过气，她蹲在花丛中，双手捂着胸口。忽然一双手握住了她的肩膀，温热而有力，她站起身来，看着母亲，不敢眨眼，她伸出手去紧紧握住母亲的双手。脸颊上滑过两行滚烫的泪。

母亲是笑着的，脸上的皮肤在太阳光下晶莹透亮。母亲伸出左手抚摸着苏樱的脸颊，给她拭去泪水，温柔地说："樱儿，别怕。"

那手的温度让苏樱觉得身上有一股暖流穿过，胸口的痛都缓解了许多，苏樱一双泪眼贪恋地望着母亲不舍得移开片刻。"孩子，会好起来的，娘会一直陪着你。别怕……"母亲的眼睛弯成月牙儿，慈爱地看着苏樱。

"娘，你过得好不好？娘，我……我好累……好痛！"泪水簌簌地流着，怎么都止不住。

"娘很好……"母亲没有流泪，依旧笑着。

苏樱抱住母亲，把头深埋在她怀里，仿佛回到小时候，她沉浸在母亲身上那特殊的香气中，泪水与久违的幸福都挂在脸上。

二

“醒了，又醒了。”活泼的女孩子的声音又响起。

苏樱缓缓睁开眼睛，她眼珠转了转，向四处查看，发现自己躺在一张挂着淡黄色纱幔的床上，身上盖着一条薄薄的毯子。面前一个女孩笑着看向自己，睫毛长而卷翘，一双大眼睛像星星一样闪烁着，额头上的几缕刘海轻轻摆动，俏皮可爱。

“余——玲珑——”苏樱认出这女孩，轻轻地叫出了她的名字。

“你认出我啦？哈哈，看来这次你是真的醒了！”余玲珑笑着看着苏樱，眼睛里闪着喜悦的亮光。说完她回头喊了一声：“师父，快来！她真醒了！”

苏樱听她这么一说，有点疑惑，吃力地问：“什么？”

“你忘啦？你之前醒过两三次，每次都认不出我是谁！当然……也认不出其他人了……”余玲珑噘着小嘴儿。

“是吗？唉……”苏樱轻轻叹了一下。

正说着话，秋水和谭少卿快步走到榻前，余玲珑赶紧闪到一边，让秋水坐在离苏樱最近的地方。秋水伸出手指搭在苏樱的手腕上诊脉，过了一会儿，秋水笑了笑向谭少卿和余玲珑说：“脉象很稳，已无大碍，但接下来还需要静养。”又看着苏樱，眼神里充满了关心地说：“你若觉得累，就继续睡，不打紧。”秋水莞尔一笑，美丽至极。

苏樱身体动弹不得，只能眨了下眼睛，微微点头，说：“好，多谢你……”用力挪动了一下头，看向谭少卿，说：“少卿，你过来……”

秋水起身，叫余玲珑与她一同坐在床榻旁的凳子上。谭少卿坐在榻边，两只眼睛立刻红了，眼角和嘴角都往下垂着，嘴旁的肌肉不停地抖动。

苏樱见他这副可怜样，不禁笑了出来，可一笑又觉得胸口疼，赶紧收了笑容，说：“瞧你这点儿出息……”

"我都要吓死了！你还笑我？"谭少卿一撇嘴，用手抹了抹鼻子尖，眼泪在眼眶里直打转。

"快讲来我听听，怎么回事？"苏樱催谭少卿。

"还能是怎么回事。"谭少卿嗔怪道，"我那天跟接应组一起到了客栈，一进屋就看见你躺在血泊中，人人都以为你死了。李玉派人回京报信，问怎么处置你的'尸体'，我在你'尸体'边上等着的时候，握你手腕发现还有脉息，又想到你之前对我说过让我'一定把你的尸体保护好'。"说着谭少卿又瞪了苏樱一眼，接着说，"第二天，报信儿的回来了，统领竟说把你的'尸体'就地埋了，只将你随身带的东西带回京城。"说到这儿，谭少卿叹了口气。

苏樱听到这儿，一嗤鼻，说："你接着说。"

"后来，李玉派了仨人去埋你的'尸体'，其中就有我，我就假装把你的尸体草草埋了，特意留出缝隙，到了晚上他们都喝醉了昏睡之时，我就跑出来又把你挖了出来。当时的情形……"想到那晚，谭少卿又哽咽了，缓了缓神，接着说，"还好是在滨州，我小时候流浪到那里时，结识了一家菜农，老夫妇两人把我当干儿子。我连夜把你安顿在他家，又回了客栈，第二天随李玉他们回京城了。"

"然后呢？"苏樱问。

"然后？然后他就大半夜闯进我们府上了！"没等谭少卿回答，坐在一旁的余玲珑先开了口，"手里拿着两封书信，夜闯兵车都督府，从房顶直接跳进院子。还说，以自己的命和这两封信做条件！以为自己的命多值钱似的！哼！"余玲珑噘着樱桃小嘴儿，瞥了谭少卿一眼，"你以为我们行走江湖这么多年，靠的就是条件吗？我们是讲义气的！"

"你才多大？行走江湖多少年啊？还'这么多年'！还'义气'！"谭少卿歪着嘴呛声。

"哎，你还别不信。苏姑娘不是我们救的吗？要你命了吗？还是要你那什么鬼'证据'了？"余玲珑腾地站起来。

眼看这俩人就要吵起来，秋水赶紧拽住余玲珑的手腕，眉头微蹙，说："坐下！怎么说着说着又吵起来了！这几天你们二人天天吵，还没吵够？苏姑娘需要静养！"

苏樱看他们两个的样子觉得好笑，听秋水这么说，看来他俩没少吵架，真是一对欢喜冤家。

余玲珑噘着嘴坐了回去，继续说："好吧好吧。反正，谭少卿就是夜闯都督府，我一看是他，满脸焦急，就知道出事了，不然也不用冒死前来啊。一盘问，才知道是苏姑娘生命垂危。我与师父商量了一番，当时我们也没有什么可靠的大夫，倒是想起我师父的长姐是御前的女医官，情急之下，我们秘密地求见了太后，请太后开恩派素萝姑娘前来诊治，太后听了我们讲述的情况便同意了。"说到这儿，余玲珑双手合十，向天拜了一拜："后来，待你伤情稳定之后，我们这才将你接回京城。这里是余府在京郊的别院。"

"太后也知道了？"苏樱睁大眼睛问。

"嗯！"余玲珑用力点了点头。

苏樱叹了口气，想着：这样兴师动众是否会惊动冯保和陈六一。

秋水看出了苏樱的担心，便道："你放心，我们秘密求见太后，不会走漏半点风声。"

苏樱听后安心许多，同时她也感叹秋水果然是洞察力超常，只是一个眼神，她便已猜到自己心中所想。

"我当时没想那么多，只是实在找不到第二个能救你的人了。又想起那日在陆千户的旧屋时，秋水姑娘和玲珑姑娘曾探访过你，所以……"谭少卿解释道。

"无妨……我都知道的。"苏樱见谭少卿神情焦虑，便赶紧安慰他。听他提到陆拾，苏樱赶紧问道，"师兄呢？他怎么样？"苏樱猜陆拾得知自己的"死讯"必是方寸大乱。

"陆千户听说你的死讯，不顾统领的阻拦当即就去福建了……到现在还没回来……"谭少卿说完无奈地瘪了瘪嘴。

"唉……"苏樱很无奈，如今自己还卧床不起束手无策，"不过……他找不到什么线索，兴许也就回来了……"她深知陆拾的固执，这话实是宽慰自己。

"素萝姑娘每隔五日来一次为你行针，上次你醒来时，素萝姑娘正好在。"谭少卿兴奋地说。

"噢——"苏樱想了一会儿，脑子里闪过一个美丽的长发女子的模样，便轻轻点了点头。心想："原来是她。这素萝和秋水两位姑娘，都如此美丽且身怀绝技，真是令人佩服。"

秋水莞尔一笑。

过了一会儿，谭少卿嘟着嘴，呢喃："不过……不过，余大小姐确实很讲义气，她听我说完你的情况，二话不说就帮忙救你了。"

"哼，我就说我讲义气嘛——"余玲珑一听，大眼睛翻了一下，噘着小嘴得意地笑了。

苏樱也点头，想要起身，却无奈身体太虚弱，胸口也很疼，只得躺着说："这次多谢你们了，余姑娘、秋水姑娘和素萝姑娘！"

见苏樱要起身，秋水赶紧说："你快别动，别动，好好躺着。区区小事，何足挂齿。"

"就是，行走江湖……"余玲珑正要得意，见秋水又在瞪自己，便闭了嘴巴，大大的眼睛看向了别处。

苏樱见她可爱的模样甚是怜爱。

"对了，姐，到底是谁伤的你？是怎么回事？你还记得吗？"谭少卿忽然想起还不知道苏樱是因何伤得如此之重呢。

"我……"苏樱眨了眨眼睛说，"我本是去福建取丰臣秀吉给陈六一的岁贡，这件事你也是知道的。"苏樱看向谭少卿，接着说，"其实，我已经知道自己很可能会遭埋伏，本以为他们会在福建动手。可没承想是到了滨州才动手，你们接应组也是被派到滨州我住的客栈，看来是他们早就预谋好了的。"

"你看到杀手是谁了吗？"谭少卿皱着眉问。

"是……"苏樱想了想说，"胡光子！"苏樱深吸了口气。

"胡光子？"谭少卿有些不敢相信。

"没错，就是他！"苏樱微微点头，"别以为他是个草包，那只是一层伪装罢了。"

这时秋水搭话："你早就知道他们会派人杀你，你也将计就计，借此机会脱离暗卫，所以才服用曼荼罗的吧？"

苏樱嘴角微微一牵，看来什么都逃不过她的眼睛啊，便答："没错，我从离京便开始服用曼荼罗，降低自己的心律，待在最兴奋的状态运用内力闭气，进入假死状态。只是没想到这次来的会是胡光子，此人武功实在高强，我也确实不敌他，所以才致如此……真是在鬼门关走了一遭！还好，有你们及时相救……"苏樱看了看在场的三人。

"好啦，你既已有准备离开暗卫，想必已经想好后面的路了。那么，我们之间就不必再言谢了。"秋水笑容柔美灿烂，眉毛一弯，双眸好似会说话一般看向苏樱。

"为我冒死闯都督府，真是难为你了。"苏樱把手按在谭少卿手上。

谭少卿把头别向一边，仰起头眨了眨眼睛，说："只要你安好……就行了。我当时真的以为你……"他有些哽咽了。

坐在一旁的余玲珑见谭少卿有些难过，赶紧岔开话题："谭少卿，你今天怎么能过来啊？"

"对啊，你怎会在这里？"苏樱声音有些虚弱。

"噢。"谭少卿赶紧答道，"这不是快到中秋了吗，卫所里的人都轮班休假了，我这几日都休息。"

苏樱一听，有些惊诧，问："都快要到中秋了？那今天是？"

"你在这儿躺了大半个月了！今儿是八月十三了。"余玲珑笑着挑了挑眉毛，大眼睛狡黠而通透。

苏樱想不到自己在这里已经躺了这么久，秋水见她一脸倦容，便走到榻前，轻声说："你也累了，不必想太多，先好生休息吧。长姐说，你至少还需要再修养半个月才能下床。"说着给她掖了掖毯子："我们先出去了。有什么事，随时唤我便是。"

苏樱微笑点头，慢慢闭上眼睛。

秋水带着谭少卿和余玲珑出了房间。

三

接下来的几天，苏樱多数时候都在昏睡，但只要清醒的时候就会和他们三人聊上一会儿。她才知道这次不仅仅是陈六一想要除掉自己，背后还有一个更大的阴谋。

陈六一要将苏樱从丰臣秀吉手中取回的那斛东珠伪造成南靖王勾结倭寇的证据，早已经派人模仿南靖王的笔迹，伪造了与丰臣秀吉互通的书信，那斛东珠即是他们互赠的礼品，企图将苏樱的死和勾结倭寇的罪名都扣在南靖王的头上，真可谓一箭双雕。秋水还在师父骆商铭的情报网那里搜集了许多关于陈六一勾结外敌的证据，北方鞑靼、南方倭寇……竟都与陈六一有牵连。

苏樱和谭少卿看了之后，不禁倒抽了一口冷气。苏樱思索着，自己在福建联络当地番子，辗转取得东珠时，就已察觉陈六一与倭寇关系非同寻常……可不曾知晓他还与鞑靼往来甚密……这一南一北皆与他关系匪浅，不容小觑。

余府的别院在城郊西关，九月天气微凉，空气清新怡人。这府邸地基很高，苏樱站在院子里便可以望见远处的稻田，麦浪翻滚，苏樱只觉心旷神怡。

秋水走了过来，手里端着一个托盘，里面放着一壶茶、两只杯子，及一盘水果。她轻轻将托盘放在亭内的石桌上，唤苏樱："苏姑娘，过来吃点茶吧。"

苏樱转过头来，见是秋水，便走进了亭子。

秋水特意将一个软垫放在石凳上，让苏樱坐下，微笑着说："看样子，你的伤已经好得差不多了。"

"有你们精心照料，这伤自然会好得快些。"苏樱嘴角一牵。

"这是近来新采的秋茶。"秋水倒了两杯茶，其中一杯放在苏樱面前的桌角，她自己端起另一杯抿了一口，徐徐地说，"苏姑娘，这些日子我已经掌握了大量证据，均可以证明陈六一意图谋反。"

苏樱没有任何表情，她心里明白秋水不难查到这类证据。她问："那你下一步打算如何部署？"

"虽有证据……"秋水笑着摇了摇头，说，"可'暗卫'是朝廷里的'死角'。多年来，暗卫只听命于皇上，秘密监督大臣，所办理的都是公堂上处理不了的案子。这般见不得光的机构，如若公然提及，恐怕手握重权的大臣，甚至皇上，都会否认它的存在。"

苏樱点头，赞同秋水所想。

秋水看向苏樱，恳切地说："可如果苏姑娘能和我一起去面见皇上，证明暗卫的存在，这个隐秘的组织不就可以浮出水面了吗？只有你才能证明这个组织的存在！"

"呵——"苏樱一下子笑了出来，把手中的茶杯放在桌上，低着头摇了摇。她心想："这秋水平素里看人看事都那样通透，却为何又说出如此幼稚可笑的话呢？"

"苏姑娘……你为何如此？"秋水见苏樱这样的反应，略显局促。

苏樱抬起头，表情有些冰冷，深潭般的眸子盯着秋水，说："秋水姑娘，此事切勿操之过急。在下的性命都是你们救的，断不会轻易跑掉。而揭发陈六一、摧毁暗卫的事，一定要思虑周详才可实施。"

秋水听苏樱这么说，捋了捋鬓角的头发，说："我们救苏姑娘并非要交换任何条件。"她眨了眨眼睛，缓了缓情绪接着问："姑娘说的'不可操之过急'指的是？"

"姑娘应该明白一个道理——欲速则不达。"苏樱看着秋水，挑了挑眉毛，"暗卫这个组织从太祖年间就已经存在了，历经几朝几代从未衰退，即便曾经锦衣卫被撤销时，暗卫都未曾消亡过，其根基可见一斑。它直属于皇上，上可监督皇族亲王，下可监督朝廷百官。暗地里清洗党争、平定外患，可以说是维护江山稳固的重要机构。公堂之上解决不了的事，都由暗卫来解决，暗卫辑案库里面的记档早已堆积如山……"苏樱盯着秋水的眼睛，反问道，"就是这样一个组织，它残害忠良，杀戮无数，却可以一直生生不息，姑娘认为，这是为何故呢？"说完苏樱缓缓垂眼，又倒了杯茶，啜了一口。

秋水眉毛动了动，看向苏樱，没有说话。

苏樱接着说："《按察录》。"

"《按察录》？"秋水眼睛一亮，又有些疑惑。

"对！"苏樱点头，说，"一本《按察录》，可保暗卫岁岁平安。暗卫的情报网之强大，恐怕更胜骆老先生的江湖情报网。而情报机关收集了朝廷百官的所有见不得光的事，甚至包括皇族、后宫……"苏樱看向秋水。

秋水闻听此言，眼神里透出一丝慌乱，她深深地叹了口气，看向远处。

"所有官员的家底都被摸得一清二楚，祖上、亲眷、内宅，哦，对了，还有外宅，等隐私的部分，《按察录》里面都会记得清清楚楚，丝毫不漏。试问当今朝廷里，有多少官员是家底清白的？那么你说，若有人想要扳倒暗卫，有这么一本《按察录》，朝廷上的官员无一不为其辩护……"苏樱顿了顿，"所以，想要将暗卫连根拔起，首先，要把它的护身符《按察录》找到吧？"

听她这么一说，秋水回过脸来看着苏樱，眼神里重燃光亮，问："你可知这《按察录》在何处？"

"不知。"苏樱平静地回答。

"不知？"秋水有些不相信。

"确实不知，不过我们可以查。"苏樱脸上露出少有的笑容。

"我们！对，咱们一起查！"秋水也莞尔一笑，她知道苏樱把《按察录》的事情告诉自己，已经是将问题的关键点破，接下来，她们将联手抗击共同的敌人了。她在苏樱的笑容里，看到了她下定决心与自己结盟的诚意。

“说什么呢？一定是好事！”余玲珑从外面走了进来，欢愉地走到跟前，自顾自地坐下，吃起了葡萄。

秋水看了看苏樱，笑了，对余玲珑说：“我们啊，已经正式结盟了！”

“什么？已经结盟了？怎么不叫我！”余玲珑嘟起小嘴，脸蛋儿红扑扑的，煞是可爱。

“你个小孩子家的，别掺和我们的事。”秋水伸手抚了抚余玲珑耳朵上方的发髻。

“师父！”余玲珑双眉一皱，噘着小嘴说，“我不是闹着玩的。我是说真的！我要和你们一起对付陈六一！”

秋水看了看苏樱，两个人都没说话。

“你们冷静地想一想。”余玲珑也严肃起来，说，“师父、苏姑娘，你们不想将我牵扯其中，是怕我受到牵连。可是，这并不是我单方面的事。陈六一已经对我爹爹动手了，不是吗？”

苏樱见她认真起来，想了想，说：“可是，如果你加入我们，要知道前途凶险万分！危急时刻，我们恐怕难以保全你！”

“我就是不要再做‘宠坏了的大小姐’！”这是苏樱曾经取笑过她的话，余玲珑还记得，她接着说，“一直以来，都是由爹爹保护我，还有你们保护我，可是，眼下你们已身陷险境，我爹爹也被陈六一算计，若我不尽一份力防患于未然，一旦家门遭遇不幸，我就无能为力了！到那时只怕后悔也来不及……我不想自己像谭少卿那样，家中巨变自己却浑然不知！还要过那么多年才回来报仇。而复仇之路，不一样凶险重重、无依无靠……不是比现在的凶险，更加凶险吗！”余玲珑睁着大眼睛，坚定地对她们说着自己的心里话。

苏樱听她说到谭少卿的时候，心里被刺痛，想到自己当年如果已经有余玲珑这么大的话，又能遇见秋水和现在的自己，也会做出同样的选择！于是，她看向秋水，点了点头。

“好吧。我们同意！”秋水也被打动，答应了余玲珑。

"真的！太好了！"余玲珑高兴得从凳子上跳了起来。

"可是你要记住，一定要保护好自己！"秋水再三嘱咐她。

"我知道，我知道！"余玲珑用力点了点头。

翌日午后，苏樱找到秋水，请她找人把自己的银簪送至陆拾的旧屋，把陆拾赠予她的那枚银簪用帕子裹住。秋水便派一名小厮去送了，告诉他若无人在家，从大门下方的门缝里塞入即可，陆拾归来看到这支银簪之后能知道自己安然无恙。

第十五章 反间计

一

黑夜沉沉，仿佛无边的浓墨重重地抹在天际，夜雾袭来看不到星光，秋天的夜晚凉意陡生。微风吹着京城里冷落的街道，早已没了中秋时的喧闹。

忽然，马蹄声疾，一骑骑兵模样的人，在黑夜的街道上极速穿行，身上的披风随风飞舞，直到太傅府的后门，那人下了马走到门前，出示了一方令牌给侍卫，便匆匆进了院。

第二天入夜二更左右，皇宫西侧宫门已经下钥后，一人匆匆由宫门内出来，身着长及地面的斗篷，戴着风帽，将头脸捂得严严实实，上了一辆在宫门口候着的马车。随后车夫鞭子一挥，马车快速前行，到北海北巷的太傅府门前停了下来。身着斗篷的人从车上下来，马夫一溜小跑，上前跟守门的侍卫嘀咕了两句，侍卫便毕恭毕敬地将来人请进府里。

正厅灯火通明，宽敞的亭内整整齐齐地摆放着几组黄花梨桌椅，雕着细致的行云流水图案，甚是油亮。厅里正面的墙上挂着一个牌匾，上写"松茂堂"，下面一幅古石苍松的水墨图。屋子里既气派又文雅。

张居正坐在正面主位的椅子上，见有人进门便站起来迎接，寒暄了几句之后二人便坐了下来。

"冯大人，我有一物，要交由你亲自过目。"宰相张居正面容严肃地说。

一位老仆人将手上的托盘放在客位上刚刚进来的身穿斗篷的人面前。此人将斗篷脱下放在一边，只见他体形富态，头发花白，没有胡须的脸上透着红润的光泽。这正是当朝顾命大臣、司礼监掌印太监冯保。

"冯大人，请过目。"老仆人毕恭毕敬地弯腰低头，将托盘举起。

冯保见托盘上放着一个精美的小匣子，上面雕花纹镶嵌宝石，旁边还放着一封信，信封由织缎制成，甚为精致。他看了看，并没有动，而是转头看向张居正。

张居正双眉微垂，单眼皮小眼睛，似铃铛一般凸起，他拂着自己的长须，抬起右手做了个"请"的姿势。

冯保不知这匣子里装的是什么，便伸出左手将匣盖打开，见里面满满地装着东珠，大而浑圆，在灯光下泛着紫色的光芒。他想了想，合上匣盖，伸手取过旁边那封信，打开来读，然后面色有些凝重地把信放回托盘之上。

仆人端着东珠和信件退下了。

冯保丰腴的脸颊微微下垂，又看向张居正，面带窘色，道："张大人，此事我定会查明。"

"查明是一方面。"张居正点点头和颜悦色地说，"另一方面，让他们不要总把目光放在这些事上。"

冯保抬抬眼皮点了卜头，没有说话，端起旁边的茶杯喝了口茶。

"深夜请冯大人出宫来寒舍，真是劳烦大人了。"

"哪里，哪里。"

......

二人简单寒暄几句，冯保便离开张府，乘着马车悄悄回了皇宫。

二

"最近这些天，朝堂之上弹劾我们王爷的声音戛然而止啊。"秋水笑着对苏樱说。

素萝正在给苏樱诊脉，过了一会儿，素萝把玉手抬起，理平苏樱的衣袖，微微一笑，道："那就好。到底还是你最了解陈六一。"素萝把银针从药箱内取出，又说："所谓知己知彼百战不殆，他既然要把那斛东珠栽赃到王爷身上，我们就让他栽在这东珠上。"说完素萝让苏樱转过身，背对自己，将苏樱的外衣褪去，露出白皙的后背，素萝温柔地说："你的伤势已无大碍，伤口已经愈合，今天给你针灸背部，调理经脉，你再多休息十天半月便可与受伤之前无异了。"说完便刺下一针。

"那我现在可以练练功，舒展筋骨了吗？"苏樱侧着脸问。

"可以，不过要适度。"

素萝的衣袖滑过苏樱的肩膀，苏樱见到素萝，总能想起那日昏迷时梦见母亲的场景，素萝的温柔气质与母亲有几分相似，令苏樱感到分外亲切。

正在此时，门外传来余玲珑如百灵鸟一般的声音："素萝姑娘来了！"

秋水回过头看她。

今日余玲珑身穿一件水红小袄，一条藕色的百褶纱裙，脚下一双绣有梅花的靴子，秋水见了喜欢得不得了，赶紧招手叫她进来，坐在自己身边。

余玲珑亲昵地挽着秋水的胳膊，想了会儿，说："听说王爷这几日终于可以松口气了……"

素萝看着她，眨了眨眼睛，怜爱地说："哟，小姑娘，消息还蛮灵通的。"

余玲珑使劲儿点了点头，额头前的刘海跟着抖了抖，得意地说："我也是有一点情报来源的。"

　　大家一听都笑了。

　　"不过有一事我想不通。"余玲珑嘟着嘴，垂着眉毛问，"你们是怎么想到要去京城以外的地方劫去东珠的？"

　　"这个啊，让苏姑娘给你解释一下吧。"秋水说着抚了抚余玲珑的脸蛋。

　　"苏姑娘，请赐教！"余玲珑像煞有介事地拱手行礼。

　　"好啦，好啦。"苏樱笑着说，"前些时候听说暗卫安插在朝廷的言官不断在朝堂之上弹劾南靖王，诬陷王爷勾结外敌意图谋反，以陈六一的性格，万事都要部署周密，这无非是两个原因，一个是拖延时间，派个人带着东珠和书信出京城，假扮从南方归来的传信密使，毕竟南靖王在金陵，如果东珠出现在金陵以北的地区就不对了。第二个原因就是，言官的弹劾之声四起，是为了做铺陈，只待确凿的证据也就是东珠和书信浮出水面，他们一举灭之。"

　　"这等人真是煞费苦心。"余玲珑一撇嘴，觉得很复杂。

　　"惯用的伎俩了……"苏樱淡淡地说，"所以，我才让秋水姑娘请王爷在南方伏击运送东珠之人。"

　　"那……据说有封信，直指陈六一勾结倭寇。"余玲珑忽然想起来，睁大眼睛问。

　　"信确实是真的，当时我从福建带回东珠时确有一封书信，是倭寇将军丰臣秀吉写给陈六一的，里面的内容一看便知他们是老交情。我已预料到陈六一会除掉我，所以我事先将信件拓下来一封一模一样的，将我拓的那封装进信封，真的那封我一直带在身上。"

　　"这么说，陈六一是真的勾结倭寇了？"余玲珑杏眼圆睁，甚为吃惊。

　　秋水按了按她的手，说："他肯定会为自己辩解。"

　　"是啊……"余玲珑怔怔地点头，缓缓地说。

　　忽然她又眼睛一亮，看着苏樱，笑道："苏姑娘，你现在好像一只刺猬啊！"

几个姑娘都被她逗笑了。

傍晚时分，谭少卿用过晚膳来到郊外余府的别院，他从后门进来，门口的侍卫早已经和他混熟了，直接进了门往苏樱所居住的东厢走去。还没到院里，在回廊中就听见有人习武的声音，他疾步走到院门，见到苏樱闪展腾挪很是轻松自如。他倚着门框歪着头往里看，心里嘀咕："没想到苏樱恢复得这么快，真不愧是高手。"

苏樱额头上挂满汗珠，眼角余光瞥见门口站着一人，只瞧那瘦高挑的身材，便知是谭少卿。她赶紧收住手站定，拿起廊下放着的手巾擦了擦汗，招呼谭少卿进屋。

谭少卿看着苏樱，白皙的脸颊透着红晕，煞是好看，不由得笑了。

"高兴什么呢？"苏樱不以为意，一边擦汗一边问道。

谭少卿赶紧收了收笑容，干咳了两声，调皮地说："姐，听说陈六一被冯保责骂了！"

苏樱眼睛转了转，微微皱眉，问："这种事你怎么会知道？"

"按说这种令陈六一很没面子的事旁人是不该知道的，可因为特训要结束了，那日陈六一差人唤我去正厅，是要与我商讨下一期试炼之事，没承想被我在院外听见了几句。"说着谭少卿歪着嘴，露出坏笑，脸颊上浮出一个深深的酒窝，他接着说，"我只听见他训斥孙伯，说让他命令那些言官最近都老实点，什么……别再追咬了，什么冯大人已经找他谈过了，此事令他大跌了面子！你想啊，他口中的冯大人一定是冯保了。"

苏樱缓缓点头。

"你好像……知道了？"谭少卿见苏樱的反应好像这事完全在意料之中。

"我没想到他会被冯保斥责……或许，这次是因为冯保失了面子。"苏樱说完想了想，将东珠之事原原本本地告诉了谭少卿。

谭少卿这才知道，自己没来余府这几日，几位姑娘谋划了这样的妙计。

"你没被孙伯发现吧？"苏樱关切地问。

"没有。"谭少卿赶紧解释，"我当时听陈六一语气不对，便赶紧转身出了正院，藏在了门外的廊子里，待孙伯皱着眉头，铁青着脸从正厅出来回了自己屋子半晌之后，我才又进去。"

"嗯……"苏樱点了点头，忽然又想起一事，问，"你说，你要参加试炼？"

"没错。"坐在凳子上的谭少卿立马挺直腰杆，一笑说，"我最近的特训要结束。陈六一对我'关怀备至'，或许是因为你离开的缘故，他急需称手的人，所以才安排我接受特训，并且命我参加过些天的试炼，如若通过了，我会接触到比从前艰险的任务，也会带队行动。"

苏樱一听，并没有感受到谭少卿的兴奋，只觉额前一片阴云，谭少卿晋升只会使前路更加凶险。

谭少卿见苏樱面色凝重没有说话，已猜到她心中所想，便说："你别担心，姐。这是我愿意做的，越是接近中心，越有机会击中要害。"

"唉……"苏樱叹了口气，微微点头，"好吧。"

"这次试炼如果通过，我就将成为'地字卫'的头号了。"谭少卿看着苏樱说。

苏樱不知该说什么，只好点点头，"地字卫头号"不就是自己曾经的头衔吗？眼前的谭少卿日后也会成为像自己一样手上沾满鲜血的杀手吗？她不敢再往下想……

将心比心，如若现在有人要她放下仇恨去过另外一种生活，苏樱也难以做出选择，而现在她亦正是走在向陈六一复仇的路途中。

苏樱内心翻江倒海，几欲告诉他当年发生的事……

谭少卿看着面前眼神放空、陷入沉思的苏樱，知道她又在担心自己未来的安危，他微微低头，把手放在苏樱的手腕上，垂下眼皮，轻声说："姐，我知道你在想什么，你不要太担心我。我留在暗卫，才能做你们的内应。"

苏樱幽忧地说："暗卫向来冷血，只认令牌不认人，如今执令牌的人心术不正……"

“那我就要帮你阻止暗卫在歪路上继续走下去！”谭少卿双眼闪烁着光芒，带着满腔热情，握住了苏樱的手。苏樱看着谭少卿，二人执此信念郑重相对。

“我今天回去之后，可能很难出来了。”谭少卿话锋一转，“一来训练时间会排得很紧，二来我发现有人跟踪我！”

“有人跟踪你？”

“还是那个乔七，他许是见我要去试炼了更加嫉妒，整日盯着我的错漏。今天我出门绕了两圈才把他甩掉。”谭少卿耷拉着眉毛，一脸不耐烦。

“那的确是要小心了。”

“我不在的时候，你可要保重身体。”

“我身体已无大碍，你不必担心。”

“有秋水和素萝，我确实安心不少，不过那个毛毛躁躁的余玲珑倒是让我很担心！”谭少卿学着余玲珑的样子噘了噘嘴巴。

苏樱见他的样子，撇了撇嘴角道：“余姑娘不过是性情活泼些罢了。”

谭少卿顽皮地挑了挑眉，努努嘴。两个人又聊了一会儿，谭少卿便离开了余府别院。苏樱则在房间里，闭眼打坐，思考着下一步的计划。

三

七日后的晚上，秋风吹得树叶沙沙作响。苏樱的房门被拍得乱颤，一阵急促的敲门声把苏樱惊醒。

“苏姑娘！”

苏樱听出是余玲珑的声音，赶紧开门，见余玲珑身上全是灰尘，煞白的脸上也带着一层灰，门一开，她便瘫倒在地。苏樱赶紧把她扶起来，搀进屋里，让她坐在椅子上。见她大口喘着粗气，苏樱赶紧抄起桌上的茶壶给她倒了杯水。

待余玲珑喝了口水之后，苏樱忙问：“这是怎么了？出什么事了？”

余玲珑这才娓娓道来。

原来，今天下午余玲珑正在城东市表兄经营的馥郁茶庄品茶，准备带些新茶回去送给爹爹尝一尝。余玲珑一边品茶，一边从二楼包厢向窗外张望，正巧看见谭少卿从街上经过，不好在窗口唤他，便随手拿起一把茶匙丢了出去，正砸到谭少卿的头上。谭少卿抬头张望，见窗内探出半张脸，他一瞧便知是余玲珑，就从街上绕到后巷由后门进了茶庄。

余玲珑本想跟他斗斗嘴，没想到谭少卿一脸紧张，认真地对她说现下情况紧急，便要请她递个消息出去。

见他如此认真，余玲珑猜想一定是一件重要的事，一口应承下来。

谭少卿见她如此痛快地答应了，又多问了一句："此事可能会带来一些麻烦，你不多考虑一会儿？"

"你别啰里吧唆的，大男人说话痛快点，我既然答应你了，无论如何都会去办的！"余玲珑皱着鼻子嗔怪他。

谭少卿看着余玲珑："那你听好……"

当朝宰相，也就是太傅张居正，因上次的东珠一事对陈六一产生了怀疑，虽然冯保在张居正面前力证书信有假，并非丰臣秀吉手书，还请人鉴定了东珠并非真正的东洋珍珠，意图将此事掩盖过去。可张居正还是心有疑虑，便差人去福建沿海巡查海贼之患，实为暗地探查陈六一与倭寇勾结一事是否属实。

而福建同知名叫张通，是暗卫安插在福建海域的眼线，表面身份是朝廷派去维护海防的官员，实际上却是陈六一在东海附近情报网的联络人，负责与东海海域的海盗、倭寇的联络交易买卖、消息传递等。

此次张居正派人去东海巡查，一旦查明真相，陈六一将面临巨大危机，冯保恐怕也会因此受到牵连，所以他派谭少卿明日清晨便赶往福建秘密暗杀张通，除掉这个知道内情的隐患。

可陈六一并未告诉谭少卿张通的真实身份，因谭少卿曾秘密进入过暗卫的辑案库里看见过这个名叫张通的人的档案，才推断出陈六一的真实用意。

谭少卿知道此事非同小可，便想将消息告知苏樱，可自己被那个叫乔七的家伙盯得很紧，眼看明日清晨就要出发了，正在焦急之际遇上了余玲珑。谭少卿灵机一动，喜上心头，心想："真是天助我也！"绕到后巷上了茶楼求助于余玲珑。

谭少卿认真地将事情交代给了余玲珑，请她一定要将此消息告知苏樱和秋水等人，以便她们早做打算。

事情讲完之后，两人便就此分开。余玲珑自离开茶楼后就觉得有人跟踪自己，于是她先回到了余府，想着晚一点再出门，兴许跟踪的人会自己离开，谁知过了两个时辰出门走了一段路之后，仍发觉有人跟踪。

余玲珑感到事情不妙，若被此人发现自己到了郊外的别院就很可能暴露苏樱的所在，这样岂不是更加麻烦。于是她加快脚步，提起气息，运用轻功飞檐走壁，又特意往京东郊外的树林里跑去。可那跟踪的人功力也不差，一直从城里跟到城外，到了树林里，余玲珑再次加快了脚步，在树尖儿上飞驰了一段时间，发现彻底甩掉了跟踪自己的人之后，才又回到城里，从东城门奔到西城门，大费周章才见到苏樱。

到了别院时，余玲珑一路上紧张又害怕，这时都已临近虚脱，只觉得气息不足，浑身的汗都把衣服浸湿了，头发也湿漉漉地趴在头顶，嘴唇和喉咙都已经脱水，脸蛋和手心滚烫，用尽最后一丝力气拍了苏樱的房门。

苏樱打开门见余玲珑的样子吓了一跳，听她上气不接下气地讲完了整件事，看她本来水润光滑的脸蛋落了一层灰土，樱桃般的嘴唇已经变成了爆皮的小土豆，苏樱心疼极了，赶紧扶她躺下休息，自己打了盆温水把毛巾打湿，给她擦面和手。

苏樱点上安息香，不一会儿，余玲珑便睡着了，睡梦中小姑娘的手脚依旧发颤……

苏樱守在余玲珑睡着的榻边，听见门外传来一阵轻轻的脚步声，一听便知是秋水来了，没等她敲门，便起身去开门，看见门外的秋水手已经抬起来了。

门一开，倒吓了秋水一跳，她抬起的手赶紧护住心口，说："吓死我了。"

苏樱把手指放在嘴边，示意秋水不要大声讲话，指了指屋里。

秋水顺着她手指的方向往里一看，见余玲珑躺在榻上睡着，脸色发白，秋水又看向双眉微蹙的苏樱。

两人轻手轻脚地走进偏厅，苏樱点燃了两根蜡烛，把偏厅的帘子垂下，请秋水坐下，把刚才发生的事情给秋水仔细地讲了一遍。

"这张通是此事的关键。"秋水拂了拂耳边垂下的碎发，思索着说。

"没错。"苏樱点头，想了想，说，"以我对陈六一的了解，他派人前往福建去刺杀此人，那么这个人必定知晓许多隐情，其次那里一定有一个烂摊子等着人去收拾，如果这个人是个死人，那么既不会走漏消息，又可以随意栽赃。"苏樱左边嘴角微微翘起，嗤鼻一笑。

"如果是这样的话，假如我们找到了这个人，告知他陈六一已派人要暗地除掉他，而我们可帮他脱离险境，能否让他为我们所用？"秋水挑起眉毛，思索着问苏樱。

苏樱点头，说："或许可以，若非如此，他找不到更大的庇护所在了。我们可以一试。"

秋水微微一笑，道："好，明日我便传信给师父，请他通告番子多加留意。"

"少卿如果掌握了张通的行踪，也定不会杀掉他，他既然传信给我，就知此人重要。"说完，苏樱看向屋里睡着的余玲珑，叹了口气又说，"多亏了余姑娘传信。今日她可累坏了……"

"我去叫厨房煲一锅补气汤，等她醒了之后喝。"说完，秋水离开了苏樱的房间。

四

从那日起苏樱和秋水都开始联系各自的情报番子，想要掌握更多的讯息，以便及早筹谋。苏樱伤情已无大碍，可以出门走动。

八天后，苏樱从济州赶回京郊，刚一进门就碰见秋水匆匆走来，眉头皱着面色凝重，苏樱便问："秋水姑娘……"

秋水拉她进了屋里，焦虑地说："苏姑娘，南方传来线报，我们在查的张通前几日因绑架朝廷派去巡查的钦差大臣，已被通缉。"

"什么？"苏樱瞪大了眼睛，想了想，说："被通缉，就是说他逃掉了？"

"嗯……"秋水点头，"他挟持钦差后出逃了。"秋水呼了口气，说，"他定是担心东窗事发，才出此下策。"

"那么，他既已逃跑，官府又通缉他，他定会藏匿起来，我们便不容易找到他了。"苏樱微微皱起眉头。

"他这么一闹，恐怕要抓他的不仅仅是官府，还有……"秋水看向苏樱。

"陈六一……"苏樱也看向秋水。

"我们用的是飞鸽传书，他们的消息传至京城，恐怕还需一段时日。"秋水道。

"怕是陈六一已经知晓，他也善用飞鸽传书。"苏樱无奈地撇了撇嘴巴，秋水无奈地点头。

事态变得更加复杂了。

第十六章
九鬼渡张通

一

　　陆拾只身赶到福建，询遍暗卫的眼线，却寻不见任何关于苏樱的消息，更不知道苏樱究竟是在何处遭遇不幸。他本以为到了福建兴许能找到当时埋苏樱的坟墓，他想无论如何都要带苏樱回京城，好生安葬，不要让她的魂魄在异乡孤苦漂泊。

　　可任凭他怎么打听，都找不出头绪，陆拾失望透顶，整日以酒为伴。陈六一向他隐瞒了所有的事实，他怎知苏樱被害之处根本不在福建。

　　伤心至极的陆拾终日饮酒垂泪，不知何时醉倒，醒来又继续狂饮……自己竟连苏樱最后一面都没见到，他心里充满了仇恨和悲伤，肝肠寸断。这样醉生梦死月余……

　　直到有一天，一个身穿黑衣的男子把一盆凉水浇在他头上，那男子留下一封信便离开了。陆拾打开信封一看，里面有一封信，是陈六一的笔迹，上写："除张通后回京。"另外还有一块墨玉令牌。

见到令牌陆拾清醒了许多，自己是一名暗卫，也是锦衣卫的镇抚使，接令牌就要领命执行任务。陆拾整理了情绪，带着胸口剜心的痛，开始为任务做准备。

混沌的日子让陆拾头脑麻木，他硬着头皮开始查寻有关张通的消息。这个张通如今已是惊弓之鸟，藏得十分隐蔽，陆拾找了两天并无任何进展，只得去他家里再搜查些线索。

张通家已经被官府查封，正在清点物品，他的家眷通通被关在后院不得私自进出。陆拾出示了锦衣卫的令牌方才进入，他走进正院的东厢，发现一个书房，他心想："平素里张通在家时，必定常在书房。"

陆拾径直走进张通的书房，他抬眼观望，挨着正面墙壁是整排的书架，上面摆满了各类书籍，书架前面一张六尺长的书桌，宽阔结实，桌子的木材光亮却不见雕有什么花纹，看起来很低调。陆拾看着屋内的摆设，暗想张通平日里定敛了不为人知的钱财，才会有如此奢华的家具。

陆拾慢慢走到书案前，细细查看屋内的每一个角落。走到书桌与书架的中间，陆拾坐在椅子上，把自己想象成张通，假若他坐在这张书桌前，平日最关心、最机要的物件该放在何处？若张通坐在这张椅子上，最方便、最顺手的藏匿物品之处又该是哪里呢？陆拾缓缓看四周，眼睛不放过任何一个角落，却没有发现可疑之处。

他长吁一声，便准备起身离开，当他手握住椅子的把手要站起来时，忽然觉得左手无名指下仿佛有凸起，精通机关术的陆拾立刻警觉到此处可能是一个关窍。他这几天看探子给他呈上的记档里有一项写着，这个张通是个左撇子，如果这样，机关设在左手下方最为合理。

陆拾赶紧蹲在椅子边查看把手，果不其然，这椅子的把手下方内侧有一个凸起的按钮。他用手抵住按钮，只听见身后"刺啦"一声。

陆拾转过头看，书架最边上的一组格子开启了一个窗口似的空间，陆拾走到近前去，仔细查看，这是一个小型的密龛，设计得非常精细，有一扇窗大小，里面有几层格子，上面分别放着几只匣子和密密麻麻摆着的书本。

见此密龛，陆拾甚为惊喜，他仔仔细细地翻看着格子里放着的东西，果然存有不少金银珠宝，看来自己的推测没有错。还有几本手写的记档，有的已经泛黄，看上面记录的年限已经有些久远，也有两本比较新的，陆拾心想："这张通是一个头脑清晰之人。"记档上密密麻麻地写着张通在福建利用自己的身份走私货品的记录，从哪儿入关、流向何方、联络人，等等。

陆拾一笔一笔地看着，不禁摇头，这记档所记录的走运私货的行为年头之久、数量之庞大、牵扯的人之多令人咋舌。按这些记档所写的内容推测，这张通身处边境海域，一个正五品同知，不说是富可敌国，也堪称家财万贯了。

难怪他见朝廷派人来巡查就吓得狗急跳墙，挟持官员从而潜逃，如若他不出此下策，早晚也是死罪，就只走私这项就足以让他株连九族的了。

当然除了走运私货，还有买卖死囚、保荐官员等其他罪行，陆拾心生怒气，盘算着该如何杀掉这个狗官。

忽然，三个熟悉的字跃入眼帘，陆拾眼睛瞪大皱起眉头，只觉得头顶像被一锤击中似的，整个人没了力气，怔怔地发起了呆。

"陈六一"这三个字赫然出现在张通走运私货的记档里，而且条条状状都写得清清楚楚，这些年来，陈六一一直通过张通和倭寇进行走私交易，金银、珠宝、火器、丝缎、烟草……白纸黑字写在上面，时间、地点、交接人均一清二楚。

陈六一派自己去杀掉张通，并不是为帮朝廷解决一个犯官……如今张通已然在逃，陈六一是为了借此机会除掉这个知道太多的无用棋子？陆拾想到这些，赶紧把这几本记档卷起来，揣进怀中的口袋里，又把小密龛的窗口关上，离开了张通的家。

到了客栈，陆拾发现自己的脊背都已经湿透了，这样的局面下，他要亲自找到张通问个清楚。

二

九月的京城，秋风带着凉意，树叶纷纷变黄飘落，卫所门前几名小厮正在扫着落叶，院里有些冷清。陈六一站在院子里，抬头看着苍白的天空，眼中掠过一丝阴霾。他背着手站着，思索了一会儿，转身要回正厅，见廊前的古树落了几片树叶在门口，他微微蹙眉，这个秋天事情实在是多了一些，他抬腿上台阶，进了屋子。

东厢的孙伯看见陈六一面色有些凝重，赶紧叫小厮来正厅门前把树叶打扫干净，他又去泡了茶，端着托盘进了正厅。

陈六一坐在堂前的正位，神色凝重地打量着香案，见孙伯进屋，便抬起右手招了招，孙伯端着茶走上前来。茶壶茶杯轻轻放在几子上，孙伯道："统领今日可有什么烦心事？"

陈六一没回答，端起茶杯闭上眼睛闻了闻，喝了一口。他的双颊结实宽厚，情绪不高时会显得格外严肃，过了一会儿，他说："拾儿那边有消息吗？"

"回统领。"孙伯微微弓背着回答，"今日收到的信儿，听福建那边的番子说，陆拾整日奔走追查张通之事，目前还没有什么眉目。大概张通在福建多年，早已想好了藏身之处，不易被查到。所以……"

没等他说完，陈六一深叹了一口气，喉咙里就发出沉闷的声音，颜色大为不悦。

孙伯便不再往下说了。

陈六一面无表情地把杯子放在桌上，沉声道："这么多年，你还不清楚陆拾的能力吗？除掉一个小小的张通算得了什么！"

"呃……"孙伯低下了头。

"除非，他不想杀！"陈六一沉着脸说，"行了，你先出去吧！"

孙伯一拱手，低头出去了。

陈六一在手边拿过一张白纸，小狼毫毛笔蘸了蘸墨，写下几行小字："令尊已回京中，安置于城南，病情已无大碍，速了张通之事回京团聚。"写完之后将纸裁开卷起，陈六一拉开抽屉想找一支细竹筒，在抽屉中翻找时，忽见一支银簪，簪子上雕着一只小鸟衔着梅花的图案，他看到簪子怔了一下，叹了口气，又拿起一支竹筒，合上了抽屉。他将信插入竹筒中，站在窗口，打开窗户，一只灰尾的白色鸽子站在窗前，陈六一把鸽子抓在怀里，将竹筒系在鸽子的脚上，一抬手放飞了鸽子。

　　他站在窗口，见鸽子盘旋了几圈飞进苍白的天空，陈六一回到椅子前坐下，又打开抽屉，看了看那支银簪。

　　陆拾在福建省内访查张通走私之事多日，按照张通的手记，他暗地里查了一些联系人，令他觉得十分棘手。这日天黑他从外面回到客栈，一进房门，就看见一只白鸽站在窗边，灰色的尾巴抖动着，红色的脚上挂着一支细细的竹筒，他疾步走到窗前抓住鸽子将竹筒解下来，打开一看是陈六一的笔迹，信的内容更是令他一筹莫展。

　　信中所写分明是在逼迫自己，陆拾很清楚，陈六一是在用父亲要挟自己，早年间父亲陆嘉参与科举舞弊，曾有证据落入陈六一手中，陈六一以此事制约陆拾多年。陆拾很清楚，凡在朝为官者，无人逃得过暗卫的调查，所有的证据和隐私都记录在案，自己家也不例外。

　　自己在福建的时日不短，却没能完成任务，看来陈六一已经有些不高兴了，再拖下去对彼此无益，考虑到父亲的安危，陆拾只好找出纸笔，回信给陈六一，告诉他自己会尽快找到张通而杀之，任务完成后便回京。写完后，又系在白鸽脚上，把白鸽放回天空。

　　站在客栈的窗边，仰望着天空，白鸽越飞越高，最终消失得无影无踪，他闭上眼睛用力吸一口气，许久才呼了出来。苏樱之事没有半点眉目，张通这边又不能再多查，自己只能做违背良心的事，他不敢想以后，只能先解决眼前。

　　自那日起，陆拾不再追查张通走私一事，全力搜寻张通藏身之处，他整日奔

一旁的苏樱只低头收拾行装，没有搭话。

余玲珑一听，急得一跺脚，嘟着嘴说："你们要走了都不告诉我一声，若不是我今天来，明日都找不到你们了！"又嗔道："你们到底有没有把我当自己人啊？"

秋水放下手中的东西，扭过脸看余玲珑的小脸蛋憋得通红，温柔地笑道："你别急，我估摸你今天会来的，若你今晚不来我也会派人去通知你的。"

"可是……"余玲珑皱着鼻子，嘟着嘴说，"你们……你们都没有算我一份！"

"此去福建路途遥远，你若随我们去了的话，家里人可同意？"

"同意！只要我是随你去的，我爹都会同意的。我爹同意了，全家人就没人敢说什么了。"

秋水没想到余玲珑会这么说，她满心以为余玲珑是断出不去京城的。

余玲珑走到秋水身边，拉住秋水的胳膊撒娇："师父，你就带我去吧——"

秋水想了想，见她可怜巴巴的样子，心也软了，问："我和苏姑娘不同路，你愿意跟谁走？"

余玲珑一听，高兴得跳了起来，脸上笑逐颜开，两手举起来，几乎要欢呼了，提高声调说："太好啦，师父，你答应带我去啦！"

秋水怜爱地看着她，一皱眉，又笑着说："这么大了，还蹦蹦跳跳的没个安静样。你到底跟谁走？"

"你们两个我都跟，我轻功好，脚程快，给你们传消息！"余玲珑眨了眨大眼睛，对自己的想法很得意。

秋水摇着头笑了，说："好吧。"忽然又想起一件事，从袖子里掏出一支小手指大小的竹筒，竹筒上面有三个孔，看起来很像一支小型的笛子，她递给余玲珑，道："喏，这个你拿好，带在身上。"

余玲珑接过竹筒，有如白玉的小手来回翻着竹筒仔细看了看，抬头问秋水："师父，这是何物？哨子吗？"

秋水一笑，答道："前些时候少卿来这里，带了四只小鸽子，让苏姑娘帮他训练成信鸽，可是信鸽训练起来怎么也得一年的光景，而且这些鸽子现在还有些小，于是苏姑娘就研究了一个用哨声呼唤信鸽的好办法。"说着她指着小竹筒上的孔说："你看，这几个小孔按住时，你放在唇边吹响它。"

余玲珑赶紧放在嘴边，吹了一下，发出了细而尖的独特声响，在夜里格外响亮。她立刻瞪大了眼睛，惊讶地看着二人，说："哎呀，真的！"

"嗯，我来教你。"秋水把着余玲珑的手边教她边说，"你轻轻吹，声音更悠扬，按住不同的孔，就会发出不同的声音，小鸽子就会按照不同的声音指令飞来或者飞走，你一定要记住。"

简单地收拾好行装之后，余玲珑也赶回城里和家人道别，翌日清晨一同前往福建。

三个姑娘一路上栉风沐雨，跋山涉水，虽然辛苦却因为有彼此相伴也不孤单。风雨兼程半月，终于到了福建。

再次踏上福建这片土地，嗅着微咸的海风，苏樱恍如隔世，上次来这里还是帮陈六一取那斛险些让自己丧命的东珠。想到这些，苏樱感慨万千，如今自己的名字已经在暗卫中销声匿迹，但自己始终与它脱不了干系。

苏樱、秋水、余玲珑三人都乔装打扮成男子模样，特意把皮肤涂黑。到了福州，三个人准备分头行事，苏樱将赶往马尾镇搜寻张通的消息，秋水则前往长乐去找骆老先生给她安排好的接头人，本以为余玲珑会跟着师父秋水一起去长乐，她却跟着苏樱去了马尾镇。

秋水也没有办法，只得再三叮咛她注意安全，保护好自己，不要给苏樱添麻烦，苏樱也答应秋水保证一定会看护好这位"大小姐"。

四

马尾镇是个安静的小渔港，家家户户以打鱼为生，镇上只有两家客栈，苏樱探查发现有一家的后院里已经拴了几匹马了。苏樱猜测有可能暗卫的人已经到了。

她便带着余玲珑乔装打扮成渔村女孩的样子，把头发梳成两条麻花辫，身穿粗布短衣裤，裤脚挽起，脚上一双草鞋，看起来活脱儿就是打鱼的姑娘。

秋水事先找骆商铭帮她在福建马尾镇安排了一户渔民，按照秋水的提示，苏樱和余玲珑找到了靠着海的两间茅草房，到了跟前见到一个矮胖的中年男人，脸庞儿和肩膀被海风吹得又黑又红，苏樱上前，那男人出示了犀牛谷的令牌，请苏樱和余玲珑进了屋子。

聊了两句，苏樱放下心来，这人确实是秋水给她们安排的渔户鲁飞，门口泊着的小船上用漆写着个大大的“鲁”字。

鲁飞将苏樱和余玲珑安顿好之后，自己便驾船出海了，说要两三日之后才能回来。他临走前给了苏樱一张字条，上面密密麻麻写着小字，是他们近来打听到的张通的藏身之处，并告诉苏樱，因为小渔村里消息闭塞，张通至今尚不知危险已近。

到了晚上，海风吹着海面泛起层层的浪花，苏樱坐在茅草屋里矮矮的榻上，闭着眼睛盘腿打坐。余玲珑躺在一旁，睁着大眼睛看着屋子里的一盏油灯发呆，灯火抖动，她眼睛也随之闪烁。

过了一会儿，余玲珑看向苏樱眨眨眼睛，问：“你怎么知道谭少卿也在这儿？”

“嗅觉。”苏樱闭着眼，面无表情地回答。

“什么？靠闻的？不是靠看的吗？”余玲珑一听，好奇地追问。

“你不信，那我就验证一下。”苏樱并未睁开眼。她伸出右手，拇指与食指扣在一起放至嘴边，鼓起嘴巴用力一吹，长长的呼哨划破海面传向远方。

余玲珑瞪大了圆圆的眼睛，看着灯光下苏樱冷峻的脸颊，有些无所适从，只是怔怔地看着苏樱。大约半炷香之后，苏樱还是闭着眼打坐，海浪声此起彼伏。余玲珑有些失望，噘着小嘴又躺了回去，抿着嘴，又不好开口问。

正在余玲珑无聊地捋着自己的辫子时，忽然外面一阵蹄声由远及近，马蹄踏在沙滩上，发出闷响，余玲珑"腾"地坐了起来，眼睛睁得大大的看着苏樱，刚要说话，苏樱便睁开了眼睛，也看向余玲珑，与她眼神交汇。余玲珑兴奋地跳了起来，说："快，出去看看！"

苏樱点了点头，起身走到茅草屋门口，看见自己的马"绝雾"正在门口甩着头打着响鼻兴奋地迎接她，自从上次滨州遇刺之后，绝雾便被带回了暗卫。苏樱抬起手摸了摸它的脸颊，绝雾低下头亲昵地把脸贴近她。苏樱拍了拍绝雾的脖子，回头看看余玲珑，只见这姑娘一脸惊喜。苏樱笑着挑起一条眉毛，好像在说："怎么样？"

余玲珑见她如此神奇，笑着说："太神了！"

苏樱点了点头，又拍拍绝雾。

"可是……"余玲珑歪着头，思索着问，"我问的是谭少卿，你却把你的马叫来……"她的眼睛在月光下显得格外明亮，海风吹过，额前的头发随风飘摆。

苏樱笑着问她："你觉得，如果谭少卿不在这里，绝雾是怎么来到这个地方的呢？"

听她这么说，余玲珑转而一笑，饱满的脸蛋儿鼓了起来，说："对呀！是他把马儿带来的？"

苏樱点头道："嗯，在京城的时候，我嘱咐他下次出来行动就说需要多带两匹快马，倒换着骑，可以走得快一些，借机把绝雾带出来。我这马儿性子极其刚烈，是决不会让其他人骑的，整日在暗卫的马厩里拴着，饲官也愿意他带出来。"

"那它让谭少卿骑？"余玲珑好奇地问。

苏樱一笑，答道："怎么可能！我想这一路上，他也只是拖着绝雾跟在队伍里走，别人肯定会笑他傻了吧唧地领了匹不能骑的马！"苏樱摇了摇头。

"噗——"余玲珑一下笑得直不起腰，捂着肚子，说："哎哟，苏姐姐，你这不是在整他吗……哈哈哈哈……"

苏樱挑起眉毛，努努嘴儿，说："那我也没办法……"

"看来他确实在这儿了，而且离我们还不远。"余玲珑笑够了之后，伸伸腰说。

"没错，他把绝霄的缰绳放开没有拴着，估计也算计出，我快要到了。"苏樱看了看余玲珑，严肃地说，"咱们赶快收拾一下，今晚行动。"

余玲珑抬起头来，观察了一下，也露出少有的认真表情，说："已是二更了，差不多了。"

苏樱点了点头。

两个姑娘又回到茅草屋里，苏樱把自己的短刀放在袖中，腰上揣了一排飞镖，回头一看余玲珑已经收拾完毕，两手持一对鸳鸯剑。苏樱看了看，问道："你就只这一对短剑吗？"

余玲珑点了点头。

苏樱想了想，走到榻边把包袱打开，从里面取出那把连弩，又拿了一捆弩箭，转身递给余玲珑，嘱咐道："这个给你备用，这是连弩，它一次上四支弩箭，每次可三弩齐发，射程大约二十丈。"

余玲珑接过连弩仔细查看，说："我以前所见的都是单发连弩，这弩看起来小巧得多。"

苏樱点点头，说："玲珑，我们今晚去擒张通虽然不难，但很有可能遇见暗卫的杀手，他们各个下手狠毒，你以短剑与他们搏斗我怕你会吃亏。你若有何闪失，我如何向秋水姑娘交代？你轻功了得，可在远处以连弩伏击同时掩护我，可好？"

虽然苏樱说得比较婉转，但余玲珑也听出来苏樱是觉得自己功夫不好，怕不敌暗卫的人，她吸了口气，垂下了眼睛，点点头。

苏樱见她有些失望，赶紧安慰道："你的任务很重要，一旦我不敌对方，你定要为我解困，若我被擒，你也不要慌，把消息传给你师父！"苏樱深邃的眼睛里带着少有的依赖和求助。

余玲珑见状，又转而露出兴奋的表情，得到信任的她一扫刚刚失望的情绪，使劲儿点了点头，说："你放心，我一定会全力掩护你！咱们走吧！"

苏樱又把张通藏匿之处的地形和今晚的战术跟余玲珑仔细讲了一遍，两个姑娘便出了门，骑上苏樱的马儿消失在夜幕中。

马尾镇三面环海，绝雾驮着苏樱和余玲珑飞快地穿行在这个人烟稀少的渔村，很快就到了西面的海边，一户背山面海的人家映入眼帘，三间连排的木屋里透着淡淡的烛光，一排矮木桩在屋前围了一大片沙滩，形成了一个院子，深夜惊涛带着剧烈的响声拍打着海岸。

苏樱和余玲珑下了马，苏樱做了个噤声的手势，余玲珑点了点头。苏樱看了看周围，木屋后面背靠着一座小山，山上长满了灌木，苏樱拍了拍绝雾的后背，指了指小山的方向，绝雾机灵地跑了过去，藏在树丛里。马蹄声被海浪淹没……

苏樱又跟余玲珑小声说："你藏在房子后面的树上，不要太远，寻个能看见院子的地方，一定要在连弩射程内。"

余玲珑连连点头，飞身往房子后面跑去。

苏樱轻手轻脚地跨过矮木栅栏进了院子，走到窗下，寻了一处窗纸破漏的地方蹲下来往里窥探。只见一个中年男子，身穿深蓝色粗布衣服，盘腿坐在矮榻上，面前一张矮脚桌子上面放着一盏油灯、一个酒坛、一个酒杯，正愁容满面地垂着头。苏樱一眼认出此人就是张通，上次来福建取东珠时就曾见过他。

苏樱站起身来，到门前准备进屋，忽闻远处一阵马蹄声响起。她警觉地回头观望，一组人马身着黑色衣裤，个个精神抖擞。苏樱对这样的装扮再熟悉不过，她微微皱眉。

既然撞上了暗卫，苏樱索性镇定地在门上拍了两下，喊道："张通，出来吧，你的老朋友们都来了，想活命最好跟我走。"

只听得屋内响起了酒坛打翻的声音，然后一个人影慌慌张张在屋内东撞一下西撞一下，已然不知该如何是好。

苏樱在门外微微皱眉，她抬起腿一脚把门踹开，走进屋里，见张通在屋子一角，蜷缩着双腿抖作一团，眼睛铜铃似的看着苏樱。苏樱仍只说了一句："想活命，跟我走！"上前便抓住他的手腕，拽他起来。

可这张通只以为苏樱是暗卫派来抓自己的，一甩胳膊想要挣扎逃脱。

苏樱听见外面马蹄声几乎已经到了院里了，也顾不得许多，伸出右手的两根手指，对着挣扎的张通颈子上的穴位用力一点，张通立刻消停下来，接着又在他肋下和后腰分别点了一下，张通已然动弹不得，好像一块烂抹布似的趴在地上。

苏樱揪起张通背上的衣服，用力一提，迅速出了木屋。到了门口，暗卫的人马已经停在院内，为首的一个瘦高的青年，样貌俊俏，苏樱一看正是谭少卿，她嘴角微微提了一下。

谭少卿见苏樱从屋里出来，手上提着一个四肢无力的人，离得老远借着海风已经闻到了一股酒气。

正当苏樱从屋里出来的一瞬间，谭少卿故作惊讶地将马缰绳一勒，马抬起前蹄啸了一声，响彻夜幕。

后面几人的马也纷纷骚动起来，虽然面前这女子一副渔村女孩的模样，可那白皙冷峻的脸、高耸的鼻梁、深邃的目光，不是苏樱又是何人？谭少卿故意瞪大了双眼，紧皱眉头，死死地盯着苏樱，嘴颤着问："苏……苏千户？"其余几人也目瞪口呆。

苏樱将张通扔在地上，冷面看着谭少卿。

"谭百户，哦，不，现在应该是谭千户了吧。"苏樱看着谭少卿，眼睛里射出凌厉的目光。她掏出一块手帕将两条麻花辫绑在一起，朦胧的月光中夜游发出一道寒光，苏樱说："怎么，今天你们是要来跟我抢人的吗？"

谭少卿看了看后面的人，假装壮着胆，扬起下巴，皱着眉问："苏……苏千户，你没死？"

"少废话！别叫我苏千户，暗卫早已没我这号人了。"

"就算你现在不在暗卫，可暗卫的规矩你是知道的，我手上持着令牌，奉命来擒张通，那么今天就势在必行，没得商量！"

"嘁——"苏樱一下笑了出来。她挑起左边的嘴角，瞥了谭少卿一眼，道："谁在跟你商量？你们听命于令牌，我手上的夜游可不听！"

苏樱说着，脚下用力，腾空而起，一刀不偏不倚直奔谭少卿面门而来，其他人还没反应过来，苏樱就已经到了跟前。谭少卿坐在马上只见一道寒光飞过来，腰上赶紧用力将身体扭向一边，躲开了这一刀，随即从马上跳了下来。

其他人都知道苏樱的厉害，那可是天字卫的头号杀手，见谭少卿差点吃了一刀都倒抽一口冷气，也许他们现在依旧分不清苏樱是人是鬼……

谭少卿紧锁双眉，背后抽出长刀紧握刀柄拉开架势，说："既然苏千户，不，苏姑娘如此坚持，谭某就奉陪了。"说着脚底用力，挥起一刀直逼苏樱。

苏樱未躲未闪，当谭少卿逼近时，她眉毛一挑。借着月光，见谭少卿眼珠一转，嘴角微微一挑。

当谭少卿的刀马上就要劈在苏樱眼前时，苏樱飞速地旋转身体，夜游横扫而出，谭少卿顺势转身躲闪。几回合之后，苏樱伸出两根手指直插谭少卿双肋，在谭少卿挥刀之时点中他的穴位。谭少卿顺势一缩持刀的右手，苏樱紧跟着拽住他的手腕，转至他身后，在他背后的左下方又点了一下，谭少卿立即单腿跪地，被苏樱制伏。

后面跟着的几个暗卫见此情形蠢蠢欲动，有的已经跳下马，抽出了兵器。苏樱转过脸，斜眼瞪着他们，冷冷地说："看在以前咱们曾是同僚的分上，我今日不伤你们，可如若你们不知趣，非要来试一试，那我就不客气了。"

"你休要嚣张！"谭少卿嘴上还喊着，想要挣脱苏樱按着他的手。

苏樱手下一用力，使劲钳住他肩膀，谭少卿疼痛不已脸皱成一团。其他人正犹豫要不要往上冲的时候，就听见远处又传来一阵马蹄声。

五骑人马从远处飞驰而来，马蹄将沙子卷起两尺高，为首的正是胡光子。

看见木屋前的苏樱，胡光子脸上的肌肉微微抽搐，两撇胡子抖动着，说："苏樱！"

苏樱把手中擒着的谭少卿推向一边，直起身来面无表情地看着胡光子，深潭般的眸子射出冰冷的目光。

"你没死？"胡光子抽搐着两撇胡子问。

苏樱回身走到木屋前，伸手提起趴在地上的张通的肩膀，脚下一用力，腾空而起。

胡光子见苏樱要逃，他眼睛一瞪，右手一招，喊道："放箭！"

此刻苏樱已经跳上房檐，脚下一蹬，再次腾起，提着张通往房后跳去。这时暗卫的箭也飞了过来，一根根正射在屋顶的茅草上。

胡光子见没有射中苏樱，气急败坏地一抖手从衣袖中飞出两支飞镖，直直射向张通。

苏樱赶紧转身，用力一提右手，就听见张通大叫一声："啊呀！"一支镖擦着他大腿飞过，血涌了出来。张通受伤，苏樱提着他更加吃力了，她皱起眉头，脚下踩住屋脊，再次咬牙提起手臂，带他跳至房后。苏樱左手放在嘴边，打了一个呼哨。

胡光子见没射中张通要害，眉毛都竖起来了，挥着手喊道："愣着干吗？追！"

其余几人欲向屋后追去，没跑出几步，只见几道银光带着刺耳的蜂鸣声由远及近，速度之快似乎可将海风撕裂。数支弩箭短而尖利如闪电一般令他们躲闪不及，更看不清弓弩手在哪里埋伏，而后几人接连中箭受伤。

此时苏樱已跨上绝雾，把张通搭在马背上，她抬起头看见树梢上的余玲珑，压低声音喊了一句："走吧，一起！"

余玲珑摆了摆手，道："你先走，马儿驮着三个人跑得慢，我脚程快，你别管我！"

苏樱想了想，点点头，道："西南朗峰村，骆家寨，你自己千万小心！"

"好！放心吧！"余玲珑点头。

绝雾消失在夜幕中。

随后余玲珑也飞身往灌木丛中跑去。

见苏樱带着张通逃走了，胡光子又气又急，看着这群不得力的暗卫伤得七零八落，可他不能发作，只好强压心中的怒火，面沉似水，手持墨玉令牌，像煞有介事地喊道："暗卫听令！"

在场的人见到墨玉令牌都赶紧低头行礼，身上有伤的人也都强撑着行礼听令。

胡光子瞪着小眼睛，扫过每一个在场的人，咬着牙说："今晚张通被陌生人劫走！记得了吗？"

大家面面相觑，猜测着胡光子打的什么算盘。

胡光子见状更加恼怒，提高嗓门，目露凶光呵斥道："今晚苏樱出现的事，不许走漏半点风声！苏樱是死人！死人是无法劫走张通的！明白了吗？"他瞪着小眼睛，喘着粗气。

在场的人都赶紧低头称是，不管心里有什么样的疑虑，墨玉令牌在此，他们莫敢不从。

而只有谭少卿心里清楚，当初杀掉苏樱的任务是胡光子一人执行的，如若苏樱没死的消息被陈六一知晓，任务失败他可就要承受严酷的刑罚，今日让大家闭口不提苏樱之事，只是为了掩盖他行动失败罢了。

第十七章 命悬一线

一

朗峰村位于马尾镇的西南方向，离海边有些距离，周围几十丈高的榕树、椰树将小小的村子环抱，颇有些世外桃源的意味。

苏樱骑着马穿过树林，天已经蒙蒙亮了，前方一座牌坊映入眼帘，暗红色的柱子上面，黑底鎏金的"骆家寨"三个大字已经有些老旧斑驳。

苏樱赶紧跳下马，牵着缰绳往里走，横搭在马背上的张通经历了昨夜那场恶战后，腿上的伤还在隐隐作痛，苏樱把自己绑袖口的布条解下来给他包扎在伤口处，只是他的穴道被点住，浑身瘫软。见苏樱下了马，他咧着嘴嚷嚷道："这是哪儿？"

"闭嘴！"苏樱看了看他，冷酷的脸上没有一丝表情地说："我不会害你，但你想活命最好闭嘴，再啰唆就把你手筋挑断，暗卫的刑罚，你也知道吧？"说完，苏樱继续牵着马往前走。

张通在暗卫时就知苏樱的厉害，刚才这番话一出，张通很识相地闭了嘴，反正自己现在也逃不脱，倒不如听天由命。

苏樱牵着马刚刚走过骆家寨的牌坊，只听见身后"嗖——"的一道风声，她机警地转头观瞧。

只见余玲珑从牌坊上面跳了下来，轻飘飘地落在地上，两条麻花辫飞在耳后，又落在肩上。看见苏樱有些惊讶，余玲珑得意地笑了，喊了一声："苏姑娘！"

苏樱真的吃了一惊，见到眼前这个活泼的女孩，天真无邪的脸上带着疲倦，辫子松散，苏樱赶紧上前去，双手握住余玲珑的肩膀，前后左右查看她有无受伤，看余玲珑完好无损才怜惜地摸了摸她的圆脸蛋儿，捋着余玲珑散落的碎发，一时间，苏樱竟有些哽咽。

此时太阳还没有露出头，东方却已经被照得橘红，南方渔村整日被水汽笼罩，朝霞像是女子般矜持而朦胧。

余玲珑看着面前的苏樱不停地打量自己，那双深潭似的眼睛竟涌出温热晶莹的泪光和怜爱之情，余玲珑有些动容，她赶紧伸出手揉揉鼻子，笑着说："我没事儿！"

她这一揉，一双小脏手胡乱在脸蛋上画出两道黑印，活像两撇小胡子。苏樱一下子笑了出来，她赶紧伸手帮余玲珑把脸抹干净，说："哎呀余大小姐，你都成了花猫了！"

"啊？"余玲珑一听，笑着说，"一路上跑得太快了，忘了身上都是尘土"

"你脚程可真够快的，比我骑马还快！"

"你骑马得走大路，我在树林间穿行，近一些！"

"累了吧？"

"不碍事，睡一觉就好了！"

两个姑娘边走边聊，牵着马走到了寨子的门口，把秋水为她们事先准备好的刻有"骆"字的犀牛角拿给守卫，说明来意之后，进了寨子暂时安顿了下来。

待余玲珑睡下之后，苏樱端着简单的饭菜到了张通的房间。一进门看见他蜷缩在榻上，伤口已重新包扎过。

见房门开了，张通一翻身坐了起来。

苏樱把饭菜放在矮桌上，见张通看着自己，她不慌不忙地说："你安心养伤吧，这里还算安全。"

张通不屑地"哼"了一声，斜眼看着苏樱，问道："你为何带我来这儿？"

"不然呢？"苏樱看张通并不信任自己，挑了挑眉毛问，"那我应该带你去哪儿？去见阎王吗？"

"嗤——"张通嗤鼻冷笑道："苏千户，想来你送去见阎王的人也不少……"

苏樱眉心一紧，嘴唇抽动了两下，深吸了口气说："官府在通缉你，暗卫又追杀你，这阴曹地府离你确实不远。可送你去见阎王的人不是我，我是救你活命的人。"

张通瞧着苏樱，皱着眉头问："你不是陈六一的养女吗？为何要救我？"

"我早说过了，暗卫已经没我这号人了。"苏樱瞥了他一眼，说，"如今，我也不想和你兜圈子，我之所以千方百计地找到你，又不惜和暗卫交手将你救下，只因我们有共同的敌人。"

张通一愣，瞪大眼睛看着苏樱："共同的敌人……陈六一？"

苏樱点点头，拿起桌上的茶壶，斟了两杯茶，一杯推到张通面前，一杯自己端起来啜了一口。

"可……"张通一时语塞。"你脱离了暗卫？"他眼神中充满了不解，问，"从来没有人能活着脱离暗卫……"

苏樱冷笑道："我是拿命换来的。"

张通看苏樱的样子，说："恐怕……也只有拿命换了。"

"不过——"苏樱放下茶杯，看着张通，"有我这第一个，就该有你做第二个。"说完左边嘴角向上一牵，似笑非笑。

张通仍心存疑虑，问道："你是……要我和你联手？"

"哈哈哈——"苏樱一听，大笑了起来，这一笑张通倒慌了。

苏樱收了笑声，扬了扬眉毛说："谁要与你联手？我只是想和你做个交易。"

"交易？"张通眼珠转了转，问，"什么交易？"

"把你掌握的陈六一那些见不得人的事情告诉我。"苏樱添了茶，说，"如今你离开暗卫，无须拿命换……"

"我如何信你？"

"你可有其他选择吗？"

张通沉思半晌道："我有个条件。"

"讲。"

"你必须将我送上九鬼的船，我方可将所知毫无保留地告诉你。"张通紧锁双眉，目光炯炯。

苏樱问道："九鬼？闽南海盗九鬼？"

张通点点头，说："没错。"

"九鬼可是倭寇将军丰臣秀吉在福建海域的代理人，你要上他的船？"苏樱目不转睛地盯着张通，问，"你在福建多年，丰臣秀吉和陈六一的关系，你不可能不知道吧……？"

"丰臣秀吉和陈六一的关系，我当然知道。可九鬼不一样，他虽是丰臣秀吉在福建海域的代理人，但他也是保障福建沿海不受倭寇侵犯的一道屏障。"

"九鬼身份说单纯也单纯，说复杂也复杂。"张通见苏樱半晌没说话，便继续说道，"九鬼活动在福建海域多年，虽然江湖绰号是'海盗九鬼'，却从不做打家劫舍之事，多年一直操作闽南海上往来贸易。其实，他能这般行事多半是得到朝廷的默许，有人明作为后盾的，顺势扶持了福建当地海运、货物进出的买卖……我这些年也跟他打过几次交道，他是个讲情义的人，虽然漂泊于海上，却心念故土。"说到这儿，张通叹了口气，摇了摇头说，"我如今的情形，中原怕是

后从里面取出一块玉牌，通体雪白细腻好似琼脂，上刻着"大丰 伍壹贰"的字样。张通凝视着攥在手中的玉牌，递到苏樱面前，说："这个，给你。"

苏樱问："这是？"

"这是金陵大丰银号的令牌，我在大丰银号有只藏宝箱，这是开启箱子的信物，令牌只此一块，执此玉牌才能开启藏宝箱。"

苏樱伸手接过玉牌，仔细看了看手中的玉牌和上面的字。

张通徐徐说道："我这几年帮朝中官员、江湖人士、各地商贾在海上与东洋、南洋走运的货物数不胜数，但每一笔交易我都记得清清楚楚，货物的数量、种类、联系人均记录在案，这些记档我都分开存放。走私货运的我藏在家中的密室，现下我家宅已经被查封，怕是取不出来了，还有一部分是记录陈六一与倭寇的往来，重要的交易我都存放在金陵大丰银号的藏宝箱里。"他苦笑了一下，继续说："本来，我是想一旦陈六一想把我调离福建，或者他哪日行差踏错被朝廷驱逐时，我好有个保障。可人算不如天算，陈六一竟然在暗中派人除掉我……若不是我当日挟持了巡查钦差逃走，估计今日也不能坐在此处了吧？"张通摇着头叹了口气。

"你当日挟持巡查钦差逃走时，已知陈六一要杀你？"苏樱转向张通，她只以为张通是慌不择路，才出此下策。

"说到底，还不是那斛东珠……出了事，总要有人顶包吧。"张通苦笑道。

苏樱挑了挑眉毛。

张通指了指苏樱手上的玉牌，说："我之所以把这些记档存在金陵大丰银号，是因为……"

"因为金陵是南靖王的封地？"

"没错。恐怕陈六一不能染指的也就只有金陵了。"

苏樱点了点头，仔细把玉牌装进锦囊。

张通看着苏樱说："明日，我上了九鬼的船，我们的交易也就了结了。"说完，他看了看天："这故乡的天，不知道此生还能否再看到了……"

苏樱想了想，说：“你的家人……我会求南靖王尽力保一保，希望他们能够不受牵连。”

张通眼睛里又燃起了希望，道：“苏姑娘，请受张某一拜！”说着就站了起来，双手抱拳，左腿弓右膝屈，就要行跪拜礼。

苏樱见状立即从石凳上起身，伸手上前一把扶住了张通的胳膊，道：“快起来，你这是做什么！”

胳膊被苏樱牢牢扶住，张通只得站起身来，叹了口气，说：“好吧，苏姑娘的恩情我铭记在心，他日若有机会张某必将报答。”

苏樱松开张通的胳膊，摆了摆手，道：“不必了。”

“只是……”张通看着苏樱，想了想，问，“苏姑娘，你既是孤身一人，又已脱离暗卫，为何要蹚这浑水？”

听他这么说，苏樱嗤鼻一笑，摇摇头说：“正是因为孑然一身，了无牵挂……”

“快去收拾一下吧，准备明日出发。”苏樱收回思绪，嘱咐张通。

“好。”张通转身走了两步，转头向苏樱说道，“苏姑娘，那藏宝箱一定要好生保管。”

“放心吧。”苏樱点头。

<h1 style="text-align:center">三</h1>

夜晚海风狂卷海浪，写着巨大的“九”字的黑色船帆的船乘风而来，抛下船锚，一块木板搭在木栈道上，两名身着黑衣的水手把绳子捆在栈道的木桩上，将船停稳。其中一名水手取过一支小火把，在空中画了两个圆，又停了片刻，随即熄灭火把。

苏樱和张通在岸上，见到暗号，知道是九鬼派来接张通的船只，二人便匆匆跑上栈道，意欲登船。

就在此时，只听得身后马蹄纷乱，声音由远及近几乎压过浪涛。苏樱和张通回头一看，十余骑人马举着火把向他们奔来。只看这群人的装束，苏樱已知是暗卫。她回身用力推走张通，大声喊道："快上船！"

见此情势，张通慌乱不已，听了苏樱的指令，便立即奋力向九鬼的船跑去。接着张通听见身后几道风声，一支箭鸣叫着扎到自己前面的木栈道上，张通眼前一花。这时，一道寒光划过，将飞来的箭悉数挡了出去，箭断成两段落在地上。

"快走！跑！"苏樱拨开箭雨，冲着张通大喊。

张通这才回过神来，眼看离九鬼的船只有几丈远，却被箭挡住不得前行。张通定了心，或许今晚就会死在这段栈道上，但只要有一口气，就要往前冲。

这时的张通，胳膊上、肩膀上、腿上都已经被箭穿破了皮肉……

栈道尽头，张通纵身一跃，奋力扒住船边。船上的水手在箭雨中把他拖上了船，一支支箭飞过来，深深扎进甲板之上。

可船的缆绳还绑在栈道的绳柱子上，箭依旧如雨点。正在这时，对面骑在马上为首的一人把斗篷的风帽摘掉，只见那人剑眉虎眼，头发微卷，眼里放出一道寒光，苏樱几乎霎时怔住。

陈六一竟然亲自来了！

苏樱万万没料到再次与陈六一相见，竟会是在这样的情形下。张通出逃，陈六一竟亲自来解决，可见张通手里的证据至关重要。

所以无论如何，都先要把张通送走。

苏樱挥刀拨开飞来的箭，余光见马上的陈六一抽出腰间一把寒光刺眼的长刀。陈六一目露杀机，刀已出鞘。见大事不妙，苏樱脚下用力一蹬，转身飞跳到栈道上，朝船的方向奔去，甩开手臂用力劈向绳柱上的缆绳。两刀下去绳子竟没断！当她挥起手臂砍第三刀时，只觉左肩一阵酥麻，一支利箭正扎在肩头，苏樱咬牙又是一刀。绳子终于被砍断了，船也好像挣脱般摇晃。苏樱大喊一声："开船，快走！"

"你也上船吧，苏姑娘！"船上的人对着苏樱喊道。

"你们快走，我断后！"苏樱一边挥着刀一边向船上喊着，船上的人还在迟疑，她又大喊，"走啊——再不走通通都会死在这儿！走啊——"苏樱额头已汗珠密布，平日里冷峻白皙的面孔此时已然涨得通红，双眼亦是充满血丝——她即将迎接这场恶战了。

船上的人见此刻的情形若无人断后恐怕都会走不掉，无奈开了船。

张通趴在船边泪流满面，看着苏樱的背影和举着火把剑拔弩张的暗卫，呜咽着喊道："苏姑娘——"

苏樱听到开船的声音，悬着的心落下一半。

看了看肩头扎着的箭，苏樱皱了皱眉头，把刀交在左手。她咬紧牙关屏住气息，凌厉的双眼怒视陈六一，一把将箭拔了出来，鲜血随之喷射而出。扔掉箭，苏樱深吸一口气，腾空而起。

暗卫见苏樱向他们飞蹿过来，一时间不知如何是好。陈六一却都不意外，面前冷峻坚毅的苏樱正是他一手调教出来的。陈六一眯起眼睛，扬扬眉毛，脸上竟浮现出笑意。

苏樱跳到沙滩上站定，拉开架势，夜游寒光熠熠，她凌厉的目光扫过眼前每一个人，稍有异动，她便立刻挥刀开战。

此时，空气仿佛都已凝滞。

突然，陈六一双腿用力，从马上飞起，在空中展开双臂，长刀射出刺眼的光，这一刀正是劈向前方的苏樱。

苏樱迅速迎战，她用力一抬右臂，正面接了陈六一这一刀。苏樱的短刀与陈六一的长刀十字交叉撞在一起，瞬间激出几道火花。在场的人倒抽冷气，纷纷向后闪躲了几步。

陈六一力大无比，这一刀震得苏樱肩膀酸麻，她微微皱眉，抽回手臂，转身挥刀直扫陈六一双腿处。陈六一极快地纵身跃起，在空中蜷起双腿，变换身姿，斜着一刀向苏樱砍去。苏樱赶紧抽身，向后跳了一步。陈六一见苏樱退后，顺势将刀尖戳到地上，借力向前旋转着跳了过去，在空中刺向苏樱胸口。

这一刀快如闪电，苏樱使劲吸了口气，用力弓身向左侧一撤，脚下用力旋转位移，刀尖还是沿着她的右边锁骨处划了过去，鲜血从伤口汩汩而出，苏樱只觉一股滚烫的液体流到胸前。

苏樱又顺势一刀刺向陈六一腹部，陈六一向后一躲，轻松闪开。他站直身躯，收了刀，看向苏樱，上下左右打量着她，眯着眼睛，微微摇头。

苏樱也站直身体，不卑不亢地看着陈六一，毫不躲闪他的目光。

"事到如今，你满意吗？"陈六一还是声如洪钟。

苏樱如往日般冷静，说："你对我，满意吗？"

"呵——"陈六一微微一笑，犀利的眼神审视着苏樱，"能接得了我这么多招，还算可以。"

"我这件兵器，已经不顺手了吧？"苏樱冷笑道。

"你是我的得意门生。我见你的第一面，就觉得你是一头孤狼。"陈六一顿了顿，微微叹气，眉毛一垂，道，"不知往后能否再收如你一般的徒弟……"

话音刚落，陈六一"嗖——"地一下蹿到苏樱面前，一刀刺了过来。

苏樱耳朵边一阵细细尖尖的响声，立时刀已近在咫尺。她只得使尽腰力向后撤，脚下极力扎稳，以脚为轴身躯整画了个半圆，才逃过这一刀。

陈六一见状，转身背着手把刀向后一扫。

这一刀苏樱实在躲闪不及，右边大腿被划开了一道伤口，血肉顿时翻了出来，苏樱颤抖着向后跌了两步。此时她已筋疲力尽，汗水沾着碎发贴在脸颊上，身上深深浅浅的伤口，流出的血几乎浸透衣衫。

陈六一闭上眼，眉头紧锁，长舒一口气，立即再次挥刀，直接劈向苏樱的头。

苏樱站在原地，陈六一这番决心她都看在眼里。九鬼的船已经驶远，张通是保住了。见陈六一再次挥刀，她挺起胸膛，目不转睛地盯着劈向自己的刀刃。

此时其他暗卫见苏樱已然浑身是伤，衣衫褴褛地站在陈六一面前，依然冰冷又无畏。彼时身为暗卫的苏樱同样冷若冰霜、处事果决……却不如今日的苏樱，令人陡生敬意。

但这些年来，暗卫自己人杀自己人，他们还未曾见过。

陈六一的刀如一道闪电般划破黑夜，在场的人都屏住了呼吸。

随之而来的并非血光四溅，而是一声金属撞击的巨响，如冰封迸裂一般石破天惊！

苏樱瞪大眼睛，只见陈六一的刀光逼近自己，忽然出现了另一道白光，两件兵器撞击的刹那，陈六一的刀被弹开了。她定睛观看，一名黄衣女子手持长剑横挡在她面前。一阵淡香飘过，苏樱闻香识出此人正是秋水。看见秋水的背影，苏樱心头一热，眼泪就要夺眶而出……

没等旁人反应过来，空中几声"嗖嗖——"的细鸣，几支短而细的弩箭划破咸湿的空气，从黑暗中射向暗卫。有人躲闪不及，已经中箭，一时间暗卫乱作一片。

陈六一见此情形，大为震怒，他瞪着细小的眼睛，挥起刀砍向秋水。还没等秋水应招，东西两侧各跑出两批人马，都身穿深灰色布衣，挥舞着手中的兵器向陈六一袭来，另一组人马在后面包抄，暗卫全部被包围。

一时间杀声四起短兵相接，双方混战。暗卫人数少，不久就显出颓势，陈六一眯着眼睛观望四周，又看了看苏樱和秋水，用力喊了一声："撤！"声音中带着的怒气贯彻海滩。

随着陈六一一声令下，苏樱好像被掏空了的皮囊，一下子瘫倒在沙滩上，身上的伤口依旧不住地淌血。

苏樱又一次死里逃生，而她即将昏厥之际，周身密布的伤口却不及胸口钝重的心痛清晰。

四

秋水和余玲珑将苏樱带回到骆家寨，天已经蒙蒙亮。余玲珑将其他人分散安置好，来帮秋水为苏樱处理伤口。下人备好热水、毛巾、纱布，二人将苏樱身上的衣衫褪去才看到她伤得多重。大大小小的伤口密布在她身上的每一处皮肤，箭孔、刀伤也有数处……苏樱因失血过多已经几近昏厥。过深的伤口已经翻开，秋水只得命人取来银针和鱼肠线把翻开的皮肉缝合，才能上药。

秋水叫余玲珑在自己跟前点燃十几支蜡烛，让屋子里尽量明亮一些。她皱着眉头，两条柳眉此时拧在了一起。秋水用热水净了手，取过一根银针，穿上鱼肠线，刺进苏樱的皮肉中。

苏樱身体轻轻抽搐了一下。

秋水赶紧停住手，紧张地询问苏樱："是不是很痛？"

苏樱摇摇头，惨白的脸上带着浅笑，说："不痛，皮开肉绽时都不觉得痛，缝时更不痛了！"说话时鬓角却滴下了豆大的汗珠子。

余玲珑取了两块毛巾，一块递到苏樱面前说："来，你咬着！"另外一块拿来为苏樱抹了抹额头上的汗。

苏樱咬住毛巾，点头示意秋水继续。

秋水喘了口粗气，抿着嘴低下头继续缝合。

两个时辰过后，苏樱身上的伤口变成了一道道"蜈蚣"，横七竖八地趴在她白皙的皮肤上。秋水累得满头大汗，缝完最后一道伤口后，她深深舒了口气，把手里的针线放在一边，拿起毛巾擦了擦额头。余玲珑把苏樱嘴里咬着的毛巾取了出来，和秋水一同把药膏抹在苏樱身上的伤口处。

方才紧张的余玲珑，脸蛋还是通红的，秋水抬起手抚了抚她的脸颊。余玲珑眉眼舒展，灿烂地一笑，说："太好了，师父，你快去休息一下。"

"嗯，你也回屋休息吧。"说着，秋水拉起床上的毯子给苏樱盖上，此刻苏樱已经睡着，秋水伸手摸了摸苏樱细秀的肩膀。

余玲珑熄了蜡烛，时辰已近晌午，她伸了个懒腰，笑着看秋水整理药箱，小声问道："苏姑娘，伤得重吗？"

秋水把手指放在唇边，做了个嘘声的手势。余玲珑会意，两个人出了房门到院子里，秋水抬头看了看天，感到身体放松了许多，自己也已经疲惫不堪。她低下头，说："伤得很重，恐怕又要休养一阵。内伤暂且还不能断定有多少，我只给她暂时服了一颗犀牛定心丹，等她醒来之后，再诊治吧。不过，我的医术恐怕不行，晚上找骆少寨主看看吧。"

余玲珑听得懵懵懂懂，只知苏樱伤得不轻，她脸上露出少有的忧虑，点了点头。

秋水微笑着按了按她的手背，说："别担心，会好的。你快回去休息吧。"

余玲珑噘着嘴，点了点头，喃喃自语："若少卿知道苏姑娘伤得这么重，一定会伤心死。"

秋水一听，不禁抿嘴一笑，这小姑娘是有心事了。

余玲珑却不以为意，拉着秋水往卧房走去。

第十八章
鞑靼贵族

一

"快看，两只鸽子！"余玲珑站在院子里指着天空上盘旋的两只鸽子喊道。

"你猜哪只先落下来？"秋水坐在院子里的石凳上，微笑着问她。石桌上放着一只茶壶、三只茶杯，还有一盘水果。

听秋水这么问，余玲珑从袖中的口袋里取出鸽哨，放在嘴边一吹，声音悠扬婉转，飘荡在空中。一只脊背上带黑色斑点、个头稍小的鸽子落在了石桌的边上抖着翅膀，转着小脑袋，脖子里发出"咕噜咕噜"的声音。余玲珑兴奋地攥起拳头举过头顶，笑着说："当然是我的啦！"说完跳到桌子跟前，一把抱住了小鸽子，解下拴在鸽子脚上的小竹筒，把纸条取出来放在桌上。

秋水笑着摇了摇头。

不一会儿，另外一只稍大一点的白鸽也停在了院旁的廊子边上。余玲珑高兴地跳着跑了过去，把白鸽抱起来，递给了秋水，秋水将白鸽脚下的信也取了出来放在了桌上。

见两封信都放在桌上，余玲珑为难地抓了抓头发，捋着发尾，眨眨眼睛琢磨着问："可是……先看哪个呢？"

这一问，把在座的苏樱和秋水都逗笑了。苏樱说："哎哟哟，这下可把我们余大小姐给难倒了。"说着拉她坐在凳子上。

秋水说："先看你的。"把纸条递到余玲珑面前。

余玲珑当即眼睛一亮，长睫毛和眉毛舞动着，笑容满面，灿烂得如向阳花一般。她伸手拿起纸条，打开：

已到济州境内 不日即将入京 我 老虎 狗 各带一队 分三路回京 虎在最后 走西路 虎命所有人不得将鹰未死之事走漏 私以为是虎不想为鹿所知 鹰可安好 万事小心 保重

余玲珑念完信，把纸条放在桌上，叹了口气，有些失望。

苏樱听着，知道这是谭少卿怕信被中途劫走，故意写的暗语。老虎指的是陈六一，狗指的是胡光子，鹿则是陆拾，而鹰则是自己。她正在琢磨着：陈六一为何要他们分三路回京，自己走西路，是否有什么部署……就听见旁边余玲珑叹气，她转过脸一看，余玲珑垂着眉眼，嘟着小嘴，便问道："怎么了？忽然不高兴了？"

余玲珑依旧嘟着嘴，没说话。

旁边的秋水，掩着嘴笑道："她是气少卿在信中没有提到她。"说着，秋水挑了挑眉毛跟苏樱使了个眼色。

苏樱这才恍然大悟，说："我这就去信好好说说他。"便去伸手取过桌上的纸笔，用行楷写下一行小字：

羽翼丰可穿云霄　勿挂心　铃儿悬于潭水之上　每日响不停　下次切记解铃之困

写完，她把信推到余玲珑面前，问："这样写，可以吗？"

余玲珑抬眼一看，"哎呀！"喊了一声，一把抓起纸条，折了折，脸涨得通红，说："你这写的什么啊！不行！重写！"

苏樱故意学她的样子嘟起嘴巴，垂着眉毛问："不对吗？那怎么写啊？"

"哎呀，我想想再说吧，也不急着回他！"余玲珑赶紧把纸条团了团，藏在自己的袖袋中。她想了想，翻着大眼睛又说："其实，我也不是气他没有问我。"

"哦？"秋水搭了一句。

"你们看，苏姑娘被困之事，是谭少卿飞鸽传书给我，说那个什么叫乔七还是乔八的把他的消息截获，私自给陈六一通风报信，陈六一才亲自带队来福建的。若不是他传信给我，我又去搬救兵，怎么能救下苏姑娘呢？他这会子倒是把我给忘了，只有危难之际才会想起我！哼！"余玲珑倔强地噘起小嘴。

"是呀！这个白眼儿狼！"苏樱在一旁帮腔。

秋水一听笑了，说："多亏教你学会了用这个哨子，那日我在东部的渔港查访《按察录》的下落，眼看就要见到那边的探子联络多日的番子了，这姑娘却匆匆赶来，火急火燎地叫我去朗峰村的码头救你。我当时跟她说，等我一炷香的时间，她急得直跺脚，说再等一炷香苏姑娘就没命了！我一听陈六一亲自带人来了，怕是你独自一人难以抵挡，才丢下那边的事带上人赶了过来。好险……"秋水想起那晚的场景，仍然会不寒而栗。

"真是难为你了……马上就要查到关键人物了，是吗？"苏樱心里也有些遗憾。

"别这么说，事情可以再办，但前提是人得活着！"秋水看出苏樱的歉疚，安慰道，"多亏了谭少卿在陈六一那边拖延了一些时间，否则我赶过去怕是也来不及了。想想就后怕！"

苏樱低下头，想想那天夜里发生的事，真是九死一生。她摇了摇头，说："当时，真的以为逃不掉了……"她看了看秋水和余玲珑："多谢你们……"

　　"千万别这么说，只有现在你好好的，我们才能并肩作战！"秋水按了按苏樱的手。

　　"就是！咱们是盟友！起过誓的！"余玲珑眨了眨大眼睛，坚定地看着苏樱。

　　"好吧，不说这些了，躺了十来天，我头都躺木了，害你们担心！"苏樱皱着鼻子说。

　　秋水笑着对她挤了挤眼睛，展开手上的信纸说："现在，看看我这封信吧！"

　　纸条上，几行龙飞凤舞的草书，余玲珑看了一眼，说："这个字体我可看不懂了，师父还是你来吧。"

　　秋水看了信，微微皱了皱眉，对她们二人说："王爷的信上说我们派人送去玉牌后，他已经差人将大丰银号藏宝箱内的物品尽数取回，里面的记档册上记录的内容令他大为吃惊，上面清楚地记录着陈六一以开通黑市为条件，向倭寇索要东珠和火器！"

　　"倭寇每年给陈六一进贡东珠一事我是知道的，那些东珠一半归于国库，一半则落入了他的私囊。可这火器……"苏樱边说边想。

　　"没错。"秋水听她这么一说，接过话头，继续说，"王爷信中还提到，最可疑的就是这些火器。近几年北方鞑靼部落时常侵犯大明北疆，而鞑靼的军力日渐增强，尤其是火器方面，去年就有人说过，鞑靼部落所用的火器竟与东洋倭寇的火器十分相似！"

　　苏樱一怔，看向秋水，喃喃地说："我身为他的义女，竟都不知他有私运火器这桩事……"

　　秋水深深点头，说："王爷说，记档上记录的多次往来所运输的火器，均下落不明……"

　　"陈六一勾结鞑靼！"一旁的余玲珑激动地大叫，险些从石凳上蹦起来。

　　苏樱和秋水同时看向余玲珑，余玲珑见她二人表情木讷，自己也呆住了。空气好像凝结了一般……过了一会儿，苏樱说："没准儿，还真让玲珑姑娘说中了！"

"我想，王爷也猜到了这一层……他在信中嘱咐我，要与你一同查清此事。"秋水取过纸笔，给南靖王回信，告诉他，自己要在这一方向着手，将整件事调查清楚。

苏樱见秋水回信，想了想，说："王爷那边，你也请他让素萝姑娘多提防，现在形势如此复杂，恐怕皇上和太后都身处危墙之下……"说完，她又忽然想到了什么，说："我觉得咱们是时候去金陵了……"

秋水听她这么说，有些疑虑，想了想，道："可你的伤……还不方便长途跋涉。"

苏樱苦笑，跟秋水分析形势："我们身在福建，如若京城或北方有何异动，我们想赶过去都来不及。"

秋水思索着点了点头。

"而且按少卿所说，陈六一走的西路，不知他是否要去西北走一趟。陈六一一向运筹帷幄，不知道这次又在计划什么。所以，咱们留在南方，消息传递得慢，行动就会太过缓慢。"

"可，你的伤，如若在途中颠簸，恐怕会加重。这里有骆少寨主在，还可以随时帮你医治……"

"咱们带足了药，路上不骑马，改乘马车，你看如何？"

秋水见苏樱眼神既坚定又诚恳，想她说的确实有道理，也只能如此了："好吧。我晚上再询问一下骆少寨主，若他没意见，咱们就尽快出发。到了金陵，你也可以继续养伤。"

苏樱使劲儿点了点头。

"你可知，这次你伤得有多重，陈六一的内功真是了得，虽然没有掌击到你的身体，却用内力将你的筋脉震乱了，肝胆心肺均受了内伤！"秋水的眉头紧蹙，原本白如冰雪的脸颊微微发红，紧张得很。

"可不，骆少寨主把手搭在你腕子上时，我就看见他脸上的肉一直跳，他说你的脉乱成一团麻了！"余玲珑也在旁边激动地说。

苏樱喘了口气，喃喃地说："唉……死里逃生啊……"

"好了，我把信写完，就去找骆少寨主。"秋水把信写好后卷起，放入竹筒再次系在白鸽脚上，然后把白鸽放飞到天空。

鸽子盘旋了几圈，飞入云中。

二

再次回到金陵府，秋水感觉恍如隔世，她坐在车内，掀起暗红色的丝绒窗帘向外面看，已是初冬时节，金陵城里风景依旧，烟雨蒙蒙，亭台楼阁交相呼应。路上熙来攘往，人们穿着鲜艳的布衣，把领口和袖口裹得紧紧的。秋水深吸一口气，湿润的空气令人神清气爽。"还是这里最美。"秋水心里暗暗想着。

马车一转，驶入巷中，在南靖王府后门停下。几个仆人在门口等待多时，见马车到了，赶紧一溜小跑地奔到车前。余玲珑第一个挑开车帘，不顾仆人的搀扶，自己跳了下去。仆人们把马车的帘子高高挑起，将秋水和苏樱搀扶下来。

仆人们早已准备好了斗篷，见姑娘们下了车赶紧上前给她们披上。

"哇，好暖和。"余玲珑摸着斗篷的风毛，高兴极了。

"咱们快进去吧。"秋水有些迫不及待地转身问仆人，"王爷在吗？"

"王爷算到姑娘今日归来，已在北苑烹了茶等候多时了。"富态的老仆人一脸和善，笑着边说边迎姑娘们进了院子。

秋水一听，更加按捺不住了，大步走了进去。

穿过弯弯曲曲的长廊，经过清新雅致的山水园林，秋水带着苏樱和余玲珑到了北苑。还未踏进北苑的月亮门，就已经听见悠然、低沉的琴声，清如溅玉、颤若龙吟，一曲《归思韵》弹得深沉优雅婉转动人。秋水听见琴声，站在北苑门口一时间沉醉其中，含羞领会曲中心情。

一缕清香飘过，是南靖王用龙涎香调制的香料，秋水回了神，整理了一下衣服，摸了摸鬓角的头发，不忍心让苏樱和余玲珑陪她在门外久候，三人一起走进了北苑。

冬日里，通往北苑的竹园绿得沉静萧瑟，竹叶在烟雨中轻轻摇曳，她们走过汉白玉的石拱桥，到了北苑正厅门前。房门开着，垂着密实的竹帘，秋水抬起手叩了叩门边。屋内琴声戛然而止，传来了南靖王温柔的声音："请进。"

三个姑娘打开竹帘相继走了进去，一进门一股热气扑面而来，厅内正中围着四个暖炉，里面红彤彤的炭火烧得正旺。南靖王背对着门，正在靠墙的一张长条矮桌前抚琴，听见几位姑娘脚踩在地板上发出"咯吱咯吱"的声音，南靖王缓缓站了起来，转过身对着她们微微一笑，一如往常温润如玉。

秋水、苏樱和余玲珑鞠躬行礼，南靖王抬起手，做了个"请"的手势，说："不必多礼，请坐。"

姑娘们纷纷去了斗篷，围着茶几坐下。

"冬日寒冷，喝杯茶暖暖吧。"南靖王一边倒茶一边说道。

苏樱端起茶杯放在鼻下闻了闻。"好香的茶。"不禁赞叹。

秋水也端起茶杯，闻了闻，说："王爷又得新茶了？"

"今秋潮州府差人送来的单丛奇种，只是你走了太久，还没来得及吃上一盏。"南靖王看着秋水望向自己的两汪清水似的丹凤眼。

"王爷的琴声，是心之所至，一定也在盼着秋水归家呢。"苏樱说道。

秋水一笑，露出少有的撒娇的表情说："王爷，你可要把我没吃的东西都给我补回来。"

"好，好。"南靖王淡然一笑。

三个姑娘你一言我一语地将这段时间在京城和福建发生的事，桩桩件件都向南靖王仔细讲述了一遍。

南靖王听闻为之一惊，虽然在书信中也有所了解，今日了解详细才知这几个姑娘竟遇到了如此凶险的事情，不禁胆战心惊，让这几个姑娘身处险境，心里实在不忍。可秋水和苏樱又像是离了弦的箭，看情形是绝无回头之意，为今之计，只能是多加派一些人手来助她们早日查明真相了。

南靖王对苏樱和余玲珑说："两位姑娘大可放心地在府里住下，本王已经命人为你们收拾好了两间房。午后，王府的女医会为苏樱诊治调理。余姑娘住在这里，余将军也会放心许多，我会差人给余将军送信，余姑娘看是否有家书需要带去？"

"谢王爷！"

"谢王爷！"

苏樱和余玲珑赶紧起身行礼。

南靖王一笑，请她们坐下。

"王爷，我想继续沿着线索追查陈六一与鞑靼和倭寇的关系。"秋水请求道。

苏樱一听，也赶紧说："王爷，我也想与秋水姑娘一起查访。"

"可苏姑娘伤势未愈……"南靖王有些迟疑。

苏樱赶紧解释道："王爷，我的伤已无大碍。况且，这些年陈六一利用暗卫所做之事一定尚有很多是不为人知的，我想将这些关系理清、查明。"

南靖王见二人如此坚持，便点了点头，说："本王知道，如今你们都已是离弦之箭，本王只能派五十名府兵供你们差遣了。"

"谢王爷！"得到了南靖王的支持，三个姑娘高兴得不得了。

三

第二天，用完早饭后，两名侍卫抬着一只箱子来找苏樱，还交给她一把钥匙，说是王爷派他们送来的。苏樱有些摸不着头脑，她仔细看了看，箱子是木制包铜边的，看样子很结实，而且个头不小。苏樱掀开盖在箱子上的红色绒布，发现正中间的花纹上写着"大丰"二字，她又看了看箱子上的铜锁上写着"伍壹贰"。

这是张通放在金陵大丰银号的藏宝箱。

苏樱用钥匙打开木箱的锁头,木箱的盖很重,箱子里放着密密麻麻的册子,册子封面上都写着"记档"二字,上面清楚地写着时间。苏樱坐下来,把这些记档翻开,一本接一本地逐一认真阅读,每看完一本就放在屋里的书案上。

几天过去,书案上的记档堆成了小山,箱子里的册子还有不少。正在苏樱埋头阅读时,余玲珑来了,一进屋看她还在读那些册子,便说:"苏姑娘,你还在读这些啊?"

"是啊——"苏樱垂着眉眼,无奈地说。

"唉……你说,这些人到底做了多少坏事?捞了多少黑心钱啊?"余玲珑指着桌子上堆放的记档本子说,"这记录都堆成山了,箱子里还有。"说着就伸手到箱子里翻看,手指头触碰到了箱底的木板,她抬起头来,说:"快完了。"

可就在此时,苏樱一怔,她眨了眨深潭般的眼睛,说:"玲珑,你再敲一敲箱底。"

余玲珑不知是什么事,便又伸手进去,用手指敲了敲。

苏樱侧着耳朵仔细听了听,起身走上前来,也把手伸了进去,来回敲击木箱的各面的木板,仔细分辨它们发出的声响。"梆梆梆""当当当"……苏樱忽然眼睛一亮,抬头看着余玲珑说:"好像有机关!"

"机关?什么机关?"余玲珑懵懵懂懂。

"你听,这里,声音不一样,很空洞。"苏樱说着伸出手敲击箱底的木头,发出"笃笃笃"的声音。

"好像是啊!"余玲珑赶紧将胳膊探进去,把剩余的册子往外拿,"咱们把箱子清空了再研究。"

苏樱接过余玲珑手上拿出的册子,放在桌子的另一端摆好。两个人把脑袋凑到箱子口,苏樱仔细观察,发现箱底的边上有一条细细的铜丝,她伸手抓住铜丝往上一提,箱子底面的木板掀了起来。余玲珑赶紧把木板接住,搬到外面放在地上。只见箱底还有一个空间,四四方方的,里面摆着一张羊皮卷,苏樱伸手取了出来仔细查看,不禁惊呼:"玲珑,你今天立了一大功!"

"什么？什么功？"余玲珑完全不知道苏樱在说什么。

还没等余玲珑反应过来，苏樱一把抓住她的手腕，说："快走，咱们去找王爷和秋水姑娘。"说着就拉余玲珑往外走。

余玲珑跟着她，踏着小碎步，慌忙说："我师父好像出去了。"

苏樱也顾不得许多，没回头，依然往前走，说："那咱们先去找王爷！"

路上碰到家丁，余玲珑忙上前问道："你知道王爷在哪儿吗？"

家丁毕恭毕敬地说："回小姐，王爷在正院偏厅。"

两个姑娘一听，赶紧往前院走去。家丁站在原地看着一阵风似的两个姑娘……

到了前院门口，苏樱和余玲珑站定，请院门口的仆人通传一声。过了半炷香的时间，仆人走了出来，一拱手道："王爷请两位小姐到偏厅会面。"

刚走到廊子下，就见秋水从正门口进来，脚步匆忙，好像有什么重要的事，急匆匆穿过湖上的长桥，好像也是朝偏厅方向走。

苏樱轻声喊道："秋水姑娘。"

秋水听见有人唤自己名字，回头一看是苏樱和余玲珑，笑了，说："你们……也来找王爷？"

"是啊，苏姑娘急得很……"余玲珑看着苏樱做了个鬼脸儿。

"有重要发现，我本来想找你和王爷，听玲珑说你出门了，这才求见了王爷。"苏樱眼睛闪着光说。

"我也有大发现。走，咱们进屋说。"秋水也一脸的惊喜。

说完，三个姑娘快步走向偏厅。

午后，南靖王正在书案前读书，仆人进来说秋水、苏樱、余玲珑三位姑娘已经到了偏厅门口。南靖王把手上的书放在桌上，跟仆人说："请她们进来吧。"然后站起身来，走到正对着门口的椅子前。

三位姑娘一同进了屋子，见南靖王已经站在厅内等她们，赶紧躬身行礼。

南靖王抬起手来，轻声说："三位姑娘请坐。"

秋水对苏樱和余玲珑用眼神示意了一下，她们便坐了下来。

仆人给他们斟了茶，南靖王平和地说："三位姑娘的眉眼之间仿佛透着喜悦，是否……有新发现？"

南靖王果然敏锐，一眼就看出了她们的来意。

秋水和苏樱都想开口，却都体贴地等对方先讲。

南靖王看出她们的心思，微微一笑，温柔地对苏樱说："苏姑娘，让秋水先说吧，她一向稳重，今日眉眼间带着兴奋，一定是发现了重要的事。"

苏樱赶紧点头，说："是，是。秋水姑娘请。"

秋水脸上飞来一抹红晕，有些不好意思，她看了看在座的几个人，说："上次我们在张通与陈六一往来的记录里发现有不明下落的火器，根据王爷所给的线索，我们将调查的范围扩大到北疆、鞑靼部落等地。又暗访了朝廷里的一些老人儿，顺藤摸瓜一路查下去。发现了一个惊人的秘密！"她看了看在场的人，兴奋地继续说："陈六一是鞑靼贵族，本名乞颜赤那！"

南靖王、苏樱和余玲珑都一时语塞，深为震惊。

"此事，可确凿？"南靖王向前欠了欠身，问道。

"千真万确。"秋水坚定地说，"这件事要追溯到十几年前，当时陈六一已经掌舵暗卫，虽然暗卫从不公之于众，可朝廷上下的官员无一不知，官职较高的人也都见过陈六一。当时鞑靼王的胞弟以进贡之名访问大明，接待他的是礼部尚书王元，他说，那个鞑靼王爷来京城还有一个目的，就是寻找失散多年的弟弟，还拿了一张羊皮画像。据礼部尚书王大人所说，他当时一看，竟发现画中之人与陈六一一模一样，丝毫不差。他当时也不敢应承，只是差人去打听了一下，结果都碰壁了。无奈只能当不知此事，送鞑靼王爷回去了。可事后没多久，他就因为先帝柳妃晋封典礼一事被革了职，被贬到山西了。这么多年，他一直对此事愤愤不平，他觉得自己被贬一事和陈六一仿佛有着什么关系，可无奈自己没证据，此事也只能作罢。"

南靖王听着秋水的讲述，说："只凭一张画像和王元的供述，似乎也不完全可信。"

"没错。"秋水看着南靖王，继续认真地说，"所以我们根据这个线索，继续往下查，找人在鞑靼的察哈尔、土默特等部落进行走访，最后都得到了一个共同的答案，现任鞑靼王的叔父曾有一子叫乞颜赤那，在三十多年前因家族变故逃到了中原。我让画帅画了几张陈六一的画像，拿给部落的人看，他们都说有几分相似。因为族中出现了叛逃的贵族，并不是什么光彩的事，鞑靼王暗里寻过几次，也没结果，此后便不了了之。"

大家听了秋水的讲述，都陷入了沉思。

余玲珑见大家都没说话，她看了看大伙儿，眨着眼睛说："这有什么难的？"

大家听她这么一说，都看向余玲珑。

余玲珑歪着头，干脆地说："你们看陈六一的长相，活脱儿就是鞑靼人啊，想想他的样貌跟咱们中原人完全不一样啊！"

南靖王、秋水和苏樱也恍然大悟。秋水说："确实是啊！"

南靖王一笑，道："长相确实是鞑靼人的样子，可如果他的身份是鞑靼贵族……"

"没错。"苏樱看着大家说，"我觉得，鞑靼王那边不一定真的没寻到陈六一。或许已经寻到了，只是没有对外说起，而是留他在大明做信息和货物的往来，才是关键。"

秋水点了点头，说："上次王爷说，近些年鞑靼用的火器和倭寇的火器十分相似，我们当时就判断陈六一与鞑靼有勾结，如果他是鞑靼贵族，而且还是鞑靼王的弟弟，那这件事就再明白不过了。"

"而且……"苏樱喃喃自语。

"现在的鞑靼王为人比较温和，近年来与大明的关系也比较缓和，他曾承诺只要大明允许茶马互市，是不会发动战争的，他不愿生灵涂炭。但鞑靼王的继承人——乞颜氏贵族乞兀儿则是一个野心家，听闻这位未来的鞑靼王杀伐果断，在鞑靼部落间是出了名的凶暴。如若他登上鞑靼王的宝座，恐怕，北疆边境就不会如现下这般太平了。"秋水说着摇了摇头。

"我担心的是陈六一会利用暗卫帮鞑靼侵犯大明，暗卫如今是陈六一一手遮天！"苏樱皱起眉头，叹了口气。

南靖王点了点头，说："恐怕这个贼子谋划着有朝一日颠覆大明呢。不过我们掌握了如此重要的消息，对敌人有了更多的了解，就更容易击败他，只要我们细心筹划，谨慎行事，就已经抢占了先机。"说着他站起身来，走到书案前，提笔写了一封信，卷起来放入竹筒，又走回来，递给秋水，说："这封信，你飞鸽传书给素萝姑娘，这件事一定要密报给皇上和太后，防患于未然。"

秋水取过信，点了点头，说："好，我这就传信给长姐。"

南靖王看向苏樱，微微一笑，问："苏姑娘，你的消息呢？"

"哦，我和玲珑在张通的藏宝箱里发现了一个暗格。"苏樱兴奋地说，"里面藏着这个。"说着，将绘有《按察录》藏匿之处的舆图呈给南靖王。

南靖王仔细审度后，眉眼间露出兴奋的表情，说："好啊，这个张通，果然送了你一份大礼！"说完他把羊皮递给了身边的秋水。

秋水接过来一看，与王爷相视而笑。

一旁的余玲珑坐不住了，只有她不明白大家都在高兴些什么，着急地问："你们都笑什么呢？这到底是什么？"说完小嘴一嘟。

秋水见她着急了，赶紧把拿着羊皮的手放了下来，抬起头看着她说："这上面是找到《按察录》的线索！"说着她指了指羊皮卷……

余玲珑一听，眼睛瞪得老大，比大家都兴奋，差点从椅子上跳起来，挥了挥两只手，激动地说："真的啊？真的啊？"她把头左右摆着问大家。

苏樱点了点头。

余玲珑高兴地说："怪不得你说我立了一功！"

苏樱看着南靖王和秋水说："没错，我整日埋头看那些记档，若不是玲珑，我恐怕还没发现那箱子的玄机呢。"

余玲珑高兴得合不拢嘴。这位养尊处优的大小姐真的不简单！

"我刚才粗略地看了一下舆图，王爷，我想立即动身去寻找《按察录》。"苏樱向前探了探身，着急地看着南靖王。

南靖王未置可否，思索了一下，缓缓地说："苏姑娘，你的心情我理解，可是你如今有伤在身，且这《按察录》的线索尚不明确，恐怕……"南靖王看着苏樱恳切的目光，不好再说下去。

苏樱有些心急，她吸了口气，缓和了情绪，轻轻点点头。

"还是我去吧。"秋水看了看苏樱，又看了看南靖王，认真分析道，"如今已查出陈六一与鞑靼关系非同寻常，我肯定是要去鞑靼仔细查访一趟的，而《按察录》的存放地点恰好也在北方。苏姑娘，若你信得过我，我把这两件事一并做了，你看如何？"

"我怎能信不过你！"

"你暂且留在王爷这里把伤养好，有王爷在，暗卫不会对你怎样。我会多带一些人安排在北方，一有消息，就立即传回金陵。你放心，我明白你心中所想。"秋水温柔地看着苏樱，仿佛告诉她，你的血海深仇，我铭记于心，一定不负所托。

苏樱看着秋水，一阵暖流涌上心头，面前的秋水是心思细密、做事沉稳，又有满腔热血的女子，苏樱安心地说："好。"她抿着唇用力点了点头，握紧秋水的手。

南靖王微微一笑，说："这张舆图我们还需要仔细研究一下，看清它具体位置到底是在何处，秋水计划周全再动身赶往北方。对了，差人去都督府把李密请来，他最熟悉北方地形，定可以准确地判断舆图上所示的位置。"

秋水一听，高兴地说："好，李密将军早先带兵驻守于北方边陲多年，他若来了一定能看懂这舆图。"

南靖王笑着点了点头。

四

冬日里的京城整肃又寒冷，红墙碧瓦上面都结了一层薄霜。一场初雪过后，树梢挂着冰晶，京城变得晶莹剔透，街道也仿佛银铸。阵阵北风吹过，繁华的京城即便是寒冷的冬日，街上也仍旧喧嚣热闹，车水马龙。

屋子里则是另一番景象，火盆里炭火烧得正旺，陈六一在卫所的偏厅摆弄着一盆盆兰花，他左手提着一只小水壶，右手拿着一把剪刀，正在修剪多余的枝叶。

忽然门口传来几声敲门声，陈六一不疾不徐地把手上的东西放在旁边的架子上，踱步走向正厅，说了句："进来吧。"声音还是一如既往地洪亮。

棉帘挑开，陆拾从外面进来，他一进门就赶紧把斗篷解下来挂在门口的衣架上，低下头拱手行礼："师父。"

"快坐。"陈六一指了指旁边的椅子，自己也坐在正面的椅子上。

"我刚一进门，孙伯就叫我先来找您，不知是否有急事？"陆拾问道。

陈六一点点头，说："樱儿的死，有消息了。"说着，他脸上的肌肉跳了两下。

陆拾一听，瞪大眼睛看着陈六一，心怦怦直跳，从椅子上一跃而起，说："什么？凶手找到了？"陆拾整个人的气血都在向头上涌。他在福建遍寻了数十天都没有消息，本以为回了京城就再没机会为苏樱报仇了，没想到今天陈六一却给了他这样一个消息，他难以压制内心的激动和愤怒。苏樱在的时候陆拾没能好好照顾她、保护她，如今她客死异乡却连尸身都没有找到，只能回京城之后自己私下里给她设了一个灵位。现在唯一想做的就是找到杀苏樱的凶手，替苏樱报仇，或许还能问出苏樱的尸体埋在何处，有朝一日能把她带回京城。

"你看看这个，我也是刚刚收到的。"陈六一面色凝重地把一封信递给陆拾。

陆拾赶紧接过信想要打开，手却不住地颤抖。打开信，陆拾瞪着眼睛仔细地看着信上的每一个字，他双眼冒出杀气，气息变得粗重，几乎把信纸攥碎了……

一

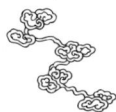

"师父，你就帮帮我吧！"秋水坐在骆商铭的坐榻前，一边剥着栗子，一边央求。

骆商铭歪在坐榻上，背靠着厚厚的棉枕，衣服宽松肥大，头顶束着小发髻，后脑的花白头发披在肩上，左手将着垂在胸前的花白长须，右手取过栗子扔进嘴里。

骆商铭的犀牛谷居所内陈设极简，屋子宽敞明亮，没有花草盆栽，正中央几个巨大的铜制暖炉，旁边一张坐榻，榻上和榻下都放着一张软垫，侧面的偏厅摆着整面墙的书架，上面密密麻麻摆满了书籍，一张一丈长的书桌上面也堆满了书，笔墨纸砚凌乱地摆在桌上，仆人从来不敢来打扫——骆商铭最不喜旁人碰他的书桌。另外一个偏厅挂着一排细细的竹帘与正厅隔开，那是骆商铭制药的地方，整间屋子里弥漫着的药香味都是从那儿传过来的。

秋水见骆商铭只顾吃栗子不理自己，便把手里盛栗子的竹笸箩往旁边一放，嗔怪道："师父——你到底有没有在听我说话啊？"说着，嘟起樱桃般的小嘴。

见徒儿闹脾气了，骆商铭稍微坐直了一些，老神仙一样捋着胡子，皱着眉，说："丫头——你别胡闹了！"

"我哪里是胡闹啊！"听师父这么说，秋水更加生气了。

"丫头，你听话，为师这是为你好。"骆商铭怜爱地拍了拍秋水的后背。

秋水再次把肩膀一抖，看着骆商铭，放缓语气说："师父，我知道你是为我好，可是我眼下是没了法子，才来求师父，您老人家不帮我，我如何是好啊？"

"哎哟哟，瞧你说的，你以为师父是什么啊？是神仙啊？你想怎样就怎样，师父哪儿有那么大的本事？"骆商铭捋着胡子，把嘴一噘，活像个老顽童。

"在秋水眼里，您就是神仙！"秋水眨着含水的双眼。

"呀——去去去——"骆商铭把头左右一甩，挥了挥手，说，"臭丫头。"

"哎呀，师父——"秋水抓住骆商铭的胳膊又央求起来。

"不行！"骆商铭把手往回一缩，皱着眉头噘着嘴说："这个事儿我帮不了你，我不会送我的徒儿到虎口的，你以为那鞑靼王宫是什么地方？鞑靼人可生猛得很，你一个姑娘家只身前往……这不行，不可能！"骆商铭把头摇得像拨浪鼓似的，胡子都甩了起来。

秋水把脸皱成一团，哭丧着脸说："师父，我是实在没办法了，不能以我们王爷的使臣身份前去鞑靼，搞不好，又被那些居心叵测的人诬陷成我们王爷意图谋反呢！我现在只有以江湖人的身份去鞑靼才最合适！"

"这些事我管不着！"骆商铭听秋水这么一说，似乎真有些生气，他把脸一板，说："我早已退隐江湖许多年，朝堂上的事儿我更是管不着，我也管不了！我现在是一个江湖游医，天天跟药罐子为伴，我就算是神仙，也不是管这事儿的神仙！"

秋水没想到师父会如此生气地说出这番话，看他脸上的胡子都跟着抖了起来，自己涨红了脸，师父从来没有这样生硬地拒绝过自己，她一生气站起身来，愤愤地问："你到底管不管？"

"不管！"骆商铭把宽大的袖子一甩，躺下朝榻里面翻了个身，不看秋水。

秋水一跺脚，迈开大步出了门。

犀牛谷在两座大山的中间，冬天也不甚寒冷，风景如画，两座山的山顶上被积雪覆盖，谷里的河流已然结冰，几树梅花凌寒而开点缀在山间，这景象如临仙境。

秋水站在骆商铭居所门前生闷气，一阵北风刮过，她打了个寒战，忽然想起了南靖王第一次送她和姐姐素萝来犀牛谷的情形，当时师父也是执拗地不愿再收徒弟，也是称自己已经退隐江湖，不问朝堂之事，和今日的情形有几分相似。但后来南靖王拿出了一块翡翠令牌，正面刻着"左长史"三个字，背面刻着"南靖王府"四个字，说是素萝、秋水两姐妹父亲的遗物，骆商铭才勉强松口收下了她们两个为徒。当年师父也是甩着胡子不收徒弟，可后来还是视她们姐妹俩如珍宝一般疼爱，秋水叹了口气，抚摸着青砖砌成的矮墙。念着这些前尘往事，也不忍心生师父的气，秋水转身准备回屋，哄他老人家开心。刚走了两步，她忽然抬起手拍了自己脑袋一下，心想："怎么把'左长史'这么重要的令牌给忘了呢！"她眼前一亮，赶紧跑进西边自己住的房间里，打开包袱翻来翻去，终于找到了那块翡翠令牌，高兴地又跑回了师父的屋里。

挑开帘子一进门，秋水正看见骆商铭正捧着笸箩自己剥栗子吃。见秋水进来了，他又把手上的笸箩扔在地上，转身面朝里，背对着秋水。

秋水抿着嘴想笑，她走上前，坐在骆商铭的坐榻前，继续剥栗子，说："师父，秋水错了，您别生气了。"

"哼——"骆商铭肩膀抖了抖，没转头。

"给您，栗子。"秋水把栗子递到他面前。

骆商铭取过栗子，扔在嘴里，还是没转头。

"哎呀，师父，您大人不计小人过，就原谅秋水吧。"秋水晃了晃骆商铭的胳膊，向师父撒娇。

骆商铭见秋水如此，便缓缓转过身来，垂着眼说："知道错就好。"

秋水立即从袖口里掏出"左长史"的翡翠令牌，放在骆商铭面前，扬起下巴咯咯咯笑了。

"你！"骆商铭脸涨得通红，气得说不出话来。一甩袖子，又转了回去。

"师父，这是我父亲的遗物，秋水就斗胆，再用此令牌求师父一次。这次鞑靼王宫，我是非去不可。"

秋水听见骆商铭在喘着粗气，肩膀也在颤抖，想来是真动气了。但是她也没有办法，只得继续说："师父，我知道你疼我，秋水已经长大了，身处江湖，就该有江湖中人的义气，置身于朝堂，就该有对社稷的担当。如今的形势，秋水今天若不先发制人，日后就会被人所制。您是希望见我什么都不做，退到无路可退吗？"秋水字字句句恳切真挚。

半晌，师徒二人都没有说话，屋子里只有木炭燃烧迸出火花的声音。

过了一会儿，骆商铭转回身来，对着秋水，面色凝重，心疼地说："丫头，世上的路有千万条，你为何非要选如此凶险的一条啊？"

秋水拉住师父的手，说："既然已经选了，就必定要走完啊。"

师父露出万般的怜爱和无奈："你既然拿出了这块令牌，就如同将师父的军，师父不得不帮你，可我不愿意见你去冒这个险。"

"师父，秋水从小没了父母，您就是这世上我唯一的亲人，我知道师父最疼秋水，可是秋水有使命在身，有些事情不查清楚，秋水无论如何都不能心安。"

"好吧。"骆商铭长出一口气，闭上眼睛想了一会儿，说，"既然如此，你也要答应我一件事。我这个法子，你一定要照做。"

"师父，你说！秋水一定照办。"秋水眼前一亮。

"你下山出谷之后，就直奔北方，我会放出一条江湖追杀令，就说你盗走了我珍藏的《犀谷医典》，我要将你逐出师门，并公告天下，酬重金请江湖人士追杀你，寻回医典。"

"师父……你要逐我出师门？"秋水瞪着眼睛看着骆商铭。

骆商铭面不改色，说："这件事你必须按我说的做，否则我就不能帮你。"

秋水嘴唇颤抖，说："师父……"

骆商铭拂着秋水的头发，不忍地说："丫头，你要知道，师父也有许多的无奈。我已不问朝堂之事多年，然而这些年来登门寻求帮助的官员数不胜数，如今朝廷上党派纷争乱如丝麻，犀牛谷上上下下几十口人，还有各地的分舵……我不能把他们也牵连进来。人人都知你秋水是我骆商铭的徒弟，若我公然送你至鞑靼王宫，恐怕会给犀牛谷惹来祸患，只能出此下策了。"

秋水明白师父的良苦用心，她深埋着头，抬起手来，抹了抹眼泪，抬起头，握住师父的手，说："可是，您不会真的不要我吧？！"说完，眼睛又红了。

"傻丫头，师父怎么舍得你呢！"骆商铭抬起手给秋水擦掉脸上的泪，说，"你和素萝都是师父的心尖尖儿。追杀令一出，你此去鞑靼，一路上定会凶险无比，不知道有多少人会追杀你，你要好好保护自己，万事多留心。到了鞑靼，寻求鞑靼王的庇护，我想，他们鞑靼部落多年来求学汉方医术而不得，一定会收留你这个身揣我们《犀谷医典》的江湖医女的。"说完骆商铭深深地叹了口气。

听完这一席话，秋水伏在骆商铭的坐榻前，头枕在师父的胳膊上，久久不愿离开。

二

金陵玄武湖畔的南靖王府里传出阵阵琴声，苏樱在屋子里捧着一只手炉在书桌前看书，听到这呜咽的琴声，她不禁站起身来走到窗边，斑驳的竹林随风摇曳，琴声随着风萦绕在院子里。

苏樱取过斗篷披在身上，出了房门，寻着琴声走到了北苑。见两名侍卫守在门口，她行一礼，请侍卫通传一下。

过了一会儿，前去通传的侍卫回来，请苏樱进北苑。苏樱走过石桥，发觉琴声已止，有阵阵清香飘过来，苏樱便走向了湖心的亭子。

　　南靖王坐在正中的椅子上，正在低头往青铜香炉里添香，桌上的古琴放在一边，见苏樱来了，便请她坐下。

　　苏樱躬身行礼，坐在了南靖王对面的椅子上。一阵北风吹过，她把斗篷裹紧一些，说："王爷在冬日里还穿得如此轻薄，当心染上风寒。"

　　南靖王一笑，瘦瘦的脸颊上刻出两条细纹，说："我自幼体弱，唯有以寒治寒了，夏日里我还每日清晨以冰水浇身强健体魄。"说着，他张开双臂，低头看了看自己，又尴尬地笑着说："可还是旧病缠身，没办法……"

　　南靖王一向温润随和，与他相处苏樱也格外自在。他远望烟雾迷蒙的天空，垂下眼，说："不知秋水此时身在何处……"南靖王突然停下正在调制香料的手，长叹一口气。

　　"我刚才听见王爷的琴声，忧思绵长……"苏樱看了看南靖王，接着说，"可也是在担心秋水？"

　　"怎能不担心……"南靖王深深呼了口气，"秋水在王府已经六载，在京城时就一直跟随我，这两年又随我到了金陵，几乎片刻不离，今年她却在外漂泊数月……唉……如今的情形，你也知晓，本王担心她的安危。"南靖王低着头用铜制的小勺子拨弄着香料，没有抬头。

　　"我也听说了江湖追杀令，希望秋水能够化险为夷。"苏樱深深吸了口气，又缓缓呼出化解心中的郁闷。

　　"骆商铭这个老古怪！非出这么个馊主意！"南靖王喃喃自语。

　　"若不是李密发现标示《按察录》藏匿之处的舆图上所示的位置是鞑靼王宫，秋水也不必出此险招……"苏樱垂着眼，烦恼至极。

　　"秋水的性子我是知道的，无论《按察录》在哪儿，她都会一路追查到底，她表面温柔娴雅，可心里倔强得很，既已追查了那么久，定是志在必得的，就算是龙潭虎穴，她也会去闯一闯的。"南靖王抬起头来，看着苏樱微微点了点头，希望她能够安心。

"我听说江湖上很多门派的人已经开始动作。"苏樱叹着气摇了摇头。

"我也派出去不少人，沿路保护秋水，相信她一定会平安的。"南靖王的眼睛虽小，却闪烁着坚毅的光，他的语气肯定又温和，苏樱稍有宽慰。

从北苑回来，刚要挑开自己房门上的棉布帘子时，苏樱就发觉有人在房中，这是她做杀手多年的灵敏嗅觉。她推开门探头往屋里观看，看到余玲珑正在桌子前摆弄小鸽子，才放心走进屋里。她一看苏樱回来，高兴地抬起头来说："我刚才来时你不在，外面有些冷，我就进来了。"

苏樱莞尔一笑，说："不妨事，可是少卿来信了？"

"嗯！"余玲珑点点头，说，"我们看看这次的信上说些什么吧。"说完把信展开递给了苏樱。

"你看吧，看完说给我听。"苏樱说着把信推给余玲珑，她知道余玲珑每次接到少卿的信都迫不及待地要打开看。

"好吧。"余玲珑抿着嘴笑了，鼓鼓的脸蛋带着羞涩。她把信拿过来，急速看了一遍，忽然皱起眉头说："他说，陆拾自上次回京之后就很少待在卫所，常在外奔走。近日陆拾和陈六一好像在密谋什么，每次都是匆匆回卫所见陈六一一面又匆匆离去。少卿打听到陆拾利用他锦衣卫卫督的身份，秘密传递海上黑市的消息给福建都督，现任福建都督是一个新上任的官员，很是急功近利，得到此消息之后就开始部署，并率兵破坏海市，打压私下运输的船只，抓了很多福建渔民。关键是，他这一闹，惹怒了倭寇丰臣秀吉，还有海上靠互市为生的海盗！"

苏樱瞪大眼睛问："还有呢？"余玲珑继续说："倭寇将军丰臣秀吉和沿海的海盗都集结起来侵袭福建沿海！如今的福建海域民不聊生，前几日王爷派出去的探子回来也是这么说的。"

在苏樱心里，陆拾敦厚诚实为人善良，怎么能做出这样不计后果的事呢！苏樱皱起眉头，思索了一下，抓了抓耳朵，说："怎么会这样呢？"

"还能为什么，陈六一教唆的呗。"余玲珑噘着嘴说。

"我师兄是一个极有原则的人，爱憎分明，为人忠厚，就算是陈六一在背后唆使，他至少也有自己的判断。如今这样不顾东海、南海渔民的生死，破坏海上互市的事……"

余玲珑见她如此气急，赶紧走上前，握住她的肩膀，关心地说："苏姑娘，你别这样，你内伤还没痊愈，当心怄着自己！"余玲珑嘴角向下垂着，看起来难过极了。

苏樱攥紧拳头说："我只是心痛我师兄怎么会和陈六一同流合污……"想起上次见面时的情形，苏樱又觉得胸闷心痛。

"你也别太难过，少卿的信里还说，还好九鬼在海上极力约束自己的手下维护海市，同时发出海盗号令，与东海、南海的渔民共同抵御倭寇侵袭，但不主动与倭寇发生冲突。沿海的渔民们才免受倭寇的杀戮，否则……"余玲珑说着，小脸儿紧绷着，也叹了口气。

"九鬼……"苏樱思索着，念叨着。

"对，就是海盗九鬼。"余玲珑点头。

"玲珑，你说，陈六一是不是因张通逃亡一事记恨九鬼，才会动用暗卫，指使我师兄利用锦衣卫的关系把沿海一带搅得天翻地覆？"苏樱说着看向余玲珑。

余玲珑想了想，说："的确，陈六一这样做，最为难的就是九鬼。因为九鬼虽然是海盗，却向来很维护沿海渔民，倭寇侵犯福建海域，他绝不会坐视不理。"

"嗯……"苏樱点了点头，思索着说："有张通这事儿结下的梁子，这种局面就好解释了。可我师兄又是为何这样做呢？"

"他肯定不知道张通的事！"余玲珑笃定地说，"你记不记得前段时间少卿的信？里面说，陈六一命令所有去过福建的暗卫都不要把你没死的消息透露半点。既然你没死的消息都不能说，那张通投靠九鬼的事自然也不能说。你师兄肯定不知道其中的秘密，对不对？"余玲珑眨着眼睛。

听余玲珑这么一说，苏樱才发觉余玲珑不再似从前那样莽撞了，而且往往更能通过繁杂的表象看到事情的本质。

苏樱点了点头，看着余玲珑说："对，你分析得很对！我曾经托秋水姑娘帮我把一根簪子送到师兄的旧宅，本来打算若师兄见到簪子一定会知道我并没有死，可是一直没有任何消息。而且少卿的信中写到我师兄已经回到京城，却没有寻我！"

"说不定，他被陈六一利用了，去福建替你寻仇呢！"余玲珑噘着嘴，琢磨着说。

这句话一下子警醒了苏樱："那我师兄岂不是成了众矢之的？"

余玲珑眨着眼睛，没有说话。

过了一会儿，苏樱说："玲珑，你给少卿回信吧，无论如何都不要让陆拾知道他的身份，暗卫现在上下皆兵，他的处境非常危险，一定要保护好自己。"

余玲珑一听，瞪大了眼睛，眨了两下，一溜烟似的跑到书桌前，抄起笔来迅速地写回信。写完后仔细读了一遍，才装进竹筒，拴在了小鸽子的脚上。她掏出小竹笛，抱着小鸽子，急速走到门口，回头对苏樱说："苏姑娘，我去放鸽子了！"

没等苏樱回应，她已经跑到门外了。

一阵长长的竹哨声之后，苏樱知道信已经送出了，可她的心却悬在了半空。她恨自己不能插上翅膀去寻找陆拾，把一切事情跟他讲个清清楚楚。

三

天气越发寒冷，京城里已经飘起了雪花。这是今年的第一场雪，小雪粒悬浮在空中，散聚纷扬。

陈六一站在窗口许久，看着窗外的雪景，心中郁结难舒。他转出门走向卫所西南角的小院。还没进院门，就闻到淡淡的花香，陈六一轻轻推开院门，一抹绯红映入眼帘，几株梅花开得正盛，花瓣从覆盖的雪中钻出，红得剔透娇艳，香气清逸怡人。

在冬日的卫所里看到这番景象，陈六一仿若置身于仙境，又惊又喜，就听见娇媚温柔的声音："蓝瑜，快把树枝上那只呆鸟给我捕来！"紧接着是一阵银铃般的笑声。

陈六一赶紧回过神循声望去，屋外的廊檐下芸娘已经站在那里，撑着一把红伞，身穿银白锦缎斗篷，白色的风毛迎风摆动，乌发披在肩上，肤若凝脂，长眉入鬓，纤长的眼睛带着万种风情，樱桃般的嘴唇灵动妩媚。芸娘融在这雪景里更胜娇艳的红梅，陈六一笑着说："哪里有呆鸟？我来帮你捕。"说着往台阶上走。

"统领大人，今日怎么有空来我这里？"芸娘嘴角一牵，笑得优雅美艳。

"你要出去吗？"陈六一上下打量着芸娘。

"本来是要出去，现下你来了，就不去了，快请进屋里吧。"说着，芸娘收起伞，挑起竹帘进了屋子，帘子角上的铃铛"叮叮当当"地响着。

进了屋，芸娘脱去斗篷，请陈六一坐下，自己从柜子里取了一只小白瓷罐子，往桌上的炭盆里添了些炭，将小铜壶放了上去，又从白瓷罐子里取出茶叶，放进盖碗里，芸娘这才开口说话："统领，你有心事啊？"

陈六一正在欣赏芸娘烹茶的样子，听她这么问，便苦笑道："近日时常觉得胸闷。"

"担心孩子们吧？"

"嗯……或许是吧。"

"或许？"

"我忽然觉得，他们不似从前那般听话了。"陈六一在芸娘面前一向实话实说，毕竟没人能逃过芸娘的眼睛。

这时，小铜壶的壶嘴里冒出了一丝热气，芸娘给陈六一面前的盖碗里倒上水，说："吃杯茶吧。这茶名叫'银雪'，今日喝是应景的。"

陈六一闻了闻，笑着说："还是你这儿的茶好啊。"

"孩子嘛，终归是孩子，不能一味压制。"芸娘继续说，"管理他们要多花些心思，这你肯定比我在行，我也不必多说了。只是……"

见芸娘欲言又止，陈六一放下茶杯，问："只是什么？"

芸娘一笑，撩了一下头发，说："只是，你自己的心结，也需要开解。"

这话正中陈六一的症结，他觉得心口好像被针刺到了一般，或许这是他最不愿面对的问题，被芸娘毫无避忌地讲出来。

芸娘看见陈六一眉心挤出一条皱纹，脸上的肌肉微微抖了两下，接着说："我们常常给孩子们讲，放下心魔方能战无不胜。如今，你是不是顾虑得太多呢？顾虑太多，必然不能放开手脚。"

"可放开手脚，恐怕会有更多伤害……"陈六一垂着眼，低声说道。

"问问自己的心，你的心让你怎么做？"芸娘直视陈六一。

陈六一心头一紧，端起茶杯又喝了一口，思索一阵，徐徐放下茶杯，抬起头来看着芸娘的眼睛，说："好。"

芸娘点了点头，说："成大事者，有所为，有所不为。虽说人在江湖身不由己，可如若连自己的路都不能把握，那还能做什么呢？"

陈六一深深点头，抿着嘴对着芸娘眨了一下眼睛，没有多言。

芸娘莞尔一笑，说："那么，不用进里面了吧？"

她是指那间专为锤炼心志所设立的密室。

陈六一被这话逗得"扑哧"一笑，心中的郁结仿佛疏通了许多。他把手搭在芸娘雪白的玉手上，用力按了一下，说："幸亏有你在。"

芸娘看着陈六一，弯弯细眉挑了两下，眼中满是温柔妩媚的水光。

第二十章
身陷囹圄

一

　　离开犀牛谷已有半月之久，秋水乔装改扮一路向北，如同在地狱里闯关，没有一晚是睡着的，整日都在备战状态，每过一个地方都要换一次装扮。尽管她如此谨慎，依旧会遭遇江湖人士的追杀。深夜在客栈的房间，窗外射进屋里的冷箭就在她枕边。

　　历尽千辛万苦，躲过重重追杀，秋水总算到了关外。

　　出了关，她找到了南靖王为她安排的北方眼线，将她安置在了察哈尔草原的一户牧民家，这户人家只有一对朴实内敛的牧民夫妻以及他们的三个孩子。秋水穿扮成当地女子的样子，穿上女主人的袍子，发式也入乡随俗。住在关外时，草原与那个充满仇恨、纷争、杀戮的世界格外遥远。

　　几天后，番子给她带来了一封织锦的文书。秋水打开一看，是一本通关文牒，鞑靼王愿意庇护秋水，让她以医女身份入鞑靼王宫。秋水看了这本文牒甚是高兴，这段时间历尽艰险总算有了结果，悬着的心也稍稍放下一些，虽然前途未卜，但至少有了进展。

秋水即将离开牧民家，孩子们都很舍不得，泪眼汪汪地送她，秋水跨上马，回头望去，牧民夫妇站在毡包前憨笑着目送自己。

秋水挥起马鞭，毅然地往下一站奔去。

因着秋水是骆商铭的门生，又怀揣《犀谷医典》，鞑靼王对秋水甚是热情，他让秋水住在王宫之中，负责为鞑靼王妃调理身体，因此安排她住在离王妃的鄂尔宫不远的弥云馆。

鞑靼王和王妃都是性情和善之人，二人心胸豁达，可惜王妃不育，入宫多年却没有一男半女。这鞑靼王比王妃年长二十岁，王妃自小就仰慕鞑靼王，虽尚无子嗣，鞑靼王却对王妃关爱有加。

这些年，鞑靼王一直派人到中原寻找医术高明之人，入宫为王妃诊治，却未有结果。如今秋水入宫，二人又重新燃起希望，待秋水也如贵宾一般。

秋水发现王妃的脉象虚浮不定，有气滞血瘀之症，本想给王妃行针散瘀，又怕王妃有顾忌，所以，这日午后想借拜访王妃之名来说服她。

鞑靼王妃是一个长相十分秀气的女子，皮肤也很细腻，鞑靼人很少有这样的容貌。见秋水来了，她便热情地招呼她坐下，笑着说：“你来得正好，本宫刚巧做了些糕点。一会儿出炉之后，你先尝尝。”王妃说话的声音里略有几分虚弱，笑起来两只眼睛弯成了月牙形，尖尖的下颌上有一颗美人痣。

“是，多谢可敦。”秋水赶紧行礼，同时她注意到王妃唇色略显暗淡，不知是不是常年生病的原因。

“快坐下。”王妃热情地询问着，“住在宫里还习惯吧？”

“可敦费心，可汗和可敦都待秋水甚好，秋水受宠若惊。”秋水再次起身行礼。

“呵呵……你别动辄起身行礼，这样太拘束了。”

"可敦这几天可按我开的方子服药了？可觉得好些？"

"唉……不瞒你说，我这些年吃的药太多了，我一向只觉得体虚，始终也诊不出是什么病，却终日恹恹……"说到这儿，王妃的眼中有几分忧郁。

"可敦不必担心，正所谓病去如抽丝。对了，我这几天为可敦诊脉，您有气滞血瘀之症。在中原有一种治病之法叫针灸，要以银针刺中穴位，以疏通经络，只是……损伤可敦玉体，秋水特向可敦说明此法。"说着，秋水把药箱打开，取出一个布袋，展开后，里面是一排长长短短的银针。

王妃看着银针竟然一笑，说："我知道针灸之法。其实，我母亲是中原人，幼年时我曾听她说过，只是在塞外很少有医士会针灸，如今你来，我倒很愿意一试。"

"那太好了。"秋水一听很高兴，身为医者，她很希望能够治好王妃的病。眼前这王妃如此纤瘦，皮肤白嫩，原来是有中原汉族的血统，王妃的母亲想必也是个美人儿。

正说着，一个宫女从门外进来，手上端着个托盘，里面放着三个碟子，碟子里盛着三种不同的点心。

王妃招呼秋水："快，秋水姑娘，来趁热尝一尝我做的点心。"又对宫女说："乌兰，你去用食盒装起来一些，一会儿送到弥云馆。"

秋水一听，赶紧道谢。

"快尝尝。"王妃莞尔一笑。

秋水赶紧伸手取过一块金黄色的圆形小点心，掰开之后发现很是酥软，里面有榛子碎、杏仁碎等坚果，放在鼻下闻了闻，香气扑鼻而来，这点心入口即化，味道甜美清新。秋水笑着说："可敦您好手艺啊！"说完，又把另外一块放入口中。

王妃颇感欣慰，说："这是榛子杏仁酥，来，你再尝尝其他的。"转头对宫女说："乌兰，快取正山小种来。"王妃张罗着，又说："吃点心配上点儿红茶才好，在冬天喝红茶驱寒养胃。"

"可敦太周到了。"秋水低下头，看见另外两个碟子里分别放着一个方形的荷花饼，一个圆形的桂花核桃酥。

秋水说："可敦，自明日起，我每隔一日下午未时来您宫里为您针灸可好？"

"好。"王妃笑着答应，笑容端庄娴雅。

"噢，对了。"秋水又想到一些事，问，"可否请可敦把您从前服用过的药方给我一份？"

"当然可以。"王妃对另外一个宫女说，"高娃，把我的药方拿给女医官。"

拿到药方后，秋水起身告辞，回自己的居所。她刚踏进房门，就觉得屋里有些异样，她走到书桌前，拉开抽屉，明显是有人翻查过的痕迹。又走到床榻前，被褥也有些褶皱。这宫里一定有人在监视自己，更有人趁自己不在时翻查过这房间。

塞外的风要比中原烈得多，凛冽的寒风夹着雪花，打到脸上好似刀割一般，夜里寒风呼啸，仿佛野兽在嚎叫。秋水把房里的油灯都熄灭，只留一支小蜡烛，在坐榻上放上一张小桌，开始仔细研究白天从王妃那里取回的药方。

这让她陷入了思索中，从王妃的脉象上看，均无大病之象，只是身体比较虚，也不至于常年病态……

秋水忽然看见厅里桌上的食盒，想起是王妃差人送来的点心，就走了过去，取出里面的小木盘，放在桌上，一边翻看着医典，一边伸手取过一块酥饼放在嘴边。

一阵榛子的清香滑过喉咙，王妃的手艺真是不错。忽然，她合上医典，疾速拿起手边的药方，仔细查看，看到有一味药材"鹿衔草"时，她又看了看手中的点心，一拍脑袋，欣喜不已。

这鹿衔草并不是名贵的药材，具有祛湿强筋的功效，秋水曾在医书上看到过，鹿衔草与塞北的野生榛子、杏仁、核桃等坚果同食，会致人气血两虚。秋水仔细观察王妃所制的各类点心，都是挑的上好的坚果作为原料，而且一吃便知味道与中原的不同。其实，这些坚果如果不与犯忌的药材同时服用不会有什么害处，而且是极佳的食材。只有精通医术的人才会知道其中的相克之理。

秋水又仔细分析了药方，在欣喜之余，也为鞑靼王和王妃担忧，因为鹿衔草并不是非用不可的药材，若与坚果相冲，完全可以以别的药材替换。秋水觉得这其中一定另有隐情。

难道是有人故意要害王妃终日患病？如果是，那会是谁？可汗与可敦无后，受益人是谁？又是谁如此了解宫中之事，知道王妃平素里喜爱做点心？谁又能够掌握宫中内务，专供野生坚果给王妃？谁能够掌握鞑靼王宫中的太医局？这一连串的问题涌上秋水的心头。

熄了蜡烛，秋水躺在床上，窗外的树影摇曳不止，她辗转反侧久久不能入睡，脑子里不断地思索。突然秋水想起南靖王曾提起过的乞兀儿，若王妃不能诞下子嗣，乞兀儿就会继承王位，难不成……

从那日起，秋水每隔一日下午都去王妃宫中给王妃行针，并且亲自开了药方，仔细挑选药材给王妃诊治。七日过后，王妃的精神好了很多，面色也红润了。鞑靼王和王妃都很高兴，对秋水的医术大加赞许，还赏了她许多名贵珍宝。

闲时秋水都借取药之名，暗地里观察和摸索鞑靼王宫的地形，她惊讶地发现，《按察录》的藏匿地点，竟是在王宫冷宫中的一口枯井里。她按照舆图所示，试探着来到冷宫门口的时候，只见高大的宫门紧闭着，门口附近的街上已经人烟稀少，连巡逻的侍卫都不会来到这里。后来那几日，秋水摸索出了最佳的时机。

二

这日午后，秋水开始行动。

冷宫的大门和门柱都已经锈迹斑斑，秋水悄悄地推开大门，院子里萧条得很，地上散落的树叶在墙角堆得老高，各屋房门都紧闭着，没有一丝人气。秋水提起气息，疾速走到院子角上的井口边，往里探头一看，一股寒气从井口蹿出来，秋水只觉得身体一阵发冷。看四下无人，她拽住辘轳上的麻绳，一咬牙屏住呼吸，跳进了枯井。她双腿叉开踩住井内墙上凹凸不平的砖壁，一手拉住绳子，另一手掏出火折子，在井内查看。

只见幽暗的井内并无异状，秋水再三仔细查看砖缝间有无机关。无奈回转不得，秋水索性两腿收紧跳到了井底。她再次把火折子吹亮，只见正前方一块砖石上刻着，"宣德炉堂前清供，录在其中"，秋水在井下倒吸一口凉气。接着，她迅速跳出井中，见四周无人，即刻回到了住处。

到了弥云馆遇见两名宫女经过，秋水若无其事地走进房间。

秋水深知此事关系重大，苏樱一直苦苦寻找的《按察录》，竟就被陈六一藏在暗卫最核心的地方，为了此物，难道苏樱要再次深入虎穴吗？

宣德炉乃宣德年间宣宗亲自督办制造的一批名器，以金、银、铜等几十种贵重金属制成，宣宗钦命工匠将此器十二炼，后世都以宣德炉形制为美，而宣德年间的更是皇家所制，意义非凡。

穆宗在位时，将一尊宣德炉赐予冯保所辖的锦衣卫暗卫，从那时起，陈六一便日日以香供奉，置于正厅堂前，以示对皇上以及朝廷的忠勇之心。

而这尊香炉，现在却在掩藏暗卫的肮脏勾当与这些年间的累累血债。想到这里，秋水只觉四肢无力，胸腔里翻涌着无尽的怒火，她握紧双拳，恨不能现在就奔回京城，告诉苏樱这个消息。

三

午后，秋水到了鄂尔宫为王妃行针，见桌上的水仙花开得正旺，香气清新悠然，便问："可敦平日里可喜欢焚香、制香？"

王妃趴在床榻之上，轻声说："我们鞑靼很少有制香之人，香料多是波斯或西域进来的。"

秋水点了点头，说："嗯，波斯和西域的香料虽好，只是味道重了一些。"

"你还懂制香？"王妃好奇地问道。

"只懂一点，以前家中兄长喜欢制香，我有时会看着他做，偷学了一点。"

"哦？"

"可敦若喜欢，秋水可以为可敦炮制一些。"

"那太好了，我也正想学一学。"

"不过……"秋水思索着说，"只是制香的原料多以鲜花为料，如今关外冬日里十分寒冷，鲜花怕是不多啊。"

听秋水这么一说，王妃想了想，说："我们御花园里有一个温室，里面有一些花正在盛开，月季、牡丹、芍药，不过都不是什么稀奇的花。"

秋水说："我看今年的水仙开得很旺，又是冬季盛开的花，不如就先制一味水仙香试试？"

听秋水如此提议，王妃笑着说："好，好！那就先用水仙吧，一会儿我差人多端几盆过来便是。"

"噢，对了，可敦，制香还需要其他的一些原料，并且需要打磨成粉，在您这里制作恐怕不妥，不如借您宫中西厢边上的一间屋子专门存放、打磨原料，如何？"

"当然可以。"王妃高兴地允准了。

秋水待人亲切温和，医术了得，王妃对她甚是喜爱，还曾对秋水讲过许多塞外草原生活的乐趣。

能在关外异族结交这样的朋友，秋水深感欣慰，王妃身上有着鞑靼人特有的率真性情加上汉族血统中温柔的一面，更加招人怜爱。鞑靼王之所以如此珍爱王妃，定是被她此般特质吸引，而这些年来，鞑靼王以和治国，想来是受了王妃不少的影响。

四

这天夜里，大约已到三更，秋水已经入睡，忽闻院子里一阵铠甲的撞击声、脚步声混杂在一起，她警觉地起来穿上外衣，从榻边侧身移至窗边，轻轻开了一个小缝向外看，院子里站满了身穿铠甲的王宫侍卫，各个手持长刀，点着十几支火把，把院子里照得亮如白昼。

"女医官在吗？"侍卫凶神恶煞般地问站在院子里的宫女。

"在……在……"宫女们见状都已经吓得浑身发抖。

几个侍卫大踏步地走上台阶，粗暴地将她房门踢开，一股寒风灌入房中，秋水打了个冷战。紧接着，侍卫大步走到秋水面前，不由分说就把她的胳膊扭住，用绳子捆绑了起来。

"你们干什么！我要见可敦！放开我！"秋水挣扎着大喊，一路被带进牢房。

被关在牢房里的秋水蜷缩在角落的茅草上，借着油灯微弱的光，观望四周，乌漆墨黑的石头墙壁上挂着一层霜，牢房里安静得能听见走廊里有水滴落地的"滴答"声。

秋水用手臂环抱着自己的膝盖，想来自己为王妃调理身体已经妨碍了某些人的阴谋……

这座王宫里，和秋水一样夜不能寐、心急如焚的还有鞑靼王。他抱着王妃，坐在床榻上，一遍又一遍地给王妃擦拭着额头渗出的汗珠，心痛地问："还疼不疼？"转头又指着屋里跪在地上的三名医官，气急败坏地怒吼："你们这群废物，到底是怎么回事？"

见鞑靼王如此震怒，三名太医吓得颤抖着趴在地上磕头。其中一位年长的医官头低着回话："可汗息怒，可敦近日都是由那中原来的医女诊治，微臣一时实在没有头绪。可敦忽然心口疼痛不已，臣等已经给她开了一些缓解疼痛的药方，现下宫女正在后院熬药……"

没等他说完，鞑靼王抄起手边的一个茶杯，一下摔在了太医面前，愤怒地说："要你们何用！可敦脉象如何？"

"回可汗，可敦的脉象虚浮混乱，一时间……"医官们已经抖作一团。

"可汗……"忽然，王妃用微弱的声音唤他。

鞑靼王收敛了刚刚暴怒的神情，温柔地抚摸着王妃的脸颊，说："爱妃，你可好些了吗？"

王妃面色惨白，嘴唇发紫，额头上的筋鼓起，样子十分痛苦，虚弱地说："可汗……切莫动气……不……不怪他们……"

鞑靼王又心疼又心酸，转过脸来，又呵斥太医们，说："滚！滚出去给我查明病因！"

一个宫女端着一碗汤药进了屋，鞑靼王亲手喂药给王妃。王妃喝了汤药，心痛稍有缓和，强撑着，开口说道："可汗，秋水她……"

没等她说完，鞑靼王面带怒色，说："爱妃，你别管那么多了，你现在突发急病，朕总要盘问一下吧。来，躺好，再睡一会儿。"鞑靼王扶着王妃的肩膀，让她躺下休息，自己则坐在榻前，握着王妃的手寸步不离。

过了大约一炷香的时间，一名医官慌慌张张地求见，手里捧着一个纸包，里面包着一些药材。他一进屋就跪倒在地，举起手中捧着的药材说："可汗，找到了，找到了！"

五

大牢里一阵脚步声由远及近，几名身穿铠甲的侍卫护送着一名文官模样的人走到了关押秋水的牢房前。狱卒打开了牢门上的锁头，官员走了进去，见秋水蹲坐在角落，便走上前去，把手中的纸包打开，放在秋水面前。

"这是你给可敦抓的药？"官员冷冷地问。

秋水借着微弱的光，皱着眉头仔细看了看，摇头说："不是。"

"不是？"官员冷笑了一声，"你是专门为可敦诊治的医官，这是可敦今日所吃的药，今晚可敦突发心绞痛，就是你这药差点要了可敦的命！"

"嗤——"秋水不禁嗤笑，看着那官员，说："你懂什么是药理吗？你看得懂药方吗？你随便拿一包药来就说是我开的，这罪名我可承担不起。再说，我近来都是以针灸疗法为可敦治病，开的都是扶正固本的方子，根本没有这药包里的猛药！"

那官员见秋水振振有词，大为不悦，说："证据确凿，你狡辩也没用！"

见秋水拒不承认，他一甩袖子，出了牢房。

秋水见狱卒又把粗重的铁链拴在门上，一颗巨大的锁头挂在上面，心里也好像压着一块沉重的枷锁。自己含冤，却也担心王妃的处境。有人在暗处害王妃重染重病，又嫁祸给秋水。

"好一个一箭双雕啊……"

第二十一章 神秘使命

一

京城里的雪洋洋洒洒，落到地上却停留不住，倏忽渗进土里，使道路泥泞不堪。晚饭后，陈六一披上斗篷，从后门出了卫所。走在满是泥泞的小路上，心里焦躁不安。一股北风吹过，他缩了缩脖子，把斗篷裹紧，低着头往前走。

一向不喜热闹的陈六一走向东市街，看到满街悬挂着彩色的灯笼，他伸手把风帽戴上，遮住了半张脸。

到了焕彩阁门口，一个打扮得花枝招展的中年女子，挥着玫红色的帕子就向陈六一扑过来。陈六一慌忙一躲，那女子扑了个空，招摇着大叫："哟——大爷，瞧您把我腰都闪着了！"

陈六一勉强伸手扶了扶那女人的胳膊，说："姑娘莫怪，在下是来找人的，二楼地字一号包厢，可否请人带我进去？"

"哎哟，您早说啊——地字一号包厢里的可是我们焕彩阁的贵宾，快请，快请！棍子，快来带客人进去！"这女人好像一只硕大的蝴蝶一般，招着双手，叫来一名瘦得曝了腮的高个中年男子，满脸堆笑地招呼着陈六一上了二楼。

一进包厢，就见一张大圆桌上面放满了酒菜，桌前两名女子围在一个大汉左右，一个穿着鹅黄色的纱衣，一个穿着水红色罗裙，艳丽妖冶的打扮带着浓重的脂粉气。中间的男子有三十几岁，身材高大魁梧，脸却格外瘦长，颧骨凸起，皮肤黝黑，眼睛很大，有三层眼皮深陷在眼窝里，看起来很有异域风情，穿着打扮却是中原人的样子。一身灰色长衫，溜光水滑，很是考究。

那两个浓妆的女子正端着酒杯争相往那男子嘴边递，见门开了，有人进来，都愣住了。

陈六一进了包厢，转身让送他来的那个叫棍子的人先出去。可那男的只管笑呵呵地站在原地，不肯走。

这时坐在桌前的男子一看，哈哈一笑，从手边捡起一块碎银子，向门口一扔，棍子赶紧伸手接住，说了一声："谢谢大爷！"便转身出去了。

陈六一摇了摇头，自顾自地解开了斗篷的带子，脱掉斗篷搭在椅子上，坐在了那男子的对面。他面沉似水，看着那两个女子，皱起了眉头。

那男子知趣地打发了两名浓妆女子，又分了一些碎银子给她们，她们这才欢欢喜喜地出了包厢。

陈六一斟了一杯茶，啜了一口。

"叔父，你别这样，会吓坏美人儿的。"那男子顽劣地笑道，并站起身来给陈六一倒了杯酒，沉醉地对着大厅舞台的窗子，说，"这大明的京城真是活色生香啊……"说完端起杯酒一饮而尽。

陈六一瞥了他一眼，又喝了口茶，缓缓说："你如此大摇大摆地来了中原，还到这种地方来？"语气中带着不屑。

"叔父，你别这么说，这种地方怎么了？这地方可比什么客栈之类的地方安全多了。除了你们暗卫，应该没有人敢来做什么了吧？"他说完哈哈大笑，挑起右边的眉毛，捏了一颗花生扔进嘴里，又说，"再说了，我现在可不是乞兀儿，我现在叫李万羽。乞兀儿不能随便来大明，但李万羽可以啊。对不对？哈哈哈……"

陈六一瞥了他一眼，沉着脸没说话。

乞兀儿接着说："叔父，你既然在京城，何不多来这地方享受一下？"说着又向外张望了两眼。

"我可没那么多闲钱来这儿买酒吃。"

"别逗了，您堂堂一个暗卫统领……"

"你当我是什么大官？"陈六一不耐烦地说，"我们暗卫的俸禄，连路边的馆子都不敢多下两次，更别提这金碧辉煌的地方了。"

"噢，噢……我忘了，叔父是最清廉的！"

"那么李……李万羽是吧？你这么不辞辛苦地来到京城，可是有什么大事？"

"我是嫌你那些鸽子和快马传来传去的消息太慢，而且不够详细，才亲自来的。再说了，你看，这京城的小妞儿们，也都想我了。"

"好吧，你觉得哪里不妥，直说便是了。"

"叔父，你心里也有底吧？还能是什么事？九鬼的事呗。"乞兀儿说着话时，焕彩阁大厅的舞台暗了下来，几名歌姬舞姬上了台，台下的人欢呼鼓掌，一时间一楼大厅一片欢腾。

陈六一见乞兀儿询问九鬼的事，沉声道："我早已派人去了福建那边，断了海市，可九鬼却按兵不动。我的人现下还在福建运作着，你着什么急？"陈六一目光如炬。

"叔父，你是不是在中原待久了，变得拖拖拉拉，这可不是咱们鞑靼人的风格。你兜那么大个圈子，何不直接……"

舞台上的舞姬们挥舞着手中的长绸，好像天宫的七仙女一般，乞兀儿看见了，吹了一声长长的口哨。

陈六一知道他所指的就是杀掉海盗九鬼，摇了摇头，说："杀人是容易，可你知道杀了九鬼之后会有何等结果吗？现在福建那边的海域有九鬼一股力量能够牵制倭寇侵犯，若九鬼死了，靠谁支撑？靠朝廷那些窝囊废的驻兵吗？到时候，福建沿海必将失守！那些沿海的渔民怎么办？"

"我管他！你以为我愿意他死吗？我要的是他反过头来咬大明一口而已！他不肯，我有什么办法？赖在海上碍事儿！那就只能杀了他了。"乞兀儿眼睛里露出凶恶的目光。

"这些都是我的事，你别插手了，我自有分寸。"陈六一冷冷地说。

"我不插手？你若是真有分寸，我就不用来这一趟了！"乞兀儿冷笑一声。

"乞兀儿，你别太过分！你是在关外待野了吧，连长幼尊卑这种简单的礼数都不懂了吗？"

"叔父，我是常年在关外那野地方，面对的是满天的黄沙和严寒的气候，而您在中原这活色生香的京城里，风吹不着、日晒不到，有些乐不思蜀了？怎么？连我们关外人说话都不爱听了？"

"我在这儿，都是为了我们的信仰和鞑靼的复兴大业！"陈六一一拍桌子，杯碟碗筷都跟着一颤。

"你当初确实是为了光复鞑靼来的，可现在呢？你畏首畏尾，还如此妇人之仁，流淌着鞑靼人的血液就该像草原上的猛兽一样，看准目标就立刻出击！"乞兀儿也急了，眼睛瞪着陈六一毫不退缩。

"我蛰伏于中原三十六年，这三十六年里，我哪一天不想回到关外，回到草原，回到故乡，让我支撑下来的恰恰是我身体里鞑靼人的血液！"陈六一说着皱起了眉头。

他从来不愿意提及这些，无数次梦回草原策马驰骋，可醒来之后睁开眼却发现自己身在那庭院深深的卫所里。没有故乡的人，与野草有什么不同！

"三十六年……"乞兀儿哼了一声，点了点头，说，"就是因为你的妇人之仁，才会这么多年了都没有完成大业！"

"你说什么！"陈六一瞪着双眼，额头上青筋暴跳，站起身来蹿到乞兀儿身边，一把揪住了他的衣领，凶悍地说，"你这是在侮辱我对鞑靼的忠心！"

"难道我说错了吗？三十六年前，鞑靼和大明在卓资山一战，本有九成胜算，若不是你一时妇人之仁没有将大明派来的探子一网打尽，放走了那个小孩儿，何至泄漏军情，那一战鞑靼惨败！我的父亲！你的亲哥哥！惨死在大明的那个狗屁将军的长刀之下！你忘了吗？！"乞兀儿眼睛瞪得像铜铃一般，白眼球上布满了红血丝，额头上的血管胀起老高，面目像要吃人的猛兽。

陈六一好像被雷劈到了一般，整个人都失去了重心，他放开乞兀儿的衣领，跌坐在椅子上，两行热泪夺眶而出。他怎么能忘记这令他终生懊悔的事！那是他从小一起长大，带他骑马教他射箭的亲哥哥！想到这些，一向喜怒不形于色的陈六一老泪纵横，内心的堡垒顷刻坍塌……

乞兀儿坐在椅子上看着陈六一，狠狠地说："叔父，你是一个真正的巴特尔，你是我们鞑靼最出色、最勇猛的战士！可你的英明果断如今都去哪儿了？"

陈六一没有说话，只是闭上眼睛，摇了摇头。

"叔父，刚才的话伤了你的心，但我们的心是在一起的，因为我们流着同样的血！这是毋庸置疑也无可改变的。"乞兀儿收起了他凶狠的样子，软化了语气。

陈六一点了点头。

"那么，叔父，你会帮我吗？"乞兀儿试探着问，"我知道，在大明，你们暗卫里有的是出色的刺客……"

"好了，你别说了，这件事我知道该怎么做。"陈六一打断了乞兀儿的话。

"那就劳烦叔父了。"乞兀儿看着陈六一的脸色缓和了一些，赶紧给他倒了杯茶。

陈六一平复了情绪，说："京城不宜久留，你还是赶紧回关外吧。"

"好，我会尽快回去的，鞑靼那边也有很多事要处理。"

"你在那边也要事事谨慎，做事不要太过蛮横，小心一点儿终究没有错。"

"是，是，侄儿知道了。"乞兀儿忽然又想起什么，说，"对了，叔父，最近这段时日，王宫里来了一个中原女医官，说是什么江湖人士，给可敦诊治了一段时间，我觉得这女子来路不明，恐怕是大明的探子，可汗却不以为意，于是我调包了她给可敦抓的药，这才被可汗抓了起来，投进了大牢。不过，我暂时也没查到什么。"

"哦？"陈六一也觉得蹊跷，他思索了一会儿，说，"先留个活口，兴许有用。"

乞兀儿点头答应。

陈六一用完一盏茶，便起身披上斗篷离开了焕彩阁。

子时，街面上依旧热闹，寒风吹过，陈六一头脑清醒了许多，想到刚才乞兀儿对他说的那番话，心里翻江倒海。他仰起头，看着漫天飞舞的雪花，深深地吸了口气，戴上风帽，沿着熙攘的街道向西走去。

二

近来谭少卿心里一直惴惴不安，上一次的信中，余玲珑提到她和苏樱已经准备回京，之后就再没了消息。

早先他在东市的馥郁茶庄里遇到的余玲珑，才知道那是几年前余逊尧出钱给他外甥开的茶庄，他便把信鸽寄放在茶庄里，现在已然成了他们两个往来信息的情报点。

这些日子没了音信，谭少卿有些待不住了，一大早起来便出了门，准备再去茶庄看看。刚一出卫所的大门，就见陆拾走在前面，神色匆匆地正要上马，谭少卿赶忙叫住他："陆卫督！"

陆拾听见有人叫他，刚蹬上马镫的脚又放了下来，回头望去，见谭少卿从门口跑了出来，他觉得奇怪，问道："你找我？谭——"

"谭少卿。"谭少卿笑着抓了抓后脑勺，说，"陆卫督，您是要出去吗？"

陆拾仔细打量面前这个俊俏的男孩，问："是，怎么了？"

谭少卿见陆拾的马鞍上搭着一个包袱，说："您这是要出远门啊？是去福建吗？"

陆拾棱角分明的脸上没有一丝表情，冷冷地说："你打听这么多干吗？没人教过你，别人的事情不要打听太多吗？尤其是在暗卫。"

"是，是。陆卫督您说的是，可若您真的是去福建的话，能否听我把话说完？"谭少卿诚恳地说。

陆拾看着谭少卿，想了想，说："你说，我听听看。"

"这里不方便，借一步说话吧。"看陆拾不为所动，谭少卿接着说，"陆卫督您别误会。"

陆拾还是不愿意跟谭少卿交谈，便冷冷地说："我还有事要办，你有话快说。"

谭少卿摇了摇头，真是拿固执的陆拾没办法，只好说："要是关于苏姐姐的呢？"

陆拾瞪起眼睛看着谭少卿，难道他知道苏樱什么事？便问："关于苏樱的？什么事？"

"哎呀，陆卫督，这里真不是谈话的地方，咱们往前走两个街口，那儿有家小茶馆，去那儿谈可以吗？"谭少卿皱着眉头，耐着性子说。

陆拾点了点头，说："那我先骑马过去，茶馆见。"

谭少卿点了点头。

陆拾上了马先走了。

谭少卿看着陆拾的背影，摇了摇头。

到了茶馆，见陆拾坐在最里面的一张桌子旁，桌上放着一壶茶，谭少卿赶紧走了过去。

陆拾见谭少卿在对面坐下，便问："到底什么事？你快说。"

"好，既然如此，陆卫督，你如果是去福建杀海盗九鬼的话，我劝你要三思。纵观全局，若九鬼真的死了，福建沿海会不会立即陷入混乱的状态？"谭少卿小声地向陆拾分析局势，"现在北边鞑靼蠢蠢欲动，福建也失守，您觉得……难道您真的没考虑过？那您会不会是被蒙蔽了双眼？"

陆拾冷笑了一声，说："你什么意思？如果只是说这些，对不住了，在下不奉陪了。"说着陆拾就要起身。

谭少卿赶紧按住他，说："好，好！那么这么说吧，你去福建杀九鬼，是不是要为苏樱报仇？如果是的话，那我不能让你去，因为苏姐姐不是九鬼杀的。"杀九鬼为苏樱报仇这件事，也是谭少卿的推测……

陆拾一听，坐回到位子上，看着谭少卿，想了想，说："你又如何知道此事？"

"我当然确定了，苏姐姐被杀那晚，我作为接应组去了滨州，在客栈里看见了苏姐姐的尸体躺在血泊中。"

"什么？滨州？"陆拾瞪大眼睛说，"樱儿不是在福建被害的吗？"

"嗤——什么福建啊，是滨州，还是我把她埋了的呢！"谭少卿把杯子里的茶一饮而尽。

"你赶紧说正经的！"

"好吧。那你先告诉我，你是不是去福建杀九鬼给苏姐姐报仇？"

"是又如何？"

"如果是，那你就甭去了。苏姐姐没死。"

"没死？"陆拾听见这两个字，眼睛瞪得溜圆，两条眉毛把眉心挤出一道深深的纹路，探着身子，压低声音问，"没死？你说樱儿没死？"

"真的！你不相信她是在福建被害，那你去福建找到尸首了吗？"

"是没找到，可福建那么大……"

"这不就得了。我告诉你，她没死，我把她埋了的当天晚上，又把她挖出来了。她早已经算到那天自己会遭到暗算，所以闭了气，逃过一劫！"

陆拾觉得谭少卿的话荒谬至极："你是说……一个死了的人，被你埋了，又被你挖出来，还被你救活了？是吗？"

"陆卫督，你别再固执了，你这样苏姐姐会很伤心的。你可能不知道陈六一私底下做的那些见不得人的勾当，跟倭寇之间走私了多少货物和火器。这些你们都不知道，可我知道，我告诉你。自从苏姐姐死后，你就变得不分是非！"谭少卿皱起了眉头，瘦削的脸上露出了几分失落。

可这番话令陆拾震惊，他以为只有自己才知道陈六一的勾当，他在张通书房中的暗格里发现的那些记档，并没有让别人看见，可为何谭少卿会知道？正如谭少卿所说，若九鬼死了，那么沿海地区失去那道防线必将生灵涂炭，可他无论如何都不能不报苏樱被害的仇。他又转念一想，还有一些地方不对劲，他看着谭少卿的眼睛反问："你刚才口口声声说你知道陈六一见不得光的事，还说是些伤天害理的事，那你为何这么恨陈六一？你不是陈六一近来栽培的头号种子吗？你到底是谁？为何要暗查陈六一这么多事？"

陆拾的目光如此尖锐，谭少卿很是无奈，如今已没有别的办法。"罢了！"谭少卿一捶桌子，说，"我的父母家人都是被暗卫杀的，在我很小的时候，我亲眼看见他们闯入我家，把我一家老小都杀光……只有我被苏姐姐救出来。后来我长大之后又回到京城，加入了暗卫。苏姐姐本来不愿意的，可我要为家人报仇，只有在这里才是最接近黑暗中心的地方……"

"你等等。"陆拾伸出手横在两人之间，打断了谭少卿的话，问，"你是说，你很小的时候就认识苏樱？"

"对。"

"她救了你？"

"对。"

"然后你进暗卫是为家人报仇？"

"对！"

"你查到陈六一很多见不得人的勾当？"

"对——"

"就算你说的是真的，那你也遭遇过最亲的人被杀害的事，为何要阻止我为樱儿报仇？"

"你怎么就不相信我！我都跟你说了，苏姐姐没死，你报什么仇！"

"我和樱儿从小一起长大，她若没死，这么长时间，她为何都不曾联络我？她若没死，第一个通知的人就该是我！"就算别的话陆拾都能够相信，唯独这一点，他没办法相信，苏樱在这世上没有亲人，最亲近的就是自己……

"呼——"谭少卿实在没有办法了，长出了口气，颓然坐在椅子上，说："好吧。你若这么说，我也没办法，但至少你要相信不是九鬼杀的苏姐姐！"

三

东市的街上车水马龙，寒冬里人们走路都比往日快了一些，谭少卿也低着头快步走在人群中，突然他又发现有人跟踪自己。

一定又是那个家伙！谭少卿一边走一边想着，在转弯处特意留心用眼角余光看了一下，果然不出所料，就是乔七，这厮依旧是那鬼鬼祟祟的样子。

谭少卿加紧脚步，绕了两圈，转身进了巷子，从馥郁茶庄的后门进去了。刚一进门，齐老板就在院里招呼他："少卿，你来了。"

"齐老板，您在啊，我正要找您。有新到的白茶吗？"谭少卿拱手行礼。

"进屋说。"齐老板请谭少卿到里屋。

两人坐下后，齐老板给谭少卿倒了杯茶，说："信到了。"

"真的！"谭少卿眼睛一亮，笑嘻嘻地说，"太好了。"

"就知道你是为这事儿来的，昨儿下午，信才到的。你也够准的，今儿就来了。哈哈哈——"齐老板笑着，从身后靠墙的桌子抽屉里拿出一个小竹筒，递给了谭少卿。

"谢谢，齐老板。"谭少卿迫不及待地打开了信，上面写着几个小字：

　　已回京，暂住京郊别院。

看到这行字，谭少卿欣喜若狂，脸上笑开了花，细长的眼睛弯成了月牙儿，露出了一排洁白整齐的牙齿，脸颊上出现两个深深的酒窝。

见他高兴成这样，齐老板心想："这男孩生得如此俊俏，性情如此直爽，真是难得。"知道信中一定写了什么喜讯，便问："什么事这么高兴啊？"

"噢，没什么，余姑娘回京了。"谭少卿稍微收敛了一下笑容。

"哦？是吗？玲珑回来了，所以……你才这么高兴？"齐老板捋着胡子，斜着眼看谭少卿，眼神仿佛洞悉了眼前这年轻人的心思。

谭少卿忽然觉得自己好像说错话了，赶紧挥了挥手，说："不，不是，齐老板，您别误会……哎……那个……"只得尴尬地抓了抓头。

"哈哈哈——年轻人哪——"齐老板见谭少卿如此窘态，笑着摇了摇头。

谭少卿赶紧站起身来，说："多谢齐老板，那少卿先告辞了。"

"好，别忘了到前面拿包茶。"齐老板嘱咐着。

"哎，好嘞！"谭少卿行个礼，出了房间，到柜台找人给他包了一包茶叶。他每次走的时候，齐老板都差人给他拿包茶叶，这样看起来更像是来买茶的，不会引起别人的注意。

接到苏樱回京的消息，谭少卿喜不自胜，走在路上感觉脚下都轻松了许多，伸展着身体大步往回走。他边走边盘算着，什么时候能去京郊找苏樱，已经很久没见到她了，也不知道她伤都养好了没有，也不知道她是胖了还是瘦了……

可接下来的几天里，谭少卿每日都被安排差事，根本脱不开身去找苏樱，他有些着急，心想："苏樱在金陵时，自己没机会去看她，可眼下已经到了京郊，却还没机会去见她，真是恼人。"

好不容易，这日下午把手头的事情都办妥了，谭少卿才能稍微喘口气，忽然想起来，既然不能去京郊，那就去馥郁茶庄看看有没有什么消息也好。于是他穿戴好出了门直奔东市。

到了馥郁茶庄，一进门就见伙计对他使眼色，示意他去楼上的屋里。他以为是齐老板安排的，可没承想，上了二楼推开门一看，一个身穿浅紫色锦缎绣花斗篷的女孩背对着门坐着，头上梳着一个发髻，脑后的头发梳着一根又粗又长的麻花辫。他正纳闷，那女孩便转过头来，一双又大又圆的眼睛眨着，长长的睫毛像两把小羽扇似的，朱红色的嘴角一翘，脸蛋饱满红润。

竟然是余玲珑，谭少卿一下愣住了。

余玲珑一回头，看到正在发呆的谭少卿，还是以前的样子，英俊中带着几分俏皮，她强压住心里的欢喜，说："喂，怎么？不认识我了？"

谭少卿赶紧眨眨眼，笑着说："余姑娘，你……你怎么在这儿！"

"我怎么不能在这儿？"余玲珑眉毛一挑，嘴一噘。

谭少卿见她还是以前那副娇俏的样子，伸出手捏了一下她的脸蛋，说："哎哟哟，别噘嘴了！我刚才看你背影，以为是哪家的大家闺秀呢，你一回头把我吓一跳！"

"哎呀你放开！"余玲珑把谭少卿的手打开，噘着嘴说："怎么是我就吓你一跳？"

"你以前不是头上梳俩发髻吗？跟年画里的大娃娃似的。现在你这发型，我看着还以为是秋水姑娘呢！"谭少卿用手比画着说。

"你懂什么？这是金陵现下最盛行的样式了！"余玲珑说着，抚摸着自己的大辫子，"怎么样？好看吧？"

"好看，嘿嘿——"谭少卿傻笑着，说，"要是秋水姑娘，一定更好看……嘿嘿——"

余玲珑一听，气得涨红了脸，抬起手就要打谭少卿，谭少卿赶紧一躲，她又要追过去打。

正在这时，齐老板进了屋，见两人正在打闹，不禁笑了，说："别闹了，别闹了啊。这俩孩子，见不到想得不行，见到了还打……"

"谁想他了！"

"谁想她了！"

余玲珑和谭少卿异口同声地说。

“还说不想，都这样默契了……哈哈哈——”齐老板坐下来，瞧着他们两个欢喜得很，笑着说，“听说你回来了，少卿高兴得嘴都合不拢了。”

“啊？”余玲珑瞪着眼睛看向谭少卿。

“哎呀，误会，误会——齐老板，你可不能这么说！”谭少卿一拍脑袋。

“好，好，好。你们先别闹了，先说正事。”齐老板招呼他们坐下，倒了两杯茶。

“对了，余姑娘，苏樱怎么样？”谭少卿关切地问。

余玲珑一点头，说：“苏姑娘很好，伤也好了，现在每天都要练功夫，勤谨得很！她让我转告你不要担心。”

谭少卿点了点头，说：“其实我早就想去看你们了，可是无奈我最近太忙了，一直没腾出空。今天下午才忙完，寻思着来茶庄打听打听你们的消息，没想到倒在这里碰见你了。”说着又做了个鬼脸：“没想到，你还打扮成这样，吓我一跳。哈哈——”

“哼！”余玲珑也不生气，噘着小嘴儿，说：“你几日没来，我帮你办了件大事儿。”

“啊？什么大事儿？”谭少卿有些摸不到头脑。

“你瞧！”说着，余玲珑从袖口里掏出一张纸，上面写着一些字，还按了一个红手指印。

“这是什么？”谭少卿拿起来看了看。

“嗯，我给你讲讲吧。”余玲珑像煞有介事地说，“前几日，我就回到京城了，因为我身份没什么关系，无须躲藏，便回家见我爹爹。”

谭少卿点了点头，认真地听着。

“因我给你飞鸽传书之后也没有你的回音，所以我就来茶庄问一问，看你是否来过。来了之后，听我表哥说你已经知道了我们回京的消息，我就放下心来。可那日，忽然来了一个贼眉鼠眼的人，进了茶庄根本就不像是买茶的，他眼神一直飘忽不定，看看这儿看看那儿，还老往房间里瞄。我就知道不对劲，后来一下子想起，那个人就是暗卫的人，上次在福建时见过他在你们队伍里！"

听到这儿，谭少卿一惊，他问："是不是脸很尖，小眼睛，高鼻子？"

"对！你知道是谁？"余玲珑惊讶地问。

"嗯，暗卫里的那个乔七，以前就爱跟踪我，最近我发现他又开始跟了，这家伙真是阴魂不散！"

"那就对了，我推测他也是跟踪你来的，不然，我表哥的茶庄做的是正经生意，怎么忽然来了这么个鬼鬼祟祟打听事儿的。"余玲珑点点头接着说，"后来，我便把伙计叫进屋里，我们就设计了一个圈套，我让后院里做采买的刘师傅假装掌柜，又让伙计把那个贼眉鼠眼的人请进屋里。我躲在屏风后面瞧着，刘师傅套他的话，他们俩你一言我一语的，那人就问刘师傅是不是有人来这里打探过什么情报。刘师傅开始也不承认，后来见他看起来很想知道的样子，刘师傅才假装半推半就地接了话茬儿，那人说，知道这儿是暗卫的情报点，他也想要知道点消息。刘师傅就说啊，消息可不是白给的，要想知道，就得花点银子。可那个人又说，他没什么钱，不如拿情报换情报吧……说了半天，最后，他俩互相换了点情报。"

"什么情报？"谭少卿睁大眼睛问。

"我事先就跟刘师傅说好了，如果那人套你话，你就说余逊尧最近囤积了不少粮食在京西的粮仓里，听说是要给外面运出去的。"

"你——你这不是往你爹脑袋上栽赃吗？"谭少卿惊讶地看着余玲珑。

"你听我说，我爹是在囤积粮食，可那是要往南边运的，是奉太后之命，就是朝廷上的人不知道。这也不是什么见不得人的事。"

"那对方给的什么情报？"

"一些无关紧要的情报吧，你回去可以查一下，不过，刘师傅留了他们交易情报的字条，还让那个人签字画押了。"

"嗯，我估计也是，他只不过是想确认这里是情报点而已，估计也是想在背后捅我。"谭少卿愤愤地说。

"那家伙也心急啊，哈哈。"余玲珑坏笑着说，"看来也不是什么聪明人。"

"可不嘛，本来就是个草包。"谭少卿也笑了。

"那你打算怎么办？"

"把这字据拿回去，反过来要挟要挟他，买卖情报在暗卫可是很大的罪，看他吃得消吃不消！哈哈——"

余玲珑听他这么说，掩住嘴咯咯地笑着，说："我就是这么想的，你回去把这带手印儿的条子放他面前，看他还敢不敢使坏。哈哈——你看，我这次事儿办得不错吧？"

谭少卿故意歪着头打量着余玲珑说："士别三日当刮目相待，这一别数月，你果然聪明了啊。"

"嘿，你这话说的，我本来就很聪明啊。"余玲珑噘着嘴，不屑地瞥了他一眼。

"行行行——你本来就聪明。看来，咱们是有默契了。哈哈——"谭少卿笑着扬了扬下巴。

"嗯！对。"余玲珑使劲儿点点头。

两个人都笑了起来。

一旁坐着的齐老板看着他俩你一言我一语地说着，给他们倒了茶，说："好了，你们两个都喝杯茶吧，说个没完，口不渴吗？"

谭少卿端起茶杯，一边喝茶一边给余玲珑讲着他遇见陆拾，想要阻止他却没成功的事情，让她务必把整件事转述给苏樱。余玲珑听得认真，也觉得陆拾现在好像脱了缰的野马，要想把他拉回来，恐怕只有苏樱亲自出马了……

四

天黑得越来越早，余玲珑回到京郊别院，她走到后院，见苏樱的房间亮着，便叩了叩门。过了一会儿，门开了。

苏樱见是余玲珑就知道一定有什么事，赶紧把她请进屋里，没等她问，余玲珑就噼里啪啦地把今天听到的关于陆拾的事转告给了苏樱。

听了她的转述，苏樱陷入了沉思，她心里说不出是什么滋味，一方面为陆拾感到担心，他如此一意孤行，就陷入了跟陈六一同流合污的旋涡。另一方面，苏樱听了陆拾说的那番话，不免心酸，一直以来陆拾都是她坚实的支撑，这一出假死，更让她明白了陆拾把她当作这世界上最亲最近的人，在自己"被害"之后，伤得最深的人就是陆拾。

过了一会儿，苏樱说："看来，我师兄没有收到我给他送去的簪子。"

"什么簪子？"

"我刚住在这儿的时候，请秋水姑娘差人给我师兄的旧宅送去一支簪子，那曾是我师兄送我的，若他能看到那支簪子，就一定会知道我还没有死。可如今，少卿不惜将真实身份告知我师兄，我师兄都不相信我没死。看来，那簪子一定没有到他手上。"苏樱双眼放空，忧伤极了。

"我听谭少卿说，你师兄能力很强，一旦他去了福建，势必会对九鬼不利。"

"没错，我也担心这个。现在他为了给我报仇……"苏樱声音几乎哽咽。

"苏姑娘，恐怕，现在只有你才能阻止他了。"余玲珑垂着眼睛，无奈地说。

"我得去找他。"苏樱下定决心，苦笑着说，"唉，刚回来，又要收拾行李了。"

"我陪你去！"余玲珑自告奋勇。

苏樱看着她单纯可爱的大眼睛，摇了摇头，伸出手抚了抚她的鬓角，说："不用了，这次你就在京城吧。上次你走了那么久，你爹爹一定很想你。"

"可是，你自己去，我怕你有事也没人报信。"余玲珑有些担心。

"别担心，我们可以飞鸽传书。"

"我怕信鸽跟丢，特意将它放进笼子里带回京城。"余玲珑笑着眨了眨眼。

两个人正在屋里商量着去福建后如何联络的事，忽然听见窗外有脚步声，苏樱警觉地对余玲珑做了一个"嘘声"的手势，侧耳仔细听窗外的动静。

就在此时，门外响起几声叩门声。

苏樱轻声问："谁？"

"是我，素萝。"

余玲珑一听，赶紧去开门。

一进门，苏樱就发现一向稳重的素萝面露急色，便问："素萝姑娘，你这么晚了突然来访，一定有事吧？"

素萝点了点头，说："秋水去鞑靼的事你们也知道？"

苏樱和余玲珑一齐点头。

"自从她去了塞外，隔三岔五都要跟我飞鸽传书的，可最近这些天突然断了联络。"素萝皱着眉头，嘴唇有些发白。

"多少天了？"苏樱赶紧追问。

"今天是第十一天了。"

"王爷那边有什么消息吗？我记得王爷那边一直派人负责与秋水姑娘联络。"

"也没消息，我在第六天的时候，见没有消息，就飞鸽传书给王爷了，今天下午收到了回信，他那边的眼线也跟秋水断了联系，大约有十天了。"

苏樱"腾"地站了起来，皱起眉头焦急地说："这么久没联系，我担心秋水那边已经出了事。不然以她一向稳重谨慎的性格，不可能这么久不和你们联络。"

素萝说："王爷那边也急了，正在派人去塞外打听消息。可近来太后的头疼病又犯了，今天下午还险些出不来皇宫呢。眼下，我怕是一时半会儿还走不开……"素萝急得团团转："可一想到秋水，我怕耽搁一天她的处境就更危险，所以我才来找你们！"

"怎么办啊？苏姑娘，我师父会不会……"听素萝这么说，余玲珑也急得要哭。

看见焦虑万分的素萝眼睛里噙着泪水，苏樱说："我本来想明天动身去福建的，看来，我得先去一趟塞外了。"苏樱眉头紧锁，攥紧了拳头。

"那陆拾那边？"一旁的余玲珑紧张地问。

"我师兄那边……"苏樱无奈地摇头，"只能先放一放了。"

余玲珑想了一会儿，问苏樱：“要不，让谭少卿去找陆拾，无论如何让他先拖一拖？”

苏樱思索片刻，说：“这样吧，玲珑，你设法通知谭少卿明日上午辰时我们在西城门外见一面。”

“好。”余玲珑点头。

“素萝姑娘，你可知骆老先生那边能否找一些江湖上武功高强之人帮忙？”苏樱转过头问素萝。

“呃……我师父现在虽然不愿意过问外面的事，不过事关秋水安危，他一定会管的。据我所知，师父那边有一些门路，可以雇用到江湖高手，也许可以为你所用。”

“需要多少银子？”

“你放心，我这里有。”说着，素萝从怀中掏出一沓银票，“我早准备好了，知道此次去关外会需要很多钱，这些是我积攒下来的，你放心用。”

“这……太多了。”苏樱看着这一沓银票，想来数目不小。

“不多，你先拿着，这路上还不知要花多少钱。”素萝把银票塞到苏樱手里。

苏樱只得点点头，说：“那素萝姑娘，请你联络一下骆老先生，我在去塞外之前，先去他那里找帮手。”

“好，我一会儿就给师父传信。”素萝点头答应。

“玲珑，你也赶快给王爷传信，说我要去塞外找秋水，需要有人引领，看王爷是否能派路熟之人带我。”

“好，我即刻就写信。”余玲珑也点头答应。

安排好了一切，三个姑娘又仔细商量了接下来的部署，素萝这才稍微放下心来，她离开京郊余府别院时已经二更了。

翌日辰时，苏樱牵着马站在城墙外，看着城门口进进出出的人。忽然一个熟悉的高挑身影向自己走来，她微微一笑。本来以为谭少卿见到自己会欢喜得像个孩子，可没想到，谭少卿直接走到苏樱面前将她揽入怀里。

谭少卿用手臂包围着苏樱的肩膀，脖子微微弯曲，下巴颏搭在了她头顶，好一会儿，两个人都没有说话。

苏樱被谭少卿紧紧抱住，有些不知所措，她听见谭少卿怦怦的心跳声，感受到他胸膛的温度，自己却好像被点了穴似的，动弹不得，只觉得浑身的血液在慢慢升温，从头发到脚趾，身体的每一寸都在发热。

谭少卿闭着眼睛像是抱紧至宝。

苏樱身后的余玲珑看见谭少卿走过来抱住苏樱，也愣住了，转动着眼珠，看看苏樱又看看谭少卿，只觉得心脏扑通扑通地跳着，发出一声叹息。

余玲珑一发声，警醒了苏樱，赶紧抬起手来拍了拍谭少卿，尴尬地说："你……干吗……勒死我了！"

谭少卿这才放开手臂，讪讪地笑着说："太想你了。"

余玲珑在一旁干咳了两声，冷着脸说："这儿来来往往的人多，你不要惹人注意。"

苏樱回过神儿来，尴尬地捋了捋头发，说："我今天找你来，是有事拜托你。"

"姐，你怎么如此见外……"谭少卿嘴角一歪，左边脸上出现一个酒窝。

"好吧，我现在要去塞外寻找秋水姑娘，事情紧急，我也没办法跟你多说，玲珑会跟你讲清楚的。"苏樱看了看余玲珑。

余玲珑使劲儿点了点头。

"其实我本来打算今天去福建阻止陆拾对九鬼下手，可是眼下秋水姑娘的事情更加紧急。陆拾那边，又不能置之不理，我此去关外不知道多久才能回来。为了确保陆拾不要做出错事，只能让你去制止他了。"苏樱看着谭少卿，不知这样会不会令谭少卿觉得为难。

谭少卿却一口答应了下来，说："好！我听说今天卫里选人去福建接应组，我自请去参加。到了福建，我一定竭尽所能阻止陆拾杀九鬼。"

看着面前的谭少卿，苏樱忽然觉得他也长大了，乐观的他那么爱笑，两颊的酒窝还是那么可爱。她伸出手，抚了抚谭少卿的胳膊，不放心地叮嘱他说："你自己万事小心，陆拾是性格刚毅的人，他现在一门心思为我报仇，你若见到他，千万不要硬碰硬……"

"我知道。"说完，他冲着苏樱灿烂地一笑。

"我在关外办完事就会尽快去福建找你。"苏樱不舍地说。

"你也要万事小心，身体刚刚好一点，又要长途跋涉……"谭少卿不舍苏樱再次犯险，他奋力挤出笑容，心里却很是苦涩。

"别这样。"苏樱看出他的难过，说道，"秋水救了我那么多次，这次我一定把她带回来，要不然欠她的人情债怕是此生都还不完。"说着，她拉住余玲珑的手，又说，"你好好在京城等我们。"

"苏姑娘，我已经和我爹打好招呼了，他已经派人去安排了，你们一出关就投奔西北军，那边会有人接应你们的。"余玲珑紧紧握住苏樱的手。

苏樱心头一暖，点了点头，说："那好，我先走了，你们保重！"

"你也保重！"

"你也保重！"

谭少卿和余玲珑异口同声地说。

苏樱笑着看看他们两个，转身跨上马绝尘而去。前方一马平川，马蹄打在冰冷的冻土上，马蹄声愈来愈远……

第二十二章
千里相救

一

夜深人静，寒冷的北风吹过，带着低沉的号叫声，鞑靼王宫后面的牢房有十几条黑影纷纷跳落在院子里。

为首的黑衣人，身形较其他人略显瘦小，一双深潭般的眼睛机敏灵活，正是苏樱。

见同行的人都已经跳进院子里，分别藏在黑暗中，苏樱抬起左手比画几下，分派几人先进去制伏牢内看守，随后进入的人解救牢房里的秋水，其余几人在院子里守住门口等待接应，然后她又比了一个"冲"的手势，几条黑影先蹿入了牢房大门。

就听见几声沉闷的声响，一名黑衣人出来打了个手势，苏樱带着第二部分的黑衣人冲进大牢。行动已经精心部署过，一行人冲破鞑靼王宫的重重防线迅速进入了大牢。

他们对大牢的地形也十分了解，迅速解决掉狱卒之后，挨个排查牢房里关押的犯人，很快就找到了秋水所在的牢房。其中一个黑衣人见牢门上挂着一把巨大的锁头和粗重的铁链，甩开手中的大刀由上而下劈了下来，一团火花随着一声巨响迸发而出，可锁头完好无损。那人瞪大双眼看向苏樱，眼睛里满是惊讶。苏樱也是一愣，她手一挥，低声说："我来！"

苏樱看向牢里，一个瘦弱的身躯蜷缩在牢房一角的枯草上，正抬着头瞪着大眼睛看着她。秋水惨白的脸毫无血色，眼圈乌黑，头发披散着，身上的衣服破旧不堪，还有一些血渍。苏樱不禁心里一阵刺痛，她看着秋水的双眼，胸口涌上一股热流，甩开手中的"夜游"冲着牢门上的铁链就是一刀，她使尽全身力气，只听得一声清脆刺耳的声响后，锁链断开掉落在地上。

见门上的锁链掉了，一个黑衣人一脚踹开牢房的门，苏樱"嗖"地一下蹿了进去，跑到秋水面前，伸出手拨开秋水散乱的头发，摸着她的脸说："走！"

秋水只看那双深潭般的大眼睛，就已知道是苏樱。

苏樱将秋水搀扶起来，把她的胳膊架在自己的脖子上，扶着她往外走。刚走到牢房门口，苏樱心里一惊："不好！"但脚上并没有停留，无论如何，今天也要杀出一条血路带秋水离开！

刚到走廊上，就见前方一个身穿褐色衣服的男子手持一把长刀与自己同行的黑衣人混战在一起。苏樱定睛观看，只觉得血液逆流、头皮发麻，怎么会是陈六一！

苏樱咬着牙，手心攥紧了夜游的刀柄，深吸一口气，大喝道："停手！"

这一声呐喊划破了牢房里冰冷的空气，黑衣人纷纷停手，跳到苏樱身边，对面穿褐色衣服的人也停了手。苏樱把虚弱的秋水交给了旁边的人，低声说："照顾好秋水姑娘，找准时机赶快走！"然后向前走了两步，冲着对面的人喊道："陈统领，别来无恙？"

"哈哈——"陈六一大笑几声，摇了摇头，说，"樱儿，如今你都称我'陈统领'了？"

苏樱知道陈六一肯定一眼就认出了自己，索性把蒙面的黑色方巾撤掉扔在一边，手握夜游，拉开了架势，说："陈统领，请——"

陈六一迅速挥刀直刺苏樱面门。苏樱向右边一躲，同时挥起一刀把陈六一的刀挡到墙边，对身后的黑衣人使了个眼色。

黑衣人立即领会了苏樱的意思，趁走廊腾出一条缝隙，扶住秋水纵身逃了出去。

陈六一见有人要逃，抽身往后面追去，可苏樱在他后面拽住了他的衣襟，他转身一刀想要拨开苏樱。苏樱赶紧收手，脚下一用力，跳到了陈六一面前，挡住了去路。

这时黑衣人已经在院子里集合，情况紧急之下他们已经准备好，若苏樱能出来便一齐撤离，若一盏茶的时间苏樱不能出来，就只能先带秋水离开。秋水身体很虚弱，但她也很为苏樱担心，她深知陈六一是一等一的高手，苏樱恐怕难以抵挡，自己现在又没有力气去帮她，也只能焦急地往牢房大门里面望去。

陈六一见苏樱挡住了自己的去路，便自下而上挑起一刀，苏樱赶紧往后退了一步，陈六一顺势又是一刀刺向她胸口，苏樱顺势往后一跳，转身向大牢门口跳去。到了当院，见黑衣人正在等自己，赶紧比画了一个"撤"的手势，其中一个黑衣人伸手揪住她的胳膊，脚下用力腾身蹿到房顶，他们一同按照事先准备好的逃离线路离开了鞑靼王宫。

在回去的路上，苏樱心中疑惑不解，当时只有自己和陈六一在牢房的通道里，陈六一为何不拦住他，反而是一刀刀挥过来，逼自己倒退到门口。而且，今天她本以为又要与陈六一正面交锋，必是一场血战，可她却没有在陈六一的眼睛里看到像上次那样的杀气。

"难道，陈六一是故意放我走？"若非如此自己怎么能如此顺利地逃脱？本来以为经历了上次那一战，自己与陈六一之间只剩下仇恨再无其他，可如今再次与他狭路相逢时他却又放过自己……

陈六一见苏樱一行人等跳到房顶逃走，并没有追过去，他面不改色地擦拭着手中的刀，收入刀鞘，静静地看着周围，纵身跳上房顶。

上一次在福建与苏樱短兵相接之后，他不能忘记自己挥起一刀直劈苏樱的时候，她那双眼睛，不卑不亢地看着自己，乌黑的大眼睛空洞极了。他在苏樱的黑眼珠里看到自己的影子，纵身挥刀的样子简直就像一个死神！而面前那个身上满是刀伤的女孩，是自己养了十几年的干女儿。"难道真要一刀劈下去才能了结这一切吗？"陈六一自那以后曾反复问过自己。

而且这次陈六一来鞑靼，只是想知道上次乞兀儿对他说的那个医女到底是谁，并没有杀掉苏樱的必要。想到这些，陈六一不禁暗自摇了摇头，苦笑着对自己说："到底是自己老了，还是像乞兀儿说的那样成了个优柔寡断的人呢……"

二

苏樱带着秋水在江湖杀手的护送之下一路逃回了关内，经过两天的颠簸终于到了宣府大同，进城时天已经黑了，家家户户都点起灯来，为了不引人注意，苏樱把随行人员分成了三路，两路分别投宿到不同的客栈，自己带着秋水四个人去了兵车都督府。

到了都督府苏樱把余玲珑给她的带有余字的青铜令牌出示给侍卫，侍卫前去通传回来之后匆忙将她们请进了都督府。

苏樱等人直接被带到了后院的西厢房，秋水虚弱地对侍卫说："烦请通传一下，我要见余将军。"

"将军有令，今夜你们好生休息，明天用过早膳之后自会见各位。"侍卫说完便离开了。

苏樱扶秋水躺在床上盖好被子，说："你别急，玲珑已经提前为我们安排好了，你先好好休息。你身上的伤倒是不重，在牢里多日不见阳光，也没有热的饭食，所以体力虚脱。"

秋水回想着当时的情形，说："嗯，他们倒只是用鞭子抽我两下，也不是很重。鞑靼王和王妃都是心慈之人，而且我进王宫这段时间与王妃相处得很好，我想，真正想置我于死地的，另有其人。"

"你觉得会是谁呢？"苏樱问。

"我觉得……很有可能是鞑靼贵族乞兀儿。"秋水思索着回答。

"哦？"

"是这样的。"秋水强撑着精神对苏樱讲："乞兀儿是现在鞑靼王的亲侄儿，鞑靼王无子嗣，那么他便是顺位的继承人。我入鞑靼王宫之后发现王妃无子很可能是被人暗害的，她素来喜欢做点心，而点心的原料与她平日里服用的药中的一味草药相冲才会不孕。在我针灸治疗加中药调理之下，已有好转，可就在这时候，我忽然被抓起来打入大牢。审讯我的官员拿来一包药让我招认，说王妃吃了我开的药突发心绞痛险些丧命，我仔细看了那些药根本就不是我开的，一定是有人调包了！"

"什么？就算鞑靼王宫没有我们大明的王宫复杂，宫女、宦官也比较少，可也不至于疏失至如此地步吧？"苏樱不解。

"唉……"秋水长叹一声，缓了缓力气，接着说，"这也是我最担心的地方，他们或许不是疏失，是已经被人买通了。你想，若王妃病愈诞下王子对谁不利？"

苏樱想了想，眼前一亮，说："乞兀儿！"

"对。"秋水点了点头，"谁能对王妃日常习惯如此了解，谁又能买通宫女？"

苏樱点了点头，喃喃地说："那么说，还是乞兀儿……"

"没错……"秋水说着，有些惆怅，又忧虑地说，"我现在担心王妃的处境很危险……"

"这个，咱们从长计议吧，你先要养好身子。"苏樱拉着秋水的手，安慰她。

秋水点点头，闭上了眼睛，忽然又睁开，说："对了。"

"什么？"。

"我打听到现在鞑靼王还有一个弟弟，年纪已经不小，听说大约三十多年前去了中原，后来再无消息了……"说到这儿，秋水一阵咳嗽。

苏樱赶紧到桌前给她倒了杯热水，送到床边，说："快，喝口水。你太累了，该休息了。有什么事明天再说。"

秋水点点头，闭上眼睛，喘了口气，说："是不是陈六一？"

"若是之前，我兴许还有怀疑，可那日在大牢遇见他，便已知是确凿的了。"苏樱拍了拍秋水的手背，说："快睡吧……"

可过了一会儿，秋水又睁开眼睛，说："对了，《按察录》所在的地点找到了。"

"真的！"苏樱很意外，秋水竟有这么大的收获。

秋水疲惫地一笑，闭上了眼睛。

苏樱摸了摸秋水微微发热的脸颊，又掖了掖被子。等秋水睡熟之后，自己在外屋的榻上睡了。

苏樱这段时间日夜颠簸，到了都督府才放松了许多，睡得也格外踏实。一睁眼，天已经大亮了。

苏樱扶秋水起床梳洗。

早膳后，秋水去见余逊尧，快到晌午的时候才回来。一进屋，她坐在椅子上，便露出笑容。

苏樱急切地说："快把藏《按察录》的地点告诉我！"

秋水脸色依旧苍白，把手搭在苏樱的膝盖上，说："暗卫正厅堂前是否有一尊宣德年间所制的香炉？"

苏樱疑惑地看向秋水，说："是啊，可你怎会知道？难道你曾去会见过陈六一？"

"我并未踏足过暗卫，鞑靼王宫舆图所标注的地点，是冷宫里的一口枯井，那枯井底的砖石上刻着《按察录》，就在那尊香炉里……"

看苏樱惊诧不已，一语不发，秋水接着说道："你现下如何打算？"

"我正要去福建，南方路途遥远，我怕再耽搁下去，那边的局势会更加糟糕。"苏樱皱着眉头，想到陆拾现在已然是脱了缰的野马，她心头一紧。

秋水说："好，你且去吧，路上一定要多加小心。哦，对了……"说着，她从怀中掏出一块腰牌，递给苏樱："这是刚刚余将军叫我给你的，他说我们现在所做的事情，玲珑都已经详详细细地给他讲过了，余将军会全力支持我们。这令牌是先帝赐给余将军的，可以临时调动小规模的兵力，兴许你去福建可解燃眉之急，只是人数不能过千。"

苏樱接过腰牌，仔细看了看，是钨铁铸成的箭形令牌，上面写着四个字："御前带刀"。想必是余逊尧曾经任皇宫大统领的时候先帝所赐，余逊尧如今能把令牌借予她，充分表明了对她的信任，苏樱心头一暖，颇为感动，攥着令牌，对秋水说："谢谢！"

秋水握住苏樱的手，冲苏樱露出甜美温暖的笑容说："一定要保重！"

苏樱咬了咬嘴唇，说："那我今天就走了。"

午饭后，苏樱把自己在骆商铭那里雇用来的江湖杀手移交给了秋水，只身一人离开了大同。

这一路，苏樱的心情格外沉重。《按察录》之事虽已有明确线索，却更加棘手，陈六一的谋划令前路更为凶险，这暗卫对于苏樱而言是否真的是宿命纠缠，或是陈六一对于苏樱而言是难逃的劫数？陆拾现又已进入陈六一所布之局，他盛怒之下不知会做出什么无可转圜的事。九鬼在福建海上的势力一直牵制着倭寇，而陆拾这一去定是要取九鬼的性命，若真是如此，福建海上必将失守，这对大明将造成什么样的影响！

苏樱定了心，此去福建一定要阻止陆拾闯出大祸！

历经大半月，终于到了福建，沿途中苏樱所到的村落已经失去了生气，家家户户门窗紧闭，渔船都搁浅在沙滩上，渔民甚少外出打鱼。港口也没有了以前繁华的景象，往来船舶只剩过去的两成。

第二十三章　勇战倭寇

一

谭少卿随暗卫接应组来到福建时，陆拾已经理清这边的一切阻碍，就等他们到了一举拿下海盗九鬼的老巢了。他们在三山镇的一家客栈里会面，陆拾一一部署着接下来的行动。

"海盗九鬼常年居于海上，只有逢六或逢九的时候才会上岸回老家，我已经查清他家的住址，这是舆图，你们仔细看看。"陆拾铺开一张大纸，"这周围都布有机关，你们一定要仔细看清楚，这半个月来，我屡次试探这些机关，这并不比我们在卫所里试过的机关复杂，所以破除这些机关对你们来说应是手到擒来。这里，他家的大门口，每天都有四班侍卫轮班把守。后门也一样，西院是他老母亲所居的院子，这边安排四个人。"

陆拾抬头看了看围成一圈的暗卫，用手一指："你、你、你，还有你，攻西院。"又接着指着舆图说："东院是他内人的居所，你们四个从东院进去。"陆拾抬头安排另外几个人："其余的八个人分成两组，一组随谭少卿攻后门，一组随我一起攻前门。听明白了吗？"陆拾面色凝重地看向大伙儿。

"听明白了！"大家异口同声地回答。

陆拾从怀中掏出墨玉令牌，严肃地说道："听令！"

"是！"在场的暗卫全都起身，拱手抱拳，微微低头。

陆拾手持令牌，看了看在场的人，正颜厉色地说："三日之后是腊月十六，快到年下了，九鬼必将回家与亲人团聚，届时我们一举将他抓获。另外，你们攻进院内切勿大开杀戒，他的家眷都是手无寸铁的老弱妇孺。"

"是！"

"具体出发时间，我会在当天通知你们，这几天你们就住在客栈，尽量不要出门走动。"

"是，卫督。"

陆拾让在场的人都散去，他一个人坐在屋子里思索着这几天需要准备的事情。

见人都散去，谭少卿若无其事地溜出了客栈，根据余玲珑在京城时给他的骆商铭在福建的联络点，找到了犀牛谷的人，把消息传了出去，又神不知鬼不觉地回了客栈。他也不知道苏樱现在人在何处，三天后就要行动，看陆拾志在必得的样子，自己都不知道该怎么阻止，可他向苏樱保证过要尽力阻止陆拾……

一想到这些，谭少卿就觉得头大了好几圈儿。"看来现在没有什么好办法了，只能走一步算一步了。"他自己在心里嘀咕着，一头栽到床上，扯过被子把脑袋盖住。"干脆闷死我算了！"他在被子里嘟哝着。

三日后，腊月十六的午后，谭少卿等人接到陆拾的消息，当晚亥时二刻出发。谭少卿等人纷纷回去准备，把武器都擦得锃亮，身上的镖也都带足，在房间里打坐就等待今晚的行动。

可谭少卿却静不下心来，今天晚上会发生什么事，自己还没有把握，如果九鬼今晚没有回家还好，能拖几天。若他今晚回家，可怎么办？他盘着腿坐在榻上，紧闭双眼，深吸一口气心中盘算：假如陆拾抓住了九鬼，我得想个办法拖延一些时间才是，等苏樱来了，一切皆可迎刃而解……

九鬼的家就在北厝镇的一个盐场附近，夜里的小岛上漆黑一片，墨蓝色的天空繁星点点，海风吹过带着咸咸的味道，小岛上除了涛声什么也听不见。

陆拾带着十六名暗卫已经潜入了九鬼老家的宅院边上，宅子周围那些机关正如陆拾所说，根本难不倒训练有素的暗卫。陆拾抬手令下，暗卫们兵分四路悄悄地走向东西南北四个方向。

陆拾潜入正门外的墙根下，从袖中掏出一枚信号弹，拉开捻绳，"嗖——"一枚蓝色烟花带着哨声飞到天上，划破了安静的夜空。随后，他跳进墙内，身后两名暗卫也跟了进来，另外两名则迅速地跳到正门口，以迅雷不及掩耳之势把守门的家丁打晕。其他各路暗卫看到信号弹之后，也都迅速地跳进院中。

家眷被带到后院，女眷和孩子被绑起来锁在一间屋子里，家丁被绑起来锁在另一间屋子里。

谭少卿一边绑着人，心里一边嘀咕："这九鬼也太疏于防范了吧，堂堂一个海盗，怎么家里不多留点高手保护啊！唉……"

陆拾站在前院里，看着四周的情况。

这时谭少卿跑了过来，高喊："报卫督。"

"讲。"

"没有发现九鬼。"

"嗯——先把人看好，再等等看。"

"是。"

陆拾拿来一把椅子，坐在院子正中间的位置，手里拿着他长刀。他抬头看了看月色，时间尚早，兴许九鬼会晚些回来也说不定。

谭少卿在一旁看着陆拾坐在椅子上纹丝不动，心里也在默默地想着：这个陆拾真是固执……

远处一阵又一阵的涛声灌入耳中，海水慢慢涨潮，陆拾的心里也和海浪一样平静不下来。

　　忽然，一个黑影从正对陆拾的房檐上跳了下来，速度之快好似闪电一般，随之而来的是一道寒光，带着蜂鸣声直奔陆拾的面门。陆拾浑身上下的汗毛倏地立了起来，他只觉得一股风朝着自己刮过，他两只手一拍椅子的扶手，纵身跳到后面，椅子"啪"地摔倒在地。

　　还没等陆拾站定，那黑影旋转着身体向陆拾逼近，身体周围好像包围着一道道白光。陆拾只觉得一股锐气向自己逼近，耳朵里一声又细又尖的巨响，头脑一阵晕眩，面前这黑影的身手、兵器闪放出的寒光，再熟悉不过……

二

　　刀已经划过陆拾的面前，只差一段眉睫的距离，他却没有躲闪，直到一把短刀停在他面前，锋利的刀刃简直要吸住他的皮肤。

　　陆拾仿佛灵魂出窍一般呆立在原地，手中的刀也落在了地上。

　　"樱儿……"

　　陆拾泪眼婆娑地将手伸向来人的脸颊，一颗温热的泪水正落在手指上，他猛然将手停在半空。

　　"师兄！"

　　陆拾一把将苏樱拉进怀里紧紧抱住。

　　苏樱的到来，让谭少卿悬着的心终于放下了。可当他看见陆拾与苏樱拥在一起，他心里又一阵翻江倒海……

　　苏樱被陆拾的双臂环抱，她感到陆拾的眼泪渗到她的头发里，与她的泪水汇聚，一同沿着脖颈淌到心口。陆拾不停唤着苏樱的名字，声音低沉悲伤。苏樱搂住他不住颤抖的臂膀，口中一阵苦涩，仿佛被扼住喉咙一般说不出一个字。从小到大她从未见过陆拾流过一滴眼泪，在她心里，陆拾是一个铁骨铮铮、坚不可摧的勇士，如今却哭得像个孩子一样不能自已。

过了好一阵，陆拾缓缓放开苏樱，把双手放在她脸颊上，为苏樱擦干泪水。

"师兄……"

"嗯……"陆拾眨了眨眼睛，眼角的泪晶莹闪烁。

"我没有死……"苏樱握住陆拾的手说。

陆拾再次将苏樱揽入怀抱，嗅着苏樱发丝和颈肩的气息。前些日子他仿佛患了不治之症一般，而此时，他便是得了救命解药，终于活了过来，再不愿放开苏樱……

此刻，站在后面的谭少卿深吸了一口气，眨了眨眼睛，走上前来。

"呃……陆卫督……"

谭少卿一开口，陆拾仿佛惊醒一般，赶紧收拾情绪，回头看向谭少卿。

"此地不是说话的地方，你们进屋，让苏姐姐把事情原委向你说清？"谭少卿看看四周，问道。

"好……好。"陆拾点点头，说，"那后院，你帮我守住。"又回过头对苏樱说："樱儿，咱们进屋说。"

陆拾带着苏樱进了屋子，谭少卿站在原地，心里像海风一样苦涩潮湿，他又叹了口气，向后院走去。

苏樱把自己遇害的经过讲述了一遍后又对陆拾说："师兄，我是遭了胡光子的暗算，和九鬼并无任何关系，相反，他帮我安置了张通，我才拿到了陈六一的暗地交易记录和《按察录》的藏匿地点。"

陆拾恍然大悟，为何陈六一如此着急地要自己杀掉九鬼，原来是想借刀杀人。他长叹一声，懊恼地说："还好你今日赶到此处，否则，真要铸成大错！"

"少卿拦你不住，我知道，只有我亲自来到你面前，才能阻止你。我曾托人给你旧宅送去你赠予我的簪子，可是音信全无，我猜，一定是被人截获了。"

"或许是吧……我想，若你尚在人世，一定会设法与我联系的，今日回过头来看，确实有人刻意为之。"

"师兄，如今丰臣秀吉对我大明海域虎视眈眈，九鬼若出事，沿海必定生灵涂炭，所以，我们不如助九鬼一臂之力，一举将倭寇赶出东海，你看如何？"

"好。"陆拾想了想，说，"可福建都督那边，已然破坏了海市，捉了很多渔民，现在福建局势也很紧张，恐怕他那边不好周旋……"

"这你尽管放心。"苏樱从怀中掏出秋水给她的"御前带刀"腰牌，说，"我已经见过福建都督，他看到这令牌就立刻俯首了，我说我是奉皇上之命让他与九鬼联合抵御倭寇的。"

"他相信了？"

"目前看来是相信了。现在这局面，他若不抗击倭寇，还有什么活路，虽然封了海上黑市，可福建一片萧条。倭寇在海上蠢蠢欲动，若真侵犯过来，恐怕福建都难保了，更别提他这个都督了。"

"唉……都是我的错……"陆拾低下头，长叹一声。

"别这么说，我知道你身不由己。"苏樱宽慰陆拾。

"你说怎样部署。"

"师兄，我听说海上的渔民被抓住后，会被押到一个小岛上，由一部分倭寇看守关押。可这个关押地点连福建都督都不清楚，只是听他说可能会将这些渔民集合在一起，打算攒够人数一同押运到东洋做苦工。我欲两日之后，带一队人打扮成渔民的样子，混入被抓的渔民队伍里，到了被关押的地方之后，想办法制伏看守，把沿海的渔民解救出来！到时候，我一旦得手，便放信号弹给你。"

"你要我做什么？"

"你可否与少卿一起带暗卫的人到九鬼营中，与他一同击溃倭寇？"

陆拾听了苏樱的部署，低下头想了一会儿，缓缓抬起头，说："现在倭寇驻东海的将军是丰臣秀吉，他与陈六一素有来往，私下里交易的货物甚多……"

"师兄，你也知道？"

"我在张通的家中翻出来几本记档，上面记得清清楚楚。"

苏樱想了想，说："师兄，你可愿意和九鬼联手击退丰臣秀吉？"

陆拾陷入了思考，若不击退倭寇，恐怕福建海域迟早会被倭寇吞并，此时已经顾不了那么多，他看着苏樱，点了点头。

苏樱笑了笑，说："明日我找人带你去见九鬼，两日后的晚上，我们以烟火为号！"

两个人又仔细部署了一番，苏樱就要告辞离开，她安慰他说："师兄，别担心，我大难不死，来日方长。"

"樱儿……"

"别怕，只要活着，就能再见。"

陆拾深吸一口气，握住苏樱肩头，说："好！"

苏樱离开之后，陆拾命人尽数放了九鬼的家人，带着人离开了九鬼的老家。

三

两日后的下午，陆拾带领十六名暗卫备齐弓箭和弩箭，在码头登上了九鬼的黑色帆船。海上迷雾层层，行驶约莫一个时辰，陆拾看到海面上一排百余艘大帆船缓缓行进着，全是黑色的船帆，船身通体油着黑漆，船帆上写着白色的"九"字，迎风招展，煞是显眼。

陆拾登上大船与九鬼见面，分析了眼下海上的局势，商量晚上的战术……天色渐渐暗了下来，大家也都越发紧张了。陆拾虽然在陆地上身经百战，可海上作战还是头一回，他看到九鬼的船只和兵器都十分精良，不禁感叹，难怪九鬼能在海上保东海南海平安多年，看来他的船只可谓海上长城啊。

亥时，九鬼带领手下的士兵都站在了甲板上准备兵器好随时待命，陆拾也带着暗卫的人站在"九家兵"中间，把弓箭、连弩都准备好。

夜晚的海上比陆地上冷许多，还好今天风平浪静。雾渐渐散去，巨大的帆船都收了帆，停在海平面上纹丝不动。船上所有人都屏住呼吸，谭少卿站在甲板上，守在一门大炮的旁边。他看着漆黑的海面，身上的汗毛都竖立起来。

陆拾和九鬼一起等待苏樱的信号弹。

一层云罩住了月亮，海面上更加漆黑了，九鬼看了看计时器，已经亥时二刻了，他头转向西边，目不转睛地望着那片天空。

九鬼看了看计时器，已经快到子时了，他低声问陆拾："不会有什么变故吧？"

陆拾摇了摇头，回道："不会。"他心里也很焦急，但是此时他更相信苏樱。

话音刚落，只听见一声清脆的响声划破长空，一枚信号弹升上天空，拖着长长的粉色尾巴。

陆拾兴奋地看向九鬼，说："得手了！"

九鬼等这一刻已经等得心焦，看见信号弹升空，他对手下的士兵高喊："进攻！"

指挥使吹响了号角，挥起旗帜。

士兵们把手上的箭蘸上猛火油点燃，一齐射向空中，箭划过夜空，闪过一道道亮光，带着蜂鸣声射向远方。

甲板上的大炮也都点燃导火线，"轰隆隆"几声巨响，炮弹发射出去，在远处炸开，震耳欲聋的声音之后，一团红彤彤的火焰腾空而起，震得地动山摇，海面和船舶都跟着晃动。谭少卿站在甲板上定睛观看，原来在远处的海面上有数百条船只，密密麻麻，一眼望不到边……他心里这才知道，倭寇早已在此驻扎，恐怕今日九鬼不攻打他们，他们也会找机会攻入东海。

炮声四起，倭寇的船也开始向九鬼的船开炮，有的船已经被大炮击中，船体被炸裂，船员纷纷受伤，只得向其他船疏散。可士兵们的箭没有停，还在不断地向对方射去。

谭少卿帮着大炮跟前的炮手不断地添加炮弹、点燃、发射，随着一声声巨响，团团火焰升起。

陆拾站在高处，仔细看向对方的营地，发现了一个头非常小，但身材却很健壮的男子，身穿黑色盔甲，手持一把武士刀，正在指挥。擒贼先擒王！他拿过自己的弓箭，用力拉满。他手臂上的肌肉绷得老高，额头的血管凸起。他眯起左眼用右眼瞄准对方的头，果断地把手中绷在弦上的箭射了出去！

海上，两阵的船只相隔甚远，弓箭射到对方的甲板上就已经很不错了，所以箭才要蘸上猛火油，为的是要点燃对方船只。

陆拾的弓要比寻常的弓大上一倍，而这支箭好像要将空气撕裂，拖着长长的白光，好似闪电一般射向对方船只上的将领。

眼看就要射中对方了，可就在此时，一颗炮弹正好打在那将领所站的船头上，船身受到了巨大的震动，那将领身体一歪，差点跌倒，正准备站稳时，陆拾的箭已经射了过来，正扎在了他肩头！士兵惊慌失措，赶紧把他扶住，那将领愤恨地瞪着小眼睛看向九鬼的船只。

那支长箭还扎实地竖在他肩头。

九鬼被陆拾这一箭惊到，他从没见过射程如此之远的箭，能正中对方将领更是难上加难。他转头看向陆拾，双目如炬地说："好内劲！"

陆拾摇了摇头，说："可惜没射死他。"

"那人就是丰臣秀吉，我与他海上交往数年，都没见他受过伤，今日他却在你这儿吃了亏。"九鬼笑着眺望对方的船只。

丰臣秀吉愤怒至极，他捂住肩头，挥起手中的刀，高喊："进攻！"

底下的士兵也都跟着他呼喊着："杀！"

在旁的士兵赶快扶他到另外一艘船上，正在他激愤地指挥进攻之时，忽然有一名士兵喊着"报"边喊边往过跑。

丰臣秀吉愤怒地回过头说："什么事？"

"报——报将军！"士兵单膝跪地，手里举着一封信，说："报将军，天皇有旨，请您速速回朝！"

丰臣秀吉一听，皱紧眉头，一把扯过那士兵手里的书信来看，眼睛被炮火映得通红，把手中的信狠狠地摔在甲板上，瞪着眼睛看向九鬼船只的方向，喘着粗气。

片刻之后，丰臣秀吉闭上眼睛，无奈又愤恨地喊道："撤！"

指挥使问道："将军……这……"

"撤！"丰臣秀吉暴戾的双眼布满血丝。

指挥使赶紧低头："是！"转身吹起了撤退的号角。

九鬼这边的士兵们还在不断地射箭，忽然发现对方的船只在撤退，渐渐地消失在海平面，九家军的指挥使才下令停止了放箭。这一战下来，士兵们精疲力竭，都瘫坐在甲板上，把弓箭放在一旁，擦拭着头上的汗和身上的血。

谭少卿眼睁睁地看着陆拾射出一箭，差点命中对方的将军，心里暗暗佩服。

此战告捷，九鬼很是高兴，这是倭寇在东海上最集中的一部分兵力了，如今被他们击溃，想来这段时间，海上能太平一阵子了。

天亮后，九鬼派船送陆拾和谭少卿等人回陆地。临别时，九鬼拍了拍陆拾的肩膀，说："陆千户果然是英雄，不知何时才能再见。"

"陆某此前多有得罪，还请九爷谅解。"陆拾赶紧抱拳行礼。

"嗳——"九鬼一挥手，说，"那都是误会，苏樱已经跟我讲过了。"

"对了，九爷。"陆拾忽然想起一些事，说，"您家周围的机关需要再精密一些，看家的护院和侍卫也得再加强一些，既然我能偷袭进去，旁人也可以。尤其现在局势如此之乱，更要多加留神。"

九鬼一听，点了点头，笑着说："陆千户，我还真舍不得送你回陆地了，若你能留在我营中该多好，哈哈哈——"这样一个年轻有为的勇士，如果能在自己麾下，便是如虎添翼。

"呵呵，九爷抬爱了。"陆拾又躬身抱拳，说，"九爷，陆某先告辞了。

九鬼扶了一下陆拾的胳膊，做了一个"请"的姿势，陆拾便带着暗卫们上了小船。

小船驶到渔村码头时，苏樱已经在岸边等候。

陆拾等人纷纷跳上岸，见苏樱也安然无恙，说："樱儿，你现在和以前不同了。"

"哦？怎么不同？"苏樱歪着头问。

"如今樱儿脸上多了些笑容。"

"是吗？"苏樱低下头，想了想，说："兴许是心态不同了，虽然如今经历的事，桩桩件件都是要拼了性命的，所看到的世间万物却不同了。师兄，你其实也可以如我一般，脱离那灰暗的天地……"

"我？"陆拾低下头摇了摇，迈步往前走。

谭少卿等人走在后面。

苏樱小声说："师兄，离开暗卫吧……"

此话一出，陆拾皱紧眉头，压低声音说："嘘——"他回头看了看，又转回头说："你说什么呢！"

"师兄，你既然知道陈六一做的那些事，为何还要留在暗卫辅佐他？"

"不在暗卫，我能去哪儿？"陆拾苦涩地说。

"师兄，可否和我一同推翻陈六一和暗卫！"

"灭了一个陈六一，事情就解决了吗？暗卫撤销了，朝廷就会安稳吗？"

"你知道吗？陈六一实际上是鞑靼贵族，现在的鞑靼王的弟弟！多年来他蛰伏于中原，掌舵暗卫，实则是要颠覆大明，助鞑靼部落恢复政权！"

"什么？"陆拾虽知晓陈六一走私一事，但并不知道他还有这样一层身份。

陆拾满脸彷徨，过了一会儿，他说："樱儿，我还是不能离开暗卫。"

"为什么？"

"因为……因为我父亲还在陈六一手上，他年事已高……若我离去，陈六一必会杀了我父亲！若是那样，我定会自责一辈子……"

"这……"苏樱不知道陆拾的父亲竟被陈六一挟持，心头泛起一阵苦涩，难怪陆拾会对陈六一言听计从。她目若水中涟漪，温柔地对陆拾说道："师兄，我终于明白你曾经的'身不由己'……"

"你放心。"陆拾拍了拍苏樱的背,说,"我不会走歪路,只要你好好地活着,我就放心了,你无须担心我。"

陆拾的话里带着无限的凄凉,让苏樱感到心痛,她声音微颤,说:"师兄,那你等我……"

"好。"陆拾一笑,垂着眉稍,点了点头。

谭少卿和其他暗卫走在他俩后面,无味地咂了咂嘴,高声问道:"陆卫督,咱们去哪儿?"

陆拾转过头来,说:"回京!"又对苏樱说:"一同回京吧。"

"好,我回京郊。"苏樱点头。

陆拾提高声音对暗卫说:"分头去客栈把马牵上,今日午时三山镇外,土城楼下集合。"

暗卫们纷纷离去,谭少卿走过来对苏樱说:"你怎么办?"

"我也去取我的绝雳,午时见。"说完,她转身向东边走去。

谭少卿看着她的背影,心中莫名的落寞,他低下头随陆拾回了客栈。

一路回京,谭少卿都格外疏远苏樱,是不想让其他暗卫发现他们关系不一般,但看着苏樱和陆拾在一起总有说不清的心情。

一行十几日,终于到了京城附近,苏樱和他们告别,陆拾带着其他人回了京城。苏樱站在城外的荒原上,看着陆拾和谭少卿策马离开的背影忧心忡忡。

可眼下还有更重要的事要做,苏樱掉转马头往郊外余府别院方向赶奔。

第
二
十
四
章

乔
七
之
死

一

京城大街小巷都挂起了红灯，孩童聚在巷口放着烟花爆竹，家家户户贴起对联、窗花……

谭少卿才发现已是年关，就要过年了，他忽然想起了自己小时候，每逢过年家里都热闹非凡，穿新衣、戴新帽，还有吃不完的糖果……自从经历家变之后，这一切与他再无半点关系，流浪的日子里，他最怕年节。尤其正月十五，那是他全家的忌日。每逢年下，都是他最伤心痛苦的时候。

听着路边"噼里啪啦"的爆竹声，谭少卿觉得仿佛有条鞭子在抽打自己的心脏，再加上近日与苏樱的疏离，让他更加伤感。

谭少卿把自己关在屋子里两天，头不梳脸不洗。这日终于闷不住了，他扯过斗篷披在身上出了门。

走在街道上，他把风帽戴上，低下头往前走。

"喂——"余玲珑从一条巷子里蹿了出来，她一眼就认出了谭少卿，开口喊他的时侯，巷口的孩童忽然放了一个"二踢脚"，炮声压过了她的喊声，只见走在前面的谭少卿拽了拽帽子，疾步向前走去。

余玲珑见叫不住谭少卿，便跟着他走了过去，街上马车也多，余玲珑不好再喊，只得跟着他，看他到底要做什么去。

走着走着，余玲珑忽然发现一个身穿灰色棉袄的人好像也在跟踪谭少卿，那人边走边左右看，还特意藏在拐角，等谭少卿走远一些再跟上去。

"又是他！"余玲珑见那人獐头鼠目的样子，就认出来是上次去茶庄的乔七。

谭少卿头也不抬地走着，出了城门直奔西山陵园，进入陵园，他走到一个小小的墓碑前跪了下来，静静地将周围的杂草拔干净。

"爹、娘，孩儿来看你们了。"他跪在墓碑前，低着头，"孩儿已经长大了，你们二老放心吧。少卿想你们了……"

对父母的思念和积攒了数日的委屈一股脑地涌了上来，谭少卿再也控制不住，呜呜咽咽地哭了起来，他伸出手捂住嘴巴，眼泪却沿着指缝流了下来。

忽然，在他脑子里闪过陆拾拥抱苏樱的情景，他们两个对望的眼神，令他更加心痛。或许自己本不该有这样的想法，可自从父母离开人世，苏樱便已成为他的精神支柱，那冷峻却又令人怜爱的女子，一举一动都牵系着他的心。可如今，他却觉得她离自己越来越远……

谭少卿只顾悲伤，全然没有察觉不远处躲在树后的乔七。

乔七探头瞄着谭少卿，看他在坟前哭得伤心，很是好奇，于是眯着眼睛仔细看墓碑上的字，不禁倒吸了一口冷气。这谭思不就是曾经的兵部侍郎吗，许多年前的一个元宵节，被暗卫灭门，当时自己还只是一个在锦衣卫里挑水的小童，那案件据前辈所说惨烈得很。

"难道谭少卿是谭思的儿子？"乔七心里暗自窃喜，若自己能拿下谭少卿，将他的真实身份呈报给统领，想必是大功一件！想到这儿，他再也按捺不住了，抽出一把匕首，纵身跳到谭少卿身后，挥起刀直插谭少卿后颈！

　　与此同时，在后面树枝上躲着的余玲珑，见乔七抽出匕首冲着谭少卿过去，而谭少卿完全没有觉察。若再不出手，恐怕谭少卿就会死在乔七的匕首之下，情急中，余玲珑飞身从树上跳下，在空中抽出鸳鸯剑，由上至下俯冲过去。

　　乔七正在盘算着先杀掉面前这个自己厌恶已久的家伙，再去领功，怎会料到螳螂捕蝉黄雀在后。他的刀尖几乎都要刺到谭少卿的风帽了，却忽然觉得自己脖子一丝凉，接着一股暖流淌到胸前，他赶紧伸手摸自己的脖子，低头一看自己的手上满是鲜血。乔七眼前发黑，"扑通"一下摔倒在地，抽搐了两下便再也没有起来。鲜血从他的喉咙喷出，地面殷红一片。

　　谭少卿忽觉脑后一阵风声，他迅速转头观看，乔七持一把匕首，胸前一片鲜血，余玲珑手持鸳鸯剑，她也呆呆地站在原地，瞪大的眼睛里充满恐惧。

　　看见这场面，谭少卿赶紧站起身来跑到余玲珑身边。余玲珑已经像只被吓坏的小鸟，谭少卿握住她的手，帮她把剑收了起来，说："余姑娘，余姑娘。"

　　余玲珑直直把目光移到谭少卿脸上，愣愣地说："我……我杀人了——我杀人了——"说着瘫倒在地。

　　谭少卿见状赶紧蹲在地上抱住了她："别怕，别怕。玲珑，你别怕……"一边说一边摩挲着她的肩膀，试图让她放松下来。

　　余玲珑却"哇——"地一声哭了出来，"啊——啊——"拼命地号叫着。

　　"玲珑，玲珑！你别怕！别怕……"谭少卿深知余玲珑虽然是娇纵了些，却从来没有杀过人，这样近距离地割破人的喉管，见这满地的鲜血，一定吓坏了。他把余玲珑的头按在自己胸前，使劲环抱着她，过了一会儿，余玲珑失去了力气，再也不挣扎，只是默默地流泪。

　　谭少卿这才缓缓地将她放开，握着她双手说："玲珑，你听我说。"

　　余玲珑呆呆地点头，脸上挂着几条泪痕。

　　"你先回家，这里由我来处理，好吗？"谭少卿伸出手捋捋余玲珑的碎发。

　　余玲珑一听，脑袋摇得好像拨浪鼓一样，惊慌地说："不！我不要回家，我不敢回家——"

"玲珑，你听话，我们不能任这具尸体丢在这里，你先回家，我解决完了就去找你，好吗？"

"我——不敢回家——呜呜呜——"

谭少卿看见余玲珑哭得像个孩子一样，一阵心疼，说："那你去别院，找苏樱，我在这里等她，你让她赶快来。好吗？"

余玲珑抹了抹眼泪，点点头说："好——"

"快去，我在这里等她。"谭少卿拍了拍余玲珑的手。

余玲珑二话没说，转身脚下一蹬，飞上了树枝，在树枝之间飞窜消失。

二

约莫过了三刻钟的时间，苏樱骑着马飞驰而来，谭少卿迎了上去，苏樱下马看了看躺在地上的乔七，皱着眉说："不能让别人发现他死在这里，否则你的身份就会暴露。"

"嗯。"谭少卿点头。

苏樱思索了一下，说："先把尸体挪开，多挖些土把血渍掩盖住。等天黑之后，咱们把尸体带回暗卫。"

"好。"谭少卿赶紧把尸体移开，到旁边的树坑里挖土，清理血迹。

等他们清理完，天已经黑了，谭少卿脱下斗篷把尸体裹住，搭在马背上，苏樱和谭少卿回到城里。苏樱在西市买了只鸡，装进黑布袋里，交给谭少卿，说："这个你拿着，咱们晚一点再回卫所。"于是两个人就找了一个僻静的地方，静静等候。

谭少卿站在巷子里，低头倚着墙，不说话。

苏樱见他有些反常，说："喂，你也吓傻了？"

"噗——我怎么会。"谭少卿嗤之以鼻，问，"余姑娘怎么样了？"

"吓坏了，三魂不见七魄。"苏樱幽幽地说。

"原来是个纸老虎。"谭少卿嘟哝着。

"别这么说，她终究是个女孩子，从小就是娇生惯养的大小姐，怎么经得起这场面。"

"以后就好了，今儿开了个头。"

苏樱听谭少卿的语气，觉得有些不对劲，说："你今日是哪根筋搭错了？人家玲珑是为了救你，你还在这儿说风凉话。要不是你，她会这样吗？"

谭少卿叹了口气，说："唉……我是看她吓坏的样子，心有不安。"

"这还差不多！"苏樱瞪了他一眼，说，"最近心情不好？"

谭少卿一愣，看向苏樱，说，"你……怎么知道……"

"我怎么能不知道？"苏樱瞥了他一眼，说，"一定是心里苦，才会去祭拜父母的。要不然，怎么无缘无故去陵园，惹出这些事端，将自己置于险境！"

谭少卿没说话。

苏樱把手搭在他的肩膀上，用力按了按，说："别这样，难道，你还有什么话不愿意跟我讲？"

苏樱的手好像有一股热流传到谭少卿身上，他感到很温暖，抬起头，抿着嘴笑了笑。

苏樱也冲着他微微一笑。

夜深了，城里的鞭炮声渐渐停下来，他们才牵着马走到了卫所后面的巷子里，苏樱把马拴好，谭少卿扛起乔七的尸体，两个人飞身上了房顶，到了后院，神不知鬼不觉地进了谭少卿的房间。

到了屋里，谭少卿把尸体扔在地上，把斗篷拉开，苏樱把尸体摆好，对谭少卿说："鸡呢？"

谭少卿赶紧把腰间的布袋子解了下来，把鸡从里面拎出来递给苏樱。苏樱用布袋子把鸡的头层层缠住，避免它发出声响，然后手起刀落把鸡的脖子划开，鸡血立刻喷了出来。苏樱把血放在了乔七的脖子附近，看起来就像是从乔七的脖子里流出来的。

谭少卿把屋子弄乱，好像是打斗过的样子。苏樱四周看了一圈，点了点头，说："行了，就这样吧。你明天一早再去找陈六一，就说今晚乔七来你房间偷袭你，反被你误杀。如果你现在去的话，尸体是冷的，恐怕会被识破……"

"我知道怎么说，你放心吧。"谭少卿点了点头，说，"你快回去吧。对了，余姑娘那边，你照顾一下吧。"

"放心吧。"说完，苏樱离开了卫所。

这一日，苏樱到了最不愿意去的两个地方：谭思的坟前和卫所。苏樱觉得心里堵得喘不过气。

谭少卿看着地上这具尸体，彻夜未眠。

三

翌日午后，陈六一闭着眼睛在卫所的正厅里坐着，忽听有人叩门，他一睁眼，说："进来。"

只见门帘开了一道缝，胡光子进了屋，向陈六一拱手行礼。

"怎么样？"

胡光子坐了下来，说："不像是他说的那样。"他看陈六一面无表情，接着说："从尸体僵硬程度来看，死了不止一夜。伤口看来，不像是水平划开，更像是由上而下刺入喉咙。"

正在这时，门口又响起一阵叩门声，陈六一问道："何人？"

"统领，陆拾求见。"陆拾在外面答道。

陈六一看向胡光子，胡光子两条小胡子抖了抖。

陈六一不慌不忙地应道："进来。"

胡光子只得站起身来，陆拾进了屋，向陈六一行礼，胡光子向陆拾一抱拳。

陈六一说："都坐吧。拾儿，你来得正好，也听听这乔七的死有什么问题吧。"

胡光子心虚，眼神飘忽不定。陈六一见二人都没说话，便先开了口，说："拾儿，光子响午尸检，发现乔七不止死了一夜，伤口也不像谭少卿描述的那么简单。你怎么看？"

陆拾一听，心里想：胡光子这家伙，刺杀苏樱的事还没算账，今日又来搅和。他想了想，说："不止一夜，是多久？"

陈六一看了看胡光子。胡光子赶紧说："大约……一天半吧……"

"一天和一天半，在尸体上看，差别大吗？"陆拾看也没看胡光子。

"呃……要说，也不是很大。主要是伤口看来是由上而下的，不像是在小空间造成的，所以……"

"所以，你就怀疑，乔七的死另有蹊跷？"陆拾打断了他，反问。

"呃……是……"

"他们两个有何仇怨吗？"陆拾问。

这一问，胡光子有些心虚了，他与乔七私下交易过一些情报，且近来都是自己命乔七跟踪谭少卿，这些若被陈六一发现，一定会惹出许多麻烦，便说："好像没有什么仇，小摩擦以前倒是有过一次。"

"哦？什么样的小摩擦？也不至于深夜潜入住处意图杀害对方吧？听说，乔七是持刀进的谭少卿的房间呢，光子没仔细查查这其中到底有何隐情？"陆拾说得云淡风轻。

胡光子一听，赶紧点头："我估计，这乔七一定是觉得谭少卿晋升之快，心生嫉妒，一下错了主意。就凭他，走正路肯定是比不过谭少卿的。唉……"胡光子话锋一转，随着陆拾的话锋走了下去。

陈六一端起茶杯，静静地喝了一口，抬起头说："好了，乔七的事先这样吧，光子你也不要再查了。可卫所的风气需要正一正，这个我会安排孙伯去办。至于谭少卿，拾儿你去安抚一下吧，从明天起，你要教他北方方言，要让他尽快练熟，有任务。"

陆拾站起来，拱手行礼，道："是，拾儿领命。"

"嗯——"陈六一点了点头，"好了，你们都下去吧。"

陆拾和胡光子向陈六一行一礼，出了正厅。陈六一端着茶杯，看着他们俩的背影，最近发生的事太多，这个胡光子一定有事隐瞒，陆拾恐怕更离谱，或许他和谭少卿都是苏樱的内应……想到这些，他放下手中的茶杯，静静坐在正厅沉思。

屋内只有陈六一一人，他正襟危坐，双手扶在膝上，眉头微蹙，香炉里焚着龙涎香。陈六一在暗卫这数十年，已有无数个午后是独坐在堂前的正位斟酌思索。堂内芬芳宁静，头上的"忠勇丹诚"四字正气浩然。

突然陈六一颓唐地叹出一口气，靠在椅背上，两眼低垂，随后走到偏厅，拉开抽屉看到了那支梅花银簪。

一

腊月的晨间寒气沉重，余府别院却有轻快的脚步。余玲珑一早便开始梳洗打扮，她轻功虽好，却也掩饰不住此时欢悦的心绪。

"师父，我要回趟城里，今天约了谭少卿在茶楼见面。"余玲珑嬉笑着在门口的衣架上取下斗篷披在身上。

"噢——"秋水挑起眉毛，歪着嘴角点点头，说，"快去吧。"说完抿着嘴笑了。

余玲珑耸了耸鼻头，又笑着出了门。

外面又飘起了稀稀落落的雪，余玲珑把马车的窗帘撩开一道缝向外面看，晶莹的雪花飘在她脸上，倏地化为水珠，她感到一丝凉意。"今年的雪真多啊。"她喃喃自语。

马车到了东市，商铺都挂起了红灯、红绸。马车停在馥郁茶庄的门口，一大早茶庄刚刚开门，余玲珑从马车上跳了下来，快步走上茶庄二楼。

刚煮了水，准备泡茶，就听见门外有人怪腔怪调地说着方言。余玲珑向外张望，却见谭少卿从门口进来了。她好奇地问："刚才是你在讲话吗？"

没承想谭少卿又用一句方言答她。

"你说什么呢？"余玲珑眨着眼睛，满脸疑惑。

"亏你还是余大人的女儿，连西北方言都听不懂。"谭少卿得意地扬了扬下巴。

"你说的是西北方言啊！"余玲珑琢磨了一下。

"前些日子，统领让我跟陆千户学的，他们说我学得很快，已经要与当地人无异了。"谭少卿说着，忽然收敛了笑容，"不过，我明天就要起程了。"

"啊？"余玲珑瞪着大眼睛问，"又去哪儿呀？"

"北疆，具体地点和任务我还都不清楚，只知道此次任务极为特殊。我一会儿就回卫所，午后领命。"谭少卿无奈地抬起了眉毛，端起了茶杯。

"特殊任务？会是什么任务？"余玲珑焦急地问。

谭少卿没说话，撇着嘴摇摇头。

余玲珑咬了咬嘴唇，说："要不，你……离开暗卫吧！"

谭少卿闻听此言，怔了一下，想了想说："唉……并不只你一人劝我离开，苏姐姐也劝了我很多次。"他歪着头，无奈地说："可是我现在还不能走，你们这些女儿家的还都在四处奔走，我一个大男人，怎能不出一份力？"

"以前是以前，现在是现在！"余玲珑有些急了，"我一想到上次那个乔七跟踪你，差一点你就……我……"她越说越怕，"反正，很危险！你还是离开吧……"

谭少卿没有回答，抿着嘴思索着，刚要开口，又把嘴闭上了，他心里的打算余玲珑都明白，多说也无用。

"少卿。"余玲珑舔了舔嘴唇，央求着说："暗卫里明争暗斗实在太过激烈，倘若你真想与苏姑娘他们并肩作战，并非必须留在暗卫。你看，苏姑娘不也离开了吗……我不想你在那样危险的地方生活……"

谭少卿听她这番话温柔真挚，句句都是为自己着想，他看看余玲珑那双机灵的大眼睛，也心软了，抿着嘴点了点头："好，我答应你，这次任务之后，我便离开暗卫。"

"真的？"余玲珑抬起手捂住嘴巴，追问道，"真的吗？"

"嗯。"谭少卿笑着点了点头。他实在不忍心面前这个纯真又热情的姑娘再为自己忧心，更不想再发生上次那样的事令她承受那样的惊惧。他说："我走之后我们飞鸽传书，保持联络。"

"嗯。"余玲珑笑着点了点头，从腰间的荷包里取出小小的鸽哨，举在面前向谭少卿晃了晃。

二

正月十五元宵佳节，黄昏时分余玲珑带着点心和汤圆，急匆匆地上了马车，到了京郊别院，她快步走到后院。正巧秋水和苏樱准备用晚膳，余玲珑提着食盒走了进来。

"师父、苏姑娘，我给你们带了汤圆来，快尝尝吧。"她说着把食盒打开，端出汤圆放在桌上，摸了摸碗边，说，"还好，没凉，我在车里一直用毯子盖着呢。"

"玲珑，你可真是太细心了。"苏樱笑着称赞她。

"噢，对了。我今天收到了谭少卿的飞鸽传书，你们也看看吧。"余玲珑从袖中掏出信，递给苏樱和秋水。

苏樱接过来展开，与秋水凑在一起看信，苏樱看向余玲珑说："少卿说，暗卫派他去刺杀鞑靼王。而且是我师兄陆拾以锦衣卫指挥使的身份指挥此次行动！"

余玲珑点了点头。

秋水噌地站起身来，皱着眉头焦急地说："若鞑靼王被刺，顺位继承人就是乞兀儿。我在鞑靼的时候就听说这个人凶残暴虐，是个好战之徒，若他坐上鞑靼王位，恐怕北疆将会陷入连年的战火……"

"现在看来，乞兀儿是和陈六一联合起来，要夺取宝座了。"余玲珑思索着说。

"没错。"秋水说，"倘若真如我打听到的那样，陈六一就是乞兀儿的叔父，他们的阴谋，就昭然若揭了。"

苏樱低下头，叹着气分析道："我现在担心两件事：第一，此次行动的责任者是陆拾，若鞑靼王被他们刺杀，鞑靼部众必将疯狂报复中原；第二，陈六一恐怕已经知道谭少卿和陆拾与我有联络，否则怎会如此安排？若他们违抗命令，那么在暗卫会以抗令之罪处罚他们，又或者借此事杀了他们，也未可知……"

"往前走或往后退，都是死！"秋水愁眉不展，摇摇头说，"这是死局……"

"啊？！"余玲珑一听她们的分析，急得直跺脚，慌张地说，"这可怎么办？师父、苏姑娘，你们快想想办法啊！不能看着他们送死啊！"

"是要想想办法……"苏樱冷静下来，思绪飞速旋转。她猛地抬起头，对秋水说："我们不能坐以待毙，你可否带我进宫？我们将此事禀报与太后！可好？"

"直接禀报太后……"秋水踱着步，转过身来看着苏樱，"好，眼下也只能如此了！也可趁此机会，由太后部署，派人将《按察录》从陈六一手中拿出来！这样也可免苏姑娘你再回暗卫那龙潭虎穴！不过，我得询问一下我长姐的意思，看她是否能帮我们安排。"

苏樱点了点头。

"那我赶紧回去，派人给我爹爹捎信过去，也将整件事的来龙去脉告知他。爹爹身在宣府，也可以早做增防和固防的准备。"余玲珑说。

"好，我们各自准备。"秋水点了点头。

三

余玲珑走后很多天都没有来京郊别院，秋水也整日奔走忙碌，苏樱只能等待消息。几日后，苏樱就已经坐不住了，她在院子里踱来踱去，忽见秋水进了院，她急忙迎上去，问："怎么样了？"

"走，进屋说。"秋水拉着苏樱进了房间，关上门，"上次玲珑走后，我便将此事传信给长姐，她也觉得此事非同小可，于是，呈报了太后，说明要请太后将《按察录》调出。太后认为入宫恐怕太过显眼，下月初一太后将到法华寺诵经祈福，就在那里召见我们。这些时日太后将会以召回先帝御赐的宣德炉带到法华寺供养为名，取得《按察录》。"秋水斟满一杯水，一饮而尽。

"那太好了！"苏樱听了很兴奋，她等这一刻已经许久了。

"下月初一一早咱们就去候着，我以南靖王使者身份求见，你扮成我的侍女同去，可好？"苏樱身份敏感，不宜向太后表明。

苏樱点点头，说："好！"

这一夜，苏樱和秋水都没有睡踏实，他们企盼这一刻已经太久。关于那本《按察录》和近来这些纷繁复杂的事件，要如何向太后说明，二人在长夜里各自酝酿。

二月初一破晓时分，两个姑娘起床梳洗，穿戴得体后，驾上马车进了京城。到了法华寺，她们被安排在后院的偏厅等候。

阵阵檀香飘进屋里，看着窗纸的颜色渐渐变得发黄，已经到了晌午了，苏樱心里越发忐忑，使劲攥着拳头，深深吸了一口气，看了看旁边的秋水，亦是面色凝重。

忽然，外面传来一阵脚步声，紧接着一个小太监开门进来，说了一句："太后有旨，请南靖王使者到偏殿觐见。"

苏樱和秋水听闻，赶紧带着随身之物跟着小太监走到偏殿。秋水在前，苏樱在后。嗅着浓浓的檀香，苏樱抬起头来看了看这法华寺的大殿正门，朱红色的漆流光溢彩，殿门敞开着，阵阵木鱼声传出，敲得她的心也跟着跳动。小太监让她们在门口等候，便进去通传，过了一会儿，又走了出来说："请南靖王使者进偏殿。"

秋水整理了一下衣服，带着苏樱，跨进了大殿的门槛，左转走进偏殿。宫女打开偏殿的红色大门，只见太后被宫女簇拥着盘腿坐在坐榻上，雍容华贵，气质高雅。秋水一进门便跪在地上给太后行跪拜礼："南靖王使者秋水，参见太后，愿太后福寿安康。"苏樱也紧跟着她跪下，头贴着地面，不敢有一点失礼。

太后微笑着说："起来吧。赐坐。"

秋水和苏樱起身，低着头坐在了旁边的凳子上。

"南靖王所求可是此物？"太后坐在榻上，素萝呈上一个暗红色的铜盒。

"回太后，正是此物。"说着，秋水看了下苏樱，苏樱赶紧伸出双手低头接过素萝手中的铜盒。

秋水刚要向太后阐明苏樱的身世时……

四

察哈尔边境黄沙肆虐，风滚草在疾风中像是慌忙逃跑的人，根本无力与沙漠搏斗。陈六一和陆拾各骑着一匹黑马，迎着风远眺关外。

"你父亲告老还乡之事……"陈六一眯着眼睛看着远方，风卷着小沙粒打在脸上，他依然目不转睛，"预计清明前后方可办妥，你就不用再担心了。"

"有师父在，拾儿不担心。"陆拾眺望远处的胡杨林。

"有些事情，你也该做个了断了。"陈六一语气强硬，脸上依旧没有表情。

陆拾转过头来看着陈六一，说："拾儿不懂师父的意思。"

"喏。"陈六一从袖中取出一支银簪，簪头小鸟衔着梅花。

陆拾眉头一紧，眉毛跟着抽动了两下，接过那支银簪，深深吸了口气，又缓缓呼出，说："师父——"

"我懂。"陈六一看向陆拾，说，"你对樱儿的感情，师父了然于胸。可是自古情义难两全，有些事情注定不能兼得，是时候做个选择了。大丈夫，有所为有所不为。师父也曾经历种种选择，你心中所想，师父最清楚不过。"

陈六一是在逼陆拾与苏樱断绝关系，誓死效忠他，如若不然，恐怕将无法保全他的父亲。

一面是年事已高的父亲，一面是青梅竹马的心爱之人，陆拾低下头，马蹄在沙窝中不断抬起、放下，可无论如何，黄沙还会盖过马蹄。他深深地叹了口气……

"决定了吗？"

黄沙打在陆拾脸上，阵阵刺痛，这黄沙也在帮陈六一催促。陆拾闭上眼睛，紧锁眉头，自己出生入死十余载，无论遇上怎样的高手、怎样精密的机关，都不曾感到像此刻这般棘手。他再次深呼吸，把那支银簪紧紧攥着，然后用力折断，手指被银簪划破流出几股鲜血，滴滴落入无尽的黄沙里。

陈六一微微点了点头，说："好徒儿，你父亲很快就会回到老家。"

"谢师父。"

陈六一轻轻点头，陆拾一拽缰绳掉转马头往宣府方向去了。

马蹄声渐远，陈六一眺望着远方无垠的荒漠，这沙漠的那一边就是自己阔别三十六年的故乡，他多希望自己再站得高一点，以便看清故乡的样子。他又回头看了看城墙，那里面是自己生活了三十六年的地方，在围墙里他拥有了人生。

这两地该如何分界？

陈六一眯起眼睛，这一战之后，一切都将结束，暗卫不复存在，再也不会有人记得自己。他只想找一个北部的村子，用乞颜赤那这个名字做一个普通的铁匠，过平凡的生活，远离一切纷争……

第二十六章
集结关外

一

　　沙漠的那一端，谭少卿已到鞑靼境内，在暗卫的运筹之下，辗转多地之后，他终于以汉学顾问杜玉新的身份进入了王宫。在鞑靼王宫生活的半个多月里，他留心观察这里的文化和地形，渐渐地发现鞑靼王并非他之前想象的那样可恶，反而是一个性格和善之人，待宫女和太监等下人也很和蔼，待王妃更是疼爱有加，而且他积极研习中原文化和汉族音律。

　　谭少卿私下琢磨，倘若中原与鞑靼开通了茶马互市，两国互通有无，边境居民也可安居乐业，那么大明和鞑靼之间的矛盾必会迎刃而解。

　　鞑靼王宫守卫森严，无论是探子还是飞鸽都很难进入。更加之有此前苏樱闯大牢劫走秋水之事，王宫里加派了很多守卫，每天多班轮换。无奈之际，谭少卿也只好等陈六一的探子进入鞑靼王宫。

二月十八是鞑靼王的生辰，宫中将大摆寿宴，宴请鞑靼各部落贵族。还请了歌姬、舞姬为可汗寿辰助兴。从二月十五开始，就有民间艺人陆续进宫，不知陈六一是否会在前来祝寿表演的艺人里面安插眼线，送信给自己，谭少卿便日日留心那些进宫的艺人。

在这宫里等待了许久，都没有消息传进来，谭少卿越想越愁，静静地坐在自己居住的院子里筹划下一步该如何行事。

忽然几个宫女结着伴欢喜地在长廊下疾步走过，彼此交头接耳。谭少卿平日里与这些小宫女相处融洽，今日见她们如此激动，便喊道："姑娘们，这么着急地去哪儿啊？"他手持一把折扇，招呼着走了过去。

宫女们停了脚步，其中一个回过头欢喜地说："杜大人，听说宫里请来了一位波斯舞姬，跳起舞来美若月宫里的嫦娥，现下正在穗乐宫练习明日可汗寿宴的舞蹈呢，大伙儿都去看了，你还不去？"

谭少卿一听，原来如此。他现下心烦意乱，哪有心情去看什么舞蹈，便垂下头说："唉……我不去了，你们去吧。"

小宫女一听，嘻嘻哈哈地笑了，说："走吧，杜大人，去看看吧，还有中原请来的乐师演奏乐曲，两者合一实属难得。"说着一把抓住了谭少卿的袖角。

"走吧，快走吧，不然来不及了……"其他宫女也跟着嚷嚷。

谭少卿也不推辞，便随她们一同去了。到了穗乐宫，就见正殿里已经摆好桌椅，中间一座巨大的舞台，舞台后面的红色幕布上绣着金色鞑靼文的寿字，舞台两边是乐者，正在弹奏着乐曲，忽然一个身穿金色纱衣的波斯女子登上舞台。他心里嗤笑：这鞑靼部落果然没见过什么好舞姬，这女子跳的舞也不过如此。

看得索然无味，谭少卿摇了摇头，便打算离开，正在他转头的一瞬间，忽然瞥见舞台下面靠左侧的乐队里，有一个很不起眼的女孩，皮肤黑黑的，梳着两条麻花辫，头上绑着一块红色的方巾，正在吹着笛了。那女孩的脸蛋圆圆，下巴尖尖，眼睛又大又亮。

谭少卿心里一惊，差点叫出声，他赶紧回过身，想看得仔细一些。正在这时，那女孩也看向谭少卿，他们两个人的眼神交汇。谭少卿心想："余玲珑怎么来这儿了！"他眼珠往右边一转，叫她出去说话。余玲珑微微蹙眉，下巴点了点，她又转了转眼珠，看了看台上，示意谭少卿稍等片刻。谭少卿点头，伸出一根手指，在胸前画了个圈，指了指。

余玲珑嘴角一翘，眨了眨眼接着吹起笛子。

谭少卿知道她已经领会，便若无其事地离开了。出了穗乐宫，他见周围无人，心里窃喜，他转身走进了一条狭窄的小路，绕到穗乐宫大殿后面。听见殿内的乐声停了，他拿着手里那把折扇来回踱步，忽闻头上一阵响动，他赶紧站起身来四处张望。余玲珑跳在了他面前，咧着小嘴一笑，说："嘿！总算找到你了！"

谭少卿见余玲珑扮成这副样子，赶紧上前问道："你怎么来这儿了？"

"你还说呢！"余玲珑皱着鼻子，噘着小嘴说，"自从你说要入鞑靼王宫之后，就音信全无，这都多久了？半个多月……快一个月了！"余玲珑边想边说："你可知如今所有的探子都进不了这座王宫，我找过我爹，也找过师爷爷骆老先生，还找过南靖王，他们全都没办法！我怕你像我师父上次那样被抓了下了大狱……唉……总之，既然他们没办法，我就自己想办法，其实我来关外也有一阵子了，一直没找到什么机会。后来我发现城里的乐府时常会送歌舞艺伎到宫中表演，我实在没法就乔装成这副模样，说自己是刚刚失去了母亲的孤儿，求乐府可怜可怜我，把我收下。偏巧乐府最近也在着急招乐工，我又会吹笛子，就这么混进来了！"

谭少卿见余玲珑嘟着小嘴，皮肤又黑又红，像北方村庄里放羊的姑娘，他说："那你也不能这么冒失，太危险了！探子都进不来，却被你混进来了，这鞑靼王宫的守卫还是不够森严啊！"他撇着嘴，故意逗余玲珑。

"去你的！"余玲珑一笑，说，"你别小看我，探子可不抵我。"她得意地一笑。

"你这皮肤怎么弄这么黑？"

"刷了焦糖晒几天就这样了！这边风大，一吹就黑了。"

听她这么一说，谭少卿有点心疼，养尊处优的余大小姐，如今竟自损容貌来寻自己，他伸出手指抚了抚余玲珑的脸蛋，问："这……不会晒伤吹伤吧？"

"不碍事。"余玲珑不以为然，说，"咱们闲话少说，你到底在这王宫里做什么？"

"你来得太是时候了，消息传不出去，我也正烦恼呢。"谭少卿看了看周围，压低声音说，"我是以汉学顾问的身份进的宫，来了这段时间发现，鞑靼王人还不错。以前我们猜测，是乞兀儿找陈六一派我来刺杀鞑靼王，对吧？"

"嗯，对！"余玲珑赶紧点头，说，"我师父和苏姑娘都这么说的。"

"起初我也这么认为，但鞑靼王无子，乞兀儿如今已是鞑靼公认的继承人，这毫无疑问。而且鞑靼王为人和善，据我来的这段时间观察，发现他们现在相处得还不错。既然如此，还有刺杀他的必要吗？"谭少卿想了想，接着分析道，"关键是，我来了这么久，可以刺杀的机会也不是没有，却一直没有接到陈六一的指令。我怀疑他对我起疑心了，特将我调派在这里，就现在的形势来看，我推断……"谭少卿说到这儿停住了，看向余玲珑。

"推断什么？你说啊……"余玲珑不解，着急地看着谭少卿。

"察哈尔与中原的边境，大同府，才是他真正的目标，也就是……"

"我爹！"谭少卿的话还没有说完，余玲珑就打断了他脱口而出，"他的目标是我爹，对吗？"她眼睛瞪着谭少卿问。

"很有可能。"谭少卿眉头紧锁，他拂了拂余玲珑的肩膀说，"你也别慌，上次你把消息告诉余将军之后，他是否有增防？"

"有。"

"那就好，你赶紧回去，把这个消息告知余将军，让他多加提防，即便我的推断不实，可增防终归不会错。"

余玲珑抬起头来，看着谭少卿说："我……我走了，你怎么办？"

"把消息传递出去才是最重要的。你放心，我不会有事的。"谭少卿用坚定的眼神看着余玲珑，见她焦急又担心的样子，谭少卿心里倍感内疚。

橘红色的晚霞照进鞑靼王宫，打在余玲珑和谭少卿的脸上，他们看着彼此，心里无限惆怅。谭少卿伸出手捋了捋余玲珑鬓角散落的头发，安慰道："我会想办法的，你赶快回到你父亲身边吧……"谭少卿的声音有些颤抖了，鼻子微酸，他叹了口气，没再说下去。

"好，我回去。"余玲珑见他如此惆怅，便乖乖地点头，说，"明晚表演结束，我就随乐府的人一起出宫，然后回关内，把消息转达给我爹爹。你自己要多加小心。"

谭少卿抿着嘴笑了，点点头说："好，你放心吧。咱们关内再见！"

余玲珑伸出手攥成拳头，捶在谭少卿的肩头，说："关内再见！"说完，她便沿着小路回到前面大殿，融入了乐府的人群中。

二

金陵城内已有了春意，玄武湖的水已经复苏，天鹅成群地畅游在清冽的湖面。南靖王把年下收集的梅花瓣上的雪水放入瓮中深埋于土下，开始琢磨这一季春茶的烹制之法。

秋水已经回到金陵有些日子了，却终日心神不宁。今天又收到了余逊尧派人乘快马送来的信，更让她不安。她坐在南靖王的书桌前，怔怔地看着窗外。

"去吧。"南靖王低头写着烹茶的笔记，突然开口。

秋水一愣，看向南靖王细腻的侧脸，说："王爷……我……"

"我与你相伴多年，怎能不知你的心思？"南靖王把手中的笔放下，看向秋水，温柔地说，"我身在金陵，距南疆北疆甚远，如今你的朋友在边疆受难，你怎能不帮。你们谋划已久的事还没完结，也一定放心不下。所以，你去吧，不必担心我。"

南靖王说中秋水的心思，秋水不禁歪着头，惆怅地看向南靖王，轻声说："王爷，这般体恤……秋水……"

南靖王笑道："这些年我们早已心照不宣。"说着，从手边取过一只红漆木匣，递给秋水，说："我虽为南靖王，却无军权，这支令牌可以调动南靖王府的府兵和金陵城的驻兵，这是我唯一可以调动的兵力了，今天就尽数交给你，此去艰险，就当作我对你的一点保护吧。"

"王爷……"秋水双眼噙着眼泪，"这一去，不知秋水还能否回来服侍王爷左右……"说着，她站起身来，躬身行一大礼，"愿王爷珍重！"

南靖王赶紧扶住秋水的胳膊，让她坐下。

秋水抹了抹眼角，说："王爷，我把府兵带走，您的处境岂不危险？况且，如此行事恐怕会牵连王爷到这浑水当中。"

南靖王摇摇头，说："树欲静而风不止。我早已身在局中，又何谈牵连。现下社稷都已受到威胁，我这一介藩王……"南靖王苦笑一声，"岂不也只是覆巢之下一颗难以自保的危卵罢了。"

"王爷……"听南靖王这么说，秋水只觉悲上心头，她伏在南靖王的手臂上，嘤嘤地哭了。

南靖王看见她一起一伏的肩膀，心生怜悯，轻轻拍了拍她的肩。

"若我还能活着回来，一定终身服侍王爷，再不离您而去……"秋水低着头呢喃。

"一言为定。"南靖王一笑，说，"不然谁来帮我夏天采荷上露珠，冬日采梅上积雪？"他笑着拍了拍秋水的手。

"嗯！"秋水使劲点了点头，她心知此番去西北边陲凶险万分……

三

二月的京城依然带着寒意，风却是最早带来春的消息的使者。护城河的冰面消融，早春的风依然凉，却带着温润的潮湿。而春风中的人也会与冬季不同，不知是为感怀春光易逝还是为心中各自的苦楚，站在这风里，总会想落泪。白昼渐长，在连绵不绝的山川间，天空疏散的云被柔润的风拉成纤长的云霞，天空的浅蓝向西成为藕粉色。

陆拾坐在京西北洼巷旧宅的房檐下仰望天空，过去在卫所和苏樱一起看晚霞，平日里冷若冰霜的苏樱，在黄昏时刻显得恬静平和。

待晚霞收场，天色转为深沉的靛蓝，陆拾回到屋子里，点上一盏油灯。借着微弱的光，伏在桌前认真写下一封书信，他深知自己担了暗杀鞑靼王的责任必会引起轩然大波，然而家中的老父亲还未能全身而退，他身在陈六一的局中已无计可施，只能写下这封述罪书，让锦衣卫的亲信呈予皇上，希望能换取父亲晚年的安宁。而自己，也将在这封信写完之时自裁谢罪。

陆拾长出一口气，将笔放在一边，在桌上拿起已经准备好的匕首……

正在他准备自刎之时，忽然听见一阵风声，没等他做出反应，只觉得手背一阵酸麻，手里的匕首跌落在地，发出清脆的响声。陆拾定睛观看，屋子的门已打开，苏樱站在门口看着自己。

陆拾大为吃惊，不知苏樱怎么会在这时出现，他赶紧迎到门口。借着微弱的灯光，他发现苏樱面色灰暗，两只眼眶青紫，样子格外憔悴。他赶紧把苏樱扶进屋里，苏樱在他怀里不住地发抖。

"樱儿，你怎么来了！"

"师兄，你这是在做什么！"

"我……"陆拾叹了口气。

苏樱眼中含泪，她看着陆拾如今的模样，心痛又着急，干咳了一阵。陆拾轻拍她的后背，又拿过一只杯子倒上热水递给她。苏樱只觉得浑身经脉乱跳，喘了几口气，使劲儿压了压，从怀中取出一个织锦卷轴，递给陆拾。

陆拾赶紧接过来一看，竟是太后懿旨，上面的内容是特赦自己和父亲，他吃惊地攥着诏书，激动地说："樱儿，这……这是怎么回事？"

"说来话长。"苏樱哑着嗓子说，"不过，令尊总算安全了，你也自由了。"说完，她笑了，灰暗的脸上完全没有了生气。

陆拾赶紧问："樱儿，你到底怎么了？"

"上次我随秋水姑娘面见太后，终于见到了《按察录》。可……"苏樱咳嗽了几声，接着说，"这《按察录》曾被陈六一动了手脚……若……若太后亲自查阅……如今中毒的便是太后了……"

陆拾紧锁双眉。

苏樱苦笑，说："素萝姑娘虽想尽办法，都不能去除其毒……我们既然千辛万苦才拿到了《按察录》……为避免损伤太后凤体，我……我就替太后翻看了《按察录》……"说完，苏樱一阵干咳。

陆拾听完，攥紧拳头，他气愤地说："你怎么这么傻！"

"师兄，你别急，素萝姑娘帮我诊治过了，我暂时……暂时无碍……"

"你……"陆拾看着苏樱毫无血色如同死灰的脸，心痛极了。

"师兄，听我说。"苏樱拽了拽陆拾的袖子，说，"太后见我如此忠心，又承受毒害之苦，提出要为我做一件事。我便向太后求了这道懿旨。师兄，你以后不用再受陈六一摆布了！"

"唉……樱儿……"陆拾听了，心里一阵绞痛，自己和父亲的命竟是苏樱用她的命换来的。

"师兄……"苏樱抚摸着陆拾的脸。

"现在怎样了？"

"太后说，此《按察录》实在牵涉得太多，而且很多事都和冯保脱不了干系，暂时还不能曝光，否则恐将引起朝廷动荡。所以，稳妥起见，《按察录》让秋水带回金陵南靖王府。"

陆拾点了点头，说："樱儿，你是不是胸闷气短，四肢无力，浑身经脉都乱了？"

"是。"苏樱有气无力地点了点头。

"我得回暗卫！"陆拾毅然地说。

"为何？你现在可以不受陈六一控制了，为何又要回去？"

"你中的是暗卫特制的毒药，叫紫玉琼霜，是用多种毒药混合提纯而成，几乎无药可解。现在，只有暗卫才有解药，我必须回去，不能再看着你一次次这样冒险在鬼门关徘徊，而自己却置身事外！樱儿……"

"别……师兄……"

陆拾摇了摇头："让我也为你做些什么吧，我留在暗卫，埋伏在陈六一身边，也好与你互相通信。更何况现在你中了剧毒，现下陈六一不在京中，我取解药会更容易一些。这毒药的毒性非常强，素萝姑娘可以保你性命到现在实属不易，不能再拖延，我必须立即回去"

苏樱知道自己劝不住陆拾的，便点了点头，说："你多加小心。还有，我刚来的时候，处理掉了几个守在你家附近的探子，你想办法别让暗卫察觉。"

陆拾一惊，他没想到陈六一疑心自己到这般地步，竟派人暗地里守在旧宅附近盯梢。他摇了摇头，嗤笑自己太天真，以为当着他的面撅簪立誓他就会放过自己。他把苏樱送回京郊，只身回了暗卫。这段时间陈六一不在京城，陆拾有暗卫的墨玉令牌在手，顺利进了暗卫的药房，避开卫医，拿到了紫玉琼霜的解药。

两日之后，他来到京郊余府别院找苏樱，进屋就见苏樱已经毒发，窝在床上没有一点生气，脸色从灰色变成了紫青色，手指尖已经发黑动弹不得。陆拾赶紧从怀里掏出一个紫色的琉璃瓶子，倒出一颗药丸给苏樱服下，又用黄酒研开一颗药丸化成泥状涂抹到苏樱的颈后和额头的穴位上。

解药服用之后，实属立竿见影，第二天，苏樱便有了点精神，手指也灵活了许多。第四天就已基本痊愈了。

陆拾看着苏樱一天天痊愈，他也放下心来。

苏樱痊愈后陆拾便要再潜入暗卫，苏樱虽然不愿陆拾再去冒险，却也知道阻拦不住他的，便与他一同北上。

他们在宣府城外告别，临行之时，陆拾笑着对苏樱说："希望我们下次见面，不要再是谁性命攸关之时了。"

苏樱苦笑着点点头，看着陆拾驰马消失在黄沙中。相见时难别亦难，苏樱数次命悬一线，更是不愿再与陆拾分离，可人生的境遇实不能随心，苏樱自家变就深深懂得了这无稽的道理，她的苦笑化作风中不为人知的眼泪。

第二十七章

宿命

一

午夜的大同兵车都督府里灯已经熄了一半，守卫们毫不松懈地在院内外巡逻，猫头鹰在房檐上瞪着圆眼睛"嗷呜嗷呜"叫。

陈六一站在房顶，俯瞰都督府的院子，正房偏厅里还亮着灯，一个人影正在伏案读书。他抽出长刀，一道寒光在黑夜里闪过，又要开杀戒了，陈六一不禁摇了摇头，他已经很多年没有亲自杀过人了，今日如此行事，实属无奈。

他紧握刀柄，所幸一点没生疏，上一次差点开杀戒还是在福建的小渔村里与苏樱对决。今日，应该少了一些羁绊吧。

他轻轻跳落到院中的角落里，院门口的侍卫丝毫未察觉。看着房间里抖动的灯光和映在窗纸上的人影，陈六一拿定主意，步履轻盈地走近门口，轻轻把门推开。

他"噌"地一下蹿进屋内，速度之快仿若一道闪电。只见偏厅一人身着都督官服正在伏案写着什么，他脚底一用力，直接蹿向伏案之人，同时刀已经在空中刺出。眼看已经到了书案前，他忽然觉得不对劲，因为那人的肤色略白，看起来不似常年征战之人，身形也略瘦一些。陈六一心里咯噔一下，暗想：不妙，中计了！

正在他准备在空中收刀，改变方向之时，伏案的人忽然抬起头，高耸的鼻梁、白皙的皮肤，一双深潭般的眼睛，凌厉的眼神如飞刀一般射出。

他赶紧收起刀，在空中旋转两圈，利落地停在地面上。站定后，他看着苏樱，摇了摇头，苦笑了一下。他知道，计划落空了，刺杀不成反倒成了困兽之斗。他不慌不忙地把刀入鞘。

此时，门口忽然闯入一群官兵，手持弓箭对准陈六一，院中也开始有脚步声，透过窗纸可以看见院内燃起了数支火把。

"陈统领，恭候多时了。"苏樱在书案后站起身来。

陈六一一笑，没说话，刀背在身后，两手张开，已经准备好就擒。

几个士兵围上来将陈六一绑了起来，押入了大牢。

二

大同都督府的大牢破旧不堪的墙面上干涩冰冷，铸铁的栏杆上锁了几道铁链。陈六一被绑在木桩上，动弹不得。苏樱换了衣服，进了大牢，隔着栏杆往里看。

陈六一紧闭双眼，花白的头发有些蓬乱，双唇紧闭，脸上看不出一丝恐惧和颓废。

"陈统领。"

"你应该没什么要审问的吧？"陈六一依然闭着眼睛。

苏樱嘴角一牵，脸上泛起苦涩的笑，说："你累了吗？"

陈六一苦笑："累与不累，又能怎样？"

"这么多年，隐姓埋名，有家不能回的感觉怎么样？乞颜赤那。"

陈六一忽地睁开了眼，瞪着苏樱，转而又摇了摇头，苦笑着说："你果然是我最得意的门生。"他抬起头，深呼吸了一下。"隐姓埋名也好，难回故乡也罢，如今不是都要结束了吗？"他想了想，"这样也好。"陈六一脸上出现了从未有过的倦容，长舒一口气。

"或许你觉得是个不错的结果，你欠下的人命债，又何止你这条命能还得清的？"

陈六一摇了摇头。

苏樱叹了口气，幽幽地说："我最后问你一个问题。"

陈六一一听，嗤鼻一笑，说："是，是我杀的。"

苏樱顿时失色，伤心和愤怒一并涌上心头。此时她甚至希望陈六一将这件事推到别人身上，而不是这样平静地回答，好像那些生命都不值一提，好像父母的死毫无重量……

苏樱怔怔地看着陈六一，一瞬间她眼睛充血，额头青筋暴跳。

陈六一看见苏樱的样子，一脸欣赏地说："樱儿，我是在死人堆里把你捡回来的，教你武功，帮你成为最出色的杀手，这十多年，你虽然不快乐，但你还活着。你可知，你父亲和母亲，噢，对了，还有你那个弟弟，在临死之时，是多么希望能活着。"

这番话彻底激怒了苏樱，她双手抱住头，疯了似的怒吼："啊——啊——啊——啊——"

陈六一闭上眼睛，像被绑在绞刑架上的死囚，仿佛他已经料到自己会死在苏樱的刀下，又或许在这纷繁复杂、无限纠缠的宿命里，这是一个应当的结局。

苏樱忽然停住，从袖口抽出夜游，一道寒光闪过，只听见金属碰撞的巨响。苏樱一刀砍在了牢房的铁链上，铁链立即出现了一个豁口，她又抢起一刀，又一刀，铁链跌落在地，苏樱一脚踹开牢门，持刀奔向陈六一。

而此时，陈六一却闭着眼睛，扬起了脖子，准备好死在那把他为苏樱量身打造的刀下……

一丝风声，陈六一后颈子上泛起一阵凉意，他睁开眼看见苏樱把刀抵在自己的脖子上泪流满面，持刀的手瑟瑟发抖。

"师父……"干涩的声音从苏樱的喉咙里发出，她鲜红的双唇不住地抽动，眼泪汩汩地流着。

听见这个称呼，陈六一心如刀绞，正如他所说，苏樱是他从死人堆里救出来的，他是无家可归的野狼，他残杀苏樱的父母，却呵护苏樱这头小狼长大。一股热流涌到喉咙，眼泪如决堤的洪水一样涌出，陈六一用力咬住自己的嘴唇……

"当——"的一声，夜游掉在地上，苏樱也瘫倒在地，她两只胳膊撑在地上，垂着头，肩膀不住地颤抖，事到如今，她仍旧下不了手……眼前的陈六一，花白的头发散落，老泪纵横……

忽然，一只强壮的手臂紧紧扶住了苏樱的肩膀，她不由自主地挣扎了一下，随即自己的颈部和后背上的穴位被重重地点了下去，一阵酥麻遍布全身，苏樱不再挣扎。

余逊尧的近身侍卫抱住了苏樱，并点了她的穴，见她不动了，便把她放在墙边。侍卫又找来狱卒把牢房的门上换了新的铁链缠了几圈锁住。

余逊尧背着手在牢房走廊里，看着苏樱发了疯似的要杀陈六一，陈六一却在牢房里镇定自若，他不禁感叹这陈六一真是老谋深算，几句话就正中苏樱的要害，几乎令苏樱就范。

他蹲下来，温和地对苏樱说："苏姑娘，我知道你父母的大仇未报，你心中难以平静，可你看，牢房里这个人。"他指着陈六一说："这个人，不是你一个人的仇人，他所犯下的错，必须受到大明律法的制裁，绝不是你一刀下去就可以了结的。我们需要还更多人清白，你明白吗？"

苏樱依然流着泪。

"你先回去休息，我会押送陈六一回京，你的仇，迟早会报，你放心。"余逊尧拍了拍苏樱的肩膀。

侍卫把苏樱扶起来，带离了牢房。一阵冷风吹过，苏樱清醒了许多，她回忆起刚才的情形心里百感交集，陈六一悲戚苍老的面容在脑海中挥之不去。

<h1 style="text-align:center">三</h1>

翌日，苏樱、秋水、余玲珑齐集都督府正厅，余逊尧坐在正位，表情凝重。他告诉大家，今晨探子来报，鞑靼王已经遇刺，乞兀儿业已诏告鞑靼各部落是汉人派刺客刺杀的鞑靼王。如今鞑靼部落已经开始集结人马准备复仇，北疆将随时面临鞑靼侵犯，战争已迫在眉睫。

"看来，是陈六一部署的，昨日同一时间，他来偷袭余将军，谭少卿刺杀鞑靼王。"秋水分析道。

余玲珑双眉紧锁，急得脸通红，她焦急地说："怎么会这样！谭少卿明明说他会有办法，怎么还是刺杀了鞑靼王！这个笨蛋！"余玲珑一拍椅子扶手，气得要跳起来。

苏樱没有说话，她脑子里飞速地思索着，谭少卿虽然年轻，却不是冒失之人，明知这是一个陷阱，却为何要跳进去？

正在大家焦灼之时，忽然有一个侍卫跑到门口，高喊："报！都督大人，门口有两个人求见，说有要事，那人手上有一块锦衣卫的令牌！"

苏樱"噌"地站起身来，看向余逊尧。

余逊尧想了想，说："让他们进来，直接到正厅。"

过了一会儿，就见两个中原平民打扮的人走了过来，为首的是一个瘦高个子的年轻人。还没等到门口，余玲珑一下从椅子上跳了起来，一个箭步蹿到了门口，激动地喊道："少卿！"她掩饰不住的满脸欣喜，眼睛里闪烁着兴奋的目光。

苏樱和秋水也站了起来，见是他来了也很惊喜。

谭少卿对着余玲珑一笑，瘦削的脸上挤出两个酒窝，眉毛一挑，他在门外鞠了一躬，道："余将军。"

他身后的中年男子身材魁梧，剑眉虎眼，微微一笑，站得笔直，没有行礼。尽管他身着中原服饰，却看得出是关外人。

余逊尧在屋里，扬起下巴，皱着眉向外观看，见余玲珑如此热情激动地扑了过去，心里有些不悦，见谭少卿向自己行礼，微微点头，说："请进。"

谭少卿引着后面的中年人走了进来，到了余逊尧跟前，又躬身行礼，之后张开手臂，向余逊尧介绍身后的人，说："余将军，这位是鞑靼可汗。"

秋水一看，果然是鞑靼王，赶紧迎上前来行礼："可汗，您一向可好？秋水给您请安，愿您福顺安康。"

鞑靼王赶紧扶起秋水的胳膊，微笑着点头说："快请起，秋水你竟然也在大同府。"

"秋水上次逃狱，还请可汗恕罪。"秋水没有起身，仍旧屈膝躬身。

"少卿已经跟我解释过了，那只是个误会，你快起来。"鞑靼王说，秋水这才起身。

余逊尧一听赶紧站了起来，向前迎了一步，拱手行礼，并请鞑靼王上座。

谭少卿向众人讲清此事的来龙去脉。

"我收到陈六一的指示让我刺杀可汗，你们也看到了，可汗是慈善之人，我……我又怎能是非不分。故我干脆冒死向可汗和盘托出，把乞兀儿要刺杀可汗夺取军权的阴谋揭穿。但我万万没想到的是，可汗竟然早已看透乞兀儿的狼子野心，猜到乞兀儿会对他不利，从而挑起鞑靼族和汉族之间的仇恨。无奈之下，我才想了这么个法子，先将可汗带离王宫。可汗还说，无论如何就算自己铤而走险都不能让部落陷入战乱的纷扰。"

鞑靼王看向大家点了点头，在座的人顿时肃然起敬。

余逊尧见女儿眉眼都笑开了花，便知她喜爱谭少卿的心情甚是殷切，他仔细打量着面前这个年轻人，看上去倒是风流倜傥，说起话来也气宇轩昂。但自己对此人一无所知，况且他还是一名暗卫，心里有些不痛快，问道："谭千户，你今日将鞑靼王贸然带到关内投奔我大同都督府，意欲何为？"余逊尧威严地看向谭少卿。

"回将军。"谭少卿一拱手，毕恭毕敬地说，"谭某有一计策，可破乞兀儿之阴谋。"

"哦？"余逊尧仔细审视谭少卿，问，"你有何计策，但讲无妨。"

"回将军。我虽没刺杀可汗，但乞兀儿已诏告鞑靼各部落声称汉人刺杀了可汗，一时间激起了鞑靼族对我朝的仇恨，想必此刻他们已经开始准备攻打大明北疆了。"见余逊尧微微点头，谭少卿继续说，"首先，需请将军放出风声，让鞑靼族在最短的时间里得到'乞兀儿谋杀可汗未遂，而可汗此刻正在大同府避难'的消息。如此一来，就可反将他一军。"他停下来看了看在座的人，"如此消息传入鞑靼军中，必会令其军心不稳。可依我对乞兀儿的了解，此人野心勃勃，就算军中有怀疑之声，他也必会举兵侵袭。而可汗有一破兵之法，就是鞑靼族特有的'绊马索陷阱'，此法用于埋伏可挡千军万马，且可以将士兵伤亡降于最低。"谭少卿诚恳地看了看余逊尧，又看了看鞑靼王。

见余逊尧陷入沉思，鞑靼王开口道："绊马索乃鞑靼族数年来研究的成果，如今我愿教予余将军，以表我今日前来的诚意，也算是我回报余将军庇护的谢礼。"

余逊尧听鞑靼王字字恳切，赶紧躬身，说："可汗，您能来我大同府是对我的信赖。"余逊尧听谭少卿把情况分析得很准确，计策又很合理，不禁对他产生了些许好感。他看了看大家，说："我觉得此法可行，你们觉得呢？"

秋水和苏樱也点头称是。

余逊尧严肃地说："好，那我们就按此法部署，只是还有一些细节需要推敲。"他对门口的侍卫喊道："请左翼右翼先锋和两位军师，还有后卫统领，到偏厅议事。"说完看向余玲珑说："你带可汗还有谭千户先去休息。"说完站起身来，恭送可汗。

"余将军，我还有一事。"可汗站起身来，说，"眼下双方交战恐怕是在所难免，但将军一定要想办法将双方的损失降到最低，避免生灵涂炭……"

余逊尧说："可汗请放心，我一定竭尽所能。"

鞑靼王点了点头。余逊尧做了一个"请"的姿势，鞑靼王便随余玲珑离开了正厅。

余玲珑高兴得眉飞色舞，带着他们离开，秋水和苏樱也跟在后面。

四

几天过去，谭少卿听说陈六一被关在大牢里一直想去看看，却未得机会。这几日余逊尧带领将士出征，都督府空了一半，谭少卿才找到了机会，他只身来到大牢。牢房里阴暗冰冷，他走到陈六一的牢门前，陈六一孤零零地坐在墙角，头发比过去白了许多，看起来甚是凄凉，谭少卿深吸了一口气。

"统领。"他对着牢里喊道，声音不大，但在牢房里清楚得很。

陈六一缓缓抬起头，见是谭少卿站在门外，他"嘻——"地一笑，苦着脸摇了摇头，心里知道刺杀鞑靼王的计划也失败了。他问道："你来做什么？"

"你知道我是谁吗？"谭少卿问。

"呵——"陈六一看向一边，无心听谭少卿讲话。

谭少卿低沉地说："我父亲是前兵部侍郎谭思。"

"谭思……"陈六一眯着眼睛，歪着头思索了一会儿，冷笑了一声，说，"噢——你是谭思的儿子。怎么，你没死？"

谭少卿往前走了一步，抓住铁栏杆，说："我只想知道，当年是不是你杀了我全家？"

"不是我。"陈六一摇着头，斩钉截铁地说，"虽然你父亲官位不高，但掌握兵部的一些事务，实在碍了别人的事儿。"

"碍事儿？"谭少卿皱着脸问道，"因为碍事儿？"

"其实，你父亲人不错，可惜站错了队。"陈六一叹了口气，说，"朝廷明争暗斗的党派之争，真是道不明。你父亲是碍了冯保的事儿，才会落得那般下场。暗卫，也只不过是工具而已。你入暗卫也有段时间了，应该知道，暗卫只管做事不听缘由。"

听他这么说，谭少卿只感到一阵悲凉，陈六一说得对，暗卫不过是工具，本就没有人性可言。谭少卿缓缓蹲在地上，头触在栏杆上，低声问："那……是谁去执行的任务？"

"如今追问这些，有什么意义吗？"陈六一安静地说。

"可我必须要知道！知道我家人到底死在了谁的刀下！"谭少卿对着牢房里的陈六一喊道。

"呵……"陈六一冷笑着看谭少卿，他抬了抬眼眉，镇定地说，"你若还能听我一句话，就别再追问这些事。"

"是你吗？"谭少卿皱着眉头问。

"不是我。"陈六一还是一副镇定的样子，"多少仇恨我都担得起，但你父亲确实不是我杀的。"

"那是谁？你告诉我！"谭少卿怒吼道。

"是苏樱。"陈六一沉沉地说。

"谁？！"

"苏樱。"

"怎么可能！是苏姐姐救了我，她怎么会杀了我父亲？"谭少卿眼睛瞪得溜圆。

"我骗你有何益？现在你知道了，又不愿相信。"陈六一把头扭向一边。

"怎么会？怎么会？苏姐姐是我的救命恩人。"谭少卿脑子里闪过自己家遭遇屠杀的那一幕幕场景，父亲倒在门外，苏樱进来把自己救走……

陈六一喃喃地说："这是何苦呢？"

谭少卿不再理会陈六一，疯了似的跑出牢房，直奔苏樱的房间。到了门口他砰地一下把房门推开，径自走了进去。

苏樱正在屋里研究向余逊尧借来的兵器书，见谭少卿风风火火地进来，眼睛有些发红，一股戾气直逼面门。

苏樱冷静地问道："你怎么了？"

"我爹是不是你杀的？！"

很多次，苏樱都想对谭少卿说明真相，可是……这样会深深伤了谭少卿的心，她不想失去这个弟弟，终究没能说出口。这件事就好像扎在苏樱心里的一根刺，不时地痛……

苏樱心头一紧，今天怕是要做个了断了。她头皮发麻，嘴唇抖了抖说："是……"

"不……不……"谭少卿一把抓住了苏樱的肩膀，血红的眼睛里噙着泪，疯了似的说，"你为什么不否认，你说，不是你杀的。说啊！"他用力晃着苏樱的肩膀，苏樱一时仿佛失掉了魂魄一般双目空洞。

"我不能否认，确实是我做的。"苏樱闭上眼。

"为什么？"

"没有为什么，暗卫从不问为什么。"

"你为什么不为自己辩解？"谭少卿痛苦至极，"你说你身不由己啊！难道你不懂我吗？难道你对我也要如此冰冷吗？难道……"谭少卿用力推开苏樱。

苏樱被推倒在地，没有起来，她浑身酸软双腿无力，如同被一股莫名的力量击倒再站不起来。

谭少卿怔怔地看着苏樱，流着泪，失神地离开了苏樱的房间……

一阵冷风从敞开的门口吹了进来，门帘、窗帘都被吹得纷飞乱舞，苏樱始终没有起身，她的心被绝望和愧疚占满。

苏樱深知自己对陈六一的恨，同谭少卿对她的恨是相同的。造化弄人，爱恨都在人心之间，而人心却是最难解的。

也许这人世的善恶轮回因果报应都在此刻来临了……

五

就在这个不安静的夜里，一个黑影溜进了大同都督府的大牢，轻松地解决了狱卒和看守，拿着钥匙开启了陈六一被关押的牢房。

陈六一听见牢门被打开，没有抬头，来人只是走到陈六一身边。

陈六一这才觉得不对劲，抬头一看，正是胡光子站在身旁。

"统领，快走吧。"胡光子看了看外面，一边给陈六一打开手脚上的枷锁一边说，"余逊尧这几天带兵出征了，我见今天守卫松懈，便进来了。"

陈六一被关押数日，身上没了力气，他硬撑着站了起来。胡光子伸出手肘撑住他，另一只手持刀，两人就这样离开了大同都督府。

呼吸着牢房外的空气，陈六一仿若重获新生，他本以为自己会被押送到京城然后等待处决，没想到还有峰回路转之日，真是世事难料。逃出的路上，陈六一问胡光子："你刚刚说余逊尧出征了，是去哪儿？"

"去北疆，大同府往北，察哈尔边界。"

"为何？战况如何？"陈六一焦急地问。

"鞑靼族继承人指认汉人杀了他们可汗，所以举兵侵犯大明想要复仇。昨日开战，鞑靼军队中了埋伏，西北军大获全胜。还听说，鞑靼王根本没有死，只因避难投奔了大同都督府。"胡光子摇了摇头，说，"真是复杂。"

可陈六一却心知肚明，一定是谭少卿带鞑靼王离开了关外。听闻西北军大胜，陈六一悬着的心却放下不少。

胡光子带陈六一到了大同府郊外的一个农户家中，他找了身干净衣服给陈六一换上，低声说："这地方很安全，就两口人，我给了他们五两银子，说暂住在这里接上我叔叔，过几日到太原做工，他们高兴坏了。"

陈六一点头，说："此地不宜久留，待我体力恢复一点，就回京。"

"刚才的事，还没跟您讲完。"胡光子的两撇胡子抖着，说，"昨日西北军大胜之后，送鞑靼王回关外，鞑靼部落的臣子迎鞑靼王回营之后，您猜怎么着？"

陈六一眉头一皱，问："怎么了？"

胡光子一笑，撇着嘴摇了摇头，说："鞑靼王刚进军营，没承想，可汗继承人乞兀儿一刀就把他喉咙割断了！死了！"胡光子一嘬牙花子："啧啧啧……"

"什么？"陈六一双目圆睁，他脑子里嗡嗡作响，只见胡光子的脸扭曲着，嘴动来动去，却听不到他在说什么……

"统领……统领！"胡光子推了推陈六一的胳膊。

陈六一听见胡光子在唤自己，他咽了口唾沫，压制住情绪，说："后来怎么样了？"

"后来……"胡光子搓着下巴说，"后来，乞兀儿直接宣布继位。现场也有几个部落首领反对他，可是乞兀儿绝非善类，他当即就命人把那些反对他的人全绑了，挂在营帐之外，活活烧死了！"

"烧死……"陈六一脸皱成一团。

"对。这样一来，鞑靼各部落根本没有人再敢公然反对他了。听说这个乞兀儿非常凶残，昨日失守的几名将领，直接被拖回去腰斩、剥皮……"

"剥皮？腰斩？"

"千真万确！这些都是咱们的鞑靼探子古雷斯亲眼所见。看来，北方边境近几年都不会有什么安定日子了。统领，咱们还是快点回京吧。"胡光子撇着嘴，没发现陈六一已经陷入了沉思。

陈六一最担心的事，终于发生了……

六

两日之后，陈六一约乞兀儿在关外十里处见面。见陈六一面色憔悴，他摇了摇头，说："叔父，看来你最近过得不好啊。"

陈六一深吸一口气，望着远方说："沙漠上的狼群战无不胜，它们都懂得群体的力量，有了彼此的支撑，它们便不再孤独，悍不畏死，所向披靡。"

乞兀儿不以为意，嗤笑了一下，说："但是狼群需要一个最冷血最强悍的头狼，带领它们走出荒漠，猎杀动物。不是吗？"

"但它们至少不会手足相残，虐杀同类吧？"陈六一皱着眉头看向乞兀儿。

乞兀儿歪起嘴角一笑，脸上的肉抖了抖，蔑视着陈六一，说："叔父，我今天来可不是听你的大道理的，如今我已是鞑靼可汗，自有治国之道。叔父，你大可放心，用不了多久，我便可以统一中原，光复我朝。那时，你便可以做一个逍遥自在的王爷，颐享天年了。"

陈六一一笑，说："对了，还没有恭喜你登上可汗的宝座呢。"说完右手放在胸前低头行礼。

乞兀儿得意地一笑："只是，这光复大业还需要叔父在中原多多相助。"

"恐怕，我这匹折了肢的老狼，已经帮不上头狼什么忙了。"陈六一颓然，"既然你听不进去我的话，那我也只能祝你成功了。"陈六一说完，便要离开。

"等等！"乞兀儿有些不悦，"叔父，您这话什么意思？"

"道不同不相为谋。可汗，你如此虐杀同胞，难道你忘了他们与你流的也是同样的血？！"陈六一怒斥乞兀儿。

"叔父，你是不是又犯老毛病了？你这优柔寡断的毛病，何时才能改一改啊？"乞兀儿歪着脸看向陈六一，凶狠地瞪着他说，"我虐杀同胞？那你呢？你不是也害死自己的亲兄长？你害得我从小失去了父亲，在族里颠沛流离。若不是我有一颗钢铁般坚强的心，又怎能走到现在？我的凶狠、我的暴虐，都拜你所赐啊，我的好叔父！"

乞兀儿的话，每个字都如一把利剑刺在陈六一的心上，可乞兀儿说的没错，是自己害死的哥哥，令乞兀儿尝尽人情冷暖，以致性格如此扭曲。

"叔父，就一次，你再帮帮我。"乞兀儿又缓和下来，一改刚才凶狠的样子，"我答应你，你再帮我这一次，我便放你自由驰骋于草原，如何？"

陈六一深吸一口气，他闭上眼睛，半晌，说："好吧，就这一次……"可他心里却充满了绝望，自己欠下的债，终归要用命来还，他无奈地点了点头。

乞兀儿一听，高兴地说："叔父，我就知道你会帮我，因为血浓于水，你永远是草原上最勇猛的巴特尔！"

"白鸽为讯吧。"陈六一挥起鞭子，策马离去。

第二十八章　生死诀

一

南靖王一个人坐在王府的湖心亭里，煮了水准备烹茶。就在此时，小桥上疾速走过来一人，南靖王笑着望过去，说："回来啦。"

这句话让秋水心里一暖，笑着说："嗯，回来了。"脚下的步伐也没停，快速走进了亭子，对南靖王行一礼。

"快坐下。"南靖王伸手示意了一下自己对面的位置。

"咦？"秋水看桌上放着三个茶杯，便好奇地问，"王爷，今日可有客人？"

"说曹操曹操就到。"南靖王莞尔一笑，看向湖对面。一个身穿素白色长衣的女子飘然而至。

"长姐！"秋水兴奋得站了起来，迎接素萝。

素萝手捧着一个紫檀木匣走到亭子里，翩翩行礼。南靖王请素萝坐下之后，她将木匣恭恭敬敬地放在南靖王面前，说："王爷，这是皇上赐的新药。"

南靖王净了手，打开木盒，见里面放的是龙葵子，他略加思索，把木匣合上，问素萝："近来京中可有什么事吗？"

"唉……"素萝叹了口气，说："听闻冯大人病了，数日来都闭门养病，没有上朝。一时间，很多事情都被搁置，皇上日理万机，分身乏术。太后担忧，整日愁容不展……所以……"素萝看了看这装药的木匣。

南靖王点了点头，陷入了沉思。

"冯大人病了？"秋水忽然想起了什么，说："怪不得，余将军弹劾陈六一的折子早就递上去了，却一直没有什么回音。看来，冯大人还没有时间看折子，更不要提呈交到皇上那里了……"

"我听闻，冯大人是因为指点皇上政务时，与皇上发生了一些口角，才会称病告假的。"素萝摇了摇头。

南靖王思索了一下，说："这龙葵子又称飞天龙，皇上赐此药是召我回京，皇上是想要亲政了，可眼下……还不是最适合的时机。"

"那王爷意欲何为？"素萝侧着头问。

南靖王给她们倒了杯茶，说："回京！这个时候，皇上一定很需要我在身边，而且我也有话要亲自讲与皇上。"他看了看秋水："明日启程，秋水你随我一起，带六名亲卫，不要声张。"

"是，王爷。"秋水领命。她看向素萝，素萝微微一笑，脸上泛起喜悦的神情。

二

陈六一回到中原后一直蛰伏在京城，听闻冯保病了的消息，他便坐不住了。晚上，他独自一人到了冯保府邸门口，以冯保养子之名递上拜帖进了冯府探望。

翌日，他早早地从冯府出来，走在南河沿的一条狭长的巷子回卫所。忽然发现有一个熟悉的身影从一个四合院中出来，陈六一警觉地跟了上去。

谭少卿觉得后面有人，猛地回过头，正看见陈六一手举在半空。他大吃一惊，没想到会在这里遇见陈六一，皱起眉头，防范地问："你怎么会在这儿？"谭少卿心里嘀咕：陈六一不是被余逊尧关押起来了吗，怎么会完好无损地出现在这里，难道……

陈六一走到前面，打量着谭少卿："难道你这么久都没有收集情报吗？这可不像是一个暗卫，如此混沌。"

"我现在已经不是暗卫了，你让开，我还有事。"说着，谭少卿就要绕开陈六一。

陈六一嗤鼻一笑，问道："你以为你可以如此轻松地与暗卫断了干系？"

"为何不能？"谭少卿停住脚步，头也没回，眼睛斜着看陈六一。

"我是不想看你这样沉沦下去。"陈六一语气忽然变软，叹了口气说，"下不了手吧？"

他忽然这么问，谭少卿心里一紧。

陈六一见他动也没动，继续说："既然你下不了手，我替你报仇，如何？你是想杀苏樱还是冯保？"

谭少卿回过身来，盯着陈六一，说："你我本就不在一条路上，今天以此作饵，无非是想与我做交易罢了。"他嗤鼻一笑，又说："陈统领最好拿出点诚意，这种见不到筹码的生意，谭某不做。"说完转身走了。

谭少卿头也不回直奔东市走去，到了馥郁茶庄所在的街口，他看了看没有人跟踪，就进了后巷，从后门进了茶庄。刚走上二楼，就听见了余玲珑的声音，她话里带着怨气，嗔怪道："这么久，也没个消息，真是个白眼狼！找他也找不到，真是急死人！"

谭少卿在门外听着觉得好笑，又听见齐老板劝余玲珑："你也别太着急，少卿自有分寸，等他想通了，会找你的。"

"有什么分寸！表哥，你没见那天他疯了似的样子，你觉得一头疯了的白眼狼会回来找我吗？"

谭少卿听到这儿，走了两步，倚在门框上，歪着头说："这不来了嘛——"

余玲珑背对着门，只见她背影一震，猛地回过头来，见到谭少卿站在门口，又惊又喜，赶紧站了起来，却痴痴驻足。

"你……你……"

"我什么我？"谭少卿一撇嘴，问，"你说谁是疯了的白眼狼？"谭少卿走上前去，一把捏住余玲珑的鼻子尖。

余玲珑赶紧甩头挣扎，噘着嘴说："你怎么这么久才来找我！"

"谁说我是来找你的，我是来找齐老板买茶的。"

"你——"余玲珑把嘴一噘，脸蛋鼓得圆圆的。

"哈哈哈——"齐老板见谭少卿来了心里也欢喜得很，最近余玲珑几乎每天都要来茶庄，就是在等谭少卿的消息，他笑呵呵地说，"少卿，你总算来了，这段时间玲珑联系不到你，急得都要把我的门槛踏平了！"

"表哥——"余玲珑的脸忽然红了。

"好了，你们聊，我先下楼了。"齐老板说着出了房间。

余玲珑仔细打量谭少卿，发现他在这短短的日子里较从前少了些英气，样子颓废消瘦。两腮挂着胡楂，即使是笑着也显得憔悴，让她很是心疼。她走到谭少卿面前，伸出手抚摸他的脸颊，说："你去哪儿了？怎么如此憔悴？"

谭少卿有些尴尬，搓了搓自己的下巴，笑了笑，说："我没事，就是不想出门，也懒得打理自己，我今儿回去就好好打扮一下。怎么样？"

余玲珑说："你今后有什么打算？"

"我还能有什么打算？"谭少卿走到窗户边，仰起头看着天空，说："报仇。"

"找谁报仇？"

"冯保、苏樱……"他耸耸肩。

"少卿……放下仇恨，自由自在地活着，不好吗……"余玲珑见他的样子很无奈，"总是背负着仇恨，是没办法往前走的。"

"呵——"谭少卿背对着余玲珑，微微一笑，说，"你不会明白，我们这种人，没有了仇恨，或许就真的失去了活下去的意义了。"

"哪种人？"余玲珑有些急了，"你不要轻易把人划界，没有人是为了仇恨而生的，更没有人是要为了仇恨而活的！"她喘了口粗气，接着说，"少卿，复仇的路是无比孤独和艰辛的。你以为冯保是好对付的吗？他可是司礼监的掌印太监，当朝的顾命大臣，想要杀他谈何容易？怕是你连自己的命都搭上了，也报不了仇啊！"

余玲珑句句恳切，谭少卿深深吸了口气，闭上眼睛，说："我今天来不是和你商量的，我是来向你辞行的，我心意已决。"他背对着余玲珑，不敢看余玲珑那双真诚的眼睛。

余玲珑回到桌前坐了下来，镇定地说："好，你去吧。"

这倒出乎谭少卿的意料，他转过身，看着冷静的余玲珑。

"你别这么看我。"余玲珑说，"既然你心意已决，我定是劝不住你，你若要去报仇，我就随你一起去便是了。"

"什么？"谭少卿吃了一惊，"不，不行！我不能让你跟我一起去冒险，你也没必要这么做。这是我的家仇，不能把你牵连进来。"

"既然我不劝你，你也休要劝我。若你因仇恨而枉死，至少还有我能为你收尸。"余玲珑直视前方，语气坚定强硬。

谭少卿没想到余玲珑竟放出此话，他苦笑一声，说："好吧。"他也没有办法，此时自己说什么恐怕都不能动摇余玲珑的决心。

两人相视良久，重逢之喜转眼却成了无尽的忧愁……

三

陆拾从大同府把苏樱带回京城，暂住在京西北洼巷的旧宅里。这一路上，苏樱都郁郁寡欢。而自从谭少卿走后，苏樱就像失了灵魂一样，令陆拾既担心又失落。

苏樱渐渐明白了当日自己离开暗卫时，陈六一的伤心痛苦，也觉得自己的内心确实没有陈六一那么强大。这两年来，每一次与陈六一以敌人的身份交手时，那些内心的羁绊只有苏樱自己知道。以后，或许自己还会与谭少卿以敌人的身份交手，那时，怕是更没法面对。

这些天来，陆拾对苏樱嘘寒问暖，苏樱都不予理睬，陆拾却也毫无怨言。午饭端到桌上，苏樱却因为没有酒而气急败坏，把碗扔到一边，赌气不吃饭。陆拾没办法，只得出门去买酒。

刚一出巷口，正遇见秋水过来。

"秋水姑娘，你怎么来了？"

"陆卫督，你近来可好？我连日来忙于协助王爷处理些事，一直没时间过来，今儿中午刚好有空，就来看看苏樱。"秋水见陆拾匆匆出门不知道有什么事，就问，"陆卫督，你这是要去哪儿？"

陆拾一拱手，说："你来得正好，快进去吧。樱儿不吃饭，说要喝酒，可家里的酒都被她喝光了，我出去买些回来。"

秋水一听，皱起眉，摇了摇头，说："陆卫督，你如此宠着她更纵容了她，长此下去可不是办法。"

陆拾苦笑，把秋水请进院里，自己便出去买酒。

一进屋，就见苏樱面无表情地坐在椅子上，秋水走了过去，坐在她旁边。

"苏姑娘，你这么下去可不行啊。"

"不然，我还能怎样？"苏樱冷笑了一下。

"少卿走了，可苏樱还得活下去。"

"那苏樱欠下的债呢？"苏樱眼神依旧空洞，苦着脸说，"苏樱欠下的血债就不用偿了吗？"

秋水无奈地说："就不能放下仇恨活着吗？"

"放下仇恨？那是因为你们心中无恨，我们不但自己肩上背着仇恨，手上还沾满了血，欠了满身的人命债！"她看向秋水，狠狠地说，"这能放得下吗？"

秋水见她如此固执，话锋一转："苏姑娘，你不能这样对待陆卫督，他对你关心备至，而你却终日冷眼以对，会伤了他的心的。"

苏樱冷冷地说："反正每一个暗卫的心都是冷透了的。我曾经以为我不一样，现在我觉得我和他们一样！只是杀人工具！"

"你若一直这样执拗，我也无话可说，只是你不要因这一时的偏执伤害到身边的朋友！"秋水愤愤起身。

"我这种人，有什么朋友，我不配有朋友！"苏樱没好气地说。

秋水见她如此不可理喻，也不想再说什么，站起身来一甩衣袖，转身出了房间。一出门，见陆拾正站在门外，手里提着一坛酒。秋水叹了口气，说："陆卫督，我劝不了她。"说着就往外走。

陆拾赶紧进了屋，把酒放在桌上，追了出去。

"秋水姑娘。"

秋水听见陆拾唤自己，转过身来。

"秋水姑娘，你别生樱儿的气。少卿走了，她伤了心，乱了神思。"陆拾尴尬地说，"樱儿自幼孤独，如今好不容易有你们这几个朋友，是她最大的幸事，现在的情形还请你们海涵。"

秋水见陆拾仍对苏樱不离不弃，心生敬意，她微微一笑，说："我明白，你放心吧。"

"总有一天，她会明白大家的心意。"陆拾诚恳地看着秋水。

秋水点了点头，说："陆卫督，我先告辞了。"

陆拾赶紧抱拳回礼，见秋水走后，回到了院中，就闻到一股酒气。

苏樱性子执拗，陆拾也拿她没办法，见她一天天沉沦下去，他心里难受，他也搞不清苏樱到底是因为谭少卿的离去而难过，还是因为谭少卿知道她是杀害他父母的仇人而难过。或许两者皆有吧……陆拾自己心里想着，却又不能去问，他除了保护和安慰苏樱，再无他法。

下午，陆拾便去锦衣卫的指挥司了。晚上回到旧宅，发现苏樱已经不在了，陆拾猜想她可能是出去办事。可等到夜里还没见苏樱回来，陆拾就坐不住了，他拿起刀准备出去寻苏樱，刚出了房门就见一人从房顶跳到院中。那人眯着小眼睛，不怀好意地看着陆拾，两撇胡子抖了一抖。

"胡光子。"陆拾一看是他来了，把刀握在手里，问，"苏樱呢？"

"哎哟，陆卫督，看来你还是蛮灵光的嘛……"

"少废话。"

"我真是为你不值。"胡光子嘴一撇，说，"你知道吗？她一听我手上有谭少卿的消息，就立马跟我走了。"他邪魅地一笑，"她现在这副模样，我真是差点认不出来了，当年暗卫的天字卫头号杀手，如今成了个躯壳……啧啧啧……路上还不停地叫嚷着，说是陈六一把她变成杀人工具，要我看，她现在连杀人工具都不配！"

陆拾眉头一皱，冷峻的脸上露出了杀气，他不耐烦地说："我跟你说了，少废话！"陆拾把手中的刀向前一挥，指着胡光子问："苏樱在哪儿？你若再废话，今天就割断你的喉咙！"

"好好好。"胡光子也知道自己跟陆拾交手并不一定能占上风，他举起双手，做投降状，说，"陆卫督，我知道我打不过你，我也没打算和你打架。你想找苏樱，就拿着《按察录》到卫所换苏樱。"

陆拾一听，怒视胡光子，说道："我没有《按察录》，你找错人了！"

"没有就去找啊，堂堂锦衣卫的镇抚使，暗卫的卫督怎么能找不到一本《按察录》呢。"胡光子轻蔑地捋着胡子，说，"你得快点，我怕苏樱撑不住。我在卫所东院等你！"说完，他一阵狂笑，跳上房顶走了。

陆拾又气又急，苏樱落在胡光子这只猎狗手上，想必会吃许多苦头，而如今的苏樱本就意志薄弱，若受了暗卫的酷刑，恐怕会撑不住。想到这些，他一拳打在墙上，墙面随之裂开一道细缝，陆拾的手上渗出了几缕鲜血，沿着墙面流了下去……

陆拾曾听苏樱说起过《按察录》的事，上次她中毒也是因为读了《按察录》，后来将此物交予了秋水，拿回给南靖王保存。看来，只能去求一下秋水姑娘了……陆拾深深地叹了口气。

第二天，陆拾辗转找到秋水，秋水听他说了苏樱被挟持之事，毫不犹豫地拿出了那只装有《按察录》的铜盒，交给了陆拾。

陆拾接过那铜盒，心中感慨万千，说了声："多谢！"

"陆卫督，你别这么说，苏樱的性命才是最重要的。"秋水眼见陆拾对苏樱做的一切，了解他是一个忠实之人，也很钦佩他对苏樱的一片赤诚，她对陆拾说，"《按察录》虽然重要，但好在之前苏樱已经通读了整本给太后听，我听说苏樱有过目不忘之才，即便《按察录》落到胡光子或陈六一手里，至少还有苏樱可以完整地记得其中的内容。所以，你大可放心。"

"秋水姑娘，人生难得一知己，苏樱与你结识，不枉此生。"陆拾一躬到地。

秋水赶紧扶住陆拾的胳膊，说："事不宜迟，陆卫督，请快些去吧。"

陆拾又一拱手，跨上马，火速赶往暗卫卫所。

四

赶到卫所时天已经黑了，陆拾直奔东院。东院的大门敞开着，好像已经准备好了迎接他。院中燃起六支火把，把院子里照得通明。院中间立着一根巨大的木桩，苏樱就被绑在上面，悬在半空中。现下还是初春，天还有些凉，苏樱却衣着单薄，身上明显有鞭打的血痕。她脸色煞白，头发散乱，陆拾见苏樱被折磨成这番模样，便飞身跳进了院中，只听见几缕风声，"啪啪啪——"三支弩箭射在了他前面的地上。陆拾一惊，四下一看，周围埋伏了一圈人，手持弓箭和弩正对准自己。

这时胡光子从人群中跳到院中离陆拾不远的地方，歪着头问："陆卫督，带来了吗？"

"师兄……"挂在木桩上的苏樱忽然开口了，她睁开眼睛，强撑住精神说，"快走——"

陆拾见她的样子，愤恨地看向胡光子。

胡光子抬头看了看苏樱，说："哎哟！"又看了看陆拾："陆卫督，你看，苏千户真不愧是高手，在这木桩上已经挂了一天一夜了，还能说话呢。陆卫督，话说你也真是厉害，这么快就找来《按察录》了。我寻思着，咱们苏千户怎么不得挂个两三天？"

陆拾一听更为光火，抽出刀，对着胡光子便是一刀，速度快得像闪电一般。胡光子毫无防备，只见一道白光闪过，他脚下用力，使劲向旁边一撤，"咔嚓——"胡光子的衣袖破了，手臂上被划出了一道浅浅的伤口。

胡光子扭曲着脸，怒视陆拾，撇着嘴恶狠狠地说："陆拾！你别敬酒不吃吃罚酒！"说完手冲着旁边的一个人一挥，那人拉起弓一箭射向苏樱。

陆拾看到一支箭飞向苏樱，便是一惊，他赶紧飞身跳起，挥起刀把那支箭拨开。他也已经急了，咬着牙看着胡光子，不敢再轻易出手。

"你最好识相点！"胡光子瞪着眼问，"东西带来了吗？"

陆拾看着胡光子，把身上背着的包袱拆了下来，丢给了他。

胡光子不慌不忙地叫人给他搬了一把椅子，他坐下来，打开包袱，把破旧的铜盒拿在手里，"呵——"地冷笑着，前后看了看。

接着，他打开铜盒，里面露出了写有"按察录"三个字的卷宗。胡光子挑起眉毛，歪着嘴得意地笑了，说："我得验验货。"他把卷宗取了出来，将铜盒扔在一边，一页一页仔细地阅读起来。他也没有想到，里面竟然会记录着如此多的内容，以前只是听说过《按察录》的大致内容，却不承想竟是如此精彩。

看着看着，他忽然觉得身上的经脉乱跳了起来，再过一会儿，觉得手指发麻，头晕眼花……"不好，《按察录》有毒！"他大叫一声，把《按察录》丢在了地上，两只小眼睛瞪得凸出，想要扑过来抓住陆拾，可是脚下却已经酸软得抬不起来，跌倒在地。

周围的暗卫们也慌了，没人敢轻易靠近。

陆拾见胡光子倒地，赶紧跳起来准备解救木桩上绑着的苏樱。

此时，胡光子已经站不起来了，看见陆拾要救苏樱，他赶紧从怀中掏出了墨玉令牌喊道："快收起《按察录》！"

暗卫见令牌就必须得服从，呼啦跑上来七八个人，就要上前捡起《按察录》，救起胡光子。陆拾一看有人要抢《按察录》。这《按察录》关系着众多官员甚至宫廷贵族的隐私，决不可落入旁人手里。他赶紧扭转身躯，从木桩附近跳了过去，挥起刀击退前来抢《按察录》的人。

这时陆拾忽然想起秋水的话，这本《按察录》苏樱已经全记住了。他心一横，右手用刀尖挑起那本卷宗，左手接住，运用内力将这本卷宗撕了个粉碎！一时间，《按察录》的碎片好似雪花般飘浮在空中，慢慢散落在地面。

本来要扑上来抢《按察录》的人也愣住了……胡光子一看气得要呕出血来了，他对着在场的暗卫歇斯底里地吼道："暗卫听令！诛杀陆拾和苏樱！不得有误！"

此时陆拾正跃向木桩准备救苏樱。

令牌一出，暗卫纷纷举起了手中的弓箭和弩，准备射向陆拾和苏樱。

陆拾眼见就要跳到木桩跟前，只听见四周都响起了风声，可苏樱还被绑在木桩上，情急之下，他使出全身力气，纵身一跃，挥起一刀，砍断了绑着苏樱的绳子。

就在他挥刀的一瞬间，自己身上却已中箭。他张开双臂全力护住苏樱，两人一同落在了地上。

　　落地时，苏樱见陆拾的背上、肩上、手臂上、腿上……全身都扎满了箭，长长短短……随即，陆拾的嘴里冒出了一股鲜血，滑过下颌，流到了胸前，滴在了她的脸上……

　　刹那间，苏樱只觉得眼前一阵发黑，头好像被千斤的大锤砸中，陆拾的疼痛仿佛一下子连通到她的身体。

　　此刻，只听又一阵蜂鸣声冲着她的方向袭来，她拿起陆拾手中的刀，站起来向四周旋转，像一只起飞的火轮，速度快得让人无法反应。她拨开射向她和陆拾的箭之后，纵身蹿到一侧，还没等暗卫冲过来，她已手起刀落。

　　一排暗卫倒在地上，尸体横七竖八地躺着，其余的暗卫慌忙又拉起弓换上箭，向她射过来，这次她根本没有拨开飞来的箭，而是迎着箭的方向蹿了过来。那些暗卫只见一道黑影跳到跟前，根本来不及躲避，就已倒在苏樱刀下。

　　不用一炷香的时间，在场所有的暗卫全都倒在了地上，东院变成一片血海，空气中弥漫着可怕的血腥之气。苏樱的身上一道道伤口淌着鲜血，她跟跟跄跄地走到陆拾身边，跪下抱着陆拾，两人的血液流淌成一片殷红。陆拾的脸色已经惨白，苏樱颤抖着手抚摸陆拾的脸，说："师兄，你为何要来……"

　　陆拾用尽最后的力气，微微睁开双眼，轻微抽动着嘴唇，说："若是我，你也如此……"

　　眼泪扑扑簌簌地流，苏樱的眼前已经模糊了，她把脸贴在陆拾的脸上，说："师兄，樱儿对不起你！"

　　陆拾抬起手，想去抚苏樱的脸，口里微弱地唤了声："樱儿……"就轻轻闭上了眼睛，那只温暖苏樱多年的手，坠落下去。

　　苏樱转头看见胡光子，她轻轻放下陆拾瘫软的身躯站起身来，提着刀，走到胡光子旁边，眼神凌厉地看着他。

　　胡光子趴在地上，见在场所有的暗卫都被杀了，自己全身的经脉又已经错乱，吓得浑身发抖。

苏樱挥起一刀，划破他的喉咙。胡光子伸出手捂住自己的脖子，浑身抽搐。又一刀从胡光子背部插入，胡光子痛得翻过身来，苏樱把刀抽出来，砍在他胸前。一刀又一刀下去，把胡光子剁得不成人形。

苏樱把箭一根根从陆拾身上拔掉，前所未有地抱紧陆拾此刻柔软的躯体，似乎把这副躯体塞进胸腔便不会失去陆拾。怀中的陆拾像是断线的木偶，再没了笑容和生气。苏樱抬起头看着卫所围墙里的夜空，胸口的疼痛仿佛将要穿透身体，她用拳头用力捶打着心脏竭力呼吸。

在喘息中，苏樱发出一声哀鸣，终于崩溃嘶吼着哭泣起来。

就在这时，谭少卿从门外跑了进来，他见到满地的尸体和鲜血纵横交错，院子正当中苏樱抱着一具尸体，这场景令他触目惊心。

谭少卿缓缓走进院中，看着浑身溅满了鲜血的苏樱，他便知是苏樱把这些人杀掉的。他从背后抽出刀，走上前去，把刀压在了苏樱的脖子上。

苏樱听见脚步声，抬起头想要看看是谁，一把刀已然压在自己颈后。

满脸泪水的苏樱疯了似的凄厉苦笑，摇摇头，说：“是你和胡光子一起引我入局的吗？”

谭少卿拧着眉说：“什么？我和他？引你入局？呵——”他冷笑一声：“我谭少卿还没那么卑鄙，就算要杀你，也不用布什么局。”他仔细看了看苏樱抱着的尸体，竟然是陆拾！谭少卿倒吸一口气，陆拾怎么会死？这里到底发生了什么？

苏樱跪在地上抱着陆拾，把腰挺直，冷冷地说：“动手吧，杀了我，我本应该同师兄一道死的。”

可谭少卿却站在原地僵住了，四周满院子的尸体，面前的苏樱如孤魂一般，他咬着牙，说：“杀了你，你也不冤！”

苏樱把脸转过来，看着谭少卿，愤恨地大喊：“那你杀了我啊！活着如此痛苦，我注定是杀人狂魔！那你来做判官吧！来啊！”她眼睛里布满了血丝。

谭少卿看见疯了般的苏樱以及陆拾的尸体，心中无限悲凉，他收起刀，叹了口气，强忍眼泪说："你走吧……"

"呵——"苏樱冷笑一声，站起身来，背起陆拾的尸体，说："谭少卿，我不怕你索命，等我师兄入土为安，我的命你随时都可以拿走！"苏樱背着陆拾的尸体，踉跄地离开了暗卫。

谭少卿看着苏樱背起陆拾尸体的背影，暗自内疚，若是有他帮苏樱，事情也不会到这般田地……

五

谭少卿回到住处，坐在床上全无睡意，眼睛一直瞪到天亮。过了半晌，余玲珑来了，她一进屋看见一脸惨白正在发呆的谭少卿，便问他出了什么事。谭少卿就把昨夜看到的全都告诉了她。

听闻陆拾被杀，苏樱杀掉在场所有的暗卫，余玲珑大惊，她伸出手捂住双颊，双眼充满了惊慌，问："苏姑娘……她去哪儿了？"

谭少卿木讷地摇了摇头，说："不知道。她只说，等陆拾入土后，她的命我可以随时拿走……"

"你……唉……"余玲珑一甩袖子，坐在凳子上，劝道，"少卿，我知道你父母死得冤，可是，苏姑娘也是身不由己，你也曾在暗卫，知晓这其中的不得已！她受人指使，听命于人！"她叹了口气，"毕竟，她还救了你的命，那一定也是冒死之举，你难道都不想想吗？这么多年，你与她情同姐弟，你真的忍心与她决裂吗？"

余玲珑的每一句话都印在谭少卿心里，他甩了甩头说："我当然知道！其实我并不是恨她杀了我家人，我气的是她隐瞒了真相这么久！多少次，我提起家人时，她在一旁做何感想？她明明可以告诉我的，为何要等陈六一揭开那些秘密！"

"她怕伤害你，或许更加害怕说出来，你们会像今天一样，毕竟她把你当亲弟弟啊……"余玲珑叹着气哽咽着说道。

谭少卿不愿意再争辩此事，他站起身来就要往外走。

"你去哪儿？"余玲珑赶紧追过来问。

"我去找陈六一，现在只有与他合作，才能报仇。"谭少卿头也不回，说，"玲珑，你走吧，别跟着我。"

"不行，我不能让你去！"余玲珑拦住谭少卿，说，"你和陈六一根本不是一类人，与他合作相当于与狼为伍，这是在冒险！"她正要去抓谭少卿的胳膊，可谭少卿一转身就迅速伸出两根手指，在她肩膀下的穴位点了一下，余玲珑只觉浑身无力，顿时倒在谭少卿怀里。

谭少卿把余玲珑扶到榻上坐好，说："你在这里休息一会儿吧，半个时辰之后，你的穴道自会解开。我还有事要做，你不要再跟着我了。"说完，转身离去。

余玲珑自己坐在屋子里，看着谭少卿离去，现在他已经失去了方寸。余玲珑暗下决心，等自己穴道解开之后，一定要想尽办法彻查谭家遇难之事，将那桩惨案调查清楚，只有那样才能解开谭少卿的心结，拉他回归正途。

第二十九章 冯府之劫

一

"冯大人这一病，可累坏了王爷。"秋水一边研墨，一边对书案前的南靖王说，"他在家休养，闭门谢客。王爷却要临危受命，替他处理繁杂的内政，忙得不可开交。"

南靖王一笑，道："内政之事不能无人处理，我之所以如此忙乱，皆因过去从未参与朝堂之事，才会应接不暇。"

"王爷日日都要忙到深夜，也要保重身体才是。"秋水给南靖王倒了杯茶。

"今日拜会张居正时，听张大人说起他接到了冯大人的请柬，邀请他去冯府一叙。"南靖王一边看着奏折，一边说。

秋水一听，便问："冯大人邀张大人去他府上？冯大人不是闭门谢客吗？如今却请张大人入府，似乎有些蹊跷啊。"

南靖王把手中的毛笔放在一边，说："我听张大人的意思，仿佛也觉得有些奇怪，他说他与冯保相识多年，若无大事冯保甚少邀他……"说着，他陷入了思考。

"那王爷意下？"秋水问道。

"本王倒觉得张大人还是不去探望为好，避免其中有诈。可看张大人的意思，又担心如若他不去，恐怕朝廷上的冯氏一党会闹事。我与张大人商议了许久，决定由本王先去冯府探个虚实，让张大人再做打算。"

秋水双眉紧蹙，说道："王爷，您要亲自去冯府？这是否太过冒险？若冯府有诈，王爷岂不是身陷虎穴？"

南靖王答道："本王知道你的担心，可我刚刚回京，尚未见过冯保，如今也该去拜访一下；再者，若冯府有诈，张大人身居要职，皇上和太后还要仰仗于他，断不可让张大人在此时有何闪失。所以，还是本王亲自去最为妥当。"

"以我的判断，这冯府定有蹊跷，王爷只身前往恐怕是羊入虎口。秋水须得随王爷一同前去，若有什么事，秋水还可以保护王爷。"

"也好。"

二

自从上次以冯保养子之名到冯府拜访后，陈六一便顺利挟持了冯保。冯保怎么都没想到，自己一手栽培出来的陈六一竟会如此胆大，反过头来就咬了自己一口。

陈六一把冯保软禁在房中，找来几十名暗卫把冯府上下都看管起来，还逼冯保写下了邀请张居正的信函。冯保为了活命，只能乖乖就范。

看来，陈六一这一招"请君入瓮"是要造成内相与外相互相残杀的局势，意图颠覆大明江山！冯保想到这些，哭笑不得，这算不算作茧自缚呢？他暗自盘算着该如何在陈六一这头野兽眼皮子底下自救。

当南靖王的拜帖送到冯府落到陈六一手上的时候，陈六一拿着帖子看了又看，暗自庆幸。南靖王来更好，过去多次想要扳倒他，没想到这次竟送上门来，正所谓失之东隅收之桑榆。

翌日晚间，南靖王带着秋水骑马来到了冯府，到了门前出示了冯保的亲笔书函后，便被请进了冯府。

冯保没有亲自迎接南靖王，秋水有些疑心。进了正厅，仆人带他们进去，安排他们落座后，半晌没有人来。秋水更觉情况不妙。

此时，南靖王看了看秋水。

"王爷，不妙，咱们还是走吧。"秋水警觉地说。

南靖王想了想，说："再等一盏茶的时间，若还没有人来，咱们就走。"

话音未落，只见正厅的正门、后门冲进来十几个身穿黑衣的人，秋水赶紧站起身来护住南靖王，她一看这些人的打扮便知是暗卫。秋水抽出剑，向周围打量一圈，就见陈六一从人群中走了出来，到了南靖王和秋水面前。

南靖王坐在椅子上，没有动。

"王爷万福。"陈六一躬身行礼，脸上露出诡异的笑容，"好久不见，您近来可好？"

南靖王点了点头，说："陈统领，何必如此大的阵仗来迎本王。一别数年，陈统领风采依旧啊。"南靖王上次见到陈六一时，还是先帝在位之时。

"王爷，请吧！"陈六一伸出一只手，向旁一挥。

暗卫们都拔出手中的武器，要生擒南靖王。

秋水一见这群人要动手，一手扶起南靖王的左臂，另一只手挥起宝剑，只见几道白光划过，秋水已飞到空中。南靖王身形纤瘦，秋水架着他，一蹬桌面，纵身跃向正厅门口。

陈六一看南靖王要逃，瞪起眼睛，冲着身边的暗卫下令："追！"

暗卫们全都扑到了门口，秋水护住南靖王，转过身来挥起剑与暗卫们搏斗。这些暗卫大多不是秋水的对手，几下就败下阵来，秋水赶紧再次转过身架起南靖王，跳到院内，疾速跑向大门口。

陈六一大喝道："快追！"

暗卫们再次扑了上来，明知道打不过秋水，只好与她缠斗困住二人的脚步，好不容易到了大门口，秋水把冯府厚重的大门扳开一条缝，说："王爷快逃！"

南靖王从门缝中逃出，见秋水却在门内，只得守在门口。

秋水大喊道："王爷，你快走啊！"

"我怎能抛下你啊！"

秋水见若自己不走，南靖王怕是也逃不掉，情急之下她拼尽全力挥起剑，横扫对面的暗卫。暗卫们躲闪不及都中了剑。她转身跳出冯府大门，说："走！王爷。"拽着南靖王就要逃走。

陈六一在正厅门口，见暗卫败下来，南靖王即将逃走，大为光火，从袖中抽出一枚飞镖，对着南靖王甩了出去，陈六一内功深厚，这支镖如闪电般飞向南靖王。

听见背后一阵细细的风声由远及近。秋水心想："不好！有暗器！"此时躲闪已经来不及了，她凭着自己的直觉，从身后搂住南靖王，就觉得后心一阵刺痛。她顾不了许多，护着南靖王出了冯府的大门，疾速奔到拴马的地方，两人跨上马离开了冯府。

陈六一站在当院面沉似水，他看着自己甩出去的镖好似已射在了南靖王身上，不知能否要了他的命，怏怏地转身去了后院。

回到暂住的府邸时，南靖王全身已经被汗水浸透，浑身战栗。他跳下马，见秋水还没有下马，便走过去扶秋水。

秋水的手已冰冷无力，面色煞白。

南靖王还未平复惊惧，轻声说："方才你竭力护我累坏了吧？到家了，咱们进去吧。"

说着就扶着秋水迈上台阶，刚进王府几步，南靖王忽然发觉扶在秋水背后的手掌又湿又热，抽回手一看，竟然满是鲜血！他猛然转向秋水，那精美的面容已快失了血色。秋水声音微弱地说："王爷，到家了……"说完，身子便软下来倒在南靖王怀中。

"秋水！秋水！"南靖王扶着身似软缎的秋水，拼命向院内喊，"来人！快来人！快请太医！"

门口的侍卫闻声赶来，有一个小厮撒腿跑去请太医，几个仆人也从屋里跑了出来，围在秋水和南靖王身边手足无措。南靖王不住地摇晃怀中双眼紧闭的秋水，捧着她的脸唤道："秋水，快醒醒，秋水！醒醒！……"他不住地重复着秋水的名字，这名字混在呜咽声里，听得旁人心碎又痛惜。

忽然，王爷恢复了往日沉静的神态，眼神却绝望凄清，他脱下外衣小心翼翼包裹起怀中安详的女子，她像是睡着了一般宁静美丽。王爷良久凝望眼前人，一吻轻轻落在秋水眉间。周遭的仆人和侍卫都默默流下了眼泪……

三

眼睁睁看着南靖王逃走之后，陈六一气得七窍生烟，以往沉着冷静喜怒不形于色的他，如今变得暴戾凶残，他看着自己的样子，想起了乞兀儿的话："我们身体里流着同样的血！"他走进软禁冯保的房间里，恶狠狠地瞪着他，想到如今自己身份和目的暴露，留着冯保这枚死棋已毫无用处，他走到冯保跟前，咬着牙甩开手，一巴掌甩在了冯保脸上。

冯保年事已高，平日里又养尊处优，何曾吃过这样的苦头，一巴掌下去冯保直接倒在了地上。冯保强撑着坐了起来，说："怎么？计划落空了？"看见陈六一愤恨的样子，冯保笑了起来。

"你笑什么？"陈六一皱着眉头看向冯保，说："就算我计划落空了，你也甭想有好日子过。你应该知道，一颗没用的棋子会是什么下场！"陈六一走到冯保面前，扼住冯保的喉咙。

冯保一下子喘不上来气，憋得脸通红，喉咙发出咯吱咯吱的声音。

陈六一看他脸憋得紫青，几乎断了气，才松开手，说："这样死，太便宜你了。"

陈六一把手撤回来，冯保一下子趴在了床上。

陈六一又低下头，扬起眉毛，摇着头说："你记得当年那个兵部侍郎谭思吗？他儿子长大了，叫谭少卿，现在是暗卫地字卫的头号杀手。他会来找你索命！哈哈哈哈——"陈六一说着，仰起头纵声大笑。

冯保趴在榻上，强撑着力气转头看向陈六一，嘴里嘟囔着："谭思？谭少卿……"

"我不杀你。"陈六一走上去拍了拍冯保的脸，冯保浑身战栗，他接着说，"自然会有人来杀你。你种下的罪恶的种子，早已经生根发芽，那些孩子都已经长大，就算谭少卿不杀你，还有数不尽带着仇恨的人来找你！"说完，他转身走到门外，对暗卫说："撤回卫所，带走冯保！"

暗卫们领命，把冯保带回卫所关进地牢。

冯保坐在暗卫的大牢里，看着墙壁上的青苔，他对暗卫是那么熟悉又陌生，这个他扶植的机构，曾几何时是他最得意的作品。只要一声令下，暗卫就会如离弦的箭一般，快速击中目标，向来弹无虚发。如今自己却被关在暗卫的地牢里，世事变迁竟也会如此荒诞可笑。已经到这般田地，绝不能让暗卫落在陈六一手上，此人野心勃勃，绝不会忠于大明，就算自己拼尽最后一口气，也不能让他得逞！

他忽然从腰间摸出一个锦囊，打开后是一枚令牌，由乌黑的野牛角制成，周边包金，系着黑色的丝绦，一圈云纹中间雕着"暗卫"二字，这是暗卫最高统领的令牌。他把令牌攥在手里，想了想，爬到了牢门口，对着外面喊："有人吗？有人吗？"

看守牢房的顾峰闻声跑了过来，他见冯保扒着牢房的栏杆向外叫喊着，不耐烦地说："喊什么喊？啥事？"

冯保见此人大块头，说话粗声粗气，面相老实本分，便把手里的牛角令牌举起，高喊："暗卫听令！"

冯保见他呆住了，说："你看清楚，这是暗卫最高统领的牛角令牌！你入暗卫时应该就有人跟你说过吧？"

顾峰想了想，确实是有这么回事，呆呆地点点头。

"那好，我现在有一事要交代予你！"冯保郑重其事地说，"你立即去把谭少卿给我找来！"

每一个暗卫，从进到卫所的第一天起，就被深刻灌输"令牌一出莫敢不从"。而牛角令则是暗卫最高级别的令牌，比墨玉令牌还要高上一级。顾峰不得不领命，他躬身行礼，说："得令！"说完，就要往外跑。

冯保又将他喊住："喂，千万小心，莫要被旁人发现！"

顾峰答应了一声，便去寻谭少卿了。

正巧谭少卿在两天前已经回卫所，顾峰夜半到他的居所把来龙去脉告诉了他，叫他前去地牢。谭少卿一听，觉得奇怪，什么人在大牢里非要见他？

到了地牢，顾峰给他指了指冯保所在的牢房，谭少卿让他守在地牢大门口，自己只身去了牢房。透过栏杆往里看，就见一个白发苍苍的老头坐在角落里，身形富态，华丽的衣服污迹斑斑。

谭少卿好奇地问："你找我？"

冯保一听，抬起头看，一个高个子的男孩站在外面，气宇不凡，瘦削的脸十分好看，眼睛机灵得很。他眯着眼睛仔细打量谭少卿，又闭上眼想了想当年谭思的样子，点了点头，确实，他们长得有几分相似。冯保站起身，走到牢门口，说："你是谭少卿？"

"是。"

"你知道我是谁吗？"

"谁？"

"我就是冯保。"

谭少卿一听，睁大眼睛仔细打量，说："冯保？你怎么会在这儿？"

"呵——"冯保苦笑一声，摇了摇头，说，"是陈六一把我请来这里的。"

谭少卿一听，"扑哧"笑了，他看着沦为阶下囚的冯保问："你为何找我来？"

"我知道你想杀我，也知道你和陈六一道不同。"此时的冯保，已经无计可施，他被困在这牢房里，即便逃出去，恐怕也会被陈六一追杀，如今只能赌上一把了！他故作镇定，说道："不如我们做个交易吧。"

"交易？你是在戏弄我吗？如今你已是阶下之囚，有什么资格与我谈交易？"谭少卿冷着脸说。

"我知道你恨我，我拿命跟你做交易，怎么样？"

"条件呢？

"只要你把暗卫从陈六一手上夺回来，我的命就给你。你不是想为你父母家人报仇吗？"

谭少卿没想到冯保会如此直截了当，他仔细看着冯保说："你太瞧得起我了，我如何能从陈六一手上夺下暗卫，暗卫成员只认令牌不认人，陈六一掌舵暗卫多年，他是暗卫的最高指令。"

"这个你拿去。"冯保当即就把那块牛角令牌举了起来，说，"你知道这是什么吧？"

谭少卿皱着眉头仔细观察，看出是牛角令，吃了一惊，说："牛角令？"他只是在刚入暗卫时候听说过这令牌，并未真正见过实物，他一直以为暗卫所有的令牌都由陈六一保存，没想到最高令牌竟在冯保手里。

"没错，不用我说你也知道这令牌的级别和用途了吧？"冯保举着令牌说，"今天我把这牛角令交给你，从此你就是暗卫的大统领，你要起誓，一定将暗卫从陈六一手上夺回，并保证永远不让暗卫为私欲所用！"

谭少卿一下子犹豫了，他知道一旦接受了这块令牌，成为暗卫的统领，就再无退路，或许至死都不能离开这见不得光的组织了！若不接受，如今持有最高令牌的冯保已沦为阶下囚，恐怕这令牌也迟早会被陈六一夺走，那样下去，恐怕大明江山会再起波澜……更何况，家仇都由冯保当年一手造成……

冯保接着说："前些时候陈六一挟持我，逼问了我多次，我都未曾把这块令牌交予他，如今，你若再犹豫下去，恐怕你我谁都没机会了！"

谭少卿心一横，事在人为，自己将来定不让暗卫走上邪路。他躬下身，举起双手，接令牌。

"今传暗卫牛角令牌与谭少卿，授予暗卫大统领及锦衣卫指挥使之职。"冯保郑重地将令牌交到了谭少卿手里。谭少卿接了令牌，冯保往前走了一步，贴近牢房的栏杆，扬起脖子，闭上双眼，说，"动手吧。"

看着眼前这个杀害自己全家的始作俑者，如今已经白发苍苍，谭少卿也曾无数次地在梦里将仇人杀掉，撕碎……现如今近在咫尺，他却怎么也不想一刀割断他的喉咙，杀戮对于他来说太过沉重，他的心承担不起这血光淋淋的罪孽。

谭少卿低下头，从袖中掏出一只小瓶子，倒出一粒红色的药丸，这药丸是他从鞑靼王宫里得来的鞑靼毒药，留在身上，本来是想若有一天自己不幸被敌人抓去，也可自行了断，没想到今日却在仇人身上派上了用场。他把手伸进牢房的栏杆，捏住冯保的下巴。冯保本以为谭少卿会一刀杀了他，没料到却被抓住了下巴，他慌张地扭动着头。谭少卿死死地钳住冯保的下颌骨，把他嘴捏开，将药丸丢进他口中，冯保只得顺势将药丸吞了下去。

"你干什么？你给我吃了什么？"

"这是鞑靼王宫特制的毒药。"谭少卿扬起眉毛看着冯保，说，"其实陈六一本是鞑靼贵族，这你还不知道吧？如今你吞服了鞑靼毒药，是你自己的贪欲让你死于陈六一这个鞑靼人之手，而不是我谭少卿之手。"说完，他转身离开了地牢……

第三十章 冰释前嫌

一

深夜，卫所里一片死寂。苏樱左手抱着一个牌位，右手持刀，从房顶一跃，跳落到卫所忠烈堂的院中。

苏樱站在院里，周身寒气逼人，看了看烛光闪烁的忠烈堂，昂首抱着灵位就往里走。忠烈堂的守卫见有人如此硬生生地闯入，便上前阻拦，苏樱挥起一刀，面不改色地向前走。那人一声惨叫，引来更多人相继阻拦苏樱。

忠烈堂前阵阵哀号，苏樱手握滴血的夜游到了供奉暗卫忠烈的案前，挥刀把所有的牌位扫落在地，默默掏出一条手帕，擦拭了案子最中央的位置，把手中抱着的牌位放在上面。黑色牌位上鎏金的字写着"陆拾之灵位"。

苏樱对着牌位温柔地说："师兄，害你为我丢了性命，樱儿欠你的，此生怕是无法回报了，你等我，下辈子我定还你。樱儿还有些事没做完，现下就要去了结，你先在此处等我，过几日我便来找你。"说完，伸手抚过牌位上陆拾的名字。

"好生看管我师兄的牌位！若有半点疏失，我要了你们的命！"苏樱冷酷的脸仿佛冰川。

守卫捂着伤口使劲点头，说："是！是，苏千户！"

苏樱转身离开忠烈堂，直奔卫所后院的地牢，看守地牢的人见是苏樱，吓得魂不附体。苏樱掏出陆拾留下的那块墨玉令牌，对着看守说："去，给我带冯保出来！"

"可……"那人吓得结结巴巴，"统领……不准……"

"快去！"苏樱眼睛一瞪，夜游"噌"地旋转着握在手心，一道寒光闪过。

那人简直吓得没了脉，索性浑身颤抖着掏出了钥匙，踉踉跄跄地奔向牢房，不一会儿，便提了冯保出来，交给苏樱。

忽然被从牢房里提出来，交到了一个穿黑衣的女人手里，冯保全然不明状况。他已经毒发，浑身酸软，气息虚弱。自服下那毒药，冯保就已做好必死的打算，终究是一死，死在哪儿又有什么分别？

为免冯保挣扎，苏樱一抬手打晕冯保，扛出卫所扔在马背上，带到了南靖王的府邸。

二

两天后，冯保迷迷糊糊地睁开了眼睛，他强撑着力气看了看四周，不知道身在何处，却见屋子干净整洁，清新优雅。他想要起身才发觉自己头重脚轻虚弱极了。

"好多了，已无大碍。"一个女子轻声说道。

"辛苦你了，素萝姑娘。"是一个男子的声音。

又听见几声脚步声，冯保看见南靖王正探着身子在看自己。他强打精神，问："王爷，我这是在哪儿？"

"冯大人，你在我府里。"南靖王轻声说，"你好好休息，很快就会痊愈。"

"噢……"冯保闭了会儿眼睛，又说，"我记得我中了鞑靼族的剧毒。"

"是啊。"素萝说，"冯大人确实是中了毒，不过现下已经解了。"

"解了？"冯保甚是惊讶。

"对。是苏樱把您从暗卫的地牢里救出来的。又把您带到王府，王爷就找我来给您解毒，我试了很多法子都没什么效果，最后，是在苏姑娘佩戴的项链上挂着的玉瓶里发现的解药。"素萝解释道。

"苏樱？是那个穿着一身黑衣的女子吗？"冯保问。

"正是。"

"可她怎会有鞑靼族的解药？"

"这可说来话长了。"素萝把药箱放好，说，"苏樱曾是陈六一的养女，那玉瓶是陈六一赠予她的，当初只告诉她是救命的药丸。结果，那日我为冯大人您解毒屡屡失败，后来苏樱联想起来陈六一是鞑靼人，兴许那药丸真的可以一试，没想到真的奏了效。"

"真要谢谢那位苏樱姑娘了……"冯保死里逃生，心中五味杂陈。

"您别想那么多，好好养病才是要紧。"素萝把冯保的被子掖了掖。

"嗯……"

三

过了两日，冯保已经恢复了一半的精神，他找来南靖王商量下一步的事情。眼下情况紧急，他开门见山，问南靖王："王爷，您可知《按察录》这东西？"

南靖王点了点头。

"《按察录》已经失踪，我们必须找到它，呈给皇上！否则，朝廷内外都会动荡……"冯保急切地说。

曾几何时冯保让暗卫收集《按察录》中的内容，是为了巩固势力，如今却成了自己和朝廷最大的危害，早知今日又何必当初？世间万物皆有因果报应。

南靖王说："陈六一已经开始行动了，《按察录》是他主导收集的资料，他早就掌握了一些官员的隐私，现下他已经利用《按察录》的名义威胁了许多官员。而且，据我调查其中一部分人已然妥协。"

"什么？"冯保一听，只觉头嗡嗡作响，干咳了几声，说，"这个浑蛋！"他看向南靖王："那，现在朝廷上的情形如何？"

"唉……"南靖王叹了口气，说，"朝堂之上已经风起云涌，人人自危，官员们如一片散沙，恐怕……叛乱随时可能发生。"他摇了摇头，"而且，《按察录》已经被销毁了……"

"销毁了……"

"被锦衣卫的陆卫督拼死销毁了，否则那《按察录》早已经落到恶人之手。"

"那如今……如今皇上没有《按察录》威慑这群倒戈到陈六一那边的官员，天下岂不是会大乱？"冯保瞪着两只小眼睛，慌张地看着南靖王。

南靖王沉默不语。

就在此时，有人叩门，南靖王说："进来。"

素萝带着苏樱进了房间，她们纷纷行礼，素萝对南靖王说："王爷，苏姑娘有一妙计，想要请求王爷同意。"

"哦？说来听听。"南靖王伸出手，示意她们坐下说话。

苏樱坐下来，说："王爷，我想到一个办法，既可以威慑百官，安定朝局，又可以助皇上树立威信，赢得人心。"

"苏姑娘快讲。"南靖王向前欠了欠身。

"王爷，《按察录》已然销毁，可我记得所有《按察录》所记载的内容，我愿在早朝之上当众背诵《按察录》中的内容，桩桩件件罗列清楚，便可威慑百官。但我们的目的并非要置官员们于死地，请王爷向皇上申请特赦令，在我背诵完《按察录》之后，皇上诏告天下，赦免所有罪名。如此一来，皇上必会得到百官们的感激和信任。"

"妙啊！"一旁的冯保拍着大腿赞叹道。

可南靖王却眉头紧锁，他听了苏樱的主意，并不觉得是完美的办法，他说："苏姑娘，你有没有想过，如此一来，你便成了全天下人的公敌了，《按察录》涉及的范围之广，恐怕你比我要了解，而每一件事你都记得清清楚楚，还要在朝堂之上公然背诵，这不成了众矢之的吗？！"南靖王摇摇头："不行，我不能让你拿生命去冒险。"

"王爷。"苏樱知道南靖王君子之心，不愿自己去冒这个险，"王爷无须为我担心，若能安抚百官，让大明渡过难关，苏樱义不容辞。"

"唉……"南靖王低着头，叹了口气。

"王爷，让她去吧。"一旁的素萝开口劝道，"我知道，这是苏姑娘心里放不下的担子，若是秋水在，也一定会赞同的。"素萝的声音轻柔哽咽……

一听见秋水二字，南靖王眼睛带泪站起身来，背对着大家，说："我这就进宫去向皇上和太后禀报。"说完匆匆离开了房间。

四

不出南靖王所料，苏樱在早朝上背诵了《按察录》后，龙威震慑百官。君无戏言，皇上在朝上颁发特赦令，对所有人不再追究。然而，暗卫对朝廷的威胁却日益增加，陈六一竟率领暗卫公然暗杀朝臣，兵马司、火器营等机关的武将连遭横祸，与此同时北方边陲鞑靼大军压境。

这日，张居正求见皇上，他向皇上禀报，两天前，有一名叫谭少卿的暗卫夜访太傅府，说是奉暗卫统领陈六一之命前来刺杀的，可他并不打算遵从陈六一的吩咐，并且拿出了暗卫最高级别的牛角令，欲向张居正借一些兵马，来收服暗卫。但他提出条件，要苏樱在他面前自尽谢罪。并称，过几日还会再来太傅府。

皇上一听是背诵了《按察录》的苏樱，立即否决了这个条件。

张居正向皇上分析情势，这是眼下最快瓦解暗卫的法子。只有牺牲苏樱，才能换来江山稳固。

皇上思量多时，为顾全大局，便下旨给苏樱。

苏樱接到圣旨之后毫无异议，这让南靖王大为吃惊，一来他难以相信皇上竟下了如此荒谬的旨意，二来诧异苏樱竟然接受了。他对苏樱说："苏姑娘，我现在就进宫，替你求情。"

苏樱拦住南靖王，劝道："王爷，不必了，我苏樱只是一粒微尘，自从师兄去了之后，我也不愿独自苟活于世。"她深深地叹了口气说："我太累了，死了若能见到师兄，我很愿意。自刎也保我名节，总比被人杀掉要好。"苏樱苦笑。

南靖王沮丧地跌坐在椅子上，不住地摇头。

张居正把消息传达给了谭少卿，三天后酉时三刻，黄昏时分在午门，苏樱会自刎于城楼之上。

按照约定，三天后，苏樱早早地等候在午门城楼上。

苏樱望着远处被夕阳染红的晚霞想起陆拾。从前，他们并肩坐在卫所老树下看着夕阳，今次却只剩苏樱一人。苏樱冷峻深邃的面容在温暖的霞光中变得柔和，陆拾平和的笑容浮现在眼前，她平静地微笑，仿佛在回应另一时空中的陆拾。此时已是春暖花开的时节，空气里弥漫着玉兰花的香气。

苏樱在晚霞中闭上眼睛，抽出夜游……

正在苏樱引颈之时，忽然城楼下有一女子声高喊："住手！你若死，我跟你一起死！"

苏樱猛然睁开眼睛，城楼下方空地上，余玲珑手持鸳鸯剑，抵在自己喉咙处，仰着头看着苏樱。见苏樱愣住，她又喊道："苏姑娘，你为何要答应谭少卿如此荒谬的要求！"说完她看向四周，对着空旷的城楼喊道："谭少卿！你给我出来，你这个缩头乌龟！你若想报仇，为何不自己动手，逼苏姑娘自刎，我瞧不起你！若你逼死苏姑娘，我也死给你看！你给我出来，见我最后一面，替我收尸！"说着她扬起下巴，把握着短剑的手也抬了起来。

就在此刻，一个身穿褐色衣服的人"噌"地跳在空地上，"啪啪"两下点住了她后背上的穴道，余玲珑被困在原地。

那人在余玲珑背后说道："你来捣什么乱！"

余玲珑大喊："干吗在背后点我穴！你不敢见我？"

谭少卿无奈地走到她面前，怒斥道："你到底要做什么？"

"少卿你听我说。"余玲珑着急地说，"自从上次你离开之后，我就开始调查你家遇难之事。你父亲的死并不能全怪苏樱，当时你父亲是为了保护年幼的你，才故意扑在苏樱的刀上的。可怜天下父母心，他是为了让你得救，才会拼上自己的性命啊。"她看着谭少卿悲伤的脸，接着说，"少卿，你要知道，这一切也是你父亲有意安排的。若不是苏樱见到你父亲如此拼死保护你，又怎会激起她的怜悯之心在那混乱的情形下救你？"

"你说的可是真的？"谭少卿噙着泪水问道。

"当然是真的，我为了查出这些，腿都要跑断了！"余玲珑瞪着大眼睛说。

谭少卿的思绪一时间陷入混乱，他看着余玲珑真挚的双眼，听她讲述父亲拼死救自己的情形，站在原地想了许久……

"爹——"

忽然谭少卿"扑通"一声跪在了地上，嘤嘤哭泣。他回想起那年家里遭遇变故的情形，父亲把他藏在床榻之下，慌张地跑了出去，那血光四溅的夜晚，自己幸运地被苏樱救走！而这些时日，他竟做了那么多伤害苏樱的事，他恨自己被仇恨蒙蔽了双眼，连自己的本性都忘得一干二净。

苏樱见谭少卿跪倒在地泣不成声，她从城楼上跳了下来，搂住了自己一直视若胞弟的谭少卿，不停抚摸着他的肩膀。

谭少卿擦了擦脸上的泪说："姐，对不起……"

"你父亲的死，我确实脱不了干系。"苏樱摇了摇头。

谭少卿从腰间取出了牛角令，交给苏樱，说："我知道，你还有些事没有了结，这个令牌你一定知道的吧，去吧……"说完，谭少卿带着余玲珑离开了。

五

苏樱拿着暗卫的最高令牌去见张居正，在他的帮助下，带领二百铁骑收服暗卫。当她回到忠烈堂去给陆拾的牌位上香时，却发现陈六一就坐在忠烈堂里。

陈六一站起身来，转过身看着陆拾的牌位，笑着说："樱儿，你说，若我死后，一定不会有人为我供奉一个牌位吧。"

苏樱绕过他，从袖中掏出一块手帕，仔仔细细地擦拭着陆拾的牌位。

忠烈堂的院子里，官兵等待着陈六一伏法。

尾声

苏姑娘：

近来可好？

听闻你到了呼伦贝尔草原，一切都已安顿好，我便可放心了。

京城叛乱平定，余将军亲自带兵击溃鞑靼部落大军，乞兀儿逃至鞑靼北方，他部已元气大伤。

如今皇上业已亲政，朝廷平静安稳。在王爷的帮助下，皇上为少卿和玲珑赐了婚，少卿戴罪立功，做了暗卫的新统领。

半月前，王爷回到金陵，逍遥自在美煞吾也。

上次皇上问你要什么封赏时，我至今都想不通，为何你只索要一名囚犯，那是曾经帮助过你的人吗？

对了，陈六一暴死牢中，你的仇也算是报了。如今你无牵无挂，更要好生照顾自己。待闲暇时，我真想去草原，与你一同牧马放羊！

　　珍重！

素萝

　　将手中的信收起来，苏樱看向远方，羊群仿佛粒粒珍珠散落在一望无际的草原之上，憨厚淳朴的牧民辛勤劳作，天真烂漫的孩子追逐玩耍，草原的风夹带着青草的香气拂过苏樱的面庞。

　　回忆起儿时，陈六一曾对自己说，草原是这世上最美的地方，躺在柔软的草甸上凝望高远的蓝天，风会带走所有的忧愁。如今，西北边疆的小镇里，是否多了一个日日仰望这片蓝天的牧羊老者，名叫陈彦……

完

图书在版编目（CIP）数据

锦衣行：秉刀夜游 / 邓智仁著 . —长沙：湖南文艺出版社，2017.8
ISBN 978-7-5404-8178-0

Ⅰ . ①锦⋯　Ⅱ . ①邓⋯　Ⅲ . ①长篇小说 – 中国 – 当代　Ⅳ . ① I247.5

中国版本图书馆 CIP 数据核字（2017）第 147243 号

© 中南博集天卷文化传媒有限公司。本书版权受法律保护。未经权利人许可，任何人不得以
任何方式使用本书包括正文、插图、封面、版式等任何部分内容，违者将受到法律制裁。

上架建议：长篇小说

JINYI XING: BINGDAOYEYOU
锦衣行：秉刀夜游

作　　者：邓智仁
出 版 人：曾赛丰
责任编辑：薛　健　刘诗哲
监　　制：毛闽峰　赵　萌　李　娜　刘　霁
特约策划：李　颖　谢晓梅
特约编辑：陈荻雁
营销编辑：杨　帆　周怡文
装帧设计：张丽娜
出版发行：湖南文艺出版社
　　　　　（长沙市雨花区东二环一段 508 号　邮编：410014）
网　　址：www.hnwy.net
印　　刷：北京柏力行彩印有限公司
经　　销：新华书店
开　　本：787mm×1092mm　1/16
字　　数：304 千字
印　　张：21.5
版　　次：2017 年 8 月第 1 版
印　　次：2017 年 8 月第 1 次印刷
书　　号：ISBN 978-7-5404-8178-0
定　　价：39.80 元

质量监督电话：010-59096394
团购电话：010-59320018